KB096222

야만의 거리

야만의 거리

| 김소연 장편소설 |

창비

차
례

프롤로그

여덟 살 동천은 서당이 파하자 느릿한 걸음으로 범골로 향했다. 터덜터덜 논둑을 걷는데 저만치 빈 논에 아이들이 보였다.

"뭣들 하는 거지?"

아이들은 겨울잠 자는 우렁이를 파내느라 여념이 없었다. 삼동이 지나면 개울 얼음장 밑으로 물 흐르는 소리가 들린다. 그 귀 간지러운 소리에 볕 좋은 두렁에선 군데군데 흙이 부풀고 조무래기들은 이때다 하고 논바닥을 파헤쳤다. 한겨울을 난 우렁이는 살이 말라 질겼지만, 고기라곤 호랑이 눈썹만큼이나 구경하기 힘든 소작농 아이들에게는 그만치도 훌륭한 군것질거리였다.

동천은 먼눈으로 동글동글 모여 앉은 아이들을 건너다보았다.

얼굴에는 호기심이 잔뜩 어렸는데 왜 그런지 섣불리 다가가질 않는다.

"쳇, 그깟 살도 없는 걸 파서 뭐해."

동천은 없는 트집을 잡아 가며 입을 삐죽 내밀었다. 저만 빼놓고 벌어진 놀음이 하루 이틀 일도 아니건만 볼 때마다 속이 아렸다. 범골에서 서당 다니는 아이는 동천 하나였다. 나머지는 서당과는 아무 상관 없이 농번기에는 농사일을 돕고 농한기에는 들로 산으로 먹을거리를 찾아다녔다.

동천은 짚신 코를 아이들 쪽으로 돌렸다 말기를 거푸하다 결국 발걸음을 돌렸다. 동천이 일부러 논에서 멀리 돌아가는데 뒤에서 부르는 소리가 들렸다.

"어이, 샌님! 먹물 잡숫고 오시는가?"

돌아보니 흙투성이 아이들이 되똥되똥 이쪽으로 다가오고 있었다. 아이들 손에는 저마다 우렁이 껍데기가 뿌듯하게 쥐어 있었다. 동천은 저도 모르게 부러운 눈길로 그 손들을 쳐다보았다.

"오늘은 뭐 배웠냐?"

"배우긴 뭘 배웠겠냐? 우리 같은 상것 간 내먹는 비법이나 배웠겠지."

아이들이 저들끼리 찧고 까불며 와그르르 웃음을 놓았다. 동천은 뭐야! 하고 덤비는 소리를 하려다 코웃음을 쳤다.

"뭘 배웠는지 말해 주면 알아듣기나 하고?"

그 소리에 큰 녀석 하나가 발끈해서 나섰다.

"알아들으면 어쩔래? 엉? 꼴에 양반 부스러기라고 핏대 세우는 거 봐."

녀석은 진흙이 잔뜩 묻은 나뭇가지를 동천 코앞에 대고 흔들며 윽박질렀다. 그때, 저만치서 거복이 헐레벌떡 뛰어왔다.

"막돌이 형, 왜 그래?"

거복은 동천 앞을 가로막고 서서 뒤를 돌아보았다.

"서당 다녀오냐?"

얼굴이 발갛게 달아오른 동천이 고개를 끄덕였다. 막돌이란 녀석이 흥, 하고 콧방귀를 뀌었다.

"아래윗집 산다고 역성드냐?"

거복은 막돌의 타박에도 아랑곳없이 살가운 표정으로 논을 가리켰다.

"참, 형도. 괜히 여기서 이러지 말고 저쪽에 가 봐. 내가 우렁이 잔뜩 꼬여 있는 구덩이 찾아 놨어."

"야, 샌님. 너 먹물 좀 바른다고 너무 건방 떨지 마라. 너나 우리나 종놈 신분이긴 매한가지다."

막돌이란 녀석이 자리를 뜨며 콕 못 박았다. 동천이 뭐라고 대거리를 하려는데 거복이 소매를 잡아당겼다.

아이들이 논으로 우 몰려가자 동천은 가던 길로 발걸음을 뗐다. 제자리에서 아이들과 동천을 번갈아 보던 거복이 슬금슬금 쫓아왔다.

"너무 상심 마라. 다들 네가 부러우니까 괜히 저러는 거야. 사실은 모두 전처럼 너랑 어울려 놀았으면 하고 바라고 있어."

동천은 거복의 말에는 대꾸도 없이 입만 오리 주둥이처럼 내밀었다.

동천이 서당에 나가기 시작한 것은 지난봄, 그러니까 벌써 꼬박한 해 전이었다. 본동댁은 어린 동천의 손목을 이끌고 본말로 내려가 머리를 조아렸다. 사랑마루에 올라앉은 강 진사는 동천이 서당에 나가는 걸 어렵게 허락하며 이렇게 덧붙였다.

"네 비록 천첩의 소생이나 강씨 권속임도 분명하니 사람의 도리는 깨치고 있어야 흉을 면하겠지."

마당에 선 본동댁은 수도 없이 굽실거리며 감사의 인사를 올렸다. 그러나 '천첩의 소생'이라는 한마디가 여덟 살 동천의 마음에 그림자를 드리운 것은 눈치채지 못했다.

밤낮 거복과 발가벗고 뛰어다니던 동천은 저 혼자 서당에 가는 게 어색하고 이상했다. 무엇보다 동무들과 떨어져 혼자 본말로 내려가는 것이 싫었다. 또래들도 처음에는 서당 이야기를 신기해하며 동천에게 이것저것 묻고 천자문 책도 구경했다. 그러나 5월이 되자 동천에겐 '샌님'이란 별명이 붙어 버렸다. 아이들 눈에는 태산 같은 농사일 제쳐 두고 서당에나 오락가락하는 동천이 배불러 보인 탓이었다. 아이들은 땡볕에 새까맣게 그은 얼굴로 동천을 흘겨보곤 했다. 그러다 결국 동천을 따돌리기까지 한 것이다.

성질이 고분고분하지 못한 동천은 아이들의 홀대를 그냥 넘기지 못했다. 동천은 먹물이니 절름발이 양반이니 하는 소리를 들을 때마다 불문곡직 상대편 아이의 멱살을 틀어쥐고 내팽개쳤다. 평소 세 살이나 많은 막돌도 함부로 하지 못할 만큼 맵짠 동천의 성질이었다. 그러나 떼로 덤벼들며 야코를 죽이는 데는 동천도 당해낼 재간이 없었다. 막돌은 동천이 풀 죽는 눈치를 보이자 얼씨구나 하며 뭉개려 들었다. 그리고 방금처럼 동천의 그림자만 비쳐도 기를 쓰고 쫓아와 시비를 걸었다.

동천은 서당인지 남당인지 그만 집어치우고 싶었다. 서책이 다 뭐고, 글월이 다 무슨 소용인가 싶었다. 어차피 범골에선 일자무식이 자연한 습속이었다. 그런 데서 옆구리에 천자문 끼고 옷자락 펄럭대며 양반 마을을 오르내리니 동무들 눈초리가 시린 것도 당연했다.

"누군 다니고 싶어서 다니는 줄 아나?"

동천이 혼잣말로 구시렁거리자 거복이 숨찬 소리로 대꾸했다.

"그럼 네 어머니께 말씀드려서 그만두면 안 돼? 어차피 너도 평생 여기서 농사지으며 살 거 아니냐. 도대체 뭐하러 글공부는 시키시는지 몰라."

거복은 도통 이해가 안 간다는 듯 머리를 가로저었다.

그 말에 동천이 우뚝 멈추었다.

"누가 여기서 평생 이렇게 산대!"

동천이 악을 쓰며 발을 구르자 거복이 답답하다는 듯 한숨을 내쉬었다.

"그럼 어떻게 살 건데?"

"······."

동천은 아무런 대답이 없었다. 아직 여덟 살밖에 되지 않은 동천에게 앞으로 어떻게 살아야 하는지는 가 본 적 없는 길을 그리는 것과 매한가지였다.

꼬리 자르기

날이 풀렸다지만 아직 바람 끝이 매운 2월이었다. 범골 우물터에서는 아낙들의 입방아가 한창이었다.

"진솔재에 왜인 학당이 생긴다며?"

"진솔재면 읍으로 가는 언덕배긴데?"

"'생긴다'가 아니라 벌써 문 열었대요. 멀리서도 솔밭 한가운데 있는 벽돌집이 한눈에 들어온답디다."

작년에 쌍둥이 딸을 낳은 쌍둥네가 알은체를 했다.

"듣자 하니 그 학당에선 왜선생만 두고 왜말만 가르친다면서?"

시래기를 헹구던 다른 아낙이 끼어들었다.

"가르치긴 뭘 가르쳐요. 학교 문패만 걸어 놓고 요상한 술법으

꼬리 자르기 ● 13

로 애들 꼬드긴다는구먼."

"꼬드겨서 뭐하려고?"

쌍동네가 몹쓸 소문이나 퍼트리려는 것처럼 말소리를 눅였다.

"일본으로 데려가 팔아먹는다는 둥 간을 내먹는다는 둥 말이 많아요."

빨래를 하거나 푸성귀를 다듬던 손길들이 한꺼번에 멈추었다. 잠깐 우물가가 쥐 죽은 듯하더니 바로 중구난방 떠드는 소리로 소란스러워졌다. 머리를 중처럼 홀딱 밀어 버린다느니, 양반 상놈 구분 없이 한방에 몰아넣고 춤을 가르친다느니, 어디서는 왜선생한테 조선말로 대답했다가 칼을 맞았다느니 소문도 갖가지였다. 그때껏 아무 말 없이 감자를 씻던 본동댁이 한마디 하고 나섰다.

"간을 내먹다니 그럼 신식 학교라는 데가 식인귀 사는 소굴인가?"

그 말을 거복네가 낚아챘다.

"것보단 왜인들이 세운 학교에 다니다 보면 왜놈밖에 더 되겠어? 선생도 왜인이겠다, 배우는 것도 죄다 왜식이겠다, 저절로 왜놈 되는 것이지. 그러다 보면 간 쓸개 다 빼 주는 허수아비 되는 것도 시간문제고. 애들 잡아먹는다는 말도 결국 그 뜻 아니겠느냔 말이야."

거복네 말에 동그랗게 둘러앉은 아낙들이 턱을 주억거렸다. 거복네는 빨랫방망이를 탕탕 내리치며 마무리를 지었다.

"우리 범골이야 종살이들만 모여 사는 곳이니 너무 걱정할 필요 없어. 신식 학굡네 간 빼먹네 해도 다 양반 부자들 모여 사는 본동 얘기지. 평생 가야 먹물하고 인연 없는 우리네야 뭔 걱정이겠어."

그 말에 쌍동네가 본동댁을 힐끗거렸다.

"형님은 걱정 좀 되시겠수."

"걱정?"

"아니, 이 동네에서 서당 다니는 아이는 동천이 하나 아니에요."

쌍동네가 걱정 반, 호기심 반으로 말꼬리를 늘였다. 본동댁이 흥, 하고 콧방귀를 뀌었다.

"걱정도 팔자지. 우리 동천이가 뉘 댁 자손인데 왜놈 서당엘 기웃거려?"

본동댁의 대찬 대꾸에 우물가가 썰렁해졌다. 넉살 좋고 인심 좋은 거복네가 나섰다.

"아이고, 이 사람, 뭘 그렇게 정색을 하고 덤비나. 쌍동네가 동천이 글공부가 하도 높으니까 하는 소린데, 안 그런가?"

다른 아낙들도 본동댁 비위를 맞추었다.

"동천이 서당 다닌 지 벌써 여섯 해째 아니야? 그만하면 구성 시내에 내놔도 처지지 않을 학자지, 뭐."

아낙들은 그럼 그럼, 해 가며 동천을 띄웠다. 그제야 본동댁도 못 이기는 척 굳은 얼굴을 풀었다.

아낙들이 우물터에서 옥신각신하는 사이 열세 살 동천이 범골로 들어섰다.

"동천아! 서당 다녀오냐?"

빈 논에 거름을 지어 내던 거복이 헐떡거리며 쫓아와 친구의 어깨를 잡았다. 지게에 퇴비가 수북이 쌓였다. 동천은 들바람에 벌겋게 탄 친구의 얼굴을 들여다보았다. 살결이 하얗고 눈매가 기다란 동천이 야무지게 뵌다면 거복은 검고 넓적한 얼굴에 넉넉한 여유로움이 배어 있었다. 두 친구는 머리카락 색도 사뭇 달랐다. 거복이 올 굵고 윤기 흐르는 흑단이라면 동천은 가늘고 숱 많은 붉은 머리였다. 그 붉은빛 도는 머리카락 때문에 한층 고집스러워 보이기도 했다.

앞장선 거복이 말을 뗐다.

"소문 들었냐?"

동천은 살얼음이 낀 흙탕을 피하느라 요리조리 발을 놓으며 되물었다.

"무슨 소문?"

"진솔재에 신식 학교가 섰다는데."

"신식 학교면 그 왜인들이 가르친다는 양학당 아니냐?"

거복이 어깻짓으로 지게 끈을 추어올리며 대꾸했다.

"요즘 공부할 아이들 모은다고 온통 시끌시끌한가 봐. 이러다간 범골에도 신식 학교 다니라는 통문이 오게 생겼다. 신식 학교는 양반 상놈 따지지 않고 다 받아 준다니까."

동천의 눈이 동그래졌다.

"그럼 아무나 다 학동 시켜 준단 말이야?"

"학동이 아니고 그 뭐라더라…… 맞다, 학생! 학생이라고 부른다더라. 근데 너 신식 학교 다녀 볼 맘 있는 거야?"

동천이 머리를 갸웃했다.

"신식 학교 다니려면 단발해야 한다는데, 될 성싶은 얘기냐."

거복이 그럼 그렇지, 하며 웃었다.

"아무렴, 다른 애들은 몰라도 동천이 너는 안 되지. 네가 그래도 명색이 양반 핏줄인데 머리 깎고 신식 학교 간다는 게 가당키나 한 일이냐?"

그 말에 동천이 다짜고짜 거복의 어깨를 틀어쥐었다.

"너 내 앞에서 그 양반 소리 말랬지!"

거복이 붕어처럼 입을 오므렸다.

"야, 왜 이래? 누가 너보고 양반 하랬냐? 그냥 네 형편이 그러니까……."

"그래도 이게 또!"

동천은 친구를 논두렁으로 밀쳐 버렸다. 지게 위에 쌓여 있던 거름이 사방으로 흩어졌다. 거복은 돌 맞은 개구리처럼 널브러져서 눈만 껌벅거렸다.

"형편은 무슨 얼어 죽을!"

거복이 내뱉은 형편이란 말이 양반이란 말보다 동천의 가슴을 더 아프게 찔렀다.

동천은 씨종 갑이의 몸에서 태어났다. 1908년, 그러니까 대한제국이라는 새 명패를 단 조선이 일본에 집어먹히기 두 해 전이었다.

한반도 서북쪽 적유령 산맥 끝자락, 한성보다 신의주와 더 친근한 구성은 대처에서 부는 신식 바람이 닿기에는 높고도 먼 고장이었다. 그런 구성에서도 한나절 더 들어가야 만나는 대곡리가 동천의 고향이었다. 첩첩산중 한가운데 널찍한 평야를 보듬고 있는 이곳은 대대로 근동을 다스려 온 신천 강씨의 집성촌이기도 했다.

대곡리 위쪽에 자리한 범골은 강씨 문중에 속한 노비와 소작인 등이 모여 사는 마을이었다. 범골 사람들은 산 아래 자리한 양반 마을을 본말이라 불렀다. 그리고 본말 일이라면 제 일보다 먼저 챙기고 본말에서 떨어진 명이라면 목숨처럼 따랐다.

본말도 범골을 그리 대했다. 출타했던 양반이 범골을 지나게 되면 으레 동네 어귀에서부터 큰 소리로 "이리 오너라!" 하고 외쳤다. 때가 밤이든 새벽이든 상관없었다. 그 소리에 온 동네는 불문곡절 홀딱 깨어 관솔불을 붙여 길을 밝힌다, 업어 모신다, 본말에 먼저 기별을 넣는다 하며 부산을 떨어야 했다. 본말 사람은 나이가 많건 적건 범골 사람에게 하대를 놓았고, 범골 사람은 꼬부라진 영감조차도 본말 어린애에게까지 존대를 올렸다.

갑오경장 이후 반상의 차별이 금지되고 노비법이 폐지되었다고 하나 그것은 먼 나라 이야기일 뿐이었다. 전통적으로 삼남 지방보다 양반의 유세가 덜한 북쪽이었지만 그래도 반상의 유별은 엄격했다. 그러고 보면 양반이 가진 힘은 단지 벼슬과 전답에서만 나오는 것이 아니었다. 수백 년을 이어 온 가르침과 풍습이 모두의 뇌리에 깊숙이 박혀 있는 덕분이었다.

환갑을 앞둔 강 대감에게 동천은 늦둥이 서자였다. 귀여움을 받을 만도 했지만 동천은 강 대감을 아버지로 모신 적이 없었다. 얼굴도 일 년에 몇 번 볼까 말까 했다. 동천에게 강 대감은 감히 쳐다볼 수 없는 상전일 뿐이었다.

동천이 거복의 지게 거름을 쏟은 지 한 달이 지났다.

봄 햇살이 따습게 퍼지는 나른한 오후였다. 서당 마루에서 글을 외는 아이들은 삐져나오는 하품을 씹어 삼키느라 고개를 내젓곤 했다. 그때, 상석에 앉아 곰방대를 뽁뽁 빨고 있던 훈장이 고개를 쳐들었다.

"저기 저분들이 누구시더냐?"

훈장 말에 두 줄로 늘어앉은 아이들이 목을 빼고 울 밖을 기웃거렸다. 한창 졸음이 쏟아지던 차에 반가운 손님이었다.

"앞장서 오시는 어른이 군수님 아니십니까?"

접장 노릇을 하는 아이가 벌떡 일어서 손가락으로 가리켰다. 그 말에 훈장은 때가 까맣게 전 저고리 앞섶을 여미고 머리에 얹은 탕건을 매만졌다.

군수는 잿빛 두루마기에 짧게 깎은 머리를 하고 있었다. 그 뒤를 따르는 면장 역시 똑같은 머리 모양에 남색 중치막을 걸쳤다. 긴 칼을 옆구리에 차고 군홧발 소리를 요란하게 내며 따라오는 이는 일본인 주재소장 고바야시 겐로쿠였다. 그 옆에 웬 순사도 한 명 있었다. 아이들은 소장을 알아보고 웅성거리기 시작했다.

훈장은 마당으로 뛰어나가 공손히 인사를 올렸다.

"고을의 큰 어른들께서 어쩐 일로 기별도 없이……."

세 사람은 예를 갖추는 훈장은 본체만체하고 서당을 둘러보았다.

"어서 방으로 드시지요. 아이들 보내고 말씀 듣겠습니다."

훈장이 아이들을 향해 손짓을 하는데 일인 소장이 가로막고 나섰다.

"학생들은 자리에 있어라. 그리고 지금부터 하는 말 명심하도록!"

소장의 무례한 몸놀림에 훈장이 주춤 물러났다. 군수와 면장은 마루 끝에 걸터앉아 소장이 하는 양을 지켜보기만 했다.

"나는 대곡리 주재소의 소장 고바야시다. 오늘 자로 이 서당은 문을 닫는다. 여기서 공부하던 학생들은 다음 주부터 진솔재에 있는 소학교로 등교할 것을 알리는 바이다."

마당 한가운데 서 있던 훈장이 화들짝 놀라 군수와 면장을 찾았다.

"지금 저이가 하는 말이 무슨 말입니까? 서당을 닫다니요?"

두 양반은 파리 잡아먹은 두꺼비처럼 입을 꾹 다물고 눈길을 피했다. 아이들은 마루 한구석으로 몰려 눈만 두릿두릿했다. 소장이 에헴, 하고 헛기침을 했다.

"이미 소식을 들었으니 긴 설명은 하지 않겠소. 대일본제국의 교육령에 따라 진솔재 소학교가 문을 여니 취학 연령 아동은 그쪽으로 등교해야 할 것이오."

소장이 군수를 곁눈질하자 군수가 준비한 듯 나섰다.

"에, 그러니까 여기 대곡리의 경우 상황이 매우 심각하네. 위낙 고을이 외지고 낙후된 곳이라 이제껏 소학교가 들어오지 못한 게지. 구성 시내만 하더라도 소학교가 문을 연 지 오래되었다네. 이번에 총독부에서 특명이 내려져 그동안 방치되었던 촌락에도 학교를 세우고 학생을 모집하는 사업을 벌이고 있어."

면장이 거들었다.

"훈장으로서야 너무 갑작스럽겠지만 나라의 방침이 그러하니 어떡하겠소? 따라야지. 내 미리 전할까 하다가 괜히 일만 번거로워질까 봐 그만둔 것이오. 그러니 훈장은 너무 상심하지 말고 아이들을 잘 타일러 주시오."

세 사람이 훈장 하나를 가운데 놓고 혼을 빼는 격이었다.

훈장은 목석처럼 우두커니 있더니 곧 정신이 든 것처럼 허 참, 하고 한숨을 토해 냈다.

"당치 않은 말씀 하지 마십시오. 일인이 세운 학교라고요? 내 장담하건대 우리 아이들 중 왜학당에 고개를 들이밀 학동은 단 한 명도 없습니다. 안 그러냐, 애들아?"

아이들은 훈장의 수염이 파르르 떨리는 것을 조마조마하게 바라봤다. 동천 역시 여섯 해 동안 보아 온 훈장의 모습 중 오늘처럼 대차고 노기 띤 얼굴은 처음이었다. 항상 졸린 듯 지루한 듯 담뱃대만 빨고 회초리나 휘두를 줄 알던 꽁생원이었다. 그러나 지금은 온몸에 힘이 들어가 부러질망정 휘지 않는 대나무 같았다.

일인 소장은 눈 하나 깜짝하지 않았다.

"이보시오! 서당에서 가르치는 책은 모두 중국의 문학서나 역사책 아니오. 조선인이 조선 아이들을 가르치는 학교에서 온통 중국 한자책만 가르치다니 뭔가 잘못되었다고 생각해 본 적 없소? 책들에 쓰인 것이 전부 중국의 역사, 중국의 시, 중국의 위인들에 대한 이야기뿐이니 아이들이 무엇을 배우겠소? 자연스레 중국 것만 제일인 줄로 알고 사대주의 근성만 길러지지 않겠소. 이래서야 조선의 앞날은 어디서 찾는단 말이오?"

훈장도 지지 않고 대꾸했다.

"그래서 당신네 일인들은 서양 학문인가 뭔가, 양이들의 요상하고 헛된 학문만 가르친단 말이오? 중화 오천 년의 위대한 가르침과 역사를 배우고 따르는 일만이 소중화인 우리 조선이 진정한 문명국임을 입증한단 걸 모른단 말이오?"

소장이 헹, 하며 코웃음을 쳤다.

"이렇게 답답한 인사가 있나! 훈장, 당신이 하늘같이 떠받드는 그 중국은 이미 망했소. 영국이라는 서양의 작은 섬나라에 거대한 대륙이 무릎을 꿇었단 말이오. 중국이란 나라는 이제 세상 어디에도 없소. 그냥 '지나'일 뿐이오."

그 야멸친 대꾸에 훈장이 부들부들 떨었다. 군수와 면장이 좋은 말로 구슬리려고 훈장의 손을 잡았다.

"이제 우리 조선도 그만 개명할 때가 되었네. 아니, 너무 늦었지. 언제까지 공맹만 들먹이며 옛날이야기만 할 텐가. 세상 돌아가는 것도 좀 알고 따를 줄 알아야지. 시대의 큰 흐름을 어찌 우리 같은 촌골 양반이 막을 수 있겠는가."

훈장은 두 사람의 손을 뿌리치고 마루로 가 주저앉았다.

"명색이 구성 토호인 어른들께서 건달 뒤꽁무니 쫓는 똥개처럼 왜놈의 칼집만 따라다니십니까? 상투까지 자르고, 도대체 두 분이 유교의 가르침을 따르는 선비가 맞긴 맞느냐 이 말입니다."

느긋이 뒷짐을 지고 돌아서 있던 소장이 벌컥 성을 냈다.

"뭐라? 왜놈? 이자가 정녕 미치지 않았나!"

군수와 면장이 나서서 칼을 뽑아 들려는 소장의 양팔을 잡았다.

"아이고, 나리, 참으십시오. 이 미욱한 사람이 창졸간에 당한 일에 정신이 나갔나 봅니다."

소장은 화풀이하듯 군홧발로 마루에 뛰어올라 아이들을 몰아냈다.

"아이들을 당장 마당 밖으로 모이라 하시오. 이 아이들 단발은 내가 책임지고 수행하겠소."

겁먹은 아이들이 사냥개에 몰리는 노루 떼처럼 우르르 마루 아래로 쏟아졌다. 마당에는 순사가 빗과 은색 가위를 들고 서 있었다.

"어서 차례대로 줄을 서라. 시간이 없다!"

소장은 아이들을 거칠게 몰아붙이더니 맨 첫 번째 선 아이를 나무 의자에 앉혔다. 아이는 엉겁결에 당하는 일에 넋이 빠져 시키는 대로 했다. 훈장이 뛰어나왔다.

"무, 무얼 하려고 이러는 게요?"

소장이 훈장을 가로막고 서서 손가락을 치켜들었다.

"공무 집행 방해로 체포하기 전에 안으로 들어가 잠자코 기다려라!"

군수와 면장이 훈장을 방으로 데리고 들어갔다. 훈장은 발버둥을 치며 아이 이름을 불렀으나 두 사람에게 붙들려 힘을 쓰지 못했다. 그사이 순사는 아이의 땋인 머리채를 움켜쥐었다. 의자에 앉은 아이는 울상이 되어 벌벌 떨었다. 줄을 서서 구경하는 아이들도 서로를 끌어안았다.

"후…… 훈장님!"

아이가 단말마를 올리는 순간 아이의 귀밑머리가 툭, 하고 땅바닥으로 떨어졌다. 순사 손에 들려 있던 날카로운 가위가 날 때부터 길러 온 머리를 싹둑 잘라 버린 것이었다. 아이는 몸을 솟구치며 일어서려 했지만 고바야시 소장의 손이 가녀린 어깨를 짓눌렀다.

"얌전히 머리를 깎으면 상을 주겠다. 어차피 소학교에 가려면 단발을 해야 한다."

소장은 눈물범벅인 아이를 들여다보며 징그럽게 웃었다. 아이는 소장의 손가락이 가리키는 데를 바라봤다. 거기엔 보리를 한 되씩 담은 자루가 늘어서 있었다. 아이는 닭똥 같은 눈물을 뚝뚝 흘리며 자신의 머리카락이 잘려 나가는 것을 말없이 내려다봤다. 보릿자루가 욕심나서가 아니었다. 소장 옆구리에 매달린 장도가 무서웠기 때문이다.

소장이 끊어진 댕기 머리를 높이 들어 올렸다.

"보아라, 얘들아. 너희를 미개한 세상 속에 묶어 놓았던 꼬리가 끊어졌다. 이건 아까워할 물건이 아니다. 이 더럽고 무거운 머리카락은 이제껏 너희가 미련스럽게 붙잡고 있던 과거일 뿐이다. 오늘부터는 가뿐해진 머릿속에 새 시대에 맞는 학문과 정신을 쌓아야 한다. 그것만이 이 뒤처진 조선을 위해 밤낮으로 애쓰는 본국에 너희가 조금이나마 보답하는 길이다."

아이들은 젖은 눈으로 죽은 동물처럼 늘어진 머리채를 바라보았다. 태어나 한 번도 잘라 본 적 없는 머리였다. 죽을 때까지 붙어 있을 것으로만 알았던 몸의 일부분이었다. 함부로 잘랐다가는 탁 죽어 버릴지도 모른다고 여겼던 생살이었다. 그런 것이 눈 깜짝할 사이에 싹둑 잘려 나가자 당하는 아이도, 보는 아이들도 기절할 만큼 놀랍고 무서웠다.

그러거나 말거나 고바야시 소장은 제 할 말만 떠들었다.

"조선에 단발령이 내려진 것이 1895년이다. 삼십 년도 더 된 정책이 아직도 제자리걸음이라니 반도의 낙후성은 정말 혀를 내두를 지경이야."

고바야시는 이발 가위가 아이의 머리 위에서 춤을 추는 것을 지긋이 내려다보며 혀를 찼다.

삼십 년도 더 된 제도가 자리를 잡지 못한 데는 그만한 이유가 있었다. 친일파 내각에 의해 급작스럽고 강제적으로 시행된 단발령은 당연히 조선인의 반감을 불러일으켰다. 수백 년을 이어 내려온 전통과 풍습을 하루아침에 짓뭉개 버리려는 시도는 의병이 일어날 만큼 거센 저항에 부딪혀 한동안 꼬리를 감추고 있었다.

첫 번째 아이가 밤송이머리로 의자에서 일어났다. 얼굴에는 머리카락 부스러기가 눈물 콧물에 뒤엉켜 있었다.

"이것 받고 얼른 물로 씻도록! 조선인들은 도대체 위생 개념이 없단 말이야."

소장은 아이에게 되똥한 보릿자루를 안겨 주고 등을 밀쳤다.

뭐든 첫 번이 어렵지 두 번째부터는 수월한 법이었다. 첫 번째 아이가 머리를 잘리고 우물가로 돌아가자 나머지는 반항할 기운을 잃은 듯 순순히 머리를 내맡겼다. 소장은 아이들의 댕기 머리가 잘려 나갈 때마다 기분 나쁜 신음을 내뱉으며 득의만만한 미소를 지었는데 그것이 둘러선 조선인들의 기를 꺾었다.

"다음!"

그때였다. 안방에서 "으악!" 하는 비명이 터져 나왔다. 마당에 섰던 이들이 모두 깜짝 놀라 돌아보니 방문이 깨질 듯 열리며 갇혀 있던 훈장이 뛰쳐나왔다. 마치 뒤에서 누가 등을 떠민 것처럼 쏟아져 나온 훈장의 모습에 아이들이 헉, 하며 입을 벌렸다. 망나니처럼 흐트러진 머리카락이 훈장의 얼굴을 반 넘게 가리고 있었다. 그 봉두난발 사이로 충혈된 눈이 번뜩였다. 흡사 무덤에서 뛰어나온 몽달귀신 같았다.

"스승님!"

아이들은 누가 먼저랄 것도 없이 제 스승을 부르며 다가서려 했다. 하지만 그럴 필요 없었다. 훈장이 아이들 쪽으로 덮쳐 오고 있었기 때문이다. 옷고름을 풀어 헤치고 눈물범벅이 된 훈장의 오른손에는 녹이 앉은 가위가 들려 있었다. 그리고 달달 떠는 왼손에는 뭉툭한 상투가 쥐어져 있었다. 끝이 파 뿌리처럼 엉킨 그것은 잘랐다기보다는 뜯어냈다고 보는 게 더 타당했다.

"이 인륜도 모르는 오랑캐 백정 놈아! 이것을 내줄 테니 아이들은 놔둬라!"

훈장은 소장의 면상을 향해 수세미 같은 상투를 힘껏 던졌다. 검은 털 뭉치가 뻣뻣하게 굳어 있는 소장 얼굴에 부딪혀 떨어졌다.

소장은 쥐의 사체나 맞은 것처럼 몸을 부르르 떨며 뒷걸음질 쳤다. 훈장은 얼굴이 터져라 악다구니를 썼다.

"네가 그리도 바라던 물건이건만 뭐가 무서워 겁을 내는 게야!"

고바야시 소장은 일그러진 얼굴로 발밑에 떨어진 상투를 장홧발로 짓이겨 밟았다. 그러더니 흙투성이가 되어 납작해진 털 뭉치를 손가락 끝으로 집어 들었다.

"역시 학생들을 가르치는 선생은 뭐가 달라도 다르구먼. 이렇게 솔선수범해서 본을 보이니 말이야."

그 말에 발을 구르던 훈장이 딱 멈추었다.

"솔선수범이라니 당치 않다. 더러운 네놈 손에 잘리느니 차라리 내 손으로 직접 잘랐을 뿐이다!"

"누가 자르든 단발은 단발이다. 더 이상의 소동은 용납지 않으니 조용히 있지 않으면 포박하겠다."

소장은 아이들을 향해 상투를 둘레둘레 휘두르더니 수챗구멍으로 홱 던져 버렸다. 군수와 면장은 훈장을 다시 안방으로 밀어 넣었다. 그리고 문고리를 나뭇가지로 단단히 질러 버렸다. 방에 갇힌 훈장은 짐승처럼 울부짖었다.

동천은 구정물에 젖어 드는 훈장의 머리 뭉치를 쏘아보았다. 그 털 범벅은 단순한 머리카락이 아니었다. 그것은 꿈틀꿈틀 살아 있는 미물처럼 보였다. 갓 낳아 놓은 짐승의 핏덩이 같았다.

언젠가 지붕 이엉을 새로 얹을 때 묵은 짚동 사이에서 나왔던 새빨간 새끼 쥐가 떠올랐다. 털은 고사하고 눈조차 뜨지 못해 저들끼리 몸을 비비며 꾸무럭대던 빨간 살덩어리들을 보며 어린 동천은 으앙, 하고 울음을 터트린 적이 있었다. 살아 있지만 아직 온전한 목숨은 아닌 그 생명이 징그럽고 끔찍스러웠다. 그런데 발광하듯 제 상투를 잘라 던진 훈장의 머리털이 지금 그런 생명력을 뿜어내고 있었다. 동천은 고개를 외로 꼬며 입술을 깨물었다.

방에 갇힌 훈장은 머리를 벽에 박다가 기절을 했는지 아무 소리가 없었다.

"자, 빨리빨리 서둘러라. 다음 부락으로 넘어가자면 시간이 없다."

소장은 방금 전의 봉변은 아무렇지도 않은 듯 다시금 이발 순사와 아이들을 재촉했다. 아이들은 훈장의 소동 이후 오히려 감정이 얼어붙은 듯 차분해져 조용히 머리를 내맡겼다.

동천의 차례가 되었다. 심장이 두방망이질 치다 못해 목구멍으로 튀어나올 것만 같았다. 동천도 단발한 사람은 장터에서 한두 번 본 적이 있었다. 뒷덜미 위로 새파랗게 깎은 머리 모양이 놀라워 빤히 쳐다보곤 했다. 가볍고 깨끗해 보이기도 했지만 역시 불가에서 계도 못 받고 쫓겨 나온 돌중 같다는 생각이 먼저 들었다. 아무리 봐도 익숙해지기 힘든 꼴이었다.

동천은 벌벌 떨리는 무릎에 힘을 넣었다.

"에, 머리 색깔이 아주 독특하군!"

소장은 동천의 붉은 머릿결이 흥미롭다는 듯 입맛을 다셨다.

"노을빛을 닮은 게 꼭 붉은 승냥이 같구먼. 아주 야만적이야."

동천은 댕기 머리로 뻗어 오는 소장의 손길이 뱀처럼 느껴졌다. 저도 모르게 어깨가 움츠러들고 소름이 돋았다.

"요시(좋아)! 이런 머리일수록 단발이 필요하다."

그 소리와 함께 순사가 머리채를 잡았다. 동천은 눈을 꼭 감고 숨도 쉬지 않았다. 썩둑, 하는 소리와 함께 뒤통수가 가볍더니 허전해졌다.

"움직이지 말고 가만있어라. 나머지 정리해 줄 테니."

사각사각하는 가위질 소리가 짐작만큼 끔찍하지 않았다. 오히려 무언가 헝클어졌던 것을 차분히 정리하는 느낌이 들었다. 그 때문인지 두방망이질 쳤던 가슴도 차츰 가라앉았다. 그런데 이상하게도 눈에서는 눈물이 끊이질 않았다. 짚신 주위로 어지러이 흐트러진 머리카락과 등 뒤에 떨어져 있을 붉은 머리채를 차마 볼 수 없었다.

'차라리 훈장님처럼 내 손으로 직접 잘랐으면…….'

그랬으면 억울한 느낌은 덜할 것 같았다.

"이것 받고 그만 집으로 돌아가거라."

소장은 일어서는 동천에게 자루를 안겨 주고 어깨를 밀었다. 동천은 무명 자루를 품에 안고 우물가로 돌아갔다. 우물가엔 먼저 머리를 깎인 아이들이 둘러앉아 씻고 있었다. 아이들은 서로 두레박

물을 부어 주며 코를 훌쩍거렸다.

"이제 어쩌냐? 난 집에 가면 울 아버지한테 죽었다."

"울 할머니는 단발하면 제사도 못 모시는 중이 된다고 하던데, 그럼 장가도 못 가는 거 아니야."

"창피스러워서 동네에 어떻게 들어가지? 계집애들이 보면 왜놈 다 되었다고 놀릴 텐데."

아이들은 제각각 앞일을 걱정하며 소리 죽여 울었다. 동천은 맨 구석에 끼어 앉아 세수를 하다 혼잣말처럼 중얼거렸다.

"이럴 줄 알았으면 집에서 미리 내 손으로 끊어 버리는 건데."

그 말에 징징거리던 아이들이 일제히 동천을 쳐다봤다.

"넌 그럼 머리 잘린 게 잘된 일이란 말이냐?"

머리 굵은 녀석이 잡아먹을 듯 덤볐다.

"누가 잘된 일이래! 머리카락 하나 못 지키는 신세가 되었으니 원통하단 말이지."

들창을 통해 그 말이 들렸는지 안방에서 끊어졌던 곡소리가 다시 시작되었다. 동천과 아이들은 애가 끊길 듯 이어지는 스승의 울음소리에 말다툼을 그치고 우물물만 길어 댔다.

머리를 다 감고 나온 아이들이 마당에 한 줄로 죽 늘어섰다. 하나같이 털 뽑힌 닭처럼 얼빠진 모양들이었다.

"엿새 후 진솔재로 나오는 것 잊지 말도록!"

소장은 헛기침을 섞어 가며 으름장을 놓더니 서당을 나섰다. 나머지 세 사람도 그 뒤를 졸졸 따라 고갯길로 사라졌다.

아이들은 그제야 정신이 든 듯 머리통을 만져 보았다. 개중에는 끊어진 머리채를 주워 들고 훌쩍거리는 녀석, 한숨을 토하며 주저 앉는 녀석도 있었다. 나어린 애들 중에는 아예 앙하고 울음을 터트리는 놈도 있었다. 범보다 무서운 소장 앞에서 드러내지 못했던 감정이 한꺼번에 터져 나왔다.

아이들은 한동안 초상집 흉내를 내다가 울음을 그치고 나란히 섰다. 그리고 누가 먼저랄 것도 없이 훈장이 들어 있는 방을 향해 절을 올렸다. 방 안에 갇힌 훈장은 차마 내다보지 못하고 꺼이꺼이 통곡만 해 대었다.

실은, 이 일이 있기 전 범골이 먼저 발칵 뒤집혔었다. 동천이 서당으로 출발하고 얼마 안 있어 소장 패거리가 범골에 들이닥쳐 한차례 파란을 일으킨 것이다. 개울가에서 송사리 몰이를 하던 거복무리가 그 자리에서 가위질을 당했다.

범골 어른들은 뒤늦게 소식을 듣고 개울가로 몰려와 아이들을 데리고 집으로 돌아갔다. 아낙네들은 자식들을 행주치마로 감싸 안고 눈물을 흘리기도 했지만 차라리 이참에 잘되었다며 큰소리 치는 이도 있었다.

"어차피 너 신식 학교에 보내기로 마음먹고 있었는데 핑계 삼는 김에 잘되었다."

누가 들을까 두리번거리면서도 말끝에 힘을 싣는 이자는 평생 본말 소작을 부쳐 먹으며 하대받던 농사꾼이었다. 이 농사꾼의 마음은 그러나 꼭 그 한 사람만의 것은 아니었다.

서당에서 아이들이 돌아오자 본말은 본말대로 큰 소동이 일어났다. 마중을 나갔던 누이들이 혼비백산하여 제 어미들을 끌고 나왔다. 어떤 아낙은 아들의 머리를 숨기듯 치맛자락에 감쌌다. 어떤 아낙은 눈물을 찍어 내며 아들 뒤를 쫓기도 하고, 몇몇은 어차피 머리는 다시 자라게 되어 있으니 걱정할 필요가 없다며 애써 태연한 척하기도 했다. 강 진사의 아들 형섭은 공교롭게도 아버지를 따라 구성 시내로 나가 있던 차였다.

동천은 법석을 떠는 본말을 뒤로하고 범골로 들어섰다.

"동천이 너도 당한 걸 보니 그치들이 본말에도 들렀던 모양이구나."

거복네가 울 밖으로 고개를 내밀며 알은체를 했다.

"예. 거복이는 어떤가요? 무사한가요?"

동천이 묻자 거복네가 말도 말라며 손을 내저었다.

"여기는 아침에 개울가에서 요절을 내고 말았단다."

"그 소장인가 뭔가 하는 순사가 애들 진솔재 고개로 보내라고 안 하던가요?"

"말이야 그렇게 탕탕 하고 갔다만 이 동네 형편에 자식 학당 보낼 집이 어디 있니? 애고 어른이고 입에 풀칠하기도 바쁜데. 거기다 본말 주인 양반이 허락해 주실 리도 없고 말이다."

대화가 길어지자 방 안에서 거복이 고개를 빼꼼 내밀었다. 거복은 저와 똑같은 머리 꼴을 한 동천을 보자 참 내, 하며 헛웃음을 놓았다. 동천도 마주 보며 웃었다. 두 친구는 꼭 거울 보는 모양으로 서로를 살피다 웃다 했다. 겸연쩍고 부끄럽고 화나고 민망한 웃음이었다.

"서당은 어찌 되었니? 훈장님은?"

"서당은 문 닫게 생겼고, 훈장님은 글쎄…… 나도 잘 모르겠다."

동천은 일인 소장의 얼굴에 상투를 뿌리던 훈장 모습이 떠올랐다. 어쩌면 마지막이 될지도 모르는 스승의 모습에서 처음 선비의 기개를 본 셈이다.

"어찌 되는지는 차차 알아지겠지. 그나저나 얼른 집에 들어가 봐라. 대감마님 오신 것 같다."

동천은 가슴이 철렁했다.

"가는 날이 장날이라고 하필이면 오늘 같은 날 오실 건 뭐람."

동천은 길가 돌멩이를 걷어찼다.

강 대감은 안방마님 심 씨가 세상을 떠난 후 드문드문 동천네 초가를 찾았다. 본동댁은 가뭄에 콩 나듯 오는 강 대감을 상전의 예로써 대했다. 강 대감이 하룻밤 자고 갈 때도 안방을 내어 주고 동천과 함께 건넌방에서 잤다. 사실 동천에게 강 대감은 안 보고 살면 잊은 척 지낼 수 있는 아버지였다. 늙고 구부정한 노인이 자신의 아버지임을 상기해야 하는 이런 연중행사가 동천에겐 쑥물 마시기처럼 질색이었다.

이날 강 대감은 아들 강 진사와 손자 형섭이 나가자마자 범골로 올라왔다. 그런데 하필 아침부터 동네가 시끌시끌하더니 한바탕 난리를 치르는 것이었다. 강 대감은 군수와 면장이 왔다는 소식에 방 안에만 콕 틀어박혀 있었다. 양반 체모에 소작 마을에 사는 젊은 첩실에게 놀러 온 모습을 보이고 싶지 않았다.

"분명 아들놈이 나간 일도 이것과 무관치 않을 테지."

성질이 냉담하고 쌀쌀맞은 강 진사는 무슨 일로 나가느냐는 아버지 하문에도 어물어물했다. 강 대감은 그 꼴이 아니꼬워 두 번 묻지 않고 손을 내저었던 것이다. 그런데 아래위 동이 온통 머리를 자른다, 깎는다 하며 소동을 피우니 형섭을 데리고 꼬리를 감춘 아들의 속내가 더욱 궁금하고 아무것도 모른 채 첩실 초가에 숨어 있는 자신이 한심할 뿐이었다. 강 대감은 자존심이 한껏 구겨진 얼굴로 헛기침만 큼큼 해 댔다.

동천은 그런 줄도 모르고 보릿자루와 함께 집 마당으로 들어섰다. 막 부엌 쪽을 기웃거리며 어머니를 찾는데 갑자기 안방 문이 왈칵 열리며 불호령이 떨어졌다.

"네 이놈! 부모가 준 머리카락을 댕강 잘라 버리고 어디를 기어드느냐. 신체발부 수지부모(身體髮膚受之父母)라는 성현의 가르침도 잊은 게야!"

난데없는 고함 소리에 동천은 그 자리에 못 박힌 듯 서 버렸다.

하루 종일 방 안에 갇혀 바깥 눈치만 살피던 강 대감이었지만 이 때만큼은 길길이 뛰었다.

"네 꼴을 보아하니 근본도 모르는 왜놈이 다 되었구나. 왜놈은 내 집에 한 발짝도 들여놓을 수 없느니!"

그 소리에 본동댁이 뛰쳐나왔다. 본동댁은 동천의 머리를 보자 그 자리에 풀썩 주저앉았다. 동천은 대감마님의 고함 소리보다 칠흑처럼 어두워진 어머니 얼굴이 더 서러웠다.

"어허! 무엇 하고 있는 게야! 당장 이 집에서 나가라는데."

강 대감이 고함을 지르자 본동댁이 섬돌 앞에 엎드렸다.

"아이고, 대감마님. 저 어리고 무지한 것이 무엇을 알겠습니까? 그저 흉악한 순사 놈이 저 꼴을 만들었겠지요. 동네 아이들 누구도 변을 피해 가지 못했잖습니까?"

강 대감이 동천 손에 들린 보릿자루를 손가락질했다.

"그렇다면 저 아이 손에 들린 것은 무엇이냐? 분명 곡식 자루렷다. 내 풍문에 들으니 단발한 자에겐 상으로 곡식을 나누어 준다는데 저것이 바로 그 머리 자른 값이 아니고 무엇이야."

동천은 저도 모르게 자루를 뒤로 감추었다. 그 몸짓이 강 대감의 짐작을 사실로 굳히는 꼴이 되었다.

"넌 도대체 정신이 있는 게냐, 없는 게냐!"

본동댁이 달려들어 거칠게 자루를 빼앗았다. 그 바람에 보리쌀이 하얗게 쏟아졌다. 동천도 뒤로 자빠지며 엉덩방아를 찧었다. 그 모습을 지켜보던 강 대감은 혀를 쯧쯧 차고는 문을 닫아 버렸다.

"내가 못 산다, 못 살아."

본동댁은 쏟아진 보리쌀 앞에 주저앉아 울음을 놓았다. 동천은 그 모습을 물끄러미 내려다보다 그만 집을 뛰쳐나왔다. 동천은 그 날부터 거복네서 꼬박 사흘을 보냈다.

거복과 나란히 누운 동천이 천장을 보며 중얼거렸다.

"난 차라리 잘된 것 같단 생각이 든다."

거복이 옆으로 돌아누우며 뭐가, 하고 물었다.

"머리 잘린 거 말이야. 어차피 세상은 변하는데 머리채만 붙들고 고집한다고 나아질 게 뭐야."

"그래두 벌건 대낮에 다짜고짜 쳐들어와 묻지도 않고 저들 맘대로…… 그게 분하잖냐."

"그러게 왜 머리카락 하나 못 지키는 나라와 백성이 되었느냔 말이야, 원망하려면 거기다 대고 해야 맞는 게 아니야?"

"그것두 그렇다만……."

거복은 말끝을 흐리며 한숨을 내쉬었다. 동천이 모로 누우며 속삭였다.

"참 이상하지. 댕기 머리 잘리고 나니까 되레 신식 학교가 궁금해지더라."

거복이 콧방귀를 핑 뀌었다.

"왜, 단발하고 나니까 머릿속으로 개화 바람이 휭휭 들어오던?"

"그런 게 아니라 뭐랄까, 내내 피하고 있던 싸움터로 내몰린 느낌이라고나 할까. 기왕지사 떠밀려 나온 거면 제대로 싸워 보자 싶은 게지."

동천은 뭐라고 꼬집어 설명할 수 없는 기분을 묘사하느라 애를 썼다. 가만히 듣고 있던 거복이 알 듯 말 듯 한 얼굴로 고개를 끄덕였다.

"뭔 소린지 모르겠다만 네 맘은 대충 알 것도 같다."

두 동무가 이불깃 아래로 소곤거리는데 아랫목에 누웠던 거복의 형이 못 참고 한 소리 했다.

"그만 떠들고 잠들 좀 자지!"

동천과 거복은 찔끔해서 얼른 코 고는 소리를 냈다.

나흘째 되는 날, 본동댁이 동천을 불러냈다.

"어서 가서 대감마님께 빌자. 대감마님도 서당에서 있었던 일을 전해 들으신 모양이다. 네 잘못이 아닌 게 밝혀졌으니 가서 빌면 용서받을 게야."

동천은 제 잘못이 아닌 게 밝혀졌는데 무슨 용서를 빌어야 하는지 몰랐다. 그래도 며칠 새 핼쑥해진 어머니가 안쓰러웠다. 동천은 본동댁이 끄는 대로 본가로 내려갔다.

사랑채 마루에서 글을 읽고 있던 강 대감은 마당에 선 동천 모자를 비스듬히 내려다보았다.

"이미 잘린 머리를 어찌하겠습니까? 부디 이번 한 번만 용서해 주시면 다음부터는 절대 집안에 누가 되지 않도록 가르치겠습니다."

본동댁이 머리를 조아렸다. 동천은 아랫입술을 꽉 깨문 채로 고개만 숙일 따름이었다.

비슷한 일이 구성 인근 동리들을 벌집 쑤시듯 헤집어 놓고 있었다. 그 사실을 모를 리 없건만, 왜 대감마님은 유독 저만 가지고 심하게 구는지 동천은 도무지 알 수 없었다. 그러나 그런 걸 따지고 들 수는 없었다. 따지는 건 상전이 할 일이지 아랫것이 할 수 있는 게 아니었다. 동천은 억울한 마음에 눈물이 날 지경이었지만, 입술을 꽉 깨물고 마당에 꿇어앉았다.

"소인이 부족하여 근심을 끼쳐 드렸습니다. 용서해 주십시오."

그 말에 강 대감은 쩝 하고 입맛을 다시고는 돌아앉아 버렸다. 못 이기는 척 용서한다는 뜻이었다.

본동댁과 동천은 맥이 풀려 사랑채를 나왔다. 본동댁이 솟을대문 밖으로 먼저 나가고 동천이 막 문간을 지나치려 할 때였다.

"어? 범골 아저씨 아니에요?"

부르는 소리에 돌아보니 안채 중문에 형섭이 서 있었다.

형섭은 강 진사의 외아들이자 집안의 장손이었다. 촌수로 따지면 조카가 되지만 나이는 오히려 동천보다 한 살 많았다. 아버지 강 진사의 엄한 가르침 때문에 동천을 삼촌이라 칭하진 않았지만,

보는 눈이 없는 데서는 범골 아저씨라 부르며 스스럼없이 굴었다.

"아니, 도련님!"

동천은 귀신이나 만난 듯 형섭의 머리를 뚫어져라 쳐다봤다. 조카의 머리가 반듯하게 깎여 있었다.

"우리끼리 있을 때는 그냥 형섭이라고 부르시라니까요."

옥색 저고리에 명주 바지를 차려입은 형섭이 곰살맞게 웃으며 다가왔다.

"아저씨도 단발하셨네. 그나저나 집엔 웬일이세요?"

"……."

동천은 대답 대신에 실룩거리는 눈가를 억누르며 물었다.

"도련님, 언제 단발하셨어요?"

형섭은 굳어 가는 동천과는 다르게 말짱한 목소리로 대답했다.

"한 나흘 되었어요. 아버님께서 갑자기 구성에 볼일이 있다며 같이 나가자고 하시기에 따라나섰죠. 근데 이발소라나 무슨 머리 깎아 주는 점방이 새로 생겼더라고요. 구성도 이제 개화가 다 되었어요."

"나흘?"

그렇다면 소장 패들이 와 분탕을 치고 동천이 집에서 쫓겨난 그날이 틀림없었다.

"그럼 대감마님께 꾸중 안 들으셨어요?"

동천이 덤비듯 묻자 형섭이 머쓱한 얼굴로 대답했다.

"할아버님요? 아, 처음엔 그 꼴이 뭐냐시며 이맛살을 찌푸리시긴 했어요. 아무래도 옛날 분이시니. 그래도 아버님이 직접 데리고 나가서 단발시킨 걸 아시니까 크게 나무라시진 않으셨어요."

동천은 머릿속이 까마득해졌다. 그러다 곧 헛웃음을 깨물었다. 형섭은 동천의 웃음이 당혹스러웠는지 미간을 찌푸렸다.

"왜요? 아저씨는 꾸중 들으셨어요?"

"예, 집에서 쫓겨나 사흘 밤이나 옆집 신세 지다가 오늘에야 용서를 받았어요."

형섭이 안타깝다는 투로 한숨을 내쉬었다. 그러곤 다시 살살 웃으며 말했다.

"에이, 기왕지사 이렇게 된 거 어떡하겠어요. 머리야 놔두면 저절로 자라는 거, 또 기르시면 되잖아요."

그 말에 동천이 고개를 팩 들었다.

"그럼 도련님께서도 머리 다시 기르실 거예요?"

"예? 머리를 왜 다시 길러요? 학교 가려면 어차피……."

형섭이 성급히 대꾸하다 아차 싶었는지 입을 다물었다. '학교'라는 단어가 동천의 귓구멍에 콕 박혔다. 동천은 더 이상 묻지도 듣지도 않았다. 그럴 필요가 없었다. 한날한시, 한곳에 서 있는 서삼촌과 조카 사이라도 둘 사이를 긋는 선은 분명했다.

개화 문물이라면 벌레 보듯 질색을 하는 강 대감이 본동댁을 통해 동천에게 강요하는 것은 다만 '온고지신(溫故知新)' 네 글자였다. 그러나 그의 아들 강 진사는 아버지의 고리타분한 뜻을 가을부채처럼 외면한 지 오래였다. 도모할 앞날이 있는 형섭을 차근차근 준비시키는 강 진사였다. 그런 주도면밀한 아버지를 둔 형섭을 동천은 부러움 반, 시기 반으로 바라보았다.

'내게는 기회조차 없는 것일까? 신식 문물을 받아들일지 내칠지 선택할 기회조차 주어지지 않는 것일까?'

동천은 들끓는 속내를 감추느라 숨을 크게 들이쉬었다.

"도련님도 안 기르는 머리를 저라고 왜 기르겠어요?"

형섭은 동천의 야멸친 대꾸에 머쓱했는지 멍하니 서 있었다. 동천은 그런 조카를 남기고 돌아섰다. 강 대감에게 용서를 빌 때도 나오지 않던 눈물이 비죽 솟았다. 동천은 얄궂은 눈물이 싫어 걸음만 빨리했다.

단발 사건이 있고 얼마 안 있어 서당은 문을 닫았다. 서책 보따리를 짊어진 훈장은 왜인의 눈길이 닿지 않는 곳으로 들어가겠다며 떠나 버렸다. 동천은 하는 수 없이 진솔재 소학교로 나갔다. 거복도 동천과 나란히 진솔재 고개를 오르게 되었다. 농사에 요긴한 일손이라며 아들을 내놓지 않으려던 거복네도 순사의 일갈에는 꼼짝하지 못했기 때문이다. 강 대감과 본동댁도 동천이 왜인 학당을 다니는 일에 아무 말 하지 못했다.

두 선생님

교장 선생의 이름은 요시노 사쿠조였다. 동천과 거복은 교실로 들어서는 교장 선생을 보며 입을 헤벌렸다. 교장은 검은 제복 차림에 장도를 옆구리에 비껴 차고 있었다. 거기다 옷깃과 어깨, 팔목과 허리에까지 금장식이 주렁주렁 달려 눈이 부실 지경이었다. 지난번 머리 끊으러 왔던 소장의 제복보다 더 멋져 보였다. 그러나 학생을 가르치는 선생이 칼을 차고 덜그럭거리는 품새는 영 아름답지 못했다.

동천은 서당 훈장의 옷매무새가 떠올랐다. 땟국이 줄줄 흐르는 중치막을 입고 손때가 까맣게 전 방석 위에 앉아 요란한 헛기침을 해 대던 훈장에 비하면 저 휘황찬란한 제복을 입은 교장은 글 가르치는 선생이라기보다는 전쟁을 지휘하는 장군 같았다. 그리고 그 곁에는 교장 제복보다는 덜 화려한 차림의 조선인 선생이 서 있었다. 문석도라고 했다. 교단 아래에 선 문 선생은 요시노 교장의 졸병 같은 느낌이었다.

동천은 교장이 칠판에 '吉野作造'라고 쓰는 것을 말갛게 바라보며 중얼거렸다.

"길, 야, 작, 조? 이름이 뭐가 저러냐?"

옆에 앉은 거복이 킥, 하고 웃음을 터트렸다. 동천이 사뭇 진지한 어조로 덧붙였다.

"그럼 성이 길이고 이름이 야작조냐? 아님 성이 길야고, 이름이 작조냐?"

"어쩌면 성이 길야작이고 이름이 겨우 조일지도 모르지."

동천과 거복이 쿡쿡대다 교장과 눈이 마주쳤다. 둘은 찔끔해서 입을 꼭 봉했다. 귀밑머리가 희끗희끗한 교장은 서툰 조선말로 인사를 했다.

"에, 나는 요시노라고 한다. 음, 여러분, 이른 아침부터 수고가 많다."

교장이 양손으로 교탁을 잡고 허리를 굽혔다. 딱 끊어지듯 절도 있는 몸짓이었다. 교실에 모인 아이들 눈이 동그래졌다. 개중에는 마주 고개를 숙이거나 일어서는 아이도 있었으나 대부분은 멍한 얼굴로 교장 선생을 바라보는 게 전부였다. 동천도 마찬가지였다.

선생님, 그것도 학교에서 제일 높은 교장이란 사람이 이제 갓 들어온 신입생들에게 고개 숙여 절을 하다니 듣도 보도 못한 일이었다. 동천은 늘 서안 뒤에 꼿꼿이 앉아 절을 받던 훈장의 모습이 눈앞에 스쳤다.

교장은 교실을 둘러보며 물었다.

"이 중에 한자를 익힌 사람은 손을 들어라."

동천을 비롯한 몇몇이 들었다. 교장은 아이 하나하나에게 무슨 책을 어디까지 배웠는지 묻고 손바닥만 한 공책에 꼼꼼히 받아 적었다. 동천은 연신 고개를 까딱거리며 꼬치꼬치 캐묻는 그의 모습이 좀스럽게 보였다. 그러고 보니 번쩍거리는 제복 탓에 왜소한 몸집이 더 작아 보이는 것도 같았다.

"거복아, 그 난쟁이 왜(矮) 자 있지 않냐? 저 요시노라는 선생을 보니 일인을 어째서 '왜'라고 부르는지 알 것 같다. 하는 짓이 저렇게 좀스러워서야 어디 교장 체면이 서겠냐."

동천이 속닥거리자 거복이 또 킬킬거렸다.

"그래도 옆에 찬 칼 하나는 늠름하다, 야."

거복은 농사일 팽개치고 나들이 나온 머슴같이 들떠 있었다. 신식 학교고 요시노고 간에 되도록 늦게까지 학교에 남아 빈둥거리고 싶은 눈치였다. 공부 평계로 일 구덩이에서 놓여난 것만 신 나는 판이었다.

신입생 중 한자를 터득한 아이는 그리 많지 않았는데 주로 인근 서당에서 공부한 경우가 대부분이었다. 하지만 서당에 나가던 아이들이 모두 소학교로 옮긴 것은 아니었다. 머리가 잘리고 서당이 폐쇄되는 지경에도 아들을 내놓지 않는 양반이 많았다. 일본 순사의 끈질긴 입학 강요에도 꾀꾀로 아이를 빼돌리며 버티었다. 오히려 아이들이 신식 학교에 대한 호기심으로 부모 몰래 진솔재로 오기도 했다.

교장 선생은 아이들을 하나씩 호명했다.

"음, 그럼 강동천?"

"예."

동천은 자리에서 벌떡 일어나 두 손을 공손히 모았다. 선생 앞에서는 몸가짐을 가지런히 하라던 훈장의 가르침이 몸에 밴 탓이었다.

"너는 금년에 나이가 열셋이라고 했지? 한서는 『소학』을 배우던 중이었고?"

"예."

"그렇담 너는 2학년으로 편입한다. 물론 조선말은 읽고 쓸 줄 알겠지?"

동천은 그렇습니다, 하고 대답했다. 곁에 앉은 거복이 옆구리를 쿡 찔렀다.

"너는 그래도 배운 게 있다고 바로 2학년으로 월반이구나, 좋겠다."

동천은 1학년이니 2학년이니 하는 말이 낯설었다. 그래도 서당에서 배운 것이 소용 닿는다는 사실은 기뻤다. 다만 거복과 학년이 갈려 다른 반에서 공부해야 한다는 게 조금 서운할 뿐이었다.

교장은 골치를 앓아 가며 반 배정을 마쳤다. 그리고 교탁 위에 쌓아 놓은 책을 나눠 주기 시작했다. 그러면서 갑자기 일본 말로 연설을 늘어놓았다. 조선인 문 선생이 통역을 해 주었다.

"조선인 역시 천황 폐하를 모시는 신민과 다름없이 교육하라는 천황 폐하의 황공하옵신 칙어에 따라 너희에게 교과서와 학습 도구를 무상으로 배분하겠다. 여기 모인 제군들이 천황 폐하의 하늘 같은 은공에 보답하는 길은 오로지 학문과 교칙을 익혀 일본제국의 신민으로서 그 소임을 다하는 것뿐이다."

아이들은 문 선생의 통역을 듣고도 말똥말똥 교장만 올려다보았다. 너무 어려운 단어가 많아 무슨 뜻인지 알아듣지 못한 것이었다.

동천과 거복도 앞으로 나가 교과서와 연필, 공책을 새로 받았다. 동천과 거복은 준비해 온 보자기에 이것들을 차곡차곡 쌌다. 이로써 신학교의 첫날 일정이 모두 끝났다. 아이들은 학교 건물에 매달린 쇠 종이 땡땡땡 하고 울리자 시키는 대로 교문 밖으로 나왔다.

동천은 집으로 와 깨알 같은 글씨가 빼곡히 든 일본어 교본과 생전 처음 보는 숫자가 줄 맞춰 서 있는 대수 교본을 몇 번이고 들춰 보았다. 본동댁은 그런 동천을 본체만체했지만 동천이 거복과 놀러 나가자 몰래 펴 보며 고개를 갸웃거리기도 했다.

신식 학교가 자리를 잡는 데는 시간이 걸렸다. 사실 아이들은 학교생활이 좀처럼 몸에 익질 않아 매사에 절절맸다. 연필 쥐는 법이나 공책 쓰는 법, 쉬는 시간에만 뒷간에 다녀오는 일 등등, 하나에서 열까지 모두 어려워했다. 특히 서양식 시간 개념은 낯설기만 했다. 등교 시간도 그저 너무 늦지 않게 닿으면 되는 줄로만 아는 식이었다. 그래서 수업 중간에 교실 문을 벌컥 열고 들어와 태연하게 자리에 앉거나 아직 수업이 다 끝나지도 않았는데 책보를 싸서 집에 가려는 아이도 있었다.

요시노 교장이 수업 중에 나가는 아이를 붙잡고 이유를 물었다.

"아버지가 배울 거 얼른 배우고 오라고 하셨어요. 오늘 감자 파는 날이거든요."

아이는 교장 앞에서 수업 내용을 줄줄 외더니 총총히 사라졌다. 요시노 교장은 기가 막혀 '다케도, 다케도(그렇지만)……'만 중얼거렸다.

틀에 짜인 학교생활을 어려워하는 건 동천보다 거복이 더 심했다. 머리털 나고 줄곧 농사일 아니면 들로 산으로 쏘다닐 줄만 알았던 거복이었다. 그런 천둥벌거숭이가 꼼짝 못 하고 앉아 뱅뱅 도는 숫자 놀음을 하자니 좀이 쑤시고 머리가 지끈거렸다. 처음에 마냥 좋아하던 꼴은 온데간데없이 짚불에 타는 구렁이처럼 온몸을 뒤채곤 했다. 그래도 아침이면 어김없이 동천을 재촉했다. 어쨌든 똥지게 지고 논밭으로 뛰는 것보다야 가만 앉아 있는 게 제 딴에도 좀 낫다 싶은 모양이었다.

범골에서 진솔재 학교를 꾸준히 다니는 학생은 거복과 동천밖에 남질 않았다. 다른 아이들은 한두 달 새에 학교를 그만둔 경우가 태반이었다. 무단결석에 지각, 학습 진도 문제 등등으로 잠방이에 방귀 새듯 학교를 그만두었다. 깎인 머리가 자라는 대로 내버려두듯 학교 다니는 일도 될 대로 되라는 식이었다.

삼십 리가 넘는 길을 동천과 거복이 사이좋게 오가는 나날이 흘러갔다.

"근데 동천아, 너 본가 도련님 있잖냐?"

나란히 걷고 있던 거복이 말을 꺼냈다.

"형섭 도련님이 왜?"

"도련님은 소학교 안 나오신다니? 우리보다 한 살 많은 열넷인데 그럼 도련님도 진솔재 고개로 배우러 다녀야 하는 거 아냐?"

동천도 실은 형섭의 근황이 궁금하던 차였다. 형섭은 본말 서당에서 글을 배우지 않았다. 독선생을 불러다 경서를 읽고 서예를 익혔다. 동천은 형섭이 서당에 나오지 않는 것을 내심 다행으로 여겼다. 형섭이야 동천이 거리낄 것 없을지 몰라도 동천은 달랐다. 남들 앞에서 조카인 형섭에게 '도련님'이란 호칭을 써야 하기 때문이었다.

얼마 전 동천은 본동댁에게 지나가는 말처럼 물었었다.

"저기, 형섭 도련님은 진솔재에 언제 나오신대요?"

장독대에서 장을 푸던 본동댁이 심드렁하게 대답했다.

"본가 도련님이 어떤 분인데 반상의 구분도 없이 뒤섞이는 델 가시겠니. 차돌 어멈에게 들으니 지금은 새로 독선생을 들여 신학문 배우신다더구나."

동천은 그 말을 들으며 질투심에 가슴이 뻐근했던 기억을 떠올렸다.

"내년에 구성이든 평양이든 유학 나가실 거래."

동천이 들은 대로 전하자 거복이 머리를 끄덕였다.

"하긴 도련님이 우리 같은 천것하고 같은 책상 쓰시겠냐? 나도 그럴 거라고 대충 짐작은 했다."

그 말에 동천이 발끈했다.

"우리 같은 천것이라니? 신식 학교에서는 신분 차별 따위는 없다고 요시노 선생님이 말씀하셨잖냐. 그런데 무슨 양반 상놈 구분을 지어? 다른 데서는 몰라도 진솔재 학교에서만은 누구나 똑같은 학생이고 사람이야!"

"엄마야, 갑자기 왜 소리는 지르고 난리야? 그래, 그래서 나도 이렇게 삼십 리 길을 마다 않고 다니는 거 아니겠냐. 나도 너랑 똑같은 사람 취급받으려고."

거복이 농으로 받아넘기며 물었다.

"근데 동천아, 너는 입에서 잘도 요시노, 요시노 하고 튀어나온다. 나는 암만 노력해도 일본 이름이 입에 잘 안 붙던데."

"붙고 안 붙고가 어딨어. 매일같이 얼굴 보고 수업 듣는데."

진솔재 학교에는 선생이 딱 둘이었다. 요시노 교장과 조선인 문 선생이었다. 두 선생은 학생 수가 서른 명이 넘는 학교에서 행정을 돌보랴 수업을 하랴 진땀을 뺐다.

합방 이후 조선에는 개화 바람이 부는 대도시부터 학교가 들어섰다. 일본 당국은 고등 교육기관보다 소학교나 고등보통학교 정도의 하등 교육기관을 중점적으로 지어 식민화 교육에 집중했다. 이러한 학교 사업은 잠시 주춤하다가 삼일운동 이후 다시 야심 차게 추진되었다. 문화 통치라는 허울 아래 소학교를 관의 손길이 닿기 어려운 촌락까지 확대 설치하여 융화책을 펼치려는 것이었다. 촌락에 세운 학교들은 학제도 들쭉날쭉했다. 조금이라도 시설과 인력이 나은 곳은 4년제 소학교 학제를 충실히 따랐지만, 형편이 여의치 않은 벽촌 학교는 학생의 재량에 따라 학년을 높여서 입학하거나 학기 중에 월반을 시켜 졸업생 수를 늘렸다.

그러나 학교는 궁여지책으로 건물만 올린다고 운영되는 게 아니었다. 학교 수가 늘어나는 만큼 가르칠 교사도 더 필요했지만 당연히 선생은 벽돌 찍어 내듯 금세 만들어지지 않았다.

문석도라는 조선인 선생은 그 틈에서 운 좋게 일자리를 얻은 사람이었다. 학력이라야 고작 고등보통학교 졸업이 전부인 위인이 일본어가 된다는 이유만으로 소학교 교사 노릇을 하게 된 것이었다. 문 선생은 아래 학년에게 조선어와 셈본을, 위 학년에게는 대수를 가르쳤다. 일본어는 전 학년을 요시노 교장이 책임졌다. 발음상의 문제가 가장 큰 이유라고 했다.

"아직 국어에 서툰 너희에게 처음부터 올바르지 않은 발음을 가르친다면 황국의 교사로서 체면이 서질 않는다. 그러므로 국어 수업은 모두 내가 맡는다."

'올바르지 않은 발음'이란 물을 것도 없이 문 선생을 두고 한 말이었다.

학교에서는 원칙상 모든 수업을 일본어로 진행해야 했다. 하지만 이제 갓 들어온 조선 아이들에게 일본 말로 지껄여 봤자 힘든 건 선생 쪽이었다. 그래서 요시노 교장도 조선말을 섞어 가며 수업을 진행했다.

요시노 선생의 조선말은 물론 서툴고 어눌했다. 일본어 수업에서 그렇게 발음의 중요성을 강조하는 사람치고는 무안할 정도였다. 아이들은 요시노 교장이 조선말을 할 때마다 웃음을 참느라 애를 썼다.

오히려 학생들이 무서워하고 거리를 두는 이는 같은 조선 사람인 문 선생이었다. 문 선생 역시 수업은 일본어로 진행했다. 학칙이 그러하니 당연한 노릇이었다. 그러나 아이들은 문 선생의 수업시간엔 유난히 곤혹스러운 얼굴을 했다. 문 선생이 아이들은 알아듣든 못 알아듣든 재빠르게 일본 말을 주워섬기며 진도를 나가는 것이 문제였다.

"문 선생은 교장보다 더 지독하게 일본 말만 고집하니 도대체 어떻게 된 사람이냐?"

거복이 툴툴거리며 회초리 자국이 선명한 손바닥을 내밀었다. 수업 시간에 짝꿍과 조선말로 농지거리를 했다가 문 선생에게 걸려 매를 맞은 것이다. 동천은 지렁이처럼 부풀어 오른 상처를 보며 고개를 갸웃거렸다.

"그러게. 근데 애들 혼내거나 야단칠 때는 꼭 조선말로 하더라."

"욕은 조선말로 해야 한 것 같나 보지."

두 동무는 쓴 입맛을 다셨다.

모내기로 한창 바쁜 늦봄 어느 날이었다. 출석부와 회초리를 들고 교단에 선 문 선생이 교실을 휘둘러봤다.

"저기 뒤에서 세 번째 자리, 또 한복남이냐?"

아이들 눈이 빈 의자로 쏠렸다.

"한복남은 벌써 나흘째 결석 아닌가!"

문 선생이 회초리로 교탁을 내리쳤다. 아이들은 저희들이 복남을 결석시킨 일도 없건만 옴팍 주눅이 들었다.

"나흘씩이나 무단결석이면 이건 퇴학감이야, 퇴학!"

문 선생은 교단을 왔다 갔다 하며 한복남이 사는 곳을 물었다. 한 아이가 삐죽 손을 들더니 노루실요, 하고 대답했다.

"그럼 너도 같은 마을에 사나?"

아이는 어깨를 잔뜩 웅크린 채 예, 하고 대답했다.

"그럼 한복남이가 왜 학교에 나오지 않는지도 알고 있나?"

아이는 겁먹은 눈을 띠룩띠룩하더니 조그맣게 말했다.

"복남이네가 요즘 모내느라고 바쁘거든요. 품앗이한다 해도 새참이랑 동생들 끼니랑 챙기다 보면……."

갑자기 교탁이 짝, 하고 울렸다.

"뭐? 모내기하느라 바빠? 아무리 바빠도 결석 사유를 통보해야 할 것이 아니야!"

문 선생은 복남의 결석보다 자신의 행정 업무가 복잡해지는 것이 더 걱정되는 눈치였다. 문 선생은 머리를 내저었다.

"조선인들은 이래서 안 된단 말이다. 옛날 서당식으로 아이를 보냈다가 안 보냈다가, 제멋대로 하던 버릇을 개명 학교에서도 하고 있으니. 부모라고 애를 농사일에 부려 먹을 줄만 알았지, 도무지 일을 공적으로 처리할 줄을 모른단 말이야."

문 선생은 어느새 복남의 부모까지 싸잡아 욕을 하고 있었다.

"더 이상 긴말 필요 없다. 한복남은 오늘부로 퇴학 조치될 것이다. 내 교장 선생님께 보고해 처리할 테니 같은 마을에 사는 학생은 그렇게 전하도록."

그때, 마치 문 선생 말이 끝나기를 기다렸던 것처럼 교실 문이 삐거덕하고 열렸다. 그리고 그 문 사이로 새까맣게 탄 복남의 얼굴이 들어왔다. 복남은 교실 안으로 들어올 용기가 안 나는 모양이었다. 문고리를 붙잡고 고개만 꾸벅했다. 모르긴 몰라도 복도에서 문 선생의 말을 전부 들은 것 같았다.

"아, 아니 넌!"

문 선생은 복남에게 달려들어 멱살을 잡아끌었다. 복남은 선생이 끄는 대로 교단 앞에 섰다.

"학교가 무슨 한가할 때 놀러 다니는 놀이터인 줄 아나!"

복남은 두 손을 모으고 가만히 서 있었다.

"내가 전부터 누누이 얘기했을 텐데. 결석을 하게 되면 그 사유서를 먼저 제출하고, 사유서 사전 제출이 어려우면 중간에 와서라도 보고를 올려야 한다고. 너 같은 무단결석자들 때문에 내가 얼마나 골탕을 먹는 줄 알아!"

문 선생이 야멸친 소리를 쏟아 놓자 복남이 눈물을 글썽였다.

"잘못했습니다, 선생님."

"네 부모도 마찬가지다. 아이를 일 부려 먹느라고 학교에 안 보내다니 정신이 있는 거야, 없는 거얏!"

문 선생은 다짜고짜 복남을 돌려세우더니 회초리질을 시작했다. 회초리가 허공을 가르며 복남의 허벅지에 달라붙었다. 아이들은 짝짝 소리가 날 때마다 어깨를 움찔거렸다.

"너 같은 놈들이 조선 사람 전체를 욕 먹이는 것이다, 이 게으르고 제멋대로인 놈아! 도대체 황국신민으로서 자격이 없질 않으냐 말이다. 네 부모는 못 배운 티를 이렇게밖에 못 내나!"

복남은 굵다란 눈물을 뚝뚝 흘릴 뿐 신음 소리조차 내지 않았다. 검붉게 멍드는 허벅지보다 제 부모가 욕을 먹는 게 더 서러운 모양이었다.

회초리가 힘을 못 이겨 부러졌다. 문 선생이 다른 회초리를 찾느라 교탁 주위를 두리번거리는데 교실 문이 열렸다. 요시노 교장이 굳은 얼굴을 앞세우고 들어왔다.

"실례합니다만 문 선생, 무슨 일입니까?"

문 선생은 화들짝 놀라 회초리를 뒤로 감추었다. 요시노 교장은 문 선생이 늘어놓는 설명을 가만히 듣고 있다 손짓을 했다.

"잠시 복도로 좀!"

문 선생이 교장을 따라 복도로 나갔다. 두 사람이 밖에서 나누는 이야기가 교실 안으로 고스란히 들려왔다.

"선생의 말씀도 일리는 있지만 그렇다고 매질로만 다스려서 될 일이오? 무지하고 몽매한 부락민 아이일수록 친절하게 타이르고 가르쳐야지. 내가 몇 번이나 말씀드렸잖소, 조선인은 한 번으론 안 된다고요. 끈질긴 인내심과 이해만이 조선의 미개한 타성을 깨트릴 수 있을 거라고 했잖소. 선생부터 그 야만적 훈육 방식을 뜯어고치도록 하시오."

문 선생이 요시노 교장에게 훈계를 듣는 사이, 아이들은 복남의 등을 만져 준다, 눈물을 닦아 준다, 허벅지를 봐 준다 하며 몰려들었다.

잠시 후, 낯이 벌겋게 상기된 문 선생이 들어왔다. 벽 하나를 사이에 두고 학생들 듣는 데서 '야만적 훈육 방식' 어쩌고 하는 비난을 들었으니 염치가 바로 선 어른이라면 굴욕감에 얼굴을 들지 못할 터였다. 그러나 문 선생은 턱을 바짝 치켜들고 교탁 앞에 섰다.

"한복남은 다음부터 농번기 결석이 있을 시 꼭 학교에 미리 통보하기 바란다."

복남이 통통 부은 눈으로 쳐다봤으나 문 선생은 손가락만 까딱했다.

"어서 자리에 들어가 앉도록!"

복남은 부풀어 오른 허벅지 때문에 제대로 앉지도 못하고 엉거주춤 엉덩이만 걸쳤다.

봄이 지나고 여름이 한창이었다. 문 선생은 아이들 야단칠 일이 뜸해지자 흥 잃은 북재비처럼 무뚝뚝해졌다. 특히 수업 시간엔 지겨워 죽겠다는 표정으로 진도만 나가면 그만이었다. 동천이 보기에 그런 문 선생은 넋이 없는 사람 같았다. 목구멍이 포도청이라 억지 춘향으로 버틴다는 티가 역력했다.

'저러고 세월을 보내느니 차라리……'

어디 화전민촌으로 들어가 버렸다는 훈장이 떠올랐다. 소문엔 훈장 일을 그만두고 비탈밭을 뒤지는 농사꾼으로 산다고도 했고,

아예 머리 깎고 절로 들어갔다는 얘기도 들려왔다. 아이들은 건드리지 말라며 목숨 같은 상투를 잘라 던지던 훈장과 교단 위에서 하품만 뽑아내는 문 선생은 둘 다 조선인이되 같은 조선인은 아니었다.

그런저런 일들이 쌓이며 시간이 물 흐르듯 흘렀다. 어느덧 첫 학기가 끝나 가고 있었다. 가을걷이를 끝낸 들판엔 황량한 바람이 불고 아침이면 누런 잡초에 은색 서리가 앉았다.

"얼른 나와라. 늦겠다."

재촉하는 소리에 뒤란에서 거복이 고의춤을 붙잡고 뛰어나왔다.

"어젯밤 늦게 날고구마를 먹었더니 아침부터 배 속이 요동을 친다."

동천은 땅에 끌리는 허리끈을 들어 주며 혀를 찼다.

"오늘 교장 선생님이 시험 본다고 하셨는데 셈본은 좀 외웠니?"

책보를 찾으러 방으로 들어가던 거복이 제 머리를 쥐어박았다.

"맞다, 오늘이랬지! 어떡하나? 난 어젯밤 고구마 먹느라……."

"얀마! 고구마 타령 좀 그만해. 오늘이 겨울 방학 하는 날 아니냐. 방학식 하면서 상도 준다는데 준비를 하나도 안 했단 말이야?"

"그러는 너는 많이 외웠냐? 2학년은 국어 독본에 대수책까지 다 외워야 상을 준다는데 했어?"

동천은 헤헤 웃으며 제 머리를 톡톡 두드렸다.

"걱정 마라. 독본 네 권에 대수책 두 권, 다 해서 여섯 권 모두 이 머릿속에 들어 있으니까."

"너 그럼 시험만 잘 보면 월반해서 졸업반으로 올라가겠구나."

2학년 중에서도 동천과 복남은 발군의 실력을 보였다. 그것을 눈여겨보고 있던 요시노 교장이 둘을 교장실로 불렀다.

"여기 이 책들은 3학년 과정 교과서들이다. 너희들은 학습 진도가 빠르니 3학년 과정을 미리 공부해 보아라. 학기 말에 암송 시험을 쳐서 그 결과에 따라 월반을 시켜 줄 것이다."

월반이란 말에 동천보다 복남이 더 반색했다. 농사일과 집안일에 매여 학교 다니는 일을 힘겨워하던 복남이었다. 그렇다고 다른 아이들처럼 학업을 포기하진 않았다. 기를 쓰고 나와 공부에 매달렸다. 동천은 그런 복남을 말없이 존경하고 있었다.

"나도 그러면 좋겠는데 해 봐야 알지."

동천은 말끝을 흐리며 자신 없는 표정을 지었다.

"뭘 해 봐야 알어? 속으론 단단히 준비해 놓았으면서."

거복이 얄미운 눈총을 쏘았다. 동천은 시치미를 떼느라 친구의 어깨를 냅다 갈기고 도망쳤다. 두 동무는 이렇게 앞서거니 뒤서거니 하며 학교에 당도했다.

"그럼 지금부터 시험을 시작한다. 우선 여섯 권 모두를 외울 수 있는 학생은 앞으로 나올 것!"

교장은 뒷짐을 진 채로 교실 맨 뒤에 가 섰다. 동천과 복남 두 사람이 교단 앞으로 나갔다.

"두 사람이 전부인가? 음, 강동천과 한복남은 국어 독본 1부터 4까지 번갈아 외워 보도록!"

교장은 교실을 오락가락하며 두 학생이 읊어 대는 소리에 귀를 기울였다. 동천과 복남은 서로 막히는 부분을 받아 가며 4권까지 외웠다.

"좋아, 그렇다면 이번엔 한복남. 대수책 1권 3과의 내용을 말해 봐라."

복남이 3과를 암송하기 시작했다. 중간에 가끔 더듬는 부분은 있었으나 무사히 끝마쳤다. 동천 역시 2권에 해당하는 내용을 외우고 설명했다. 두 사람의 시험이 끝나자 교실엔 박수 소리가 넘쳐 났다.

"우수 학생 강동천, 한복남에겐 약속한 상을 내리겠다."

요시노 교장은 미리 준비한 선물 꾸러미를 두 학생에게 나누어 주었다. 공책과 연필, 그리고 일본어로 된 책이었다.

"두 사람은 2학년과 3학년 교과 과정을 모두 깨쳤으니 약속대로 다음 학기에는 졸업반으로 월반한다. 너희들도 이 두 사람을 본받아 더욱더 학업에 매진하도록. 그것만이 천황 폐하와 제국의 은공을 갚는 길이 될 것이다. 반도인도 노력만 하면 내지인 못지않은 문명인으로 다시 태어날 수 있음을 너희 스스로 증명해 보여야 한다."

요시노 교장은 제복을 입은 가슴을 뻐기며 연설을 늘어놓았다.

동천은 상보다 졸업반으로 월반한다는 사실이 더 기뻤다. 우여곡절 끝에 다니기 시작한 새 학교의 첫해였다. 모든 게 생경하고 힘들었지만 그만큼 신기하고 재미난 일도 많았다. 월반이라는 진정한 우등상도 받았다. 동천은 실력대로 인정받는 학교 공부가 재밌어졌다.

본동댁은 동천의 월반 소식에 빙그레 웃으며 한마디 했다.

"경서를 외던 아이니 그깟 왜말이야 누워서 떡 먹기지."

그날 저녁, 동천이 콩기름 등불 아래서 상으로 받은 책을 읽고 있을 때였다.

"동천아! 자니?"

안마당에 거복이 서 있었다.

"다 늦게 무슨 일이야?"

거복이 달빛에 의지해 동천을 쳐다봤다.

"너, 소식 들었냐?"

"무슨 소식?"

"문 선생님이 학교를 그만두셨다는데."

"학교를 그만둬? 왜?"

"몰라. 온다 간다 말도 없이 사직서만 교장실에 놔두고 사라졌대."

뒤늦게 사직서를 발견한 교장이 팔팔 뛰며 찾아 나섰지만 헛수고였다고 했다. 짐도 미리 싸 놓았는지 사택 방도 양말 한 짝 없이 텅 비어 있었다. 문 선생의 잠적은 호들갑스러운 교장의 떠벌림으로 하루도 못 되어 근동에 소문이 쫙 퍼져 버렸다. 담당 교육국에서는 요시노 교장에게 문책 공문을 보냈다. 요시노 교장은 교원의 무단 사퇴에 대한 책임 추궁을 무마하기 위해 새 선생 구하기에 호들갑을 떨었다.

"말도 안 돼. 선생 일이 어린애들 장난도 아니고 그런 법이 어딨냐? 게다가 문 선생님은 학교를 그만둘 이유가 없잖아."

동천은 그렇게 말하면서도 가끔 보았던 문 선생의 김빠진 표정을 기억해 냈다.

"우리야 모르지. 요시노 교장에게 허구한 날 욕 들어 먹더니 앙심을 품었는지."

거복도 문 선생이 요시노 교장에게 닦이는 걸 몇 번이나 본 적이 있다고 했다.

요시노 교장은 문 선생과 학생들 사이에 문제가 불거질 때마다 "조선인이란 선생이고 학생이고 모두 골칫거리란 말이야." 하며 머리를 내젓곤 했다. 혼잣말처럼 중얼거렸지만 작은 교실, 작은 학교에서는 누구나 다 알아차릴 수 있는 말버릇이었다.

소식을 전해 준 거복이 건너가고 동천만 마루에 남았다. 밤하늘엔 초겨울 달이 차갑게 빛을 발했다. 도가니 같은 세상을 훤히 내려다보면서도 저렇게 맑고 밝기만 한 달이 오늘따라 무심해 보였다.

내지인, 반도인

새 학기가 시작되는 4월이 가까워지자 요시노 교장은 속이 타일본으로 전보를 치고 평양을 드나들며 선생 구하기에 골몰했다. 이런 사정을 알 리 없는 동천과 거복은 개학 날만 손꼽아 기다리며 농사일을 돕고 있었다.

"동천아! 아직 멀었냐? 첫날부터 지각하면 문 선생…… 아 참! 문 선생님 이제 안 계시지. 어쨌든 빨리 가자!"

거복이 재촉하는 소리에 동천이 서둘러 짚신을 신었다.

"문 선생님 대신 어떤 분이 오실까? 요번에도 조선인 선생님이실까? 아님 일본인?"

"조선인이든 일본인이든 고약한 사람만 아니면 그만이지, 뭐."

거복이 입맛을 다시며 저 멀리 언덕 위 빨간 벽돌집을 바라봤다. 국기 게양대에 일장기가 바람에 나부끼고 있었다.

전교생이 한 교실에 모이자 반은 떠드는 소리로 떠나갈 지경이었다. 새로 들어온 신입생 여남은 명에다 진급한 학생까지 합해야 서른 명이 안 되는 숫자였다. 작년 한 해 동안 미꾸라지 빠져나가듯 학교를 그만둔 학생이 열 명도 더 되었기 때문이다.

잠시 후, 앞문이 열리고 요시노 교장과 웬 젊은 남자가 들어섰다. 아이들 눈이 일제히 그 젊은 남자에게로 쏠렸다. 젊은 선생은 단정한 용모에 새 교원복을 입고 있었다. 나이는 잘해야 스물네댓 살, 새파란 청년이었다.

무엇보다 아이들 눈을 사로잡은 건 그가 쓰고 있는 금테 안경이었다. 그것은 요시노 교장 코 위에 가끔 얹히는 까맣고 두꺼운 뿔테 돋보기와는 격이 달랐다. 날렵하면서도 세련미가 잘잘 흐르는 신식 안경이었다. 아이들은 저렇게 젊은 어른이 안경을 쓰나 싶어 빠끔히 쳐다보았다. 새 선생은 그런 아이들의 시선이 부담스러우면서도 반가운지 싱긋 웃어 주었다.

"자, 학생 제군 여러분, 방학 건강히 보냈습니까? 오늘은 새 학년의 첫날입니다. 그리고 여러분께 소개할 분이 계십니다. 다케다 선생, 이리로!"

개학 날답게 옆구리에 장도까지 찬 교장이 자리를 내주자 젊은 선생이 교단 위로 올라섰다.

"여러분, 처음 뵙겠습니다. 저는 다케다 시로라고 합니다. 오늘부터 여기 진솔재 학교에서 제군 여러분과 함께 지내게 되었습니다."

다케다 선생은 칠판에 '武田四郎'라고 큼직하게 썼다.

"저는 대학 때부터 반도에 꼭 오리라 마음먹었습니다. 반도에 와서 반도의 학생들과 함께 공부하는 것이 제 꿈이었습니다. 오늘 그 꿈이 이루어져 얼마나 기쁜지 모르겠습니다. 여러분, 모쪼록 잘 부탁합니다."

다케다 선생이 허리를 깊숙이 굽혀 인사를 하자 와, 하는 함성과 함께 박수 소리가 터져 나왔다. 동천은 새 선생이 '반도', '반도' 하는 말이 금테 안경만큼이나 생경했다. 요시노 교장은 새 선생 말끝마다 고개를 끄덕이다가 말을 보탰다.

"에, 올해는 3학년에서 진급한 학생과 월반한 학생이 모여 4학년 졸업반을 꾸리게 되었다. 새로 오신 다케다 선생님께서 이 졸업반을 중점 지도해 주실 것이다. 방금 내지에서 건너오신 분이니만큼 많은 도움을 주실 거라 믿는다."

4학년으로 올라가게 된 동천과 같은 반 급우들은 한껏 들뜬 표정으로 다케다 선생을 바라봤다.

그날 수업이 끝나고 교무실에 마주 앉은 요시노 교장과 다케다 선생은 녹차를 마시며 이야기를 나눴다.

"전화위복이라고, 무책임한 조선인 선생 때문에 학교 문 닫는

줄 알았는데 이렇게 훌륭한 내지인 교원을 새 식구로 맞이할 줄이
야."

요시노 교장은 호들갑스럽게 의자 팔걸이를 두드렸다.

"아무쪼록 내선일체라는 막중한 업무의 최전선에 서신 것을 영
광으로 알고 최선을 다해 주시길 부탁드리겠습니다."

요시노 교장이 낯빛을 고치며 머리를 숙이자 다케다 역시 맞절
로 응답했다.

"예, 반도의 근대화 사업에 박차를 가하도록 소임을 다하겠습니
다. 이 모두가 황공하옵신 천황 폐하의 칙어를 받드는 일 아니겠습
니까."

그 말에 두 사람은 누가 먼저랄 것도 없이 교무실 벽 가운데에
걸린 천황 사진으로 눈길을 옮기며 벌떡 일어섰다. 그리고 옷깃을
매만지더니 똑같이 허리를 굽혔다. 절도 있고 당당하기 그지없는
자세였다.

새 학기가 시작되고 날은 빠르게 흘러갔다. 봄꽃을 떨어트리는
흙바람이 분다 싶더니 어느새 논을 갈고 모를 찌는 시기가 다가왔
다. 본격적인 농번기로 들어서자 진솔재 학교에는 작년처럼 빈자
리가 눈에 띄기 시작했다. 농사일에 쫓겨 학교를 빼먹는 아이들이
슬금슬금 늘어날 때였다. 이번엔 거복도 마찬가지였다.

보름 전, 한창 모를 낼 때에 맞춰 거복의 형이 자리에 드러누워

버렸다. 산에서 나무를 하다 발이 미끄러져 허리를 다친 것이다. 남자라곤 형제 둘뿐인 집에서 하나가 누워 버리자 산더미 같은 일이 거복에게 떨어졌다. 거복은 새벽부터 품을 구하러 다닌다, 못줄을 잡는다, 새참을 나른다 하며 눈코 뜰 새 없이 돌아쳤다. 학교는 뒷전이었고 여드레나 결석을 하고 말았다. 물론 동천이 거복 대신 결석계를 내 준 덕분에 별다른 일은 없었다. 다만 뒤처진 진도가 걱정이었다. 여드레 만에 학교를 나가는 거복이 툴툴거렸다.

"나 같은 돌대가리가 중간 뚝 떼어 먹고 뭘 알겠냐?"

동천이 거복의 어깨를 두드렸다.

"너무 걱정 마라. 매일 조금씩 나랑 같이 메우면 되잖아."

거복이 씁쓸하게 웃었다.

"모르는 소리 마라. 모내기 끝났다고 농사일 작파하냐. 해도 해도 끝이 없는 게 농사일인데. 거기다 형이 누워 있는데 내가 공부한답시고 책 들여다보고 있으면 어머니가 참 좋아라 하시겠다. 공부고 뭐고 다 망친 셈이야."

동천은 보지 않아도 훤한 거복네 사정이라 대거리할 말이 없었다.

다음 날 하굣길, 교문에 섰던 동천이 도로 들어가 2학년 교실 앞을 기웃거렸다. 아까부터 기다렸건만 거복이 나오질 않았다. 창틀을 붙잡고 안을 들여다보니 교실은 수업이 한창이었다. 교단 위에서는 다케다 선생이 무언가 열심히 적는 중이었다.

'이상하다. 학교 파한 지 한참인데 무슨 일이지?'

동천은 머리를 긁적이다 다케다 선생과 눈이 딱 마주쳤다. 다케다 선생이 교실 문을 열고 고개를 내밀었다.

"동천 학생? 거기서 뭐 하나?"

"엣! 한마을에 사는 친구가 안 나오기에 와 본다는 것이……. 죄송합니다."

당황한 동천이 서둘러 자리를 뜨려 했다.

"잠깐! 동천 학생, 지금 혹시 시간 있나?"

"예? 예, 있긴 있습니다만……."

"그럼 교실로 들어와 동무들 좀 도와주지 않겠나?"

다케다 선생은 동천을 교실로 불러들였다. 동천은 거복에게 다가가 낮은 목소리로 물었다.

"너희 아직 수업 안 끝난 거냐?"

"아니야, 모내기 때문에 결석 많이 한 애들만 남아서 공부하는 중이야. 선생님이 뒤처진 진도 잡아 주신다며 남으라고 하셨어."

거복은 곱셈과 나눗셈이 뒤섞인 문제를 푸느라 끙끙거리며 대답했다.

"그럼 여기 있는 애들 야단부터 된통 맞았겠구나, 결석 많이 했다고."

동천이 또 소곤거리자 거복이 머리를 살래살래 저었다.

"아니, 집안일 돕느라고 수고했다면서 칭찬부터 하시던데."

동천은 맨 앞줄 아이에게 셈을 가르치는 다케다 선생을 물끄러미 바라보았다. 다케다 선생이 방과 후 개별지도 하는 모습은 전에도 두어 번 본 적 있었다. 그렇지만 농사일 때문에 결석한 아이들을 학년에 구분 없이 모아 놓고 한 사람, 한 사람 진도를 봐주기란 쉬운 일이 아니었다. 그러나 다케다 선생은 어디서 기운이 샘솟는지 지친 기색 하나 없이 아이들 질문에 꼼꼼히 답해 주고 있었다.

동천도 후배들이 물어 오는 대로 가르쳐 주느라 분주했다. 배우는 가장 좋은 방법이 가르치는 것이라더니 동천도 설명하며 깨친 것이 많았다.

어느덧 해가 뉘엿뉘엿 기울었다.

"자, 오늘은 늦었으니 이만하고 내일 또 같은 시간에 모이는 거다, 알겠지?"

다케다 선생이 교탁을 정리하며 동천을 가리켰다.

"오늘 동천 학생이 조교 노릇을 했으니 인사도 동천 학생이 하도록."

"기오쓰케(차렷)!"

"게이레이(경례)!"

아이들은 졸업반 선배 동천의 지시대로 인사를 하고 우르르 교실을 빠져나갔다.

동천이 맨 끝으로 나가려는데 다케다 선생이 불러 세웠다.

"동천 학생, 뒷정리 좀 같이 부탁할까?"

거복이 먼저 가겠다고 눈을 찡긋하고 나갔다. 교실 정리를 마치자 다케다 선생은 동천에게 차를 권했다.

"여러 가지로 신세가 많았다. 그래, 동천 학생은 어디에 살지?"

자연스럽게 다케다 선생과 마주 앉은 동천은 집 이야기며 학교 생활에 대해 대화를 나누었다.

"월반해서 한 해를 번 것은 좋지만 졸업 후가 걱정입니다."

동천은 말끝에 이렇게 고백했다.

"졸업 후에 상급 학교로 진학할 계획 아니었나? 난 동천 학생의 향학열이 남다르기에 진학에 뜻이 있는 줄로만 짐작했었는데."

다케다 선생은 뜻밖이라는 듯 물었다.

"제 처지에 소학교만도 감지덕지지요. 모르긴 몰라도 졸업하면 본가에서 내려 주시는 논밭을 일구며 농사꾼으로 살지 싶습니다."

동천은 자조 어린 웃음을 비치며 창밖으로 시선을 돌렸다. 다케다 선생은 그런 동천의 옆얼굴을 조용히 바라보았다.

"동천 학생, 내 주제넘게 할 말은 아닌 것 같네만, 자넨 그저 평범한 농사꾼으로 일생을 보낼 인물은 아니네."

"예?"

동천은 다케다 선생의 말에 고개를 쳐들었다.

"나도 이제 갓 교사 일을 시작한 풋내기지만, 자네가 지닌 그릇을 못 알아볼 정도는 아니란 말이지."

동천은 너무나 당황스러워 두 볼이 달아올랐다. 지금껏 이런 말을 해 준 사람은 아무도 없었다.

"졸업 후를 고민해 보게. 세상은 자네가 교과서에서 배운 것보다 훨씬 더 넓고 다양하다네."

다케다는 사나이로 태어나 세상에 나갈 욕심 한번 부리지 않고 산다면 무슨 의미가 있겠느냐고 덧붙였다. 동천은 생기를 되찾은 얼굴로 인사했다.

"예, 선생님. 감사합니다."

동천은 이날 이후 꼬박 나흘 동안 보충수업을 도왔다. 마지막 날, 다케다 선생은 수업을 마무리 지으며 말했다.

"이번 결석 사태에 대해 교장 선생님과 의논을 해 보았다. 내지의 경우 농번기에는 일시적인 방학이 실시되기도 하는데 반도에는 아직 그런 학칙이 적용되지 않고 있다. 하지만 내가 알게 된 이상 교육 당국에 의견서를 제출하는 한이 있더라도 농번기에 대한 방책을 세울 계획이다."

동천은 다케다 선생의 설명에 입이 벌어졌다. 학생들의 학업을 위해 일개 소학교 평교사가 교육 당국에 의견서를 제출한다니, 지금껏 누구에게도 볼 수 없던 기개였다.

"마지막으로 한 가지만 묻도록 하지. 내가 왜 개인 시간까지 할애하며 너희의 공부를 돕는지 알겠는가?"

아이들은 난데없는 질문에 선생의 입만 쳐다보았다.

"그럼 다른 걸 질문하지. 너희 조국은 어디인가? 물론 이곳은 대일본제국의 영토다. 하지만 대일본제국에 합병되기 전 이 땅은 조선이라 불렸다. 너희 역시 스스로를 일본 국민이라기보다 조선의 백성으로 여기고 있다는 것 잘 알고 있다."

아이들은 다케다 선생의 진지한 표정과 말에 마른침을 삼켰다.

"너희는 조선의 백성으로 태어난 것이 자랑스러운가? 참고로 말하자면 나는 나의 조국 대일본제국이 자랑스럽다. 서구 열강들이 중국과 동남아를 차례로 점령하고 일본을 넘볼 때 일본 국민은 한마음 한뜻으로 똘똘 뭉쳐 혼란과 위기를 넘겼다. 생명이 다한 막부와 봉건제도를 과감히 타파하고 근대화에 박차를 가해 서구 열강들과 어깨를 나란히 하는 강대국으로 성장한 것이다. 물론 그 과정에서 많은 희생과 대가를 치러야 했지만 끝내는 이루어 냈다. 그래서 나는 내 조국과 국민이 자랑스러운 것이다. 자, 너희도 늦지 않았다. 조선과 만주는 앞으로 일본제국의 보호 아래 근대화의 과정을 밟을 것이다. 잘만 하면 일본보다 훨씬 빠르고 안정된 근대화를 성취할 수 있다. 왜냐하면 너희에겐 일본이라는 선행 경험이 있기 때문이다. 일본이 겪었던 시행착오를 거울삼아 더 훌륭한 근대화를 이룩할 수 있다는 말이다."

붉은 노을이 퍼진 교실 안이 쥐 죽은 듯 조용했다. 다케다 선생은 이 말을 끝으로 아이들을 내보냈다.

동천은 거복과 고갯길을 넘으면서 아까 들었던 다케다 선생의 연설을 되새기고 있었다. 그러고 보면 다케다 선생은 부임한 첫날부터 학생들을 향해 같은 말을 끊임없이 되풀이해 왔다.

"지식만이 너희의 인생을 발전시킬 수 있다."

"너희는 근면하게 배워 잠에 빠진 반도 사회를 일깨워야 한다."

"부지런히 노력만 한다면 반도 조선도 언젠가는 대일본제국 수준에 다다를 수 있을 것이다."

혼자 생각에 골몰한 동천을 곁눈질하던 거복이 구시렁거렸다.

"도대체 반도는 뭐고 내지는 뭐람?"

그 말에 동천이 퍼뜩 정신을 차리고 대꾸했다.

"반도는 우리 조선을 뜻하는 거고 내지는 일본을 말하는 거 아니야?"

"누가 그걸 몰라서 묻냐? 왜 조선은 반도고 일본이 내지냐고. 일본은 섬나라이고 조선은 엄연한 대륙의 한 자락인데 왜 일본이 내지(內地)가 되느냔 말이야."

거복은 다케다 선생이 내지인, 반도인 하며 조선 사람과 일본 사람을 구분 지어 부르는 것이 영 귀에 거슬린다고 했다.

"거야 다케다 선생이 일본 사람이니까 자신의 입장에서는 일본이 내지 아니겠냐."

"그러니까 일본 섬이 왜놈들에게나 내지지, 왜 우리 조선 사람들한테까지 내지냔 말이야. 난 그게 이상하다는 것이지."

거복의 말이 동천의 뒤통수를 때렸다. 미처 생각해 본 적 없는 물음이었다. 그렇지만 너무나 합당한 질문이었다. 항시 거복보다

배움이 많다며 은근히 우쭐대는 마음을 갖던 동천이었다. 그런 자신이 한 번도 품어 보지 못한 의문을 거복은 지금 제기하고 있는 것이다. 동천은 거복 앞에서 처음으로 부끄러움을 느꼈다.

거복이 김빠진 소리로 읊조렸다.

"조선이 일본의 식민지가 되었다고 조선 백성까지 일본을 내지로 알라는 뜻이니 기가 찬 노릇 아니냐."

"그러니까 더더욱 우리가 열심히 배워 한몫해야 한다고 안 하시더냐, 다케다 선생님이."

동천이 변명하듯 중얼거리자 거복이 비죽거렸다.

"너, 가만 보면 다케다 선생님한테 푹 빠진 거 같다. 요즘 말끝마다 다케다 선생님이, 다케다 선생님이 하는 게."

"빠지긴 누가 빠져? 그냥 오늘 얘기가 그렇다는 거지. 그리고 너도 들은 적 있잖아, 선생님이 조선으로 부임하려고 일부러 조선말을 배우고 부임지 신청도 조선으로 했다고. 일본 선생들은 무슨 수를 써서라도 조선 발령을 피해 가려고 한다는데, 다케다 선생은 그 반대였다잖아. 진솔재처럼 조선인 교사도 안 오려고 기를 쓰는 오지 학교에 제 발로 왔다니 그것만으로도 존경받을 만하지, 안 그러냐?"

동천은 어느새 다케다 선생의 대변인이나 된 듯 열을 냈다. 거복은 맞바로 대거리를 하지 않았다. 그러나 그 무거운 침묵은 동천을 불편하게 했다.

1학기가 끝나고 여름 방학이 되었다. 방학식을 바친 다케다 선생은 교무실로 향했다.

"그래서 방학 동안 자퇴한 학생들을 찾으러 다니겠다는 말씀입니까?"

"예, 학교를 그만둔 학생들을 설득해 다시 등교할 수 있도록 하고 싶습니다."

"선생의 뜻은 잘 알겠습니다만 그게 말처럼 쉬운 일이 아닐 텐데요."

요시노 교장은 팔짱을 끼며 의자 등받이에 기댔다. 영 내키지 않는다는 표정이었다.

"이 진솔재 학교가 개교할 때 근처 부락을 돌면서 단발도 시행하고 낙후된 교육기관인 서당을 폐쇄하기까지 했습니다. 하지만 그렇게 힘들인 결과 학교에 나온 학생은 겨우 서른 명 남짓밖에 되질 않았어요. 단발을 시킨 근방 아동만 백 명이 넘었다는데 말이죠. 나머지는 부락민들이 절대 내놓지 않는 아이들입니다."

다케다가 바짝 다가앉았다.

"처음에 왔던 학생 수가 서른 명 정도라면 지금까지 학교를 그만둔 학생이 열 명이 넘는단 말씀 아닙니까?"

요시노는 젊은 새내기 선생을 빤히 쳐다보았다.

"선생, 한 가지만 물어봐도 되겠습니까?"

다케다는 허락이 떨어지는가 싶어 예, 하고 대답했다.

"내가 듣기로 선생은 사범 학교 졸업 당시 우수한 성적으로 총장상까지 받은 재원으로 알고 있습니다. 그런데 왜 이런 반도의 촌부락으로 자청해 와 고생하시는 겁니까? 선생 정도의 실력이라면 동경이나 오사카, 교토에서도 초빙하려는 소학교가 많았을 텐데요."

다케다 선생은 겸연쩍게 웃었다. 그러나 곧 자세를 바로 하고 대답했다.

"저는 제 한 몸 편코자 교원 자격증을 딴 사람이 아닙니다. 서구 선진국들과 어깨를 견주려는 우리 일본제국을 위해 평생을 바칠 각오를 한 사람입니다. 일본제국이 한 걸음 더 도약하기 위해선 반도인의 교육이 무엇보다 중요하다고 생각합니다. 조선의 아이들을 천황 폐하의 충실한 신민으로 만드는 일이 우리 일본이 열강의 대열, 그 맨 앞에 설 수 있는 원동력이 될 것이라고 생각합니다."

교장은 '천황 폐하' 소리에 정신이 번쩍 든 모양이었다.

"요시! 옳은 말씀이오. 선생의 부락민 방문 활동을 허가하는 바입니다."

교장과 다케다 선생은 사뭇 진지한 눈길을 나누며 절을 주고받았다.

다음 날부터 다케다는 읍에서 구해 온 자전거를 타고 마을을 찾아다니기 시작했다. 끓는 가마솥처럼 무더운 날씨 속에서 교원복

단추를 목까지 꽉 채우고 땀을 뻘뻘 흘리며 고개를 오르내렸다.

여름 방학 동안 동리마다 휘젓고 다닌 일본인 선생 이야기는 구성 땅 곳곳에 퍼졌다. 더러는 없는 말까지 덧붙여져 다케다 선생이 기인으로 탈바꿈되기도 했다.

"화전민 마을에 가서는 쌀가마니를 놓고 갔다면서?"

"저 샘골 너머 월출리 있잖아요. 거기선 아픈 애도 치료해 줬다는데."

"무슨! 아픈 애 치료한 데는 달래뜸이고 거기서는 돌팔매질을 당해서 뒤통수가 깨져서 나왔다는데?"

"근데 왜인이 왜 그러고 다니나 몰라. 아무래도 웃뜸 공 초시 어른 말이 맞는 거 같아. 애들 살살 꼬드겨 두었다가 한날한시에 잡아먹으려고 수 쓰는 거라고."

"한날한시에 어떻게 그 많은 애들을 잡아먹누?"

"잡아먹는 게 아니라 일본으로 데려가려고 그런다던데."

"그러니까 수상하다는 것이지."

"하여튼 왜놈들 극성맞은 건 알아줘야 한다니까."

다케다에 관한 소문은 이렇게 마을을 떠돌아다니며 몸집을 불렸다.

이래저래 뜨거웠던 여름이 저물고 2학기 개학 날이 되었다. 다케다 선생은 새벽부터 교문을 열어 놓고 고갯마루를 눈이 빠져라 바라봤다. 하지만 그날 하루가 다 지나도록 다케다가 기다리던 학생들은 보이지 않았다. 그 이튿날 두 명이 나타나 어깨를 늘어트렸던 다케다에게 기쁨을 안겨 준 게 전부였다. 방학 내내 탈수증에 걸릴 정도로 애썼던 품값에 비하면 형편없는 성적이었다. 요시노 교장이 코가 석 자나 빠진 다케다의 어깨를 두드렸다.

"너무 실망하지 마십시오. 지금 반도의 현실이 이렇습니다. 저는 이런 상황에 굴하지 않고 교사의 본분을 다하려는 선생의 노고를 치하하는 바입니다. 다케다 선생, 우리 앞으로도 일본인의 끈기와 저력을 반도인들에게 보여 줍시다."

"예, 교장 선생님. 반도인들은 우리 내지인들의 노력에 무릎을 꿇고 말 겁니다."

다케다는 텅 빈 교문을 바라보며 입을 꼭 다물었다. 야무지고도 날카로운 입매였다.

가을로 접어들자 다케다에 관한 해괴한 소문도 시나브로 사그라졌다. 그 대신 진솔재 학교를 찾아 기웃거리는 아이들과 부모들이 더러 생겨났다. 다케다의 수고가 천천히, 그러나 확실히 결실을 맺는 순간이었다.

공이 둥근 이유

12월이 되자 아이들은 발싸개 손싸개까지 칭칭 동이고 학교를 오갔다. 압록강 너머 불어오는 북풍이 산과 들을 꽁꽁 얼어붙였다.

졸업이 얼마 남지 않은 동천은 교실 벽에 걸린 달력을 보는 일이 부쩍 늘었다. 이번 학기를 끝으로 소학교는 졸업이었다. 월반했다고 은근히 뻐겼던 일이 지금 와 생각하면 눈앞에 숨은 포수를 못 본 채 까부는 장끼 꼴이었다. 학교를 마치면 다시 있어도 없는 듯 숨죽여 살던 시절로 고스란히 돌아가야 한다는 걸 까맣게 모르고 잘난 체한 셈이었다.

같은 반 동무들은 동천의 그런 속은 모르고 졸업장 받는 일만 신이 나는 모양이었다.

"까막눈 면한 게 어디냐. 거기다 요즘 대처에서는 국어 할 줄 모르면 반병신 취급이라던데, 어쨌거나 히라가나, 가타카나는 구별하게 됐으니 무시는 안 당하잖아."

"아무렴, 촌에서 평생 농사나 지어 먹을 촌놈이 왜말에다 셈까지 할 줄 알면 출세한 거지."

동천은 동무들이 시시덕거리며 주고받는 농이 듣기 싫어 복도로 피하기도 했다.

방학식 날, 다케다 선생이 아이들을 향해 말했다.

"시간 나면 사택으로 놀러 오너라. 내게 미진한 공부를 물어도 좋고 너희가 반도와 구성에 대한 이야기를 들려주어도 좋잖겠니?"

다케다의 인사말이 동천 혼자 귀에는 약속처럼 들렸다.

동지 팥죽을 끓여 먹은 지가 엊그제 같은데 설이 코앞이었다. 집집마다 호박설기를 찌고 돼지비계 볶는다고 떠들썩했다. 동천은 얼음물 세수를 마치고 새 버선을 찾아 신었다. 본동댁이 새벽밥 짓는 연기 속에서 고개를 내밀었다.

"거복이랑 같이 가기로 했다면서. 늦지 않게 서둘러야지."

"예, 그렇지 않아도 눈이 많이 와서 길이 어떨지 모르겠어요."

"헛간에서 설피 내다가 신고 가거라. 툇마루에 선생 가져다 드릴 강정 싸 놨으니까 빼먹지 말고."

동천이 설피를 묶는데 사립문 밖에서 소리가 들렸다.

"뭐 하니? 바빼 가자. 점심 전엔 들어가야 해 안에 돌아오지."

거복은 목도리에 귀마개까지 단단히 채비를 하고 동천을 재촉했다.

"종이에 싼 거 뭐야?"

동천이 눈밭을 걸으며 거복 품 안에 든 흰 꾸러미를 가리켰다.

"응, 어머니가 옥수수엿 가져다 드리래서. 넌?"

"나는 강정 몇 가지."

두 친구는 설 선물이 든 보퉁이를 소중히 안고 진솔재 고개로 올라섰다.

평소 북적거리던 학교라 그런지 불 꺼진 교사가 더 적막해 보였다. 굳게 잠긴 학교 건물 뒤에 교직원이 묵는 사택이 있었다. 사택은 일본식 가옥이었다. 유리창이 조그맣게 뚫리고 나무판자가 연달아 잇대인 벽면이 매번 봐도 낯설었다. 흙벽을 두툼하게 바른 집에서만 살아온 두 친구는 종이 갑처럼 얇은 사택이 썰렁해 보였다.

솜이 든 하오리를 걸친 다케다 선생이 동천과 거복을 반갑게 맞이해 주었다. 하오리는 저고리 위에 덧입는 마고자처럼 기모노 위에 걸치는 짧은 겉옷이다. 하오리를 입은 다케다 선생은 더욱 어른스럽고 편안해 보였다.

"어, 왔구나. 어서 들어와라."

요시노 교장은 마침 모임이 있어 구성으로 나가고 사택엔 다케다 선생 혼자뿐이었다. 두 친구는 준비해 온 설 선물을 내밀었다.

"아니, 이런 귀한 것을! 어머님들께 감사 말씀 꼭 전해 다오."

다케다 선생은 엿과 강정을 소중히 받아 들었다.

다케다 선생을 따라 방으로 들어선 동천과 거복은 어디에 앉아야 할지 몰라 주춤거렸다. 방 한가운데 네모반듯한 상이 놓여 있었다. 그런데 상에 이불 한 채가 물려 있었다.

"자, 좁지만 사양 말고 앉으렴."

아이들이 머뭇거리며 자리를 못 잡자 다케다 선생이 친절히 설명했다.

"아, 너희는 처음 보는 것이겠구나. 이건 고타쓰라고 겨울 난로란다. 내지에는 반도처럼 방바닥을 데우는 온돌이 없어서 이렇게 몸을 덥히지. 상 밑에 화로가 있으니 발 조심하고."

다케다 선생은 시범이라도 보이듯 이불 한 귀퉁이를 젖히고 들어가 앉았다. 그제야 아이들도 조심스럽게 이불 속으로 발을 넣었다. 그렇게 앉으니 아랫도리는 뜨뜻한데 등허리가 썰렁했다. 다케다 선생은 동천과 거복의 수줍은 몸짓이 재밌는지 빙그레 웃으며 찻잔에 차를 따랐다. 동천은 차를 홀짝홀짝 마셨다. 따뜻한 찻물이 배 속에 퍼지자 긴장하던 마음도 풀어졌다.

"사택에 놀러 오라고 말은 했다만 이렇게 진짜 찾아 준 학생은 너희 둘뿐이다. 고맙다."

교실이 아닌 다다미방에서 만나는 선생님은 사뭇 다른 느낌이었다. 선생의 권위를 내려놓아 교사라기보다는 이웃에 사는 형님 같았다. 사실 꼽아 보면 다케다 선생은 열다섯 살인 동천보다 겨우 일고여덟 살 많은 턱이었다. 사촌 형이라고 해도 무리 없는 나이 차였다. 그래서인지 세 사람 사이에는 스승과 제자라는 격보다는 젊은이들끼리 통하는 활기가 흘렀다.

동천은 방 안을 천천히 구경했다. 있는 것이라고는 단출한 살림살이와 책상이 전부였다. 그런데 책상 뒷벽에 학교에서 보던 천황 사진이 걸려 있었다. 사진 속 남자는 더없이 화려한 군복 차림으로 동천을 내려다봤다.

그 사진을 보고 있자니 동천의 머릿속으로 어릴 적 기억이 하나 떠올랐다. 막 서당에 들어가 천자문을 외울 때였으니까 아홉 살 적이었던 것 같다. 구성에 나갔다 온 훈장이 작은 엽서 하나를 아이들 앞에 내놓았다.

"얘들아, 여기 사진 속 이분이 누군 줄 아느냐?"

아이들은 서로 이마를 찧어 가며 동그랗게 모여들었다. 손바닥만 한 엽서 안에는 인상 좋게 생긴 어른이 한 명 서 있었다. 그런데 군복 차림에 칼까지 차고 양식 단발을 하고 있었다.

"생긴 건 꼭 조선 사람 같은데…… 입은 옷이랑 머리 모양은 갈 데없는 왜식인데요."

"수심이 많은 어른 같습니다."

"어디 왜나라 장군입니까?"

중구난방으로 떠들던 아이들은 훈장의 입에서 나온 한마디에 얼어붙었다.

"임금이시다. 경성 창경궁에 사시는 황제 폐하 말이다."

"옛?"

"에이, 스승님, 농이 지나치십니다."

아이들은 못 믿겠다는 듯 픽픽 웃으며 물러나 앉았다.

"우리 임금님이 왜 이런 종이 쪼가리에 박혀 있답니까? 더군다나 이 머리 모양하고 옷이 다 뭡니까? 꼭 시내에서 보던 왜순사 같습니다."

"맞아, 이건 분명 잘못된 물건입니다. 장사꾼들이 팔아먹을 수작으로 가짜로 만든 겁니다."

동천은 고종의 어진이 실린 관광 엽서를 되밀며 손사래 치던 일이 떠올라 쓴웃음을 지었다. 그날 훈장은 다른 말 없이 엽서를 문갑 속에 넣고 다시는 꺼내지 않았다.

시선을 떨어뜨려 책상 위를 구경하던 동천의 입에서 아, 하고 작은 탄성이 흘렀다. 책상 오른편에 놓인 둥그런 공이 눈길을 끌었기 때문이다. 다케다 선생이 슬며시 웃으며 공을 집어 들었다. 수박보다 조금 작은 그 공은 표면이 얼룩덜룩한 그림으로 덮여 있고 그림마다 작은 글씨가 빼곡하게 들어차 있었다. 나무 막대에 비스듬히 꽂힌 공은 밑받침 역할을 하는 접시 위에서 빙글빙글 돌기도 했다.

"너흰 처음 보겠구나. 이건 지구의란다. 우리가 사는 지구를 축

소해서 만들어 놓은 것이지. 전 세계가 모두 이 안에 모여 있다."

동천은 둥근 공을 들여다보며 입을 벌렸다. 지리 시간에 배운 지구라는 단어가 실제 물건으로 나타난 셈이었다.

"그럼, 우리 조선국이 여기 있다고요?"

동천이 못 믿겠다는 듯 두 눈을 깜박이자 다케다 선생이 둥근 공을 살짝 돌리더니 오른쪽 위를 손가락으로 가리켰다.

"자, 보아라. 여기가 대일본제국, 그리고 그 옆에 반도 조선이 보이지?"

동천은 다케다의 검지 손톱 끝을 따라 작은 얼룩을 들여다보았다. 거기엔 분명 한자로 '日本'과 '朝鮮'이라고 조그맣게 표시되어 있었다. 동천은 얼른 청나라를 찾아보았다. 조선과 국경을 마주한 대국 청나라, 아니 중국의 크기가 궁금했다.

'이게 중국이야?'

중국은 조선과 일본에 비하면 물론 큰 땅덩어리였다. 그러나 지구의라는 둥근 공의 표면에서 따져 볼 때 중국은 세상에서 가장 큰 나라도, 세상의 전부를 차지하는 세계도 아니었다. 그건 일본도 마찬가지였다.

'뭐야, 나는 일본이 조선보다 열 배는 더 큰 줄 알았더니 아니잖아.'

"아 참, 너희가 흥미로워할 책도 한 권 있다. 잠시만."

다케다 선생은 높은 선반에서 두껍고 커다란 책 하나를 내렸다.

겉표지가 가죽으로 싸이고 『世界風物辭典(세계 풍물 사전)』이라고 금장 글씨가 새겨진, 한눈에 봐도 비싸고 귀한 장서였다.

동천은 상 위에 놓인 책을 펼쳐 보았다. 그 속에는 진귀한 그림과 사진이 가득했다. 말로만 들어 본 유럽 대도시의 사진 속에는 뭐가 뭔지 모를 물건들이 가득 차 있었다. 아프리카라는 제목이 붙은 사진들엔 벌거벗은 몸에 이상한 장식을 매단 검은 사람들이 무표정한 얼굴로 이쪽을 보고 있었다. 무엇보다 동경, 오사카, 교토라는 일본 대도시의 풍광들은 어딘지 조선을 닮은 것 같으면서도 다른, 그리고 익숙하면서도 낯선 모습들이었다. 익숙한 것은 사진 속의 글자들이었고 낯선 모습이란 조선보다 몇 배는 더 앞선 개화 신문물이었다.

동천은 책 속으로 빨려 들어갔다.

"동천 학생, 어떤가? 세상은 참 방대하고 다양하지?"

"옛? 예."

동천은 뒷머리를 긁적이며 수줍게 웃었다.

"나도 저 책을 처음 펴 들었을 땐 동천 학생처럼 시간 가는 줄 모르고 빠져들었지."

다케다 선생은 차를 더 따라 주며 말을 이었다.

"저 지구의는 큰형님께 물려받은 것이고 책은 내가 대학교 입학할 때 친척분께 선물로 받은 거다. 입학 선물 중 이 책이 가장 마음에 들었지. 그래서 이번에 반도로 나올 때도 지구의와 『세계 풍물 사전』은 챙겨 가지고 온 거야. 내가 농사꾼 가문의 넷째 아들로 태어나 대학까지 공부할 수 있었던 건 모두 이 지구의와 책 덕분이라고 해도 과언이 아니거든. 나도 모르는 사이 세계와 대일본제국의 존재를 깨닫게 된 것이지."

다케다는 자세를 고쳐 앉더니 말씨를 높였다.

"제군들, 지구가 왜 둥근지 아나?"

동천과 거복은 눈을 마주 보며 고개를 가로저었다.

"지구가 둥근 것은 어느 나라든 세계의 중심이 될 수 있다는 뜻 아닐까? 책 맨 뒷장에 인쇄된 세계 전도를 보렴. 유럽과 미주 대륙이 가운데를 차지하고 우리 일본이 동쪽 끝에 위치하고 있지? 마치 방 한구석에 처박혀 있는 손수건처럼 보이잖아. 하지만 우리 일본을 중심에 놓고 세계 지도를 다시 배치한다면 유럽과 미주 대륙이 일본을 호위하는 양 날개처럼 보일 거야. 지구는 이처럼 둥글다. 그러니 어떤 나라가 세상의 중심을 차지하느냐는 그 나라의 힘에 달린 것이지, 위치나 크기에 달린 것이 아니란 얘기다. 알겠지?"

다케다는 무거운 분위기에 잔뜩 주눅이 든 동천과 거복을 보며 껄껄 웃었다.

"이것 참, 이제 겨우 소학교 학생인 너희를 상대로 내가 너무 거창한 얘길 꺼낸 것 같아 미안하군……."

두 친구는 다케다가 만들어 준 주먹밥을 한 개씩 먹고 일어섰다.

동천이 막 설피를 묶고 있는데 다케다가 『세계 풍물 사전』 책을 내밀었다.

"더 보고 싶으면 빌려 줄 테니 집에 가져가거라. 개학 날 돌려주면 되니까."

동천이 한 걸음 물러섰다.

"하지만 이 책은 선생님께서 가장 아끼시는 책인데, 이 귀한 걸⋯⋯."

다케다가 커다란 책을 동천 옆구리에 끼워 주었다.

"동천 학생, 언젠가 졸업 후가 걱정이라고 말한 적 있지? 학생이 앞날을 설계하는 데 이 책이 도움 될 것 같다. 그래서 빌려 주는 거야."

동천은 조용히 책을 받아 들었다.

두 친구는 진솔재 고개를 내려와 범골로 향했다. 한참을 조용히 눈길을 헤치고 걷던 거복이 입을 열었다.

"동천아!"

동천이 왜, 했지만 거복은 불러만 놓고 머뭇거렸다.

"뭐 할 말 있냐?"

동천이 재촉하자 거복이 긴 한숨부터 뽑았다.

"뭔데 그리 뜸을 들이냐? 해 봐, 무슨 얘긴데."

"너는 졸업하면 어떻게 할 거냐?"

동천은 글쎄, 하고 말았다. 한시도 쉬지 않고 속을 괴롭히는 고민도 막상 입 밖에 꺼내려면 말문이 막히는 법이었다.

"난 아무래도 명년 봄엔 학교를 그만둘 것 같아."

"너 이제 3학년 되는데 왜 그만둬?"

"봄에 어쩌면 구성으로 양자 갈지 모르거든. 구성에서 먼 친척 뻘 되는 아저씨가 싸전을 하는데 그 집에 아들이 없다나 봐."

"양자? 자다가 봉창 두드린다더니 열다섯씩이나 먹은 놈이 무슨 양자냐?"

"말이 양자지 사실은 심부름꾼이나 진배없어. 어른들 사이엔 전부터 말이 오고 갔는데 셈이랑 일본어 배우고 오라고 시기를 늦췄대."

"그럼 소학교 졸업할 때까지 놔두지 왜 갑자기 중간에 오래?"

"나이가 있으니까. 내년이면 열여섯인데 너무 늦다고."

거복은 구성에 있는 소학교로 옮겨서 마저 공부할 수 있을지 모르겠다고 했다. 소작농 집안에 태어난 아들들은 소작을 이어받을 장남 이외에는 머슴살이를 가거나 아들 없는 집에 양자로 보내지기도 했다. 그래도 양자는 다섯 살이 채 안 되는 어린 나이에 가는 경우가 대부분이었다.

얼마 전 형이 장가들어 소작을 이어받았으니 둘째 아들인 거복 또한 자신의 앞날을 결정할 때긴 했다. 아무런 방책 없이 범골에 남아 있어 봤자 형님네 뒤치다꺼리만 하다 본말 어느 양반집 머슴살이로 들어앉을 게 뻔했다. 반지빠른 거복네는 이런 둘째 아들을 위해 안팎으로 수소문해서 늦게나마 양자 자리를 구해 낸 모양이었다.

동천은 조만간 거복과 헤어져야 한다는 사실에 가슴이 허전해졌다. 그때 거복이 말머리를 돌렸다.

"너는 어쩔 것이냐? 너야말로 졸업인데 무슨 계획이라도 있니?"

동천이 땅이 꺼져라 한숨을 내쉬었다.

"몰라. 난 그냥 더 공부하고 싶기도 하고 큰 도시로 나가 보고 싶기도 하고…… 아직은 잘 모르겠다."

"본가에서 아무 말씀 없어?"

동천이 빌려 온 책을 추켜 안으며 중얼거렸다.

"요즘 대감마님 병환 때문에 경황없잖아."

동천은 안고 있는 책만큼 무거운 마음으로 동네 어귀에 들어섰다.

설이 되었다. 본동댁과 동천은 본가로 세배를 갔다. 지난해 여름, 병으로 쓰러져 자리보전을 하기 시작한 강 대감은 큰사랑 아랫목에 누운 채 통 일어나질 못했다. 사랑채에서는 탕약 냄새가 끊이질 않았지만 노쇠한 몸이 세월을 이기지 못해 사그라지는 건 인력으로 어쩔 수 없었다. 몰려드는 세배꾼은 강 진사가 모두 맞이했다. 동천도 강 진사에게 툇마루 세배를 올려야 했다.

사랑채에서 물러 나온 동천이 행랑채로 향했다. 본동댁과 청지기 마누라의 밀린 수다가 한창이었다.

"세배 올렸니?"

본동댁이 문간방 아랫목을 비켜 주며 물었다. 차돌 어멈이 동천을 보고 알은체를 한 뒤 끊긴 말을 이었다.

"그렇지 않아도 이번 겨울은 나실는지 어떨는지……. 안채 사랑채 모두 살얼음판이라우. 우리 같은 아랫것들이야 일 흐르는 대로 당하는 거지만 에휴, 기왕지사 치를 거 날이나 좀 풀린 다음에……."

차돌 어멈은 평생 모셔 온 상전의 건강보다는 큰일 치를 걱정만 한 보따리인 듯했다.

"어머니, 저 먼저 올라갈 테니 천천히 노시다 오세요."

동천이 문간방을 나서는데 웬 사내가 대문으로 들어섰다.

"범골 아저씨!"

동천은 사내를 얼른 알아보지 못하고 섰다가 흠칫 놀랐다.

"도련님!"

형섭이었다. 오래간만에 본 형섭은 입성부터 확 달라져 있었다. 여간해선 보기 힘든 학생복을 입고 목깃에 까만 토끼털이 대어진 망토까지 두르고 있었다. 가죽 구두도 티끌 하나 없이 반질거렸다. 동천은 처음 보는 차림에 눈을 떼지 못했다.

형섭이 만면에 웃음을 띠며 물었다.

"세배하러 오셨나 봐요?"

"예, 지금 막 올리고 나오는 참입니다. 도련님도 새해 무탈하시고……."

동천이 대충 얼버무리고 물러서려 하자 형섭이 막아섰다.

"오랜만에 만났는데 섭섭하게 이러지 말고 잠깐 짬 좀 내세요. 자, 방으로 들어가 얘기해요."

동천은 어, 어 하는 사이 방으로 끌려 들어갔다. 사랑채 맨 안쪽에 자리한 형섭의 방은 신식 공부 하는 학생 방답게 양식으로 꾸며져 있었다. 방 한가운데 앉은 형섭도 어느새 도회지 냄새를 진하게 풍겼다.

"어때요? 진솔재 학교는 다닐 만하세요?"

졸업을 앞둔 시점에 묻기엔 너무 성의 없는 인사말이었다. 방학만 끝나면 졸업이라는 대꾸에 형섭이 아 참, 하며 제 무릎을 쳤다.

"4학년으로 월반하셨다고 소문이 자자했었죠. 하긴 저도 올봄에 대학 가게 되었어요."

대학이란 말에 동천이 꿈틀했다.

"어디로 가세요? 평양? 서울?"

"일본으로 가게 될 것 같아요. 관비 유학생으로요."

"관비 유학생?"

동천은 처음 듣는 말이라 눈만 끔벅거렸다. 눈치 빠른 형섭이 얼른 설명해 주었다.

"아, 관비 유학생이란 나라에서 돈을 대어 유학을 보내 주는 걸 말해요. 부끄럽지만 제가 우리 학교 출신으로는 세 번째로 가게 되었어요."

어릴 적부터 보통은 넘는다는 칭찬을 듣고 자란 형섭은 반년 남 짓 과외로 소학교 과정을 마치고 바로 고등보통학교로 진급했다. 강 진사가 돈과 권세를 총동원한 덕분에 형섭은 보란 듯이 평양에 있는 일인 학교에 들어갔다. 일본인들만 다닌다는 그 학교를 졸업해야 대학에 진학할 수 있는 자격이 주어졌다. 당연히 조선인 학생의 입학은 하늘의 별 따기처럼 드문 일이었다.

"조선인이 다니는 고등학교라야 고작 내지 실업학교 수준밖에 안 되잖아요. 영어나 법률, 상업, 경제 등등 출세에 필요한 과목은 아예 수업이 금지되어 있으니 조선인 학교를 졸업해 봤댔자 대학 진학은 꿈도 못 꾸지요."

형섭은 일본 사람 다 된 듯 표정이 매끈했다.

"그런데 벌써 졸업이시구나. 참, 대단하십니다."

형섭은 동천의 졸업이 대견하다는 듯 말끝을 음미했다.

"겨우 소학교인데요, 뭘."

동천이 억지웃음을 섞어 대꾸하자 형섭이 눈썹을 바짝 치켜세웠다.

"겨우라뇨? 제가 알기로 범골에서 소학교 졸업장을 따는 이가 아저씨 한 분뿐이라고 들었는데. 범골 할머님이 아저씨 서당 보내려고 애쓰실 때부터 알아보긴 했지만 역시 두 분 멋지십니다."

봄이면 일본으로 관비 유학을 떠난다는 조카가 겨우 시골 소학교 졸업하는 삼촌을 상찬하고 있었다. 동천은 화를 낼 수도, 그렇다고 맞장구치며 희희낙락할 수도 없어 거북살스러웠다. 무엇보다 아무것도 정해지지 않은 제 앞날에 자존심이 상했다.

형섭은 뒷목이 벌겋게 달아오른 동천을 물끄러미 바라보다 말했다.

"아저씨 진로에 대해선 아버님이 다 생각이 있으실 거예요."

마치 동천의 고민쯤은 훤히 꿰뚫어 보고 있다는 어투였다. 동천은 더 이상 참지 못하고 벌떡 일어섰다.

"점심때가 다 되었으니 저는 이만 가 보겠습니다."

"아, 잠시만!"

형섭이 동천을 불러 세웠다. 그리고 한 살 많은 티를 내며 목소리를 깔았다.

"할아버님이 많이 편찮으세요. 그러니까 아버님이 하자는 대로만 하시면 집안 모두 편안할 겁니다."

동천은 그 말에 무슨 뼈가 박혔는지 가늠이 가지 않아 미간을 좁혔다.

"아실지 모르겠지만 할아버님이 아저씨 걱정을 많이 하십니다. 아버님도 그 심정을 헤아리고 계시니 아저씨는 그저 아버님 뜻에만 따라 주세요. 그러면 만사 편안할 거예요."

삼촌뻘인 동천에게 점잖은 훈계를 놓는 형섭은 더 이상 비슷한 또래의 아이가 아니었다. 대처로 나가 신식 물을 먹은 속 말짱한 어른이었다. 그리고 그 근엄한 낯빛엔 분명 자신이 동천의 상전임을 확인하려는 의도가 서려 있었다. 그 얼굴을 가만히 들여다보던 동천이 나직이 물었다.

"편안할 거라뇨?"

"아니, 너무 심각하게 듣지 않으셔도 돼요. 제 말은 그저 앞일에 대해 걱정할 필요가 없다는 뜻입니다."

형섭이 으레 짓는 매끈한 표정으로 돌아와 대답했다. 대거리할 용심을 녹여 버리는 그 미꾸라지 같은 미소에 동천은 힘이 빠졌다.

"예, 도련님."

동천은 형섭이 기다리는 대답을 던져 주고 방을 나왔다.

집으로 돌아온 동천은 다케다 선생이 빌려 준 책을 펼쳤다. 형섭이 망토를 펄럭이며 다닐 동경 제국 대학 사진도 찾아보고 우에노 공원도 들여다보았다.

"일본으로 간다 했지? 일본으로……."

동천은 본동댁이 저녁상을 들이는 줄도 모르고 책에 빠져 있었다. 본동댁은 책과 동천을 번갈아 보다 암말 없이 밥상을 내려놓았다. 떡국을 가만히 내려다보던 동천이 고개를 들었다.

"어머니, 저 졸업하면 어떡할까요?"

본동댁이 수저질을 멈추고 대답했다.

"내년이면 너도 열여섯이니 장가들어야지. 때 되면 본가에서 땅을 내려 주시기로 되어 있으니 아무 걱정 할 것 없다."

땅? 장가? 동천은 조금 전 본가에서 듣고 나온 형섭의 유학 얘기가 귓가에 울렸다.

"그럼 저보고 범골에서 평생 농사지으며 살라고요?"

"그럼 뭐 하고 살래?"

동천은 무심한 본동댁 얼굴에 역증을 냈다.

"이젠 정말 신물이 납니다. 제 인생을 마음대로 주물러 대는 본가 마님이 진절머리 난다고요."

"갑자기 그 무슨 소리냐. 어찌 되었든 우리 모자가 이만큼 목숨 연명하는 게 모두 누구 은덕인데."

본동댁이 당치도 않다는 듯 대꾸했다. 동천은 숟가락을 놓았다. 아침 이후로 먹은 것이 없건만 배 속은 쓴 물로 가득 차 있었다. 본동댁은 방문을 박차고 나가는 아들의 뒤통수를 멍하니 바라볼 뿐이었다.

대보름이 지나고 강 대감의 병은 돌이킬 수 없는 지경에 이르렀다. 강 진사를 비롯한 집안 어른들도 조용히 초상 치를 채비를 했다. 동천도 사랑채 섬돌에 서서 밤을 새우고 돌아오는 날이 잦아졌다.

음력 2월 초하루, 잠자리에 들려던 본동댁과 동천은 헐레벌떡 뛰어온 청지기 아범을 따라 본말로 건너갔다.

여든 칸 기와집이 대낮처럼 환하게 불을 밝혔다. 벌써 마당에 흰 차일이 쳐지고 멍석이 깔렸다. 흰옷을 입고 말총갓을 쓴 어른들이 삼삼오오 모여 있었다. 청지기 아범이 사람들을 헤치고 두 모자를 사랑채 마루까지 데려갔다.

"마님, 범골집 왔습니다."

본동댁은 본가에서 범골집으로 불렸다. 청지기 소리에 가득 들어앉은 사람들이 방 밖으로 시선을 모았다. 본동댁은 동천을 앞세우고 고개를 푹 수그렸다.

"이리 가까이 들라."

동천은 강 진사가 시키는 대로 방에 들어갔다. 본동댁은 문지방을 넘지 못하고 마루에 조아리고 앉았다.

백지장처럼 창백한 강 대감의 얼굴은 이미 살아 있는 사람의 그것이 아니었다. 쭈글쭈글한 목젖이 가르랑거리는 덕에 아직 숨이 붙어 있음이 확인될 뿐이었다. 그 머리맡을 강 진사와 형섭이 좌우로 지키고 앉아 있었다.

동천이 무릎걸음으로 다가가자 강 대감이 짓무른 눈을 억지로 치켜떴다. 눈동자가 흐려 어딜 보고 있는지 확실치 않았지만 의식은 분명 동천을 향해 있었다.

"저 동천입니다, 대감마님."

동천이 허리를 숙여 얼굴을 가까이 가져다 대니 강 대감이 말라 비틀어진 입술을 달싹거렸다.

"네 어미와 네 몫으로……."

강 대감이 갈라진 혀를 더 놀리려는데 갑자기 강 진사가 말을 가로챘다.

"인사 다 올렸으면 그만 물러나라. 아버님 힘드시다."

동천이 깜짝 놀라 윗몸을 일으켰다. 동천은 강 대감과 강 진사를 번갈아 쳐다봤지만 이미 유언을 들을 기회는 사라지고 없었다. 본동댁은 문지방에 엎드려 눈물만 철철 흘렸다.

새벽닭이 울기 전 강 대감은 숨을 거두었다.

시신 위로 흰 천이 씌워지자 기다렸다는 듯 장례가 시작되었다. 아침부터 문상객은 물밀듯 밀려들었다. 동천은 흰 저고리와 바지만 입었을 뿐 굴건제복은 할 수 없었다. 당연히 위패에 향을 올리거나 조석상식에 절을 올릴 수도 없었다. 제를 올릴 때도 술잔을 올리는 형섭을 마당에서 바라볼 뿐이었다. 한번은 거나하게 취한 조문객이 술상 심부름이나 하는 동천을 보고 "아니, 서출도 자식인데 왜 향 한 번 올리지 않아?" 하며 눈치 없는 참견을 했다가 마당 분위기를 썰렁하게 가라앉히기도 했다.

강 진사는 초상을 치르는 내내 동천을 눈엣가시처럼 쏘아보곤 했다. 평소 그는 동천을 주워다 기른 고양이처럼 여겼다. 그동안은 아버지인 강 대감의 체면을 봐서 불편한 심기를 드러내지 않았던 것뿐, 강 대감이 병풍 뒤로 누운 마당에 강 진사의 눈총을 억누를 사람은 어디에도 없었다.

동천은 꼬박 이레를 마당 치우기, 불 때기, 상 나르기로 보냈다. 상여가 나가는 날에도 행랑채 식솔 사이에 서 있었다.

봉분에 떼를 입히고 찬비가 내렸다. 문상객이 빠져나간 본가는 아이를 낳은 여인처럼 핼쑥해 보였다. 동천은 큰사랑으로 옮긴 강 진사 앞에 무릎을 꿇고 명을 기다렸다.

강 진사는 장죽에 가루담배를 채워 넣으며 물었다.

"이번에 소학교 졸업이지?"

"예."

"세월 참 빠르군. 갑이가 안채에서 쫓겨나던 날이 눈에 선한데 네가 벌써 열다섯이라, 흥!"

강 진사가 뱀 같은 눈을 굴렸다.

"긴말 필요 없다. 졸업하면 땅을 떼어 줄 테니 네 어미와 멀리 나가 살아라."

동천은 고개를 번쩍 들었다. 본동댁은 분명 유산으로 내려질 논을 일구며 범골에서 장가들라 했었다.

"뭘 그리 놀라? 구성으로 나가 살림집을 구하고 전답은 소작을 놓든지 아니면 팔아 장사를 하든지 하고 싶은 대로 하란 말이다."

어쨌든 범골, 아니 대곡리는 떠나야 한다는 뜻이었다.

"꼭 그래야 합니까?"

동천이 묻자 강 진사의 이맛살이 찌푸려졌다.

"왜? 넌 예전부터 여길 떠나고 싶어 안달 난 놈 아니더냐? 그냥 나가라는 것도 아니고 땅문서까지 쥐여 주겠다는데 뭐가 불만인고?"

강 진사는 놋재떨이에 담뱃대를 탕탕 두드렸다. 동천이 고개를 쳐들었다.

"대감마님께서 우리 모자에게 남기신 유언이 무엇입니까? 떠날 때 떠나더라도 무슨 말씀을 남기셨는지 알아야겠습니다."

강 진사가 비죽댔다.

"허, 네까짓 종첩의 자식 따위가 무엇이관데 유언 운운하며 건방을 떠는 게야."

강 진사는 절대 목소리를 높이지 않았다. 하지만 방바닥을 훑고 달려드는 그 차가운 목소리는 듣는 사람을 옴짝 못하게 했다.

"갑이 일로 병을 얻어 돌아가신 어머니를 생각하면 너희 모자는 물고를 냈어도 열 번은 더 냈어야 했다. 그나마 땅마지기는 아버님 체면을 생각해 내리는 것이니 그런 줄 알고 당장 이 고을에서 없어지란 말이다. 알겠느냐?"

강 진사는 문갑에서 문서 하나를 꺼내더니 윗목으로 휙 던졌다. 동천은 무릎 앞으로 떨어진 문서 봉투를 내려다볼 뿐 손을 대지 않았다.

"청 하나만 들어주십시오. 그리만 해 주신다면 이런 건 받지 않아도 좋습니다."

동천이 허리를 굽히며 간청하자 강 진사는 떨떠름하게 무엇이냐고 물었다.

"저는 졸업 후 범골을 떠나겠습니다. 그 대신 제 어머니만은 지금처럼 사실 수 있도록 허락해 주십시오. 어머니는 평생 대처 나들이 한 번 나가 본 적이 없는 분입니다. 그런 분에게 갑자기 고향을 떠나라는 건 곧 죽으라는 뜻과 다름없습니다."

동천이 굳은 결심으로 말끝을 아물렸다.

쫓아내지 않아도 제 발로 나가고 싶은 동천이었다. 여기에 산다는 건 종첩의 자식이라는 딱지를 평생 이마에 붙이고 있어야 한다는 뜻이었다. 동천으로선 눈곱만큼도 반가울 리 없는 낙인이었다. 하지만 어머니인 본동댁을 생각하면 그렇게만은 할 수 없었다. 무릎 앞에 떨어진 땅문서야 보나 마나 고양이 마빡 같은 자갈밭일 게 뻔했다. 강 진사의 속셈이라면 누구보다 잘 알고 있는 동천이었다. 고작 그런 밭뙈기 하나를 팔아 시내로 나가 봤자 다음 일은 안 봐도 훤했다. 동천은 물론이거니와 타향살이를 하게 될 본동댁의 고생길은 맡아 놓은 셈이었다. 이대로는, 이렇게는 떠날 수 없었다.

동천은 머리를 조아리며 다시 한 번 애걸했다.

"제가 없어질 테니 부디 어머님만은……."

강 진사는 붓꼬리 같은 턱수염을 만지작거렸다. 머릿속으로 주판알을 튕기느라 바쁜 게 틀림없었다.

"어디로 가서 무엇을 하겠단 말이냐?"

"아직 확고히 정한 바는 없지만 절대로 가문에 욕이 되는 일은 하지 않을 테니 염려 놓으십시오."

"좋다, 그렇다면 네 마음대로 해라. 그 대신 만에 하나 이상한 소문이라도 들리면 그날로 네 어미는 범골에서 쫓겨나는 줄 알아라."

동천은 땅문서를 놔둔 채 사랑방을 나왔다. 본동댁은 빈손으로 돌아오는 아들을 보자 깜짝 놀라며 물었다.

"우리에게 내려진 유산은 어떻게 되었다니? 땅문서 받으러 오라고 하신 게 아니었어?"

동천은 아무 말 없이 건넌방으로 들어가 문을 닫아걸었다.

"도대체 가타부타 무슨 말이 있어야 할 거 아니니. 원, 성질 급한 사람은 속 타 죽겠다."

본동댁은 지청구를 늘어놓으며 헛간 베틀 방으로 들어갔다.

동천은 쩔그럭쩔그럭하는 베틀 소리에 귀를 열어 놓고 누웠다. 강 진사 앞에서 배짱 좋게 범골을 떠나겠다고 말은 했지만 갈 곳은 아무 데도 없었다. 범골에서 벗어나 본 건 진솔재 학교가 전부였다. 어디로 가야 할지, 어디로 갈 수 있을지 먹구름 낀 밤하늘처럼 캄캄할 뿐이었다.

동천은 짚자리 바닥을 뒹굴거리다 책상 위에 놓여 있는 책을 집어 내렸다. 무심한 눈길로 책장을 넘기던 손이 멈추었다. 앞에 동경, 오사카, 교토의 신시가지 사진이 차례로 나왔다. 그 위로 형섭이 말하던 관비 유학생이란 단어가 겹쳐졌다.

"일본으로 간다 그랬지, 일본으로."

사지를 뻗고 누운 동천 입가가 꽉 다물어졌다. 형섭이 간다는 일본, 나라고 못 갈쏘냐 싶은 오기가 솟구쳤다.

"지구는 둥글다고 했어. 누구든 기회를 잡고 노력하면 세상의 중심이 될 수 있다고 했어. 그래서 세상이 둥근 것이라고."

동천은 주문을 외는 것처럼 중얼거렸다. 똑같은 말을 몇 번씩 되뇌자 그 말은 말에서 그치지 않고 현실이 되는 힘을 싣는 것 같았다.

"둥근 세상인데 내가 나의 중심이 된들 누가 뭐랄 테야?"

동천 얼굴에 가볍지 않은 웃음이 지어졌다. 아무도 자신의 앞날을 도모해 주는 이가 없다는 생각이 들자 오기가 생겼다.

'아무도 날 끌어 주지 않는다면 내가 나를 이끌면 되지. 세상의 중심에 스스로 서면 그만 아니야?'

가슴을 한껏 뻐기며 큰대 자로 누운 동천은 이미 세상의 중심이 된 것 같았다.

"거복아, 넌 구성으로 간다고 했지? 그럼 난 일본으로 가마, 일본으로!"

가슴이 널뛰기 시작했다. 동천은 밤길 산속에서 주막 등을 만난 나그네처럼 머릿속이 환해졌다. 일본으로 간다? '갈 수 있다.'가 '가고 싶다.'로 커지는 건 삽시간이었다.

"그런데 일본이란 곳은 어떻게 갈 수 있지?"

문제는 기차 푯값과 뱃삯, 일본으로 건너가 우선 지낼 돈을 마련하는 것이었다.

끙끙 앓는 며칠이 흘렀다. 동천이 방 안에 들어앉아 머리를 쥐어짜고 있는데 밖에서 본동댁 소리가 났다.

"동천아, 쌍동네하고 장에 다녀올 테니 집 잘 보고 있어라."

동천이 봉당으로 내려섰다.

"장요?"

본동댁은 보릿고개를 앞둔 이맘때가 되면 겨우내 짠 무명필을 곡식으로 바꿔 왔다. 일본인이 하는 읍내 포목점에서 값을 후하게 쳐준다는 소문을 듣고부터는 꼭 읍내까지 이고 나갔다. 물론 혼자 가기 어려우니 동네 아낙과 짝을 지어 갔다. 조선 무명은 결이 곱고 질겨서 일본에서는 아기 배내옷이나 이불감으로 아주 인기가 높다고 했다.

그날 오후 늦게 본동댁이 집으로 돌아왔다. 동천은 본동댁이 손수건으로 꽁꽁 싸맨 돈뭉치를 안방 반닫이 깊숙이 넣는 것을 눈여겨보아 두었다. 그 돈이면 아쉬운 대로 일본으로 건너갈 여비는 댈 수 있을 듯했다. 하지만 선뜻 손을 댈 수가 없었다. 보릿고개 양식과 바꿀 돈을 훔쳐 낸다는 건 어머니의 밥그릇을 빼앗는 것과 같았다.

며칠 후, 본동댁이 나갈 채비를 차리고 동천을 불렀다.

"재 너머 노루실에 잔치가 있단다. 일해 주러 거기 한 이틀 다녀올 테니 그리 알아라."

동천은 의아했다. 본동댁은 평소 잔칫집에 일해 주러 다니지 않았기 때문이다.

"갑자기 잔칫집에는 왜요? 하루 놀러 가시는 건 몰라도 이틀씩이나 주무시고 오신단 말씀이세요?"

"일이 그렇게 되었다. 참, 그리고 안방 반닫이에 네 옷을 새로 지어 놨으니 그리 알고."

동천은 더더욱 이상해 본동댁을 쳐다봤다. 이틀 다녀온다면서 굳이 새 옷 해 두었다는 얘기는 왜 하는지 알 수 없었다. 동천이 멍하게 있는 사이 본동댁은 골목길로 사라져 버렸다.

집에 홀로 남은 동천은 저녁도 거른 채 고민하다 반닫이 문을 열었다. 안에 새 옷 한 벌이 얌전히 놓여 있었다. 동천이 옷을 꺼내 들춰 보는데 무언가 툭, 하고 바닥으로 떨어졌다. 자세히 내려다보니 손수건으로 꽁꽁 싸맨 지폐 뭉치였다.

동천은 그 뭉치를 들고 일어섰다. 그리고 횃대에 걸쳐져 있는 본동댁 치마에 얼굴을 묻었다. 동천은 한참을 망설인 끝에 새 옷은 다시 반닫이에 넣어 놓고 돈뭉치만 챙겨 들었다.

"죄송해요, 어머니."

동천은 건넌방으로 와 무릎 사이로 얼굴을 묻었다. 얼마 동안 숨만 새근거리던 동천이 벌떡 일어서 거복네로 건너갔다.

동천은 거복을 살며시 불러냈다.

"뭐? 일본으로 간다고?"

거복은 동천 말에 소스라치게 놀랐다.

"졸업식이나 마치고 가려 했는데 그렇게 안 되네."

동천이 자분자분 저간 사정을 풀어 놓았다. 거복은 여느 때처럼 묵묵히 듣고는 고개를 끄덕였다.

"어머님 걱정은 하지 마라. 나야 비록 구성으로 나가지만 우리 어머니랑 형님이 잘 보살펴 주실 거야."

"그래, 우리 어머니가 걱정 많이 하시거든 일본 가서 꼭 편지 올리기로 했다고 말씀드려 줘, 알았지?"

동천은 목이 메는 걸 억지로 감추며 말했다. 그러고는 거복에게 다케다 선생의 책을 건네주었다. 거복은 개학 날 꼭 돌려 드리겠다고 약속했다.

동천은 새벽녘 가까이 집을 나섰다. 범골을 떠나는 동천을 배웅하는 이는 눈물범벅 거복 한 사람뿐이었다.

구정물 바가지

동천은 구성 시내 한복판에 서서 머뭇거렸다. 형섭이 묵고 있는 하숙이 어딘지 알고 있었다. 시간 나면 놀러 오라며 적어 준 주소가 있었다. 물어물어 근처 골목까지 다다르기도 했다. 그런데 더이상 발길이 나아가지 않았다. 강씨 문중과 인연을 끊고 싶은 동천이었다. 그러나 일본으로 건너가려면 서류가 필요했다. 이 넓은 구성에서 서류 발급을 도와줄 수 있는 사람은 형섭뿐이었다.

동천은 입술을 꽉 깨물며 중얼거렸다.

"마지막이다, 정말 마지막이다."

식모 아이에게 방문객 이름을 전해 들은 형섭이 현관으로 뛰어나왔다.

"아니, 기별도 없이 웬일로."

형섭은 동천이 하는 얘길 듣더니 눈이 화등잔만 해졌다.

"난데없이 일본이라뇨? 아버님께 허락은 받으셨어요?"

동천이 큰사랑에서 있었던 일을 대강 들려주었다. 형섭은 뭔가 알고 있는 것 같기도 하고, 할 말을 억지로 참는 것 같기도 한 표정이었다.

"그래서 도항증을 마련해야 할 것 같은데 도련님, 어떻게 방법이 없을까요?"

동천이 차마 떨어지지 않는 입으로 부탁 말을 했다. 형섭이 어깃장을 놓을까 가슴이 조였다. 그러나 형섭의 대답은 의외로 선선했다.

"도항증까지 필요 없을 겁니다. 얼마 전에 실시된 규제 완화 정책 덕분에 내지와 반도를 오가는 여행객들은 더 이상 도항증을 소지할 필요가 없어졌으니까요."

조선인이 일본에 들어가는 것을 까다롭게 막아서던 총독부가 본토 기간산업의 발달로 값싼 노동력이 대거 필요해지자 규제를 풀었다. 그러자 가뜩이나 막다른 골목에 몰렸던 빈농들은 중개인을 따라 일본의 탄광으로, 공장으로 흘러들어 가기 시작했다.

"그래도 호적 등본 정도는 갖추는 것이 나중을 위해서라도 좋을 듯싶어요."

형섭이 책상 서랍을 뒤져 누런 봉투에 든 종이를 꺼냈다. 거기엔 동천의 이름이 맨 뒷장 아래쪽에 쓰여 있었다.

"마침 동경 갈 채비를 하면서 떼 놓았던 거예요. 저야 언제든 다시 만들면 되니까 아저씨 먼저 쓰세요."

동천은 형섭에게 등본을 받아 저고리 안쪽에 소중히 넣었다.

"고맙습니다, 도련님."

조마조마하던 마음이 놓이자 조카, 아니 본가 도련님이 새삼스럽게 동천의 눈에 들어왔다. 여유를 가지고 친절을 베푸는 형섭의 모습은 어쩔 수 없는 부러움으로 다가왔다. 형섭은 너그러운 웃음을 띠며 물었다.

"여비는 좀 가지고 계세요?"

동천은 여비란 소리에 벌떡 일어섰다.

"도련님, 은혜 잊지 않겠습니다. 그럼 저는 이만."

형섭이 엉겁결에 따라 일어났다.

"아니, 날도 늦었는데 오늘 밤은 예서 묵어가세요. 내 아저씨께 묻고 싶은 말도 있고."

형섭은 동천을 주저앉히려 했지만 동천은 도망치듯 집을 빠져나왔다.

날은 이미 저물었다. 초행길 나그네는 붙잡지 않아도 묵어가겠다고 눌러앉을 시간이다. 그러나 동천은 한시라도 빨리 형섭의 하숙집을 벗어나고 싶었다. 형섭과 마주 앉아 있기가 죽기보다 곤욕이었다. 밤도망을 치는 빚꾸러기처럼 어머니의 쌈짓돈을 훔쳐 내

정신없이 구성으로 올라온 자신의 초라한 처지가 넉넉한 형섭의 형편과 비교됐다. 비참했다.

동천은 비참함을 떨쳐 내기 위해 골목길을 내달렸다. 숨이 턱까지 차도록 달린다고 변하는 건 아무것도 없었다. 그래도 도망치고 싶었다. 형섭에게 도움을 받느라 굽실거린 자신에게서 멀리 달아나고 싶었다.

동천은 평양으로 가는 밤 기차를 타기 위해 구성역으로 향했다. 평양에 가야 부산으로 내려가는 기차로 갈아탈 수 있었다.

동천은 매표소 직원이 내미는 작은 종잇조각을 받아 들었다. 그렇게도 만져 보고 싶었던 기차표였다. 개찰구 옆에 늘어선 긴 의자에 엉덩이를 걸치고 시계를 봤다. 곧 밤 기차가 도착할 시간이었다. 짐 보따리처럼 여기저기 구겨져 있던 사람들이 부스럭대며 몸을 움직였다. 동천도 눈치껏 다른 승객들이 하는 대로 따라 움직였다.

동천은 검표원에게 표를 내밀고 승강장 안으로 들어섰다. 춘삼월이라지만 평안북도 서쪽 끝자락에 붙은 구성은 해가 지면 아직 손끝이 시렸다. 누비저고리 옷깃 사이로 밤바람이 파고들어 소름이 오싹오싹 끼쳤다. 동천은 잔뜩 웅크린 채 기차라는 물건이 도착하기만 기다렸다.

잠시 후, 빼액! 하고 고막 찢는 소리가 울리더니 천지가 진동했다. 발끝에서부터 우르르 울려 대는 떨림은 세상에 태어나고 처음 느껴 보는 진동이었다. 동천은 흡, 하고 숨을 들이쉬고는 그만 눈을 감아 버렸다. 이마 한가운데 번쩍이는 등을 달고 상투 끝으로 검은 연기를 꾸역꾸역 토해 내는 괴물 한 마리가 동천에게 달려들었다.

기차는 쇠바퀴 하나의 높이가 동천의 키만 했다. 그런 바퀴 열댓 개가 동시에 움직이며 사이사이로 허연 김을 뿜어냈다. 김이 뿜어질 때마다 기관차라는 쇳덩이는 푹푹 숨을 내쉬었다. 그야말로 불을 뿜고 쇠를 먹는다는 전설 속의 불가사리가 따로 없었다.

동천은 저도 모르게 뒷걸음질을 쳤다. 그런데 승강장 위에 섰던 사람들은 물러서는 동천을 밀치더니 너나없이 괴물 배 속으로 못 들어가 안달이었다.

"평양행 기차 곧 출발합니다. 타실 분들은 서둘러 주십시오."

일본인 차장이 일본 말로 크게 외쳤다. 그 소리에 정신이 든 동천도 허둥지둥 괴물 배 속으로 머리를 디밀었다. 안은 의외로 따스하고 아늑했다. 객실은 일본인과 조선인, 그리고 그들이 끌고 온 짐들로 뒤죽박죽이었다. 삼등칸이라더니 닭이며 오리, 강아지 같은 짐승까지 보따리에 싸여 한 자리씩 차지하고 있었다.

동천이 객실에 들어서자마자 시커먼 괴물이 또 한 번 빼액! 하고 울었다. 그리고 덜컹하는 소리와 함께 천천히 그러나 묵직하게 움직이기 시작했다. 동천은 디디고 선 바닥이 움직이는 통에 어지러움이 일어 휘청거렸다. 다행히 곁에 있던 노인이 "거기서 그러지 말고 어서 이리 와 앉게."라며 자리 한편을 내주었다. 동천은 친절을 베푼 노인에게 인사를 한 뒤 조심스럽게 나무 의자에 앉았다.

기차는 밤을 새워 달렸다. 두어 번 역에 서서 사람들을 토해 내고 삼키고 했지만 깊은 잠에 빠진 동천은 그런 줄도 몰랐다.

"손님, 다 왔습니다. 평양입니다."

일본인 차장이 동천의 어깨를 흔들었다. 화들짝 놀라 일어난 동천은 주위를 두리번거렸다. 다른 승객들은 이미 다 내렸는지 객실이 텅 비어 있었다.

동천은 잠이 덜 깬 얼굴로 개찰구를 나왔다. 매표소를 찾아 두리번거리던 동천은 갑자기 몰려오는 요의에 그만 변소부터 찾았다. 오줌을 시원하게 갈기고 나니 배가 더 고파졌다. 그러고 보니 범골을 떠나 지금까지 제대로 된 밥을 먹은 기억이 없었다. 구성까지 걸어 나오는 길에 마주친 떡장수 할멈에게 사 먹은 콩떡이 유일한 끼니였다.

"밥부터 먹자. 밥을 먹고 기운을 내야 부산을 가든 일본을 가든 하지."

동천은 역을 나와 대로변에 섰다. 일본식 가옥이 즐비하게 늘어선 거리에는 흰옷을 입은 조선인보다 울긋불긋한 염색 옷을 입은 일본인들이 훨씬 많았다. 아무리 봐도 어릴 적부터 듣던 고도(古都) 평양이 아닌 듯했다. 평양이라면 모란봉과 을밀대, 그리고 그 앞으로 유유히 흐르는 대동강이 한눈에 들어와야 했다. 하지만 지금 동천 앞에 펼쳐진 한길에는 젓가락을 나란히 꽂아 놓은 듯한 전봇대와 지은 지 얼마 안 돼 보이는 왜식 판잣집뿐이었다.

"저기, 말씀 좀 묻겠습니다. 여기가 평양 시내 맞지요?"

동천은 지나가던 솜바지 총각을 붙들어 세웠다. 더벅머리에 흰 수건을 질끈 동여맨 총각은 동천을 위아래로 훑어 내리더니 대답했다.

"평양이 맞긴 맞소만 여긴 야마토마치(大和町)요."

"야마토마치? 평양이 맞는다면서 웬 일본 지명이랍니까?"

동천이 갈피를 못 잡고 두리번거리자 더벅머리가 턱을 치켜들고 눈을 내리깔았다.

"형씨는 어디서 왔수? 보아하니 촌에서 방금 올라온 행색인데."

동천은 난데없는 멸시에 자존심이 상했다. 그래도 궁금한 걸 알아야 했기에 화를 누르고 대답했다.

"예, 바로 보셨습니다. 방금 기차에서 내린 촌놈입니다. 그런데 여긴 어찌 된 곡절입니까? 아무리 봐도 평양은커녕 조선 땅 같지가 않아서 말입니다."

동천이 순순히 나오자 더벅머리는 인심 쓴다는 식으로 말을 늘어놨다.

"곡절은 무슨. 합방되고 왜인들이 이곳 평양성 문밖에 물밀듯 들어와 왜식 시가지를 세운 것이오. 여기 대화정 말고도 혼마치(本町)라고 신작로 잘 닦인 왜인 시가지가 하나 더 있소. 기차역도 성안이 아니라 왜인 거리 한복판에 만들어 놓고 보니 평양역에 내렸다는 사람들은 좋건 싫건 이 왜놈 거리를 지나지 않고는 성안으로 들어갈 수도 없게 되었지. 방금 형씨가 얘기한 평양은 여기서 북쪽으로 좀 올라가야 나온다오."

더벅머리는 제 말만 마치고는 갈 길로 휘휘 가 버렸다. 동천은 성안으로 들어가 볼까 하다가 그만두었다. 평양 구경하러 나온 길이 아니었다.

동천은 밥을 사 먹을 수 있는 가게를 찾아 헤맸다. 큰길가 쪽으로 나아가며 일본 말로 쓰인 간판과 유리문 안을 기웃거렸다. 그때 갑자기 골목 안쪽에서 검은 구정물이 튀어나와 동천과 그 곁을 지나던 사람들의 옷에 들씌워졌다. 순식간이었다.

"어이쿠! 이게 뭐야!"

동천은 혼비백산하여 펄쩍 뛰었다.

동천과 함께 구정물을 뒤집어쓴 사람들은 공교롭게도 모두 조선인이었다. 다들 설빔으로 해 입었음 직한 흰 두루마기, 중치막, 누비옷 등이 얼룩져 버렸다. 동천은 구정물이 튄 옷을 내려다보다 문득 반닫이 속에 놓여 있던 새 옷이 떠올랐다. 동천은 그 옷을 차마 입고 나올 수 없었다. 돈을 훔쳐 내 허락도 없이 집을 떠나는 마당에 무슨 염치로 새 옷까지 받아 입을까 하는 괴로움 때문이었다.

동천은 옆구리에 검정 물이 밴 옷을 내려다보며 새 옷이 아니라서 다행이란 생각이 들었다. 지금 동천이 입고 있는 옷은 겨울이 시작될 때 입은 솜옷이었다. 겨울옷은 설빔을 장만하면 모를까, 한 벌로 한 철을 나기 때문에 자주 빨 수가 없었다. 설 쇠기 며칠 전 잿물에 삶아 한 번 빤 적이 있지만 그것도 벌써 두 달 전 일이다. 당연히 솜옷은 땟국이 줄줄 흐르는 회색빛 옷이 되었다.

"에잇! 또 당했구먼. 여긴 왜인 시가지라 없을 줄 알았더니!"

백립에 중치막을 입은 사내가 툴툴거리며 옷자락을 털었다. 그 곁의 흰 두루마기를 입은 노인이 말을 받았다.

"왜인 시가지라 더더욱 기가 살아서 그러는 모양일세. 몹쓸 놈의 색의 장려(色衣獎勵)인가 뭔가, 아무리 발악을 해 봐라. 옷 빛깔까지 제 놈들 뜻대로 될 줄 알고!"

"누가 왜놈 아니랄까 봐 하는 짓도 어쩜 이리 비열할꼬."

그들의 말에 따르면 이랬다. 일본 경찰들이 도시 곳곳 골목에 숨어서 흰옷을 입은 조선인이 지나가면 구정물을 뿌려 댄다는 것이다. 커다란 함지박에 더러운 구정물을 담아 놓고 염탐하듯 길거리를 살피다가 끼얹는다니, 다짜고짜 당하는 입장에서는 그야말로 마른하늘에 날벼락이 아닐 수 없었다.

동천은 기가 막혀 웃음도 안 나왔다.

"구성에선 보지도 듣지도 못한 일입니다."

동천이 옷자락을 쥐어짜는 노인에게 말을 건넸다.

"평양에서는 이 같은 봉변이 벌써 두 해 넘게 이어지고 있다오. 내 모르긴 몰라도 곧 시골 장터에서도 구정물 뒤집어쓰는 일이 벌어질 게요. 암, 멀지 않았지."

사람들은 구시렁거리면서도 골목 쪽으론 눈길조차 주지 않았다.

"그런데 아무도 골목 안으로 안 가 보십니까?"

동천이 갑갑한 마음에 물었으나 다들 고개를 내저었다.

"가 보면 무얼 할 거요. 벌써 꼬리를 감추었거나 마주쳐도 시치미 떼고 나 몰라라 하고 나올 텐데."

노인은 침을 퉤퉤 뱉어 가며 길 저쪽으로 사라졌다. 나머지 사람들도 다들 한마디씩 내갈기고는 총총히 사라졌다.

동천은 어쩔까 하다 골목 안으로 들어가 보았다. 아무리 무서운 경찰이라지만 이렇게 비겁하고 졸렬한 짓을 하는 낯짝은 봐야 직성이 풀릴 것 같았다.

골목은 생각보다 좁고 길었다. 하지만 아무리 거슬러 들어가도 경찰은커녕 사람 그림자 하나 보이질 않았다. 동천은 약이 오르기 시작했다. 그래도 골목은 이리저리 구불구불 이어지기만 할 뿐 구정물 한 방울 보이지 않았다.

"한 바가지 퍼붓고 바로 줄행랑을 놓은 모양이지?"

동천은 코웃음을 치며 지나온 골목을 돌아봤다. 그런데 아뿔싸, 알지도 못하는 길을 너무 깊게 들어와 있었다.

"가만있자, 내가 이쪽 골목으로 들어왔나?"

동천은 사방으로 늘어선 골목들을 휘휘 둘러보며 입술을 깨물었다. 난생처음 길을 잃은 것이다. 당황한 동천은 마구잡이로 헤매다 끝내 방향까지 잃고 말았다.

동천은 등줄기에 식은땀이 쭉 솟았다. 그 집이 그 집 같고 그 모퉁이가 그 모퉁이처럼 생긴 도시의 뒷골목이 헤어 나올 수 없는 거미줄 같았다.

"이제 어쩐다?"

발을 동동거리는데 저쪽 골목 뒤에서 조잘대는 소리가 들렸다. 동천은 소리가 들리는 쪽으로 서둘러 뛰어갔다.

모퉁이를 돌아가니 웬 조무래기들이 담 뒤에 숨어 어느 집을 훔쳐보고 있었다. 하나같이 바지저고리 차림의 조선 아이들이었다. 동천은 반가운 마음에 얼른 다가갔다.

"얘들아, 길 좀 묻자."

동천이 맨 뒤에 선 아이의 어깨에 대고 물었다. 아이는 어깨를 획 돌려 동천 얼굴에 대고 쉿, 하는 소리를 냈다.

"조용히 해 봐요, 지금 막 나오려고 하니까."

"아니, 나는 지금 한길로 나갈 골목을 찾는데 말이야. 혹시……."

"아이참, 목소리 좀 낮추라니까요. 이제 곧 나오려 그러는데."

아이는 막무가내로 동천의 어깨를 끌어 내렸다. 동천은 하는 수 없이 몸을 낮추고 다시 물었다.

"뭐가 나온다는 게야?"

아이가 킥킥거리며 말했다.

"어젯밤 몰래 와서 저 집 대문 앞에 구덩이를 하나 파 놓았거든
요."

아이는 발 하나 빠질 만한 구멍에다 밤송이를 잔뜩 집어넣어 놓
고 그 위에 짚을 깔아 다시 흙을 뿌려 두었다고 했다. 녀석들 옆에
밤송이를 담은 자루가 앉아 있었다.

"왜 그런 장난을 하니? 노인네라도 나와서 헛디디면 어쩌려
고?"

동천이 짐짓 꾸짖는 소리로 묻자 아이들이 일제히 고개를 돌려
동천을 보았다. 그리고 동천 저고리를 물들인 구정물을 가리켰다.

"헷, 이 형도 당했구먼. 큰길가에서 뒤집어쓴 거 맞죠?"

동천이 어떻게 아느냐고 되묻자 아이들이 건너편 집을 손가락
질했다.

"그 껌정 물이 바로 저 집에서 만들어진 거라고요."

동천은 새삼스러운 눈으로 건너편 집을 바라보았다.

"그럼 저기 구정물 뿌리는 경찰이 산단 말이야?"

"아니요, 저 집 주인이 서양 물감으로 천을 물들이는 염색장이
란 말이에요. 경찰들이 매일 와서 이 집에서 쓰고 남은 물감들을
마구잡이로 섞어서 길가로 가지고 나가요. 그러고는 지나가는 조
선인들 옷에 끼얹는 거죠. 서양 물감이라서 빨아도 지지 않는다니
깐요."

그중 제일 작은 꼬마가 입을 내밀며 말을 이었다.

"맞아, 우리 엄마도 아버지께 지어 드린 새 누비바지가 하루 만에 얼룩져서 얼마나 속상해하셨는데. 모든 게 저 염색장이 때문이라구."

동천은 까치발을 해서 건너편 집 마당을 살펴보았다. 조그만 일본식 가옥 앞마당은 얼기설기 매인 빨랫줄로 어지러웠다. 빨랫줄마다 널린 염색 천들이 바람에 하느작거렸다. 천들은 하나같이 조잡한 무늬와 요란한 색으로 물들여져 있었다.

그때 집 안에서 남자 하나가 나왔다. 남자는 조그만 몸집에 어깨가 구부정하게 휜 사내였다. 팔뚝까지 거무죽죽한 염색 물이 밴 사내는 반바지에 후줄근한 잔찬코(소매 없는 웃옷) 차림이었다. 한눈에 보기에도 볼품없는 꼴이었다.

아이들은 저들끼리 떠들며 수군거렸다.

"난 엊그제 한번 왔었다."

"너 혼자?"

"응, 깜깜한 밤에 몰래 와서 빨랫줄에 잔뜩 널린 염색 천에다 닭똥을 한 움큼 뿌려 줬지."

"나는 낮에 와서 대문간에다 오줌 한 바가지 시원하게 갈겨 줬는걸."

동천이 아이들을 둘러봤다.

"그런데 얘들아, 저 염색장이는 구정물을 만든 죄밖에 없잖아. 진짜 앙갚음을 하려면 비겁하게 숨어서 구정물을 뿌려 대는 경찰에게 해야 하는 거 아니야?"

"하지만 경찰은 무섭잖아요. 그 긴 칼을 뽑아 들고 우리에게 달려들면 어떡해, 그치?"

"맞아, 맞아!"

녀석들은 서로 편들며 키들거렸다.

그사이, 대문이 열리고 염색장이가 나왔다. 제 몸피만큼 커다란 보따리가 사내의 구부정한 어깨에 얹혀 있었다. 아이들은 잽싸게 몸을 낮추었다.

염색장이는 두 손으로 보따리 매듭을 움켜쥔 채 게다(일본 사람들이 신는 나막신)를 신은 발을 내딛다 그만 밤송이 구덩이에 발을 쑥 빠트렸다. 구덩이는 사내의 무릎이 빠질 정도로 깊었다. 사내는 꽥, 하고 나자빠져서 어깨에 매달린 보따리 때문에 허우적거렸다. 그러나 이내 신음 소리를 내며 밤 가시가 서너 개 박힌 발목을 들어 올렸다.

"아 참! 왜나막신 생각을 못 했네."

"글쎄 말이야. 저놈의 나무토막 땜에 발바닥엔 가시가 하나도 안 박혔잖아."

"얘들아, 안 되겠다. 이렇게 된 거 밤송이 바가지나 퍼부어 주자!"

그중 야무지고 겁 없어 보이는 아이가 자루를 거머쥐고 앞으로 나갔다. 그 뒤를 아이들이 와, 하는 함성과 함께 따랐다.

"맛 좀 봐라, 요놈의 쪽발이 새끼!"

대장 노릇을 하는 아이가 염색장이를 향해 밤송이를 힘껏 던졌다. 그 소리를 신호로 다른 아이들도 앞다투어 밤송이를 날렸다. 땅바닥에 누운 채 목을 조이는 보따리 끈을 풀려고 끙끙거리던 염색장이는 난데없는 밤송이 세례에 기겁을 하며 머리를 감쌌다. 아이들은 염색장이가 버둥거리자 더 신이 나는지 조금씩 다가서기까지 했다.

보다 못한 동천이 눈을 부라리며 앞을 가로막아 섰다.

"얘들아, 그만둬라!"

아이들은 동천의 서슬 퍼런 고함 소리에 움찔하는가 싶더니 곧 대들기 시작했다.

"형은 무엇 때문에 왜놈 편을 드는 거예요?"

"왜놈한테 골탕 좀 먹이는 게 어때서요!"

동천이 이맛살을 구긴 채 대꾸했다.

"왜놈이건 아니건 너무하잖니."

"쳇! 여기도 왜놈 편드는 쓸개 빠진 사람이 하나 있군."

"뭐? 이 녀석 말버릇 좀 보게!"

동천이 대장 녀석에게 꿀밤을 먹이려고 하자 아이들은 우르르 줄행랑을 놓아 버렸다.

밤송이 더미 한가운데서 염색장이는 제 발목을 잡고 끙끙거리기만 했다. 그러다 동천과 눈이 마주치자 헷, 하며 웃고는 고개를 연신 까닥거렸다. 제 딴에는 각다귀들을 쫓아 주어 고맙다는 인사를 하는 모양이었다. 동천은 어쩔까 망설이다 눈이 마주친 걸 모른 체할 수 없어 다가갔다.

"괜찮으십니까?"

염색장이는 일본어로 말을 거는 조선 청년을 올려다보았다. 얼굴을 확인하고 내려오던 눈길이 얼룩진 저고리에 잠깐 멈추었다.

"예, 예. 죄송합니다. 괜찮습니다."

염색장이는 머리를 굽실거리며 일어서려 애를 썼다. 동천은 염색장이를 부축해 일으키고 흩어진 짐을 주워 주었다.

"사실은 골목에서 길을 잃어서……. 큰길로 나가려면 어디로 가면 됩니까?"

"아, 마침 저도 나가려던 참이니 같이 가시지요. 제가 안내하겠습니다."

염색장이가 절뚝거리며 앞장섰다.

"발목을 삐신 것 같은데 괜찮으세요?"

염색장이는 대답 대신 비죽 웃었으나 곧 아이코, 하며 주저앉았다. 동천은 보따리를 달래서 어깨에 걸머멨다. 염색장이는 송구스러워 어쩔 줄 모르며 뒤통수를 긁적였다.

동천은 염색장이를 따라 미로 같은 골목을 빠져나왔다. 둘러보니 아까 물벼락을 맞고 쫓아 들어간 골목에서 조금 아래쪽이었다. 동천이 보따리를 건네주자 염색장이는 고맙다는 인사를 열 번도 더 하고는 아랫길로 사라졌다.

덮밥집 간판이 보이자 동천 배 속이 요동을 쳤다. 가장 싼 계란 덮밥을 사 먹은 동천은 부른 배를 안고 역으로 돌아왔다.

"7원 되겠습니다."

부산에서 일본 시모노세키까지 가는 배, 그리고 다시 오사카까지 가는 기차를 탈 수 있는 푯값이었다. 동천은 아차, 하며 입술을 깨물었다.

"가진 거라고는 6원 80전이 전부인데 어쩌지?"

방금 사 먹은 덮밥값이 20전, 그러니까 그 밥값만큼 돈이 모자란 것이다. 동천은 덮밥을 게워 내고 싶은 심정이었다. 머뭇거리던 동천은 하는 수 없이 뒷사람에게 밀려 줄 밖으로 나와 섰다.

그때 뒤에서 누군가 동천의 어깨를 톡톡 두드렸다. 조금 전 헤어졌던 그 염색장이였다.

"여기서 또 만나네요, 헤헤. 그런데 왜 그러십니까?"

"예, 그게 기찻삯이 좀 모자라네요."

동천이 난처한 얼굴로 뒤통수를 긁적였다. 염색장이는 얼마나 부족하냐고 묻더니 10전짜리 지폐를 두 장 내밀었다.

"저기, 저는 부산으로 염료를 사러 가는 길입니다만 먼 길에 동행 어떠십니까?"

동천이 당황한 얼굴로 물러섰다.

"아니, 초면에 어찌 이런 신세를 지겠습니까?"

그러자 염색장이가 배시시 웃었다.

"까짓것 겨우 우동 한 그릇 값인데요."

잠시 고민하던 동천이 결국 못 이기는 척 받아서 표를 샀다. 그리고 통성명이나 하자며 손을 내밀었다. 염색장이가 허리를 굽실거리며 악수를 했다.

"저는 아베 노부유키라고 합니다. 잘 부탁합니다."

동천과 아베는 부산으로 떠날 기차를 기다리며 이런저런 이야기를 나누었다. 아베는 역내를 오가는 조선인을 눈으로 좇으며 말문을 열었다.

"아실지 모르지만 내지인들은 신분이 높고 부유할수록 다양한 빛깔과 무늬가 염색된 옷을 입습죠. 특히 여자들은 옷에 색을 들이지 않으면 절대로 안 입어요. 하다못해 감물이나 잿물이라도 들여서 입지요. 내지에서는 물들이지 않은 천은 꼭 나무껍질처럼 날것 그대로의 느낌이라고 여기니까요. 저는 처음에 반도인들은 염색기술도 없고 색감도 몰라 흰옷을 입는 줄로만 알았습죠."

그 말에 동천이 손을 내저었다.

"그럴 리가 있습니까? 돌쟁이 색동저고리나 신부의 활옷을 보십시오. 조선인처럼 화려한 색감을 즐기는 민족도 없을 겁니다."

"예, 맞습니다. 저도 평양에 오 년 넘게 살면서 보고 들은 게 있으니까요. 그리고 더 중요한 사실도 알고 있습죠. 여기 온 지 삼 년쯤 됐을 땐가? 우리 집에 물을 대 주는 물장수 노인이, 어휴, 그이처럼 부지런하고 신용 좋은 사람도 드물 겁니다. 여하튼 그 노인이 해 준 말이 있지요."

하루는 색의 장려에 대해서 이야기를 나눌 기회가 있었다. 아베는 조선인들이 왜 그리 흰옷을 고집하는지 알 수 없다고 했다.

"노인이 그러더군요. 반도인은 부모나 가족이 죽으면 삼년상을 치르고 상복으로 흰옷만 입는다고요. 왕이 죽어도 삼 년 동안 흰옷에 백립을 쓰는 예법이 있고요. 하물며 나라가 망한 이 마당에 어찌 빛깔 옷을 입을 수 있겠느냐고 했습니다. 그 말을 듣고 나니깐 반도인의 흰옷이 빼앗긴 나라를 잊지 않겠다는 의지로 보이데요. 그런데 위에서는 그것도 모르고 무작정 색의 장려를 밀어붙이니 참 답답한 노릇이지요."

동천이 아베의 말을 곰곰이 되새기느라 잠시 말 틈이 벌어졌다. 고개를 갸웃거리던 동천이 다문다문 말했다.

"어쩌면 일본 관리들도 그걸 알고 있는 게 아닐까요? 솔직히 그깟 옷 빛깔이 얼마나 큰 문제라고 경찰까지 동원해 치졸한 짓을 벌이겠습니까? 흰옷이 가지고 있는 숨은 뜻을 알기 때문에 기를 쓰고 억누르려는 것이겠지요."

아베는 멍하니 듣더니 동천의 저고리 옆을 힐끗 내려다보았다. 그리고 고개를 푹 수그렸다.

"경찰 서슬에 눌려 할 수 없이 만들고는 있지만 저도 명색이 장인(匠人)인데…… 부끄럽습니다."

동천이 위로하듯 말했다.

"뭐, 그렇게까지 자신을 탓할 것 있습니까? 그리고 여기서 지내는 게 정 내키지 않으면 다시 일본으로 돌아가도 되지 않습니까?"

아베가 뭐라고 대답하려는데 갑자기 옆 벤치에서 큰 소리가 터져 나왔다. 일본 말이었다.

"일어서라면 일어설 것이지, 무슨 말이 많아!"

동천과 아베의 눈이 그곳으로 쏠렸다.

벤치에는 두루마기와 갓 차림의 노인이 일본 사람들 가운데 앉아 있었다. 그런데 웬 누런 군복을 입은 군인이 그 앞에 버티고 서서 노인을 윽박지르는 중이었다. 노인은 일본 말을 못 알아듣는지 눈만 껌뻑거렸다.

"황군의 명령이다. 일어섯!"

귀때기 새파란 젊은 군인은 다시 한 번 명령조로 소리쳤다. 노인은 주위를 두리번거리더니 엉덩이를 일으켰다. 말귀를 알아들어서 하는 행동이 아니라 일본 군인의 매서운 눈매와 손짓을 보고 엉겁결에 몸을 일으킨 것이었다. 젊은 군인은 노인이 비킨 자리에 털썩 주저앉아 헛기침을 해 댔다. 잔뜩 주눅이 든 노인은 황급히 밖으로 빠져나가 버렸다.

그 광경을 본 동천은 저도 모르게 벌떡 일어섰다. 도저히 그냥 보고만 있을 수 없었다. 동천이 한 걸음 내디디려 하자 아베가 소매를 잡아끌었다. 온몸에 잔뜩 힘이 들어간 동천이 고개를 획 돌렸다.

"이거 놓으십시오. 저게 지금 뭐 하는 짓입니까? 일인들은 윗사람 공경할 줄도 모른답니까?"

동천이 뿌리치려 하자 아베 손아귀에 힘이 더 들어갔다. 힘든 일에 단련이 된 아베의 팔심은 동천이 감당할 깜냥이 아니었다.

"가만 계셔요. 황군에게 시비를 걸었다간 어찌 될지 아무도 모릅니다. 게다가 반도인이라면 더더욱……."

아베는 속삭이듯 말하며 머리를 흔들었다. 그때 쫓겨 나갔던 노인이 다시 들어왔다. 노인을 본 한 사람이 얼른 자기 자리를 양보했다. 양복을 입은 조선인이었다. 동천은 그 모습에 화가 조금 누그러져 콧김을 내뿜었다. 아베는 그제야 동천의 옷소매를 놓아주며 말했다.

"좀 전에 반도에서 살기 싫으면 다시 내지로 들어가면 되지 않느냐고 물었습죠? 유감스럽게도 그럴 수 없답니다. 왜 그런지 말씀해 드리지요."

아베는 목소리를 낮추며 가만가만 이야기를 시작했다.

"반도로 나온 일인들은 대부분 내지에서 자리를 잡지 못한 경우가 많아요. 경쟁이 치열하니까요. 게서 발판을 마련하지 못한 사람들이 새 터전을 찾아 반도로 몰려드는 것이지요. 사실 저도 고향에서 염색 장인으로 도제 수업을 받았습니다만 이도 저도 안 되는 상황이라 먹고살 궁리를 하다 반도에 나왔습죠. 사정이 이러하다 보니 반도에 나온 내지인들은 대부분 고국에서 밀려났다는 열등

감과 자괴감으로 똘똘 뭉쳐 있지요. 그리고 그 비뚤어진 심정을 반도인을 향해 뿜어 대는 거예요. 괜한 잘난 척과 무시로 보상받으려 하는 것이지요. 방금 본 군인 역시 마찬가지일 겁니다."

아베는 조심스러운 눈길로 젊은 군인을 가리켰다.

"내지에서는 군인이 멀쩡히 앉아 있는 노인에게 자리를 비키라고 요구하지 않습니다. 그럴 이유도 없고 그래서도 안 되지요. 그런데 계급도 한참 낮은 햇병아리가 황군이라는 이유 하나만으로 조선 노인에게 비키라고 명령한다? 우스운 일입니다. 저 녀석은 확실히 군대에서 받았던 설움을 자신보다 약한 존재에게 화풀이하고 있는 거예요."

아베는 황군을 향해 징그러운 벌레를 보듯 눈살을 찌푸렸다. 동천도 따라 황군을 뜯어봤다. 노인을 몰아내고 자리를 차지했건만 황군의 얼굴엔 뭔지 모를 불만이 가득 차 있었다.

기차 시간이 다 되었다. 두 사람은 나란히 기차에 올랐다. 아베 옆자리에 앉은 동천은 평양에서 머물렀던 한나절을 천천히 되새겼다.

얼마 되지 않는 시간에 많은 일이 있었다. 일본으로 가겠다는 일념 하나로 무작정 떠나온 길이었다. 이제 겨우 부산으로 가는 기차를 탔건만 벌써 거친 세파 한가운데 휩쓸린 기분이었다.

기차는 하염없이 남으로 남으로 달렸다. 차창으로 스치는 무수한 풍경을 바라보며 동천은 회포에 잠겼다. 기찻삯도 안 되는 돈을 가지고 다른 고장도 아닌 바다 건너 남의 나라에 간다. 생각하면 생각할수록 가슴이 뻐근할 정도로 두렵고 겁이 났다.

"손에 쥔 거라곤 운 하나로군."

쓸쓸한 웃음이 나왔다. 거복의 배웅을 받으며 범골을 떠날 때의 그 기개는 사흘 만에 사그라졌다. 구성과 평양에서 겪은 일만으로도 자신이 얼마나 무모한 짓을 저지르고 있는지 또렷했다.

동천은 한동안 기차 진동에 맥없이 흔들렸다. 그러다 다른 생각이 고개를 들었다. 범골을 떠나 일본으로 가는 기차 편에 몸을 실은 것 하나만으로도 한 가지는 이룬 것 아닌가!

동천은 사흘 동안 씻지 못해 얼룩덜룩한 빈손을 내려다보았다. 자신의 처지만큼이나 남루한 모습이었다. 동천은 두 손을 가만히 쥐었다 폈다 했다. 아무것도 쥐고 있지 않으니 무엇이든 잡을 수 있는 손이었다.

"잃을 것이 없는데 겁날 게 무어야?"

새벽녘이 되자 동천의 가슴엔 다시금 기운이 들어찼다.

"일어나십시오. 부산역에 도착했습니다!"

동천은 침까지 흘리며 곤히 자는 아베를 흔들어 깨웠다.

"응, 응? 벌써 도착했습니까?"

아베는 졸린 눈을 비비며 짐을 챙겨 들었다.

두 사람은 역을 나와 광장에 섰다.

"관부 연락선(關釜連絡船)을 타자면 항구로 나가야 하는데…….
오사카에 아는 분은 있지요?"

"예, 몇 해 전 오사카로 일자리 구하러 나간 고향 아저씨가 계십
니다."

아베는 미리 연락해 두었느냐고 물었다. 동천이 머리를 살랑살
랑 흔들었다.

"오사카 역 앞에 조선인들이 모여 사는 동네가 있다고 들었습니
다. 거기서 방을 얻어 살고 계실 겁니다."

아베가 걱정스러운 표정을 지었다.

"아무리 그래도 무작정 찾아간다는 건 좀 무리가…….'"

"무리래도 할 수 없죠. 제가 아는 거라곤 친척 어른들이 나누던
이야기에서 얻어들은 것이 다니까요."

동천이 배짱을 퉁기며 대꾸했다.

아베는 동천의 대답을 들으며 품에서 작은 종이 하나를 꺼내 들
었다. 그리고 종이 뒷면에 무언가 꼼꼼히 적어 넣었다.

"이것은 제 명함입니다. 오사카에 도착해서 혹시 고향 분을 못
만나시거든 여기로 가 보세요. 혹 도움이 될 수도 있으니깐요."

동천은 명함을 받아 들고 주소를 들여다봤다.

"오사카가 아니라 동경 주소네요."

"예, 예. 저랑은 예전에 한동리에 살았는데 동경에서 자수성가
하신 분입니다."

동천은 명함을 등본 사이에 끼워 품 안에 넣었다.

"뭐라 감사의 말씀을 드려야 할지 모르겠습니다."

아베가 빙그레 웃었다.

"저고리 세탁비라고 생각해 주세요. 덕분에 저도 조금은 마음의 짐을 덜었습니다."

두 사람은 큰길가로 나와 헤어졌다. 동천은 항구 쪽으로 걸음을 옮겼다. 멀어지는 아베가 자꾸만 이쪽에 대고 손을 흔들었다.

땅 위에 핀 달

기차 멀미는 댈 것도 아니었다. 격이 다르다고나 할까, 뱃멀미는 오장육부를 따로따로 쥐어짜는 고문이었다. 동천은 가장 싼 삼등 객실 바닥에 해삼처럼 달라붙어 파도의 울렁거림을 견뎌 냈다. 얼굴이 노래져 헛구역질을 하자 곁에 웅크리고 누웠던 장사꾼 하나가 알은체했다.

"배 속이 비면 더하니까 먹은 거 올라와도 꾹 참구려. 그리고 잠을 자요. 뱃멀미에는 그저 잠밖에 없수다."

동천은 귀에다 대고 떠드는 장사꾼의 목소리를 먼 산마루에서 울리는 메아리처럼 아득히 들으며 까무룩 잠에 빠졌다. 평양에서 부산까지 오는 기차에서 뜬눈으로 밤을 지새운 게 그나마 도움이라면 도움이 되었다고 할까. 동천은 현해탄을 건너는 내내 어지러운 꿈에 시달렸다.

"부—우웅!"

뱃고동 소리와 함께 객실 안이 부산해졌다. 동천은 퉁퉁 부은 얼굴을 들고 주위를 살폈다.

"시모노세키요. 얼른 내립시다."

연방 방귀 놓으며 굴러 자던 장사꾼이 재바르게 움직였다. 동천은 기다시피 배에서 빠져나와 선착장으로 내려섰다.

"여기가 일본이란 말인가? 여기가 일본 땅이라고?"

부산에서 맡은 바다 냄새와 엇비슷한 비린내가 코끝에 스몄다. 올려다보니 구성에서 보던 높고 푸른 하늘보다 빛깔만 조금 옅을 뿐 똑같은 구름과 해를 품은 하늘이었다. 다른 건 사람들이었다. 연락선에서 꾸역꾸역 밀려 나오는 조선인 무리를 빼면 온통 까만 얼굴의 일인뿐이었다. 그들은 생김새가 조선인보다 더 오밀조밀하고 잘았다.

동천은 장에 나온 촌닭처럼 이리저리 두리번거리다 선착장을 빠져나가는 무리를 뒤쫓았다. 그리고 매표소로 가 열차 표를 가격이 가장 싼 화물 열차의 객실 표로 바꾸었다. 배 안에서 만난 장사꾼에게 배워 둔 요령이었다.

"여기 잔금 1엔 10센입니다."

동천은 직원이 내주는 돈을 소중히 받아 들었다.

화물 열차 맨 뒤에 달린 삼등칸은 난로도 없고 바람이 숭숭 새어 들어오는 낡은 차였다. 동천은 주먹밥 두 개를 사서 한 개는 기차를 타기 전에, 나머지 한 개는 하루 종일 달리는 기차 안에서 점심으로 때웠다. 뱃멀미에 당하고 나니 신기하게도 기차 멀미는 더이상 나지 않았다.

기차는 저녁이 다 되어서야 오사카 역에 다다랐다. 동천은 역사를 나와 역 앞 광장에 섰다. 범골을 떠난 지 나흘 만이었다.

"드디어 왔구나, 드디어."

주위를 둘러보던 동천은 벌어진 입을 다물지 못했다.

"별천지일세, 별천지!"

캄캄한 밤중인데 도시 전체가 빛으로 가득 차 있었다. 책에서 보던 그대로였다. 그중 동천을 가장 놀랜 건 대로변에 줄 맞춰 늘어서 있는 가로등이었다. 박처럼 둥근 유리통 빛이 얼마나 눈부신지 마치 보름달을 따다가 장대 끝에 붙여 놓은 것 같았다. 구성과 평양, 부산에서 스치듯 보았던 전등들과는 사뭇 다른 밝기와 꾸밈새였다. 동천은 달맞이하는 어린아이처럼 해맑고 호기심 가득한 얼굴로 가로등 대열을 올려다봤다.

그때 전기 기사가 동천 옆 가로등에 사다리를 걸쳐 놓았다. 전기 기사는 흰 와이셔츠에 멜빵바지를 입고 있었다. 머리엔 부드러운 가죽으로 만든 납작한 모자를 쓰고 있었다. 동천의 눈에 그 모자는 꽤나 우습게 보였는데 짧은 차양이 꼭 오리 주둥이처럼 살짝 튀어

나와 얄궂었다. 허리에 매달린 주머니 안에는 각종 연장이 들어 있어 움직일 때마다 덜그럭거리는 소리가 났다. 동천은 사다리 위로 올라서려는 기사에게 말을 붙였다.

"달을 따다 붙인 것 같은 이 기둥은 뭐라고 부릅니까?"

기사는 사다리에 오른발을 얹은 채 동천을 위아래로 훑어 내렸다.

"가로등을 모른단 말이냐?"

다짜고짜 반말로 묻는 태도가 어찌나 거만한지 동천은 그만 머쓱해져서 뒤로 물러섰다.

"가로등도 모르는 생번인(生蕃人)이 왜 오사카 대로에서 어정대는 거야?"

기사는 혼잣말로 이렇게 뇌까리고는 사다리 위로 올라갔다.

'생번인? 어디서 들은 적이 있는 것 같은데……'

그 순간 머릿속으로 번개 한 줄기가 번쩍하고 스쳤다.

'맞다, 대만에 사는 원시부족을 생번인이라고 부른다고 했지.'

진솔재 소학교, 사회 수업 시간에 배웠던 것이 떠올랐다. 하지만 생번인이란 나뭇잎으로 옷을 해 입고 맨발로 사냥을 다니는 미개 부족이다. 동천은 얼굴이 벌게지도록 화가 받쳤다.

"이보시오, 무슨 말을 그리 함부로 하시오? 생번인이라니? 난 조선 사람이오."

사다리 위에 걸쳐 선 기사가 비아냥대는 소리로 대꾸했다.

"그 꼬락서니를 하고 생번인이든 반도인이든 뭐가 다르다는 거지?"

동천은 새삼스러운 눈으로 자신의 차림새를 내려다보았다. 며칠 동안 씻지 못해 얼룩덜룩한 얼굴과 까맣게 때가 탄 한복, 다 해져 가는 짚신 차림으로 놀란 토끼 눈이 되어 대로에 서 있는 사람은 자신 한 사람뿐이었다. 동천은 뒤가 켕겨 슬금슬금 뒷걸음질 쳤다. 그리고 전기 기사를 한껏 흘겨 주었다.

"쳇, 그렇다고 생번인이 뭐야? 저치도 입버릇깨나 사납군."

그런 동천을 아까부터 멀찍이 서서 지켜보는 사람이 있었다. 바로 순시 경찰이었다. 임명장을 받은 지 얼마 안 되는 풋내기로 기합이 바짝 든 젊은이였다. 경찰은 무안을 당하고도 아무렇지도 않은 척 두리번거리는 동천을 보다 못해 다가왔다.

경찰이 신분증을 요구하려고 입을 떼는데 동천이 재빨리 쪽지를 내밀었다.

"지금 막 조선에서 건너온 사람입니다만, 친척 어른을 찾아뵈려고 합니다. 여기로 가려면 어느 쪽으로 가야 합니까?"

경찰은 동천이 의외로 일어를 또박또박 구사하자 움찔했다.

"아, 예. 여기는 그러니까……."

경찰은 업무에 충실한 초짜답게 열심히 길을 설명했다.

"감사합니다. 역시 친절한 분이시군요."

동천은 부러 호들갑을 떨며 장단을 맞추어 줬다. 경찰은 칭찬 한마디에 들떠 실쭉 웃었다.

"더 필요하신 것 있으십니까?"

"예, 한 가지만 더……. 이 물건은 뭐라고 부릅니까?"

동천은 쪽지를 소매에 넣으며 가로등을 가리켰다.

"아, 저건 전등…… 그러니까 전기로 불을 밝히는 가로등이지
요. 그리고 저기 건물 앞에 반짝이는 불빛 보이지요? 저것이 바로
이 도시의 명물 중 하나로 손꼽히는 꽃전등입니다."

동천은 경찰 손가락 끝을 따라 빨강, 노랑, 초록 빛이 번갈아 꽃
을 피우는 건물 벽을 바라보았다. 가로등과는 또 다르게 화려한 색
과 갖가지 모양을 갖춘 전등이었다.

"전에는 가스등이었는데 도시에 전기가 들어오고부터 저렇게
전등으로 꾸며 놓았지요. 그런데 반도에는 아직 전기가 설치되지
않았나 보죠?"

경찰이 자못 우월감에 찬 얼굴로 물었다.

"웬걸요, 조선에도 큰 도시엔 전기가 벌써 들어왔죠. 제가 워낙
시골 출신이라 그렇습니다."

동천이 펄쩍 뛰자 순진한 경찰이 허둥대며 고개를 숙였다.

"실례했습니다. 제가 아직 반도 사정에 어두워서 말입니다. 하
하."

동천은 환하게 웃는 경찰과 오색으로 번쩍거리는 꽃전등을 번
갈아 보며 속으로 중얼거렸다.

'그래, 여기서 시작하는 거야. 새로운 삶을 새로운 땅에서 시작하는 거야.'

동천은 물어물어 조선인이 모여 산다는 동네에 다다랐다. 널판으로 얼기설기 엮은 무허가 판잣집이 어깨를 기대고 늘어선 골목이었다. 기차역 담을 따라 이어진 뒷골목 집들은 하나같이 두세 사람만 들어서면 꽉 찰 것처럼 작고 좁아 보였다. 선산지기 정 씨네를 찾기까지 동천은 골목을 끝에서 끝으로 몇 번이나 헤매야 했다. 문패도 없는 집들은 그 집이 그 집 같아서 같은 집에 두 번씩 고개를 디밀고 묻는 촌극도 벌어졌다.

선산지기 정 씨는 본동댁의 먼 일가붙이지만 양반집 종살이가 아닌 소작농이었다. 성품이 무던하고 부지런한 정 씨는 향리 선산지기까지 맡아 두루두루 인심을 얻고 지내던 사람이었다. 하지만 토지 개혁 때 부쳐 먹던 땅을 빼앗기자 살길이 막혀 버렸다. 결국 노모와 처자식을 남겨 두고 혈혈단신 일본으로 건너갔다고 했다.

"아저씨, 계십니까? 저 동천입니다."

"뉘시오?"

문을 열던 정 씨는 낮도깨비라도 만난 듯 동천을 뚫어져라 쳐다보았다.

"아니, 범골 동천이 아니냐? 네가 여기 어쩐 일로?"

"제가 찾기는 바로 찾았나 봅니다."

동천이 커다랗게 한숨을 내쉬며 안으로 들어섰다. 문가 부엌을 건너 올라선 방 안은 그야말로 상자 속처럼 비좁았다. 밖으로 난 창이라고는 뒷벽에 붙은 손바닥만 한 구멍이 전부였다.

동천은 굴속 같은 집보다 정 씨의 차림이 더 놀라웠다. 조끼처럼 생긴 일본식 저고리와 종아리가 훤히 드러나는 반바지를 입고 머리에 수건까지 동여맨 차림이 영락없는 일본 사람이었다. 거기다 검게 탄 얼굴과 푸석푸석한 상고머리, 팔과 어깨에 난 작은 흉터들은 정 씨의 고단한 타향살이를 보여 주고 있었다.

본래 정 씨는 가난한 소작농이나마 그 나름의 입성과 체면을 갖춘 사람이었다. 관골이 크고 키도 훤칠해서 명절 때 설빔하고 본가로 인사 오던 그는 멀리서도 눈에 띄는 호남자였다. 그러나 오사카라는 별천지에서 다시 만난 정 씨는 생경한 도시만큼 낯선 모습이었다.

방 안에 마주 앉은 동천이 여기까지 오게 된 이야기를 풀어 놓았다. 짤막한 담뱃대를 빨며 듣던 정 씨가 물었다.

"그럼 네 어머니 눈을 속여 돈을 훔쳐 냈단 말이냐? 여기까지 오는 것도 물론 말씀드리지 않았고?"

동천이 고개를 떨어트리자 정 씨가 담뱃대를 문지방에 대고 두드렸다.

"나도 일본에 올 때 몸져누워 계신 어머니께 허락을 구하지 못했다. 그저 우격다짐으로 절만 올리고 나섰지. 그게 벌써 사 년 전 일이다. 지금은 다시 돌아가고 싶어도 구실이 없어. 배운 것도 없

고 가진 것도 없이 맨몸뚱이로 와 보니 반도인이라는 딱지 하나만
더 붙더라."

정 씨는 회한에 잠긴 눈길로 천장을 올려다봤다.

"아저씨, 전 공부를 계속하고 싶어서 왔어요. 고향에 있다간 고
스란히 장가들어 농사일에 매일 지경이라……."

정 씨가 동천과 눈을 맞추었다.

"공부? 그래, 공부 좋지. 근데 여기까지 건너와 무슨 공부를 하
겠다는 게냐. 아니, 공부해서 무엇하려고?"

동천은 정 씨의 날카로운 질문에 말문이 막혔다. 그저 고향에서
도망칠 궁리만 했지, 그 이상은 미처 생각해 본 적이 없었다. 공부
는 어쩌면 되는대로 갖다 붙이는 핑계에 지나지 않을지 몰랐다. 동
천의 고개가 절로 꺾였다.

정 씨가 초라하게 수그린 동천의 뒷목을 내려다보았다.

"네가 여기까지 온 것만 해도 다 조상님 덕인 셈 쳐라. 세상살이
가, 더군다나 남의 땅 한복판에서 목숨 줄 잇기가 어디 말처럼 쉬
운 줄 아니?"

"그래도 이 길밖에 없어요. 여기서 물러서면 저는 더 이상 갈 데
가 없어요. 고향에 돌아가 봐야 제 앞날은 칠흑같이 컴컴할 뿐입니
다."

정 씨는 입술을 꽉 깨물며 어깨를 떠는 동천에게서 눈을 떼지
못했다.

잠깐 침묵이 흘렀다. 동천은 정 씨 입에서 내일 당장 돌아가라는 말이 떨어질까 봐 간을 졸였다.

"그럼 얼마간 여기서 묵으며 지내 보아라. 기왕지사 예까지 왔으니 나중에 고향에 돌아가서 오사카 물 좀 먹어 봤단 소리는 해 봐야지."

정 씨로서는 일껏 찾아온 살붙이를 모른 체 내칠 수 없는 노릇이었다. 그렇다고 고생이라곤 배불리 먹지 못한 기억밖에 없는 철부지를 막일꾼으로 만들 배짱도 없었다. 정 씨는 며칠 죽도록 고생하면 앗 뜨거워라, 하고 제 발로 돌아가겠지 하는 계산이었다.

정 씨가 야멸치게 물었다.

"건 그렇고 지내는 건 어쩔 테냐? 하루 이틀도 아니고 나도 널 무작정 공으로 먹여 주고 재워 줄 수는 없다."

동천이 허둥지둥 대답했다.

"여기 가진 돈이 조금 있습니다. 모자란 대로 우선 이거라도."

동천이 품속에 든 돈을 꺼내려 하자 정 씨가 예끼! 하며 주먹을 치켜들었다.

"누가 너더러 돈 달라더냐? 아무리 팍팍한 타향살이라고 조카뻘 되는 애한테 하숙비 받겠니. 내 말은 내 집에서 먹고 자려면 청소, 빨래, 밥 짓기 등은 다 네 몫이 되어야 한단 뜻이야."

그 말에 동천은 안도의 한숨을 내쉬었다.

"전 또! 예, 아저씨는 오늘부터 집안일은 일절 신경 쓰지 않으셔도 됩니다. 제가 밥이든 빨래든 다 할 테니 쫓아내지나 말아 주십시오."

정 씨는 동천의 너스레에 껄껄 웃고 말았다.

다음 날 새벽, 동천은 정 씨를 따라 신문 배달소로 나갔다. 거기서 조간과 석간을 돌리기로 했다. 낮에는 두붓집에서 심부름꾼으로 일하기로 정해졌다.

동천은 그날부터 하루 종일 궁둥이 붙일 짬도 없이 뛰어다녔다. 새벽엔 신문 배달, 낮엔 두부 가게, 저녁에 다시 신문 배달, 그리고 집으로 오면 집안일이 동천을 기다리고 있었다. 몸살에 독감에, 동천의 몸이 노동에 길들여지기까지 앓은 병만 서너 가지가 넘었다. 그래도 동천은 넋두리 한마디 없이 하루하루를 버텼다. 부릴 수 있는 오기란 겨우 그런 것이었다.

동천은 입학금이라도 벌어 놓겠다며 기를 썼지만 정작 학교에 기웃거릴 시간은 없었다. 오사카란 도시는 물가가 천장 꼭대기에 매달린 곳이었다. 조간 석간 합쳐서 150부를 배달해야 한 달에 고작 13엔을 벌 수 있었다. 13엔이면 겨우 조선과 일본을 오가는 왕복 여비에 지나지 않았다. 얹혀사는 것이 염치없어 가끔 찬거리며 쌀을 들여놓기도 했다. 때에 전 한복 대신 일꾼복을 요구하는 가게 주인들 때문에 옷도 사 입어야 했다.

이래저래 돈 모으기가 하늘의 구름 모으기처럼 어려웠지만 동천은 바득바득 일에 매달렸다. 시내 지리에 좀 익숙해진 다음부터는 우유 배달도 겸했다. 말이 좋아 직장이 세 군데지, 모조리 값싼 품삯에 몸만 혹사하는 막일이었다.

동천은 달이 지나면 지날수록, 돈을 조금씩 모으면 모을수록 상급 학교로 진학할 꿈을 굳혀 갔다. 이런 고생을 할 바에는 정말 상급 학교 졸업장 따는 보람이라도 있어야 할 것 같고, 또 배우지 않으면 이런 생활에서 벗어날 수 없음을 뼈저리게 느끼기 때문이었다. 특히 정 씨를 보면 그런 생각이 절실했다.

정 씨는 잠자고 밥 먹고 변소에 가는 시간 빼고는 한시도 쉬지 않고 일을 했다. 노는 날도 없이 공사장에 나가거나 인력거를 끌었다. 나이 삼십 줄에 한창인 정 씨는 당연히 동천보다 많은 임금을 받았다. 하지만 그건 정 씨의 젊음과 힘을 푼돈과 바꾸는 거래에 지나지 않았다. 게다가 조선인이라는 이유로 일인 노무자의 반에 해당하는 삯밖에 받지 못했다.

후텁지근한 장마가 도시를 지치게 했다. 동천은 종이우산을 받치고 큰길로 나갔다. 겨드랑이엔 신문 한 다발이 묵직이 꽂혀 있었다.

"비가 좀 그쳐야 할 텐데……."

비가 오는 날은 신문이 잘 팔리지 않았다. 마른날에 비하면 삼분의 일 정도나 나갈까? 동천은 입 안이 말랐다.

"어이, 신문!"

길 건너 파나마모자를 쓴 신사가 동천에게 손짓했다.

"예, 갑니다."

동천은 자동차와 전차, 인력거가 뒤섞인 찻길을 건너 백화점 문 앞으로 뛰어갔다.

"여기 있습니다."

비에 젖은 동천의 머리카락에서 물방울이 똑똑 떨어졌다. 하얀 모슬린 양복을 빼입은 신사는 신문을 내려다보더니 이맛살을 구겼다.

"이렇게 다 젖은 걸 어떻게 읽으라는 거야?"

"아니, 손님. 여기 귀퉁이에 조금 묻은 것뿐……."

신사의 새된 소리가 동천의 말허리를 잘랐다.

"어이, 거기! 신문!"

길 건너 신문팔이 하나가 조금 전 동천과 똑같은 품새로 뛰어왔다. 동천은 말없이 물러났다. 여기서 손님에게 한마디라도 더 붙여 본들 욕만 들어 먹을 게 뻔했다. 동천은 다시 길을 건너 자기 자리로 돌아왔다.

날이 어두워지자 빗줄기는 더 굵어졌다. 동천은 옆구리에 낀 신문 다발을 내려다봤다. 우산 밑으로 들이치는 비 때문에 포장은 이미 흥건했다. 이걸 다시 배급소에 가져가 봤자 일당은 고사하고 되레 신문값을 물어내야 할지도 모를 판이었다. 동천은 어쩔까 속을 태우며 길 이쪽저쪽을 살폈다. 세찬 비 때문인지, 늦은 시간 때문인지 길가엔 행인도 부쩍 줄었다.

손님을 찾아 헤매던 동천 눈에 멀리 반짝거리는 꽃전등이 들어왔다. 꽃전등은 동천이 오사카에 처음 발을 디딘 그날부터 반년이 넘는 지금까지 변함없이 오색을 희롱하며 갖가지 모양을 만들어 내고 있었다. 비가 오나 바람이 부나 환하게 빛나는 불빛은 도시인들 머리 위에서 밤을 밝혔다. 그 아래서 사람들은 늦도록 종종거리며 개미처럼 일을 했다. 새벽빛과 함께 하루를 시작하는 고향 사람들에 비하면 도시 사람들은 늦게까지 일하는 대신 하루를 느지막이 시작하는 편이었다. 하지만 그것도 일인들의 경우지, 동천과 같이 가난한 조선인은 달랐다. 동천은 일인들보다 더 일하고 덜 잤다. 그래야 뒤처진 만큼 따라잡을 수 있다고 믿었다.

'다케다 선생님이 그랬어. 부지런히 노력해 따라잡아야 한다고, 조선인도 할 수 있다고.'

동천은 지쳐서 무릎이 꺾일 때마다 자신의 어깨를 두드려 주던 다케다의 손길을 기억했다.

동천은 물기를 머금은 신문 다발을 꼭 안고 비를 피하며 신문팔이를 할 수 있는 역 쪽으로 뛰기 시작했다. 세찬 빗줄기를 뚫고 뛰어가는 동천의 우산 위로 백화점 전등 불빛이 미끄러졌다.

긴 장마가 물러나자 지글지글 끓어오르는 불볕더위가 덮쳤다. 성냥갑 속 같은 판잣집은 바람 한 점 통하지 않았다. 밤새도록 땀범벅으로 뒤척이던 정 씨와 동천은 날이 밝기도 전에 각자의 일터로 지친 몸을 이끌고 나갔다. 오사카의 눅진한 더위를 처음 겪는 동천은 한여름에도 서늘한 바람을 품었던 구성이 그립고 또 그리웠다. 고향이 떠오르면 어머니 본동댁의 얼굴은 저절로 따라왔다.

오사카에 자리를 잡고 석 달 후 동천은 거복 앞으로 엽서 한 장을 냈다. 내용은 간단했다. 자신은 잘 있으니 어머니께 안부 전해 달라는 한마디였다. 어머니 앞으로도 엽서를 낼까 하다 그만두었다. 몇 번이나 펜을 들었다 놓았다 하던 동천은 서랍 속에 빈 엽서를 넣었다.

'언제든 떳떳이 모실 수 있을 때 편지 올릴게요.'

진을 쏙 빼는 여름을 보내고 가을, 겨울도 흘러가 어느덧 봄이 왔다. 동천이 오사카에 머문 지 일 년이 조금 넘었다. 4월을 코앞에 둔 어느 날, 일을 마치고 돌아온 동천은 옷 보따리 속에 든 돈을 꺼내 세었다.

"이만하면 입학금과 일 년 학비는 되겠지."

꼬박 한 해를 놀지도 먹지도 않고 모아 온 돈이었다. 빠듯하게나마 동천이 봐 두었던 학교의 등록금은 될 듯싶었다. 동천은 상업학교 야간반에 들어갈 작정이었다. 낮에는 학비와 생활비를 벌기에 바빠 학교에 다닐 틈이 없었다. 일하는 짬짬이 수소문한 끝에 집에서 가깝고 비교적 학비가 싼 학교를 찾아낸 것이었다.

동천은 다음 주에 있을 입학시험을 준비하려고 고물상에서 사 온 교과서들을 펼쳐 들었다. 한참 책 속에 빠져 있는데 방문이 열렸다. 먼지 범벅인 정 씨가 들어섰다.

"동천이 공부하는구나."

동천은 얼른 일어나 정 씨의 저녁 밥상을 차렸다. 미리 준비해 놓은 된장국과 정어리조림을 상 위에 올렸다. 세수를 마친 정 씨가 동천을 불렀다.

"저녁상은 놔두고 나 좀 보자."

정 씨의 목소리가 평소와는 다르게 메말랐다. 동천이 마주 앉자 정 씨가 편지 한 장을 내놓았다.

"음…… 동천이 네게 미안하게 되었다."

"예?"

동천은 왠지 모를 불안감에 입술을 깨물었다.

"엊그제 고향에서 편지가 왔다. 어머니가 많이 편찮으시단다. 장남인 나만 찾으신다는데 더 이상 모른 척할 수가 없구나. 벌써 오 년째야. 그만 이참에 조선으로 돌아가려고 마음먹었다."

정 씨는 그동안 모아 놓은 돈으로 자전거를 한 대 사겠다고 했다.

"그런데 네가 걱정이다. 이 집도 곧 비워 주어야 하는데 당장 네가 있을 곳이 마땅치 않으니……."

정 씨는 난처한 듯 말끝을 흐렸다. 동천은 가슴이 철렁했다. 곧 입학할 학교 생각에만 골몰했을 뿐 이 집에서 계속 신세를 져도 좋은지 고민해 본 적 없었기 때문이다. 무작정 믿어라, 하고 정 씨에게 기대고 있었던 자신이 후회스러웠다. 그래도 동천은 씩씩하게 대답했다.

"할머님이 편찮으시다는데 당연히 가 보셔야죠. 게다가 이만하면 아저씨 돌아가실 때도 되었습니다. 제 앞가림은 제가 할 테니 걱정 안 하셔도 돼요."

하지만 머릿속은 엉킨 그물 같았다. 당장 먹고 잘 곳이 없어진다니 눈앞이 캄캄했다.

동천은 다음 날부터 숙식이 가능한 가게를 찾느라 진을 뺐다. 흔쾌히 받아 주는 가게는 어디에도 없었다. 가게 사장들은 약속이나 한 듯 똑같이 물었다.

"오사카에 아는 이가 한 명도 없단 말이지? 신원 보증인도 없고?"

혼자 살며 상업학교 야간반에 다닐 계획이라는 말에 따라오는 질문이었다. 동천이 구성에서 가져온 호적 등본을 내밀어도 고개를 내저을 뿐이었다. 혹은 등본을 살펴보다 깜짝 놀라며 도리어 이렇게 묻기도 했다.

"조선인이라고?"

동천을 일 년 가까이 고용했던 가게 사장들 역시 거북한 표정을 짓긴 마찬가지였다.

"미안하게 됐네만 다른 곳을 알아보게. 여기는 인근 지역 출신자만 해도 넘친다네."

동천의 얼굴은 번번이 거절당하고 가게 문을 나서며 하루하루 굳어 갔다. 일 년 가깝도록 동천에게 일을 주며 충고를 늘어놓던 사람들이었다. 부지런히 노력해라, 불평불만할 시간에 한 발자국이라도 더 떼라, 힘들어도 포기하지 마라, 다시 일어서라 하며 등을 두드리던 그 숱한 격려의 말들. 그것은 어쩌면 동천을 싼값에 부려 먹으려 끊임없이 속삭이던 주문일지 몰랐다. 성실성이 증명되었다 한들 그들에게 동천은 한낱 믿지 못할 조선인일 뿐이었다. 언제든 다른 일꾼으로 갈음할 수 있는 날품팔이일 뿐이었다.

동천은 정 씨를 보며 생각했다. 삼십 대의 귀중한 사 년을 오사카 길바닥에 고스란히 바친 그에게 남은 건 자전거 한 대였다. 일자리를 놓칠까 몸이 불덩이같이 끓어오르는데도 기어이 일어나 나가던 그였다. 그럼에도 어머니를 핑계로 그만 일본에서 도망치고 싶어 한다. 이대로 막일꾼과 인력거꾼을 오가며 세월을 보낸들 손에 남을 것은 아무것도 없다는 걸 깨쳤기 때문이다.

"조선인 노무자에게 일본은 늪일 뿐이야. 하루 벌어 하루 먹는 생활의 끝에 남는 게 뭐가 있겠어. 잘해야 빚이고 잘못하면 송장 신세지. 나야 이 악물고 버티고 그러모아 자전거 한 대 값이라도 모았지만 이 동네만 해도 돈은 고사하고 몸 망치고 조선으로 돌아간 사람이 어디 한둘인 줄 아니."

어느 날은 술에 잔뜩 취한 정 씨가 동천을 붙들고 이렇게 말하기도 했다.

"동천아, 어떡해서든 학교에 가거라. 대학 졸업장을 따고서야

이 굴레에서 벗어날 수 있다."

무슨 공부를, 왜 하겠느냐고 따지고 들던 정 씨였다. 그러나 낫 놓고 기역 자도 모른다는 그 역시 '공부'라는 신기루만이 동천을 구해 줄지도 모를 희망이라고 말하고 있었다.

정 씨의 귀국을 며칠 앞둔 날이었다. 정 씨가 동천에게 인력거를 부탁하고 자전거를 보러 나갔다. 동천은 전에도 몇 번 정 씨 대신 인력거를 끌고 역 앞으로 나간 적이 있었다. 인력거는 힘이 들지만 그 자리에서 현금으로 삯을 받는다는 이점이 있었다. 거기다 찻삯도 흥정하기 나름이라 인심 좋은 손님을 만나면 신문 사나흘 판 것보다 수입이 나았다.

동천은 아침 일찍 인력거를 역 앞에 가져다 댔다. 아침 기차로 도착한 손님을 맞기 위해서였다.

"어이, 인력거!"

"예, 갑니다."

머리에 수건을 동인 동천이 첫 손님을 태우고 쏜살같이 달려 나갔다. 인력거를 끌고 달릴 땐 암담한 현실을 잊을 수 있어 좋았다. 며칠 후면 판잣집에서 나와 길거리로 나앉을 판이라 밤이면 뜬눈으로 뒤척이기 일쑤인 요즘이었다. 정 씨 역시 동천을 어떻게든 갈무리하고 떠나야 할 텐데, 하며 속을 태웠다. 두 사람은 서로 속앓이를 숨긴 채 베갯머리에 한숨만 불어 넣곤 했다.

"옛! 대단히 감사합니다!"

동천은 세 번째 손님을 시내 한가운데 내려 주고 이마를 훔쳤다. 근처 밥집에서 늦은 점심을 때울까 궁리하는데 등 뒤에서 소리가 들렸다.

"역까지 빨리 부탁해도 될까요?"

동천이 돌아서 보니 하카마(통이 넓고 발목까지 오는 일본식 하의) 차림의 여학생이 빤히 쳐다보고 있었다. 여학생은 긴 생머리를 한 갈래로 묶고 가죽 가방을 들고 있었다. 산뜻한 여학생과 눈이 마주친 동천은 저도 모르게 귓가가 뜨뜻해졌다. 그러고 보니 여학생 손님을 태우긴 처음이었다.

"옛! 어서 옵쇼!"

동천은 서둘러 인력거 장막을 걷어 주었다. 여학생은 조심스러운 몸짓으로 인력거에 올라타더니 장막을 내렸다. 동천은 손잡이를 움켜쥐고 내달리기 시작했다. 인력거는 아무도 안 태운 것처럼 가뿐했다. 동천은 여학생이 깃털처럼 가볍다고 생각했다.

"다 왔습니다. 내리셔도 됩니다."

동천이 숨을 헐떡거리며 장막을 걷어 올렸다. 여학생은 땀을 비오듯 흘리는 동천을 빠끔히 보았다.

"반도인이지요?"

동천은 찻삯을 낼 기미는 안 보이고 엉뚱한 소리를 하는 여학생을 뚫어지게 봤다.

"예, 조선인 맞습니다만 어떻게 아셨지요?"

"억양이 다르잖아요. 그래서 혹시 싶어서 물어본 거예요."

여학생이 생긋 웃으며 대답했다. 동천은 뒤통수를 긁적였다. 인력거를 타는 손님치고 인력거꾼에게 관심을 갖는 사람은 없었다. 그들에게 인력거꾼이란 차의 부속품이나 매한가지였다. 하물며 한마디 말 속에 스민 억양을 분간해 조선인임을 알아채다니 꽤나 예리한 관찰력이었다.

"인력거꾼이 조선인인 게 무슨 상관이라도?"

"아무 상관 없어요. 그냥 궁금해서 물어본 것이에요."

여학생은 가방을 열어 지폐 한 장을 꺼냈다. 돈을 받아 든 동천이 도로 내밀었다.

"이렇게 큰돈을! 거스름돈이 모자라는데요."

"그럼 근처 가게에서 잔돈으로 바꿔 오면 되겠네요. 저는 여기서 기다릴게요."

동천은 지폐를 들고 인근 가게를 몇 군데 돌아 간신히 잔돈을 맞추어 왔다.

"늦어서 죄송합니다. 바꾸는 데 시간이 좀 걸렸습니다."

동천이 거스름돈을 내밀자 여학생이 짐짓 놀라며 말했다.

"돈을 들고 도망가지 않고 정직하게 바꿔 오다니 놀랍네요."

동천이 발끈했다.

"아니, 인력거가 여기 있는데 이깟 돈 몇 푼 때문에 도망칠 사람이 어디 있습니까?"

동천의 말에 여학생이 깔깔거렸다.

"그도 그렇지만 손님 기차 시간이 임박한 걸 아니까 돈을 가지고 멀리 숨어서 지켜보면 될 텐데요. 손님이 시간에 쫓겨 돈을 포기하고 역으로 들어가 버리면 그때 인력거를 챙겨도 되질 않겠어요?"

동천은 기가 막혀 버럭 화를 냈다.

"아니, 그런 경우도 있습니까? 그럼 방금 절 시험한 거란 말씀입니까?"

생글거리던 여학생 낯이 살짝 굳었다.

"아니에요, 시험이라뇨. 저는 다만 집안 어른께서 비슷한 일을 당하셨다는 말이 생각나서……. 그리고 정말 그 지폐밖에 없었어요. 인력거에 타고 나서야 돈이라곤 그것밖에 없다는 것이 떠올라 오는 내내 찻삯을 어떻게 해야 하나 고민했었거든요. 궁리하다 보니 괜한 기억이 떠올라서 그만……."

풀이 죽은 여학생이 변명을 늘어놓았다. 동천은 그만 됐다며 돌아섰다. 한심한 계집애와 실랑이 벌일 여유 따윈 없었다.

"기분 상하셨다면 죄송해요."

여학생이 인력거를 끌고 자리를 뜨는 동천을 향해 목소리를 높였다. 그 소리에 동천 머리에 문득 스치고 지나가는 것이 있었다. 동천은 되돌아 여학생 앞으로 갔다.

"혹시 친척분의 돈을 가로챈 인력거꾼이 조선인이었답니까?"

여학생이 당황해 입을 조그맣게 오므렸다. 동천은 짙은 눈썹을 꿈틀거리며 재우쳐 물었다.

"확실히 조선인이었습니까?"

"직접 물어보신 건 아니지만 생김새나 말투로 보아 반도인 같다고 하셨어요."

"확실한 것도 아닌데 도둑질을 당하고 나자 조선인이었다고요?"

여학생이 머뭇거리자 동천이 또박또박 말했다.

"그때 일은 저도 직접 본 것이 아니라 뭐라 할 말은 없습니다. 하지만 오늘은 손님이 제가 조선인인 걸 알고 있었잖아요?"

"그렇지요."

"그런데 어떻게 제가 그런 짓을 하겠습니까?"

"예?"

"당신이 저에 대해 아는 건 조선인이라는 것 이외에는 아무것도 없잖습니까."

여학생은 무슨 소리인지 모르겠다는 표정이었다.

"그런데 내가 그런 사기를 친다면 당신은 앞으로 누구에게든 돈을 훔쳐 간 도둑이 조선인이었다고 말할 겁니다. 그런 말을 들은 사람들은 조선인 인력거꾼은 다 도둑이라는 생각을 굳힐 테고요."

여학생은 동천의 사리 분명한 말에 두 볼이 발개졌다. 동천이 힘

주어 말했다.

"나는 조선 평안북도 구성에서 온 강동천이라고 합니다. 나이는 열여섯이고요. 일본에는 대학 공부를 위해 왔습니다. 지금은 비록 인력거 인부지만 하고 싶은 일이 분명한 고학생입니다. 자, 이 정도로 소개를 했으면 제가 왜 도둑질을 하지 않았는지 설명이 되지요?"

여학생은 두 볼을 넘어 귀까지 발갛게 물들어 허리를 굽혔다.

"정말, 정말 죄송합니다."

서둘러 사과를 한 여학생은 도망치듯 역사 안으로 사라졌다. 동천은 총총히 뛰어가는 여학생의 뒷모습을 맥없이 바라보다 피식 헛웃음을 흘렸다.

"애먼 계집애에게 화풀이를 했군."

조선인이라면 의심의 눈총부터 쏘아 대는 상점 주인들에게 지칠 대로 지친 동천이었다. 하소연 한마디 못 하고 쌓였던 울분이 운 없는 여학생에게 터진 것이었다.

동천은 다리가 풀려 보도 난간에 주저앉았다. 멀뚱히 지나가는 구름만 올려다보는 동천 어깨를 누군가 톡톡 두드렸다.

"저, 실례합니다만……."

돌아보니 아까 그 여학생이 오뚝이처럼 서 있었다.

"옛?"

동천이 깜짝 놀라 일어서자 여학생이 주저주저 말을 꺼냈다.

"대학 준비를 하는 고학생이라고 하셨죠? 그럼 혹시 동경에 있는 세이소쿠(正則) 영어 학교에 진학할 계획이신가요?"

"예? 세이소쿠요?"

동천이 되묻자 여학생은 그럴 줄 알았다는 듯 빙긋 웃었다.

"모르시나 보군요. 대학교 진학을 위한 예비 학교로 유명한 곳이거든요. 또 주간반, 야간반으로 나뉘어 있어서 일하면서 공부하는 고학생들에게 인기가 좋고요. 야간반이라고 해도 수준 높은 강의로 명성이 자자하다고 들었어요. 진학 준비를 하신다기에 혹시 아시나 싶어서……."

여학생은 조심스럽게 입술을 달싹였다.

"아니요, 전혀 모르고 있었습니다."

동천이 고개를 숙이며 벙긋 웃었다. 여학생도 얼굴이 환해져 다시금 역 안으로 뛰어갔다. 동천은 총총히 사라지는 여학생의 하카마 자락을 보며 귀밑을 긁적였다. 동천은 오후 내내 '동경?' '세이소쿠?' 두 마디만 되뇌었다.

그날 밤, 정 씨가 설거지하는 동천을 불렀다.

"낼모레면 떠나는 날인데 넌 어쩔 생각이냐?"

동천은 정 씨가 들어 있는 방 안을 보았다. 남은 살림살이라고는 나무 상자를 주워다 만든 옷궤와 밥상 겸 책상으로 쓰는 앉은뱅이 탁자, 그리고 서캐가 슨 이불 한 채가 전부였다. 동천의 짐이라야 옷 보따리와 헌책 몇 권뿐이었다.

"아무래도 내가 차표를 며칠 미뤄야겠다. 널 어디든 안착시키고 떠나도 떠나야지."

어머니의 병환이 위독하다며 서둘렀던 정 씨였다. 마음을 굳히고 나자 하루라도 빨리 일본 땅을 벗어나고 싶어 하는 눈치가 역력했다. 동천은 그런 정 씨의 마음을 누구보다 잘 알고 있었다.

"아니에요, 아저씨. 저 갈 데 정해졌습니다."

동천은 저도 모르게 불쑥 내뱉었다.

"정해졌어? 어디?"

"동경요. 동경으로 가려고요."

정 씨가 눈을 커다랗게 떴다.

"동경?"

"예, 동경 세이소쿠 영어 학교에 등록하려고요. 어차피 대학도 동경 쪽에서 다닐 계획이니 이참에 아예 그쪽으로 가서 자리를 잡으려고요."

동천은 마치 전부터 준비해 온 것처럼 술술 읊어 댔다.

"하지만 동경에 누구 아는 사람이라도 있느냐? 너, 그런 얘긴 한 번도 한 적이 없지 않아."

정 씨가 의심스러운 말투로 묻자 동천은 뜨끔했다.

"아, 저 실은 본가 도련님이 동경에서 유학을 하고 계세요. 아저씨도 잘 아시죠? 형섭 도련님이라고. 도련님께 잠시 신세 좀 지다가 독립해 나오면 되죠, 뭐."

입에서 거짓말이 술술 흘러나왔다.

"그래, 나도 본가 도련님이라면 두어 번 뵌 적이 있지. 근데 나이가 벌써 그렇게 되셨나? 하긴 네가 어느덧 열여섯이니 도련님은 장가를 가실 때가 다 되었겠구먼."

정 씨는 고개를 주억거리며 담뱃대를 찾아 물었다.

"미리 연통은 넣어 놓은 게지?"

동천이 빤빤한 얼굴을 쳐들며 대답했다.

"제가 언제 연통 넣어 가며 다니는 놈인가요."

그 말에 정 씨가 너털웃음을 터트렸다.

"하기야 너 여기 올 때도 한밤중에 다짜고짜 문을 두드렸지."

동천은 정 씨가 안심하는 모습에 마음을 놓았다.

밤이 깊어 정 씨가 단잠에 빠져들자 동천은 살그머니 자리에서 일어났다. 그리고 머리맡에 있는 옷 보퉁이를 뒤져 작은 종잇조각 하나를 찾아냈다. 들창 아래로 스며드는 달빛이 종이쪽을 부옇게 비추었다. 거기엔 '구마모토 리헤이, 동경 진보초 ○○번지'라는 주소 하나가 박혀 있었다. 그리고 그 밑에 '아베 노부유키'라는 이름이 서툰 솜씨로 적혀 있었다.

동천은 그 작은 명함 한 장을 뚫어지게 쳐다보다 가만히 그러쥐었다. 낼모레 정 씨가 떠나고 나면 이 낯선 타국에서 동천이 기대어 볼 수 있는 유일한 희망이었기 때문이다.

그늘진 골목

"어? 헌책방이잖아?"

동천은 '삼평사(三平社)'라고 적힌 간판을 올려다보았다.

명함에 적힌 주소대로 찾아간 곳은 중고 서점 거리로 유명한 진보초(神保町)에서도 가장 구석진 골목이었다. 길 쪽으로 빠끔히 머리를 내밀고 있는 유리문에 망설이는 동천의 얼굴이 비쳤다. 제대로 찾은 것 같지만 들어갈 용기가 나지 않아 머뭇거리기를 십여 분, 동천은 숨을 크게 한 번 들이쉬고 유리문을 밀었다. 가게 안은 절간처럼 고요하고 어둑했다.

"실례합니다!"

가게 안쪽 방문이 열리더니 사내 하나가 나왔다. 검은 피부에 곱

슬머리, 깡마른 체격에 얼핏 나이가 짐작되지 않는 딱딱한 얼굴이었다. 한눈에 봐도 만만한 인상은 아니었다.

"예, 어서 오십……시오."

사내는 버릇대로 인사를 하다 멈칫했다. 그리고 찰나의 순간 동천의 얼굴을 뚫어지게 쳐다보았다. 꼭 귀신이라도 본 것처럼 핏기 없는 표정이었다. 동천은 내가 뭘 잘못했나 싶어 움찔했지만 마주친 눈길을 피하진 않았다.

"실례합니다만……."

동천이 다시 한 번 말을 붙이자 사내는 얼른 시선을 거두고 손님을 맞는 장사꾼 표정으로 돌아갔다.

"찾으시는 책이라도?"

"저, 실은 구마모토 리헤이라는 분을 찾아왔습니다."

"내가 구마모토요만."

"이분 소개로 찾아뵙게 되었습니다."

동천은 명함을 내밀며 허리를 숙였다. 명함을 받아 든 사내가 음, 하며 가겟방 앞 마루에 걸터앉았다.

동천은 사내가 명함을 앞뒤로 꼼꼼히 살피는 동안 가만히 서 있었다. 보아하니 가게 주인 같은데 아무리 봐도 헌책 장사를 할 만한 인상은 아니었다. 눈매도 남다르게 날카롭고 무엇보다 굳게 다문 입매가 여간 야무지지 않았다. 짧게 깎은 뒷머리로 드문드문 보이는 새치가 사내의 지긋한 나이를 짐작게 했지만, 힘 있게 뻗은 뒷목의 힘줄은 그의 강단을 과시하는 것 같았다. 무엇보다 칼끝처럼 흐트러짐 없는 표정은 사내의 이력이 녹록지 않음을 증명했다. 동천은 오사카에서 숱하게 만난 가게 주인들과는 달라도 확실히 다른 이 사내에게 호기심이 일었다.

사내는 명함을 몇 번이고 뒤집어 보며 고개를 기울였다. 까짓 종이 쪼가리가 중요해서가 아니라 다른 무언가에 사로잡혀 골몰하는 눈치였다. 동천은 마른 입술을 빨며 사내를 지켜보았다. 오사카에서 친절을 베풀던 가게 주인들이 숙식 제공을 바라는 자신의 청에는 대번에 안면을 바꾸던 일이 떠올랐다. 동천은 '여기도 틀린 건가?' 하는 불안한 예감에 무릎이 저렸다.

숨 막히는 몇 분이 흘렀다.

"노부유키 녀석을 아나?"

사장은 대뜸 말을 놓으며 눈을 치켜떴다. 동천은 선 채로 명함을 얻게 된 경위와 지금까지의 사연을 풀어 놓았다.

"음……."

사장은 턱 언저리를 만지며 듣더니 미간을 찌푸렸다. 가슴이 철렁해진 동천은 떠들던 입을 꾹 다물었다. 역시나 하는 예감이 동천의 몸을 휘감았다. 동천은 입술을 깨물며 고개를 숙였다.

"갑자기 찾아와 실례가 많았……."

"노부유키 녀석, 조선에 가서 크게 한몫 잡는다더니 겨우 애들 놀림감 신세로군."

사장이 피식 웃으며 명함을 내밀었다.

"이름이 어떻게 되지?"

동천이 나이와 이름, 출신지까지 꼼꼼히 댔다.

"그래서 예서 먹고 자며 일을 하시겠다? 추천장도, 신원 보증서도 없는 반도인이."

동천은 등허리로 식은땀이 솟는 걸 느꼈지만 목소리만은 다부지게 "예, 모쪼록 부탁드립니다." 하고 머리를 조아렸다.

"대답은 시원시원하군. 요시! 그럼 한번 맡겨 볼까?"

사장이 벌떡 일어나 계산대로 옮겨 앉았다.

"단 처음 석 달간은 임금이 없다. 재워 주고 먹여 주는 것만으로도 일 배우는 값으론 충분하겠지?"

동천은 재고 자시고 할 처지가 아니었다. 감사합니다,라는 말만 앵무새처럼 되풀이했다.

"마침 일하던 녀석이 다른 데로 옮기는 바람에 좀 난처하던 참이었거든."

구마모토는 가게 뒷방에 짐 보따리를 넣어 놓으라고 시키며 말을 이었다.

"네가 내일부터 할 일은 청소와 영업시간에 맞춰 가게 문 닫고 여는 것이다. 책 진열 방식과 재고 정리 등은 차차 배우기로 하지."

동천은 구마모토 사장의 말이 얼핏 믿기지 않았다. 오사카에서는 지긋지긋하게 퇴짜를 맞으며 절망했던 일이 동경에선 단번에 풀려 버린 것이었다. 동천은 하마터면 정말 취직이 된 겁니까, 진짭니까, 하고 물을 뻔했다. 그러나 그런 멍청한 질문을 꺼낼 새는 없었다. 사장은 마치 동천이 오기를 기다렸던 것처럼 가게 설명을 속사포처럼 쏟아 냈다. 동천은 말말이 새겨듣느라 얼이 빠질 지경이었다.

"진학을 목표로 하는 고학생이라 했지? 그렇다면 단단히 일러 둘 게 있다. 가게 문을 닫은 후에 책을 읽는 건 괜찮다. 하지만 영업시간에는 절대 책에 코를 박고 있어서는 안 돼. 책이 좋아서, 책을 아낀다며 들어온 놈들 중에 근무 시간에도 책에 빠져 손님 응대에 불성실한 경우가 한둘이 아니었거든."

한바탕 설명을 마친 사장은 동천을 뒷방에 딸린 부엌으로 데려갔다.

"오늘은 여기까지다. 문 닫을 시간이 다 되었으니 정리하고 쉬도록."

사장은 쌀밥과 미소 된장국, 우메보시(매실을 절인 음식)로 차린 저녁상을 내주었다.

"문단속 잘하고 내일 아침에 보자."

사장은 이 한마디만 남기고 가게를 나갔다. 손에는 휴대용 금고가 들려 있었다.

동천은 오랜만에 보는 흰쌀밥을 게걸스럽게 먹었다. 그리고 낯선 다다미방에 몸을 뉘었다. 긴장이 풀리며 피로가 몰려왔다. 동천은 오늘 하루가 어떻게 지나갔는지, 자신이 어떻게 이 방에 누워 있는지 되새김할 새도 없이 잠에 빠져들었다.

잠깐 잔 것 같았다. 동천은 쾅쾅거리며 가게 문을 두드리는 소리에 화들짝 놀라 일어났다. 얼른 뛰어나가 문을 여니 사장이 서 있었다. 사장은 어젯밤 분명 밖에서 열쇠로 가게 문을 잠그고 갔으면서도 일부러 문을 두드리며 동천이 열어 주길 기다렸던 것이다.

"6시! 우리 가게는 6시에 시작한다."

밖을 내다보니 골목길은 아직 새벽잠에 빠져 고요했다.

사장은 날렵한 인상만큼이나 뭐든 되풀이하는 걸 질색했다. 설명은 한 번만, 실수는 두 번 용납하지 않았다. 동천은 사장의 눈 밖에 나지 않으려 기를 쓰고 일을 배워 나갔다.

그렇게 며칠이 흘렀다. 동천은 조바심을 내며 사장 눈치를 살폈다. 세이소쿠 영어 학교에 입학 서류를 넣자면 낮에 짬을 내야 하는데 영 틈이 없었다. 동천은 오늘은 꼭, 하며 용기를 냈다.

"입학 절차를 알아보겠다고? 그럼 다녀와야지."

사장의 대답은 의외로 선선했다. 그러나 물어물어 찾아간 학교에서 동천은 어깨를 늘어트렸다. 입학 신청이 이틀 전에 벌써 마감된 것이었다. 동천은 무거운 발걸음을 돌렸다. 인력거 한 대가 동천의 옆을 스쳐 지나갔다. 그와 동시에 동천의 뇌리에 오사카에서 만났던 소녀가 떠올랐다. 뭔지 모를 아쉬움이 봄바람처럼 뺨에 스쳤다.

사장은 기운 없이 들어서는 동천을 보자 심드렁하게 말했다.

"시장 뒤편에도 중학교가 하나 있는데 거길 한번 가 보지그래?"

동천은 번쩍하더니 다시 밖으로 나갔다.

환영! 분투하는 학생들.

게이세쓰(螢雪) 야학!

교문 옆 담벼락에 붙어 있는 전단이 동천의 눈을 잡아끌었다. 동천은 전단을 떼 내어 살펴보았다.

"야간반이라?"

낮에 일하고 밤에 공부하는 고학생을 위한 수업이었다. 동천은 전단을 거머쥐고 학교로 들어섰다.

학교에 다녀온 동천은 환한 얼굴로 사장에게 보고했다.

"아직 접수 기간이라고 하니까 시험 볼 기회는 있을 것 같습니다."

구마모토가 머리를 끄덕였다.

"거 다행이군."

"근데 입학금이 예상했던 것보다 좀 비싸서 걱정입니다. 우선 시험을 보고 입학 허가가 나면 모자란 입학금은 나중에 내도 되느냐고 물어볼 작정입니다."

사장이 쿡, 하고 웃었다.

"숙식도 공짜로 구하더니 학교까지 외상이란 말이지?"

동천이 "그게……." 하며 얼굴을 붉혔다.

"하긴 사나이라면 그만한 배짱은 있어야지."

며칠 후 동천은 학교 게시판에 붙은 합격자 명단에서 제 이름을 발견했다. 시험이 생각보다 어려워서 마음을 졸였는데 다행히 합격이었다. 그길로 동천은 서무실을 찾아갔다.

"등록금을 분납하겠다고요? 학교 규정상 어렵겠습니다만 우선 교장 선생님께 말씀드려 보겠습니다. 지원 서류를 보니 수입과 주거도 불안정한 것 같은데……. 어쨌든 내일 다시 와 보세요."

빙빙 돌려 말하는 서무실 여직원의 대답에 동천은 한걱정을 이고 학교를 나왔다. 입학시험에 붙었다고 기뻐할 새도 없이 당장 학비 문제가 동천의 어깨를 짓눌렀다.

동천이 가게로 들어서자 사장이 물었다.

"붙었나?"

동천이 풀 죽은 소리로 대꾸했다.

"그렇긴 한데 입학금 문제가 아무래도……. 통사정해 봤지만 힘들 것 같습니다. 수입과 주거가 불안정해 신용이 없다고 했습니다."

동천이 서무실에서 들은 이야기를 전했다. 사장은 음, 하며 수염이 거뭇거뭇한 턱만 매만졌다. 동천은 올 한 해 더 돈을 모으고 내년을 기약해야 할 것 같다고 덧붙였다.

"그러지 말고 네 월급을 좀 당겨 받는 건 어떠냐?"

사장이 넌지시 묻자 동천이 눈을 깜박였다.

"저는 아직 수습 기간이라 월급이 없다고 하셨지 않습니까?"

"그랬지. 내 말은 그 이후에 받을 몫을 당겨쓰라는 거다."

동천은 의문이 가득한 눈길로 사장을 쳐다봤다.

"저는 동경에 가족은커녕 아는 사람 하나 없는 조선인입니다. 그런 저를 어떻게 믿고……?"

사장은 어깨를 한 번 으쓱하더니 담배를 꺼내 물었다.

"긴말 필요 없고 가불을 받아 입학금을 낼 건지 말 건지 그것만 결정해라."

동천은 뭐라 대답해야 할지 몰라 망설였다.

"싫으면 관두고."

사장이 꽁초를 발로 비며 끄며 일어서자 동천이 허겁지겁 대답했다.

"가…… 감사합니다."

사장은 인사는 받는 둥 마는 둥 동천에게 손짓을 했다.

"그것보단 여기 이 마루 밑에 구멍 하나 보이지? 거길 열어 봐라."

동천은 사장이 가리키는 대로 가겟방 마루 밑에 엎드렸다. 거기엔 손가락 하나가 들어갈 만한 구멍이 뚫려 있었다. 이제껏 지내면서도 발견하지 못한 것이었다. 구멍에 손가락을 넣어 잡아당기자

네모나게 잘린 마루가 들어 올려졌다. 그 아래 짧은 나무 계단이 놓인 지하 방이 보였다. 사장은 동천을 앞세우고 내려갔다.

방은 다다미 두 장 정도의 작은 공간이었다. 바닥에 거친 마루가 깔려 있긴 했지만 밖으로 통하는 창이 없어 불빛이 없으면 칠흑이었다. 벽 쪽으로는 책이 가지런히 쌓여 있었다.

"여긴 우리 가게에서 손꼽히는 귀중서나 희귀본을 보관하는 창고다. 등불을 들고 내려와야 하기 때문에 항상 화재의 위험이 있어. 그래서 여긴 내 허락이 있을 때만 들어올 수 있다. 지난번 점원 녀석에게도 이곳을 알려 줬지. 한데 녀석이 제멋대로 들락거리는 바람에 나한테 아주 혼쭐이 났어. 명심해라, 알겠지?"

동천은 작은 방을 불빛에 비춰 봤다. 보물 창고처럼 은밀하면서도 감옥 독방처럼 답답한 곳이었다. 숨기에도 좋고 갇히기에도 좋은 이중의 느낌 때문인지 묘한 긴장감이 등줄기를 훑었다.

그날부터 동천은 스물네 시간 중 일 분도 허투루 쓰지 못했다. 새벽 6시, 가게와 앞길을 깨끗이 청소하고 문을 연다. 8시쯤 사장이 나와 돈 통을 계산대 위에 놓고 가게를 점검한다. 하루 종일 손님맞이를 하고 나면 저녁 7시, 가게 문을 닫고 서둘러 학교로 간다. 야간반 수업이 끝나면 밤 10시, 가게로 돌아와 뒷정리를 하고 새벽 1시나 2시까지 공부를 한다. 그리고 다시 아침 6시. 토요일은 가게 문을 늦게까지 연다. 학교는 쉰다. 토요일에 재고 정리 겸 헌책 구매에 나선다. 일요일에는 가게 문을 닫는다. 덕분에 모자란

잠과 공부를 보충한다. 그리고 다시 월요일, 똑같은 일상이 차곡차
곡 쌓였다.

골목 안까지 볕이 밀려들어 오는 어느 오후였다. 동천은 새로 들
어온 소설 전집을 정리하고 있었다.

"실례합니다."

굵고 낮은 목소리였다. 동천이 어서 옵쇼, 하며 돌아섰다.

문 앞에 한 남자가 서 있었다. 쑥색 남방과 검은 면바지를 입은
남자는 관골이 두드러지고 번듯했다. 키는 동천보다 머리 하나가
크고 어깨도 바라졌다. 그러나 동천을 사로잡는 건 당당한 풍채보
다 얼굴이었다. 아무렇게나 길러 흐트러진 머리카락 아래로 반듯
한 이마와 오뚝 선 콧날이 선명했다. 거뭇한 콧수염 밑에 꽉 다문
입매가 굳은 의지를 웅변하는 듯했다. 동천은 첫눈에 이 남자가 조
선 사람이란 걸 알 수 있었다.

"예, 손님. 무슨 책을 찾으십니까?"

"책을 팔러 왔는데."

남자는 두툼하고 큰 책을 내밀었다. 모서리에 각이 서 있는 새
책이었다. 겉표지에 『국민 경제 강화』라고 박혀 있었다. 동천은 묵
직한 책을 이리저리 살펴보았다.

"살 때는 12엔 주었소."

남자가 지나가는 말처럼 내뱉었다. 굳이 가격을 말하지 않아도

꽤나 값나가는 책인 걸 알 수 있었다. 동천이 조심스럽게 대꾸했다.

"손님, 죄송하지만 당장 책값을 매기긴 어려울 것 같습니다. 사장님께서 잠시 출타 중이어서요."

남자가 말했다.

"난처하군. 오늘 내로 돈으로 바꾸어야 하는데……."

잠시 궁리하던 동천이 말했다.

"그럼 이렇게 하시면 어떨까요? 책을 놓고 가시면 제가 사장님께 책값을 물어 준비해 놓겠습니다. 보관증을 써 드릴 테니 오늘 늦게라도 다시 들러 주십시오."

동천이 계산대로 가서 보관증을 쓰려고 하는데 남자가 돌아섰다.

"보관증 따윈 필요 없소. 서로 얼굴 보고 약속했으면 그것으로 족하오."

남자는 동천이 뭐라고 대꾸할 새도 없이 가게를 나가 버렸다.

밤 10시, 학교에서 돌아온 동천이 골목 밖을 살폈다.

"안 오려나?"

중얼거리는데 마침 저쪽 끝에서 그림자 하나가 나타났다. 낮에 본 그 남자였다. 동천이 돈이 든 봉투를 내밀었다.

"기다리고 있었습니다. 사장님께서 전해 드리라는 책값입니다."

남자는 봉투 안에 든 돈을 열어 보지도 않은 채 바지 주머니에 구겨 넣었다.

"얼마인지 확인 안 하십니까?"

"얼마요?"

"5엔 80센입니다. 많이 못 쳐 드린 점 죄송합니다."

동천은 책을 사들일 때 으레 하는 인사를 건넸다. 불평불만을 미리 방지하기 위한 인사말이었다. 장사를 하다 보면 책을 팔러 와서 값이 적다며 하소연하는 학생들이 꽤 있었다. 공부하는 학생이 책을 파는 이유는 가지각색이었다. 기름기 잘잘 흐르는 옷을 걸치고도 술값이 모자란다고 외국 원서를 넘기는 부잣집 도련님이 있는가 하면 병원비가 급하니 부디 값을 후하게 쳐 달라며 손때가 반질거리는 사전을 내미는 고학생도 있었다. 형편과 사정이 제각각이라도 책값이 적다며 불평하기는 누구나 매한가지였다. 하지만 이 남자는 달랐다. 12엔짜리 전문 서적을 헐값에 넘기고도 아무렇지도 않은 표정이었다.

"상관없소."

동천은 남자에 대한 호기심을 감출 수 없었다. 남루한 옷차림에도 비굴하지 않은 자태, 꼭 필요하다면서도 돈 따윈 관심 밖이라는 듯 대범하게 구는 모순에 묘한 이끌림이 일었다.

남자는 동천의 목례를 받는 둥 마는 둥 걸음을 옮겼다.

"저기, 잠깐만요!"

동천은 저도 모르게 남자를 불러 세웠다. 남자가 휙 돌아서서 동천과 눈을 마주했다. 동천은 침을 꿀꺽 삼켰다.

"혹시 조선 분 아니십니까?"

근 일 년 만에 해 보는 조선말이었다. 남자는 대답 대신 빙그레 웃더니 혼잣말처럼 중얼거렸다.

"내 짐작이 맞았군."

조선말이었다.

남자가 성큼성큼 돌아와 오른손을 내밀었다.

"나 박열(朴烈)이라 하오."

"강동천입니다."

둘은 악수를 나누었다. 박열은 스물한 살, 동천보다 다섯 살이 많은 청년이었다.

장사를 마친 골목은 잠이 든 듯 고요했다. 삼평사 한 곳에서만 작은 전등 불빛이 흘러나왔다. 조선에서 건너온 두 젊은이가 그 안에 마주 앉아 이야기를 나누고 있었다.

"음, 야간반에 다니는 고학생이라고. 나도 건너온 지 세 해가 좀 넘었소."

박열은 세이소쿠 영어 학교에 다니는 고학생이라고 했다. 그리고 언제든 시간이 나면 놀러 오라며 자신이 머무는 하숙집 주소를 적어 주었다.

"오면 비슷한 처지의 선배를 많이 만날 수 있을 거요. 내 집은 일종의 아지트니까."

동천은 조선 유학생이란 말에 귀가 쫑긋했다. 일본에 와서 만나 본 동포는 오사카와 동경을 막론하고 정 씨 집 주위에 살던 노무자가 전부였다. 동경엔 조선 유학생들도 많다는데 다들 어느 길로 다니는지 우연히라도 마주친 적이 없었다. 하긴 가게와 학교를 시계추처럼 왔다 갔다 할 뿐 우에노 공원 한 번 가 본 적 없는 동천이니 당연한 일인지 몰랐다. 아쉽게도 야간 중학교 역시 조선인 학생은 없었다. 그러던 차에 그리운 조선말과 고향 이야기를 할 수 있는 곳이 있다고 하니, 낯선 겨울 산에서 쉬어 갈 양지를 발견한 듯 마음이 훈훈해졌다.

박열은 자정이 가까워져서야 가게 문을 나섰다. 그리고 이튿날 오후였다.

"실례합니다."

작은 키의 여자 손님이 가게 문을 밀고 들어왔다. 선반을 정리하던 동천과 계산대에 앉아 있던 구마모토 사장이 동시에 어서 옵쇼, 하고 손님을 쳐다봤다. 여자 손님은 낡은 기모노 위에 얇은 하오리를 걸친 모습이었다. 구부정한 어깨와 위로 치켜뜬 눈매가 겁 많은 소녀처럼 보였다. 끊임없이 두리번거리는 모습이 꽤나 주위를 경계하는 것 같기도 했다. 그러나 꼭 다문 입매나 흐트러짐 없는 표정은 이네가 결코 만만한 아가씨가 아님을 보여 주었다.

"어제 혹시 『국민 경제 강화』라는 책을 사들이지 않으셨는지요?"

구마모토 사장과 동천이 눈을 마주 보며 "예, 그랬습니다만." 하고 대꾸했다. 여자는 하오리 소매에서 구깃구깃한 봉투 하나를 꺼내 들었다.

"여기 어제 받은 책값을 도로 가져왔습니다. 죄송하지만 그 책을 다시 내주실 수 없을까요?"

동천은 봉투를 알아보았다. 어제 박열에게 건넨 봉투였다.

"죄송합니다만 저희에게 책을 파신 분은 남자분이셨는데요."

구마모토 사장이 나서며 말했다.

"예, 맞습니다. 박열이라고 조선 분이시지요. 제가 그분 아내 되는 사람입니다."

동천은 깜짝 놀라 물었다.

"아내 되신다고요? 실례지만 손님께선 일본 분이신 것 같은데……."

"일본 사람인 게 무슨 문제라도 되나요?"

여자는 낯빛 한 번 변하지 않고 또박또박 되물었다.

"아니요, 그런 것은 아니고……. 그런데 손님, 저희 가게에서는 한번 사들인 책은 원가에 되팔지 않습니다. 만약 그 책을 다시 사고 싶다면 저희가 매긴 판매가로 계산해 주셔야 합니다."

구마모토 사장이 싹싹하지만 단호한 어조로 말했다. 그 말에 여자의 표정이 어두워졌다. 입술을 꼭 깨물고 사장을 쏘아보는 눈빛에 어떻게든 책을 돌려받겠다는 의지가 내비쳤다. 물론 그런 눈빛에 흔들릴 구마모토 사장이 아니었다. 사장은 죄송합니다, 한마디와 함께 다시 하던 일을 계속했다.

동천이 고개를 갸우뚱하며 물었다.

"왜 책을 돌려받고 싶어 하시지요? 어제 책을 파신 손님께서는 돈이 꼭 필요하다고 하셨거든요. 실례지만 남편께서 손님이 여기 온 걸 알고 계십니까?"

봉투를 든 여자 손끝이 바르르 떨렸다. 바위 같은 가게 주인과 꼬치꼬치 캐묻는 점원의 공세에 기가 밀린 모양이었다. 세 사람 사이에 불편한 공기가 흐르는가 싶은 찰나 여자가 갑자기 바닥에 무릎을 꿇었다.

"제발 부탁입니다. 그 책은 그이에게 꼭 필요한 책입니다. 단 며칠의 생활비와 바꾸어도 좋은 물건이 아니란 말입니다."

여자는 땅바닥에 이마를 조아리며 애원하듯 외쳤다. 동천이 허겁지겁 여자를 부축해 일으켰다.

"아니, 갑자기 왜 이러십니까?"

고개를 든 여자의 얼굴은 그새 눈물로 얼룩져 있었다.

"봉투를 내밀며 생활비로 쓰라는데 봉투 뒷면에 여기 상호가 인쇄되어 있어서 알았습니다. 며칠만 기다리면 제 월급이 나온다고 말렸어요. 하지만 그이는 그새를 못 참고 책을 들고 나갔던 거예요. 고작 생활비 몇 푼 때문에 남편 일을 방해할 수는 없습니다."

여자는 굳은 결의를 하듯 주먹을 꼭 쥐었다. 동천이 사장을 돌아보았다. 난처한 눈빛으로 지켜보던 사장이 선반 위를 가리켰다. 동천이 책꽂이 맨 위에 있던 『국민 경제 강화』를 내렸다.

"원래는 안 되는 일이지만 사정이 그러하다니 돌려 드립니다. 그 대신 하루는 남편이 와서 팔고 다음 날 아내가 와서 찾아가는 이런 일은 이번 한 번뿐입니다."

사장이 엄한 목소리로 못 박았다. 여자는 수없이 "죄송합니다, 감사합니다."를 연발하더니 가게를 나갔다. 품 안에 커다란 책이 아기처럼 안겨 있었다.

구마모토가 종종거리며 사라지는 여자의 꼭뒤를 바라보며 물었다.

"강 군! 저 여자의 남편을 안다고 했지?"

"아직 안다고까지 할 수는 없고 통성명 정도지요. 그런데 그분께 저런 일본인 아내가 있을 줄이야……."

동천이 영 못 믿겠다는 투로 말끝을 흐리자 사장이 팔짱을 꼈다.

"그러게. 일본 여자가 반도 남자를 남편으로 둔다? 쉽지 않은 일인데. 그런데 왠지 범상치 않아 보여, 저 손님."

"어제 온 남자분도 남다른 기풍이 있었어요."

"거야 그럴 테지."

사장은 직접 만나지도 않은 남자를 안다는 듯 희미하게 웃었다. 동천은 그 뜻이 궁금했지만 따져 묻진 않았다. 그 대신 놀러 오라던 박열의 말을 떠올렸다.

'어쨌거나 꼭 한번 찾아가 봐야겠군.'

일주일 후, 동천은 박열의 하숙집을 찾았다. 하숙집은 시내 쪽 주택가에 자리 잡고 있었다. 찾기는 어렵지 않았다. 벽에 '불령사 (不逞社)'라는 나무 간판이 걸려 있었기 때문이다. '불령'이란 말에는 도의나 관습에 따르지 않고 멋대로 행동한다는 의미가 담겨 있었다. 최근에는 일제에 대항하는 조선 독립운동가를 폄훼하는 말로도 쓰였는데, 박열은 오히려 그 단어를 보란 듯이 내걸고 있었다. 동천은 그 겁 없고 치기 어린 간판에 풋, 하고 웃음이 났다. 책 한 권을 두고 번갈아 들락거리던 두 사람의 진지한 가난이 저 벽 안에 들어 있다고 생각하니 아직 보지 못한 2층 방이 별세계처럼 궁금해졌다.

낡은 목조 건물 2층 구석방으로 안내된 동천은 조심스럽게 방문을 두드렸다. 아직 10시도 되지 않은 아침이었다. 항상 새벽에 일과를 시작하는 동천에게는 늦은 아침이었지만, 지난밤 자정 넘게 모임을 이끌었던 두 사람에게는 한밤중과 같은 시각이었다.

"어? 동천 군! 어서 오게."

박열이 문을 열어 주자 그 등 뒤로 서둘러 이부자리를 개는 여자가 보였다. 지난번 가게에 찾아왔던 여인이었다.

"이쪽은 가네코 후미코(金子文子). 두 사람 구면이라고 하던데."

박열이 호탕하게 웃었다.

"지난번엔 실례가 많았습니다."

가네코 역시 부끄러운 미소가 얼굴에 번졌다. 하지만 가게에서 보았던 어둡고 무거운 그림자는 보이지 않았다.

동천은 가네코가 차려 주는 아침상을 받았다. 된장국과 마른 생선포, 우메보시가 전부인 밥상은 단출했다. 새벽밥을 지어 먹고 나온 동천은 극구 사양했으나 박열의 강권에 못 이겨 한술 뜨는 시늉이라도 해야 했다.

"책이 상당히 많으시네요."

작은 방 두 벽을 가득 메운 책장에는 주로 노동 관련 법률서와 사상서, 역사서가 꽂혀 있었다. 책장 맨 위에서『국민 경제 강화』가 동천을 굽어보고 있었다.

"책은 이 사람이 많이 읽지. 나야 도통 가만히 앉아 있을 시간이 없어서 말이야."

박열이 가네코를 건너다보며 대답했다. 동천은 눈웃음을 주고받는 연인을 부러운 듯 바라보다 책장에서 책 한 권을 꺼냈다. 손이 닿기 가장 좋은 자리에 꽂힌 책에는 고운 손때가 묻어 있었다. 짙은 남색 겉장엔『빵의 쟁취』라고 쓰여 있었다.

"자주 읽으시는 책인가 봐요?"

"역시 헌책방 점원답군. 내가 가장 아끼고 자주 꺼내 보는 책을 단번에 집어내다니 말이야."

박열은 동천에게 건네받은 책을 펼쳐 한쪽을 가리켰다.

"이분이 내가 존경해 마지않는 크로폿킨 선생이라네."

우표만 한 사진 속에 명철한 인상의 남자가 들어 있었다. 긴 수

염과 동그란 안경 덕분에 인자해 보이기도 했다. 동천은 사진보다 책 제목에 더 눈이 갔다.

"빵의 쟁취? 꼭 제 인생을 말하는 것 같군요."

"자네뿐이던가. 무산 계급인 우리 모두의 인생 표어지."

동천이 목차 부분을 훑어 내리고 있는데 장지문이 열렸다.

"어이, 혁명가 부부! 밤새 안녕하셨나!"

문으로 쏟아져 들어온 사람은 모두 세 명, 다들 박의 하숙방을 자주 드나드는지 익숙한 몸짓이었다. 셋 다 박과 비슷한 또래로 한창 혈기 넘치는 청년들이었다.

"여기는 강동천이라고, 진보초 서점가에서 일하는 고학생이네. 나이가 겨우 열여섯인데 어찌나 야물던지 내가 아는 동포 고학생 중엔 생활 기반이 으뜸인 것 같아."

박은 둘러앉은 친구들에게 동천을 소개했다. 잿빛 노동복을 입은 이가 말을 받았다.

"열여섯 고학생이라……. 지방에서 올라온 일본인 학생이나 중국에서 건너온 고학생도 있지만 아마 어렵기는 우리 조선인 학생들이 제일일 거야. 물론 공부하려고 악착같이 버티는 데도 조선 학생이 제일이지."

"유학생도 나라 형편대로 가는 모양이지. 그나저나 진보초 서점가라면 나도 모르는 데가 아닌데 서점 상호가 어떻게 되나?"

검은 대학생복을 입은 한승호라는 젊은이가 물었다. 게이오대 의과에 재학 중이라는 그는 의학도다운 침착함과 대범함을 두루 갖춘 인재였다.

동천이 삼평사라고 대답하자 한승호 이마에 주름이 잡혔다.

"혹시 진보초에서 가장 뒷골목에 있는 서점 아닌가?"

"예. 오신 적 있으십니까? 가게에서는 한 번도 못 뵌 것 같은데."

동천이 반갑다는 듯 대꾸하자 한승호가 고개를 흔들었다.

"그 골목통은 야쿠자가 장악하고 있는 상권이라고 들었네만, 자네 혹 알고 일하나?"

한승호 말에 둘러앉은 사람들이 헛, 하며 숨을 들이쉬었다. 동천만 순진한 얼굴로 "야쿠자가 무업니까?" 하고 물었다. 동천 대답에 방 안에 있던 모두가 혀를 찼다.

"이런, 하룻강아지 범 무서운 줄 모른다더니. 야쿠자 소굴에서 먹고 자면서 그것도 모르고 있었어? 야쿠자는 일본의 폭력단 무리야. 그런데 승호, 정말 동천이 일하는 가게가 야쿠자 소유란 말인가?"

박열이 확인하듯 묻자 한승호가 턱을 만지작거리며 대답했다.

"나도 들은 얘기라 확언할 수는 없지만 그쪽 거리는 워낙 유명해서……."

옆에 있던 학생도 자신 역시 그렇게 알고 있다며 거들었다. 방 안이 잠시 술렁였다. 하지만 주인공인 동천만은 흔들림이 없었다.

"제가 야간반이나마 학업을 계속할 수 있는 건 모두 구마모토 사장님 덕분입니다. 그러니 그분이 야쿠자든 건달이든 아무 상관 없습니다."

한승호가 답답하다는 듯 목소리를 높였다.

"모르는 소리! 야쿠자는 일본 사람들도 경멸하고 무서워하는 인간쓰레기의 집합소란 말이오. 거기다 야쿠자 조직은 한번 발을 들이면 절대 뺄 수 없는 무서운 곳이라니까."

동천은 어깨를 으쓱이며 무심하게 대답했다.

"제가 일하는 곳은 중고 서점입니다. 저는 그저 헌책방 직원에 불과하고요. 우습게 들릴지 모르지만 전 사장님을 믿습니다."

그 말에 한승호가 낮은 음성으로 말했다.

"일본 사람은 절대 믿을 수 없고 믿어서도 안 되어."

동천은 자신도 모르게 가네코 쪽을 힐끗 보았다. 조선인의 아내 니 어쩌니 해도 가네코는 분명 일본 사람이다. 그런데 박열의 뒤에 앉은 가네코는 머리를 까딱이며 자신의 생각 또한 같다는 눈빛을 보였다.

동천이 정색을 했다.

"그 말씀을 들으니 작년 오사카에서 일할 때가 생각나는군요. 거기서도 똑같은 말을 일본인들이 하곤 했어요. 다만 절대 믿을 수 없고 믿어서는 안 된다는 대상이 일본인이 아니라 조선인이었지요. 하지만 믿을 수 있고 없고는 국적을 떠나서 그 사람 하기에 달린 것 아닌가요?"

동천의 말에 한승호가 허, 하며 탄성을 질렀다.

"이 친구, 말 한번 딱 부러지게 하는군."

박열은 입가에 엷은 웃음만 띤 채 아무 말이 없었다.

"처음 온 자리에서 주제넘은 소릴 한 것 같아 죄송합니다."

동천이 고개를 꾸벅 숙이자 둘러앉은 사람들 사이에서 웃음이 터졌다.

"무슨 소리야, 아닐세. 이제부터 우릴 모두 선배라고 부르게. 박 선배, 한 선배 이렇게 말이야."

이렇게 해서 동천은 박열 하숙방의 막내가 되었다.

그날 오후 늦게 동천은 하숙집을 나왔다. 반갑고 즐거운 나들이였다. 다만 한 가지 마음에 걸리는 것이 있었다.

'폭력배 집단이라고?'

동천은 야쿠자라는 단어가 일주일 내내 머리에서 떠나지 않았다. 하숙집에서는 대수롭지 않게 넘겼지만 역시 구마모토 사장이 달라 보였다. 그리고 지금껏 조건 없이 자신을 거두어 준 속내가 새삼 궁금해지기도 했다.

'설마 나를 야쿠자 패거리로 끌어들일 계획은 아니겠지?'

동천은 계산대에 앉아서 주판알을 튕기는 사장의 뒤통수를 훔쳐보며 이렇게 중얼거리곤 했다.

다음 일요일이 되었다. 동천은 낮잠이나 빨래, 방 청소 말고 휴

일에 할 일이 생겼다는 사실이 기뻤다. 동천이 힘찬 인사와 함께 장지문을 열자 박열과 한승호가 나란히 앉아 있었다.

"마침 오는구먼. 내 자네에게 할 얘기가 있네."

한승호가 박열보다 더 반가이 맞았다.

"다름이 아니라 내 좋은 일터를 알아 놨는데 자네 혹 가게 옮길 생각 없나?"

소개해 준다는 곳은 식당이었다.

"숙식 제공도 되고 한 달에 이틀 휴가도 있다네. 점심 장사부터 시작하니까 지금처럼 꼭두새벽에 일어나지 않아도 되고. 무엇보다 임금이 센 편이거든."

장황하게 식당 선전을 하던 한이 마지막으로 덧붙였다.

"그런 야쿠자 소굴에 발목 잡혀 있어 봤자 좋을 것 하나 없네. 기회 될 때 빨리 벗어나야지."

동천은 한의 말을 묵묵히 듣고 나서 무겁게 입을 뗐다.

"말씀은 감사합니다만 저는 직장을 옮길 생각이 없습니다."

그리고 구마모토 사장이 가불로 학교 등록금을 마련해 준 일을 말했다. 한이 콧방귀를 뀌며 손을 내저었다.

"자네 손발을 꽁꽁 묶기 위한 수작일지도 모르지. 의리 지킬 일이 따로 있지, 점원 노릇 하는 노동자가 더 나은 조건을 찾아 움직이는 건 당연한 일 아닌가."

동천이 대답했다.

"구마모토 사장님은 조선인 점원으로는 제가 처음이라고 하셨습니다. 이제 겨우 틀이 잡혀 사장님 도움 없이도 가게를 보기 시작했는데 지금 그만둔다면 어떻게 생각하겠어요. 아마 평생 조선인은 믿지 못할 족속으로 여길 것 아닙니까. 훗날 제 뒤로 또 어떤 조선인 학생이 잠자리와 학비를 구하려고 삼평사를 기웃거릴지 모르는데, 그때 사장님이 저를 떠올리며 그 사람을 문전박대한다고 상상해 보세요. 저는 절대 그런 짓은 못 하겠습니다."

동천이 딱 부러지게 매듭짓자 한승호는 머쓱한 얼굴이 되어 버렸다.

"뭐, 자네 뜻이 정 그렇다면야……."

둘 사이에 있던 박열은 동천을 가만히 지켜보기만 했다.

박열의 하숙집은 말 그대로 젊은이들로 북적거리는 요새였다. 찾아오는 부류도 가지각색이었다. 유학생이 가장 많았지만 가끔 광부 같은 노동자나 일본인 운동가도 있었다. 동천은 한구석에 앉아 그들이 나누는 이야기를 듣거나 책장에 있는 책을 꺼내 보기도 했다. 하숙집에 있는 책들은 동천이 가게에서 한 번도 보지 못한 종류가 대부분이었다.

오후 늦게 찾아간 어느 날, 하숙방에서는 열띤 토론이 벌어지고 있었다. 동천은 구석으로 가 조용히 앉았다. 모인 사람들은 하나같이 사상과 이론으로 무장한 전투병 같았다. 동천이 들어 본 적 없는 사상가나 이론가의 이름이 쉴 새 없이 나왔고 토론의 배경도 조선과 일본을 넘어 러시아와 영국, 프랑스와 미국을 넘나들었다. 동천은 물 먹는 수세미처럼 그 이야기들을 빨아들였다.

한창 토론이 무르익을 무렵 박열이 나섰다.

"바쿠닌이 말했지. '지상에 단 한 사람이라도 자유롭지 않은 사람이 있다면 나는 자유롭지 않다.' 그렇다면 나 박열은 이렇게 선언하겠다. 조선에 단 한 사람이라도 자유롭지 않은 사람이 있다면 나는 자유롭지 않다!"

박열의 한마디에 중구난방 떠들던 하숙방이 숙연해졌다. 동천은 박열의 담백한 선언에 심장이 멎는 듯했다. 정씨 아저씨가 한밤중에 불쑥 들이닥친 자신에게 던졌던 물음이 전광석화처럼 스쳤다.

"공부해서 무엇하려고?"

동천의 가슴을 때렸던 질문은 그 후에도 이따금 머릿속에서 메아리처럼 울리곤 했었다. 나는 무엇 때문에 여기에 와 있나? 무엇 때문에 홀로 계신 어머니를 버리고 일본 사람 밑에서 일하며 일본 학교가 가르치는 공부에 매달리고 있는가? 나는 무엇 때문에 이 힘든 고학 생활을 버티는가?

그런데 방금 박열의 입에서 나온 한마디가 동천의 가슴을 뒤흔들었다. 동천의 눈이 어둠의 미로를 빠져나올 실마리를 찾은 것처럼 빛났다.

'나'를 넘어서는 '나'란 무엇인가?

지금껏 뒤를 돌아볼 새도 없이 달려온 세월을 간추리면 겨우 '나'라는 일신의 안위를 도모하는 것에 지나지 않았다. 그러는 사이 동천의 마음 한구석에는 어떤 허전함이 도사리기 시작했다. 그 허전함의 실체가 무언지 헤아려 볼 새도 없이 일과에 떠밀려 하루하루를 보내던 동천이었다. 그러나 오늘, 동천은 드디어 좁은 의미의 '나'에서 해방될 수 있었다. 나로 시작하여 나라로, 민족으로 확장되는 의미는 안개 속 미로를 헤치고 나가게 해 줄 나침반과 다르지 않았다.

동천은 깨달음을 얻은 구도자처럼 긴 한숨을 내쉬었다. 앞에 앉은 한승호가 뒤이어 말했다.

"크로폿킨이 인류의 평화를 열망한다면 나 한승호는 먼저 조선의 평화를 열망한다."

그 말에 좁은 방 안에 들어차 있던 사람들 사이에서 박수가 터져 나왔다.

"조선의 자유다! 우리에겐 무엇보다 조선의 자유다!"

한승호가 선창으로 이끌자 나머지도 따라 소리쳤다. 동천도 누구 못지않은 힘찬 목소리로 외쳤다.

"조선의 자유다! 무엇보다 조선의 자유다!"

동천은 가게로 돌아오는 내내 두 발이 허공에 뜬 것 같았다. 지금껏 조선의 자유를 위해 애쓴 일은 먼지 한 톨만큼도 없었다. 열여섯 살 가게 점원에게 독립운동이란 범접하기 힘든 신성한 성지였다. 한낱 종첩의 아들이 감히 마음에 둘 일이 아니었다. 하지만 오늘은 달랐다. 동천과 크게 다르지 않은 사람들이 조선의 자유가 자기 일이라고 한목소리로 외쳤다. 그렇다면 동천에게도 마찬가지였다.

동천은 골목으로 들어서자마자 가게 쪽으로 눈이 갔다.

"어? 불이 켜져 있네?"

이때 가게에 불이 켜져 있을 이유가 없었다. 동천은 도둑이라도 들었나 싶어 걸음을 빨리했다. 가게 문을 열어 보니 뜻밖에도 구마모토 사장이 앉아 있었다.

"이제 오나?"

"엇, 사장님, 이 시간에 웬일로?"

사장이 가겟방 마루를 가리켰다.

"이리 잠깐 앉아 봐라."

동천이 쭈뼛쭈뼛 앉자 사장이 몸을 돌려 동천을 마주했다.

"요즘 일요일마다 나가는 모임이 뭐냐?"

"모임이라고 할 것도 없습니다. 그냥 같은 고학생끼리 어울리는 동우회입니다."

구마모토의 눈빛과 목소리가 날카로워졌다.

"사상 집단이냐?"

동천은 내심 뜨끔했지만 겉으로는 어이없다는 듯 웃었다.

"친목 모임에 사상 집단이라니 너무 거창하십니다. 뭐, 가난한

집안 출신들이 작은 하숙방에 웅숭그리고 모여 타향살이 설움을
나누는 게 사상이라면 사상이지요."

동천은 최대한 침착한 어투로 늘어놓았지만 구마모토의 눈매는
싸늘했다. 거짓말로 넘기려는 동천의 속내까지 훤히 꿰뚫어 보는
듯했다.

"조심해야 해. 그들은 일거수일투족 정부의 감시를 받고 있으니
까."

사장은 이 말만 던지고는 자리에서 일어섰다. 동천은 구마모토
가 한 말을 믿을 수 없어 뒤쫓아 나갔다.

"사장님, 잠깐만요! 방금 무슨 말씀이십니까? 제가 다니는 하숙
집이 어딘지 알고 계세요?"

하지만 대답은 들을 수 없었다. 구마모토는 동천의 외침엔 아랑
곳없이 골목 모퉁이로 사라져 버렸다.

5월의 어느 날

동천은 2층 여섯 장짜리 작은 다다미방을 향해 천천히 계단을 올랐다. 이 작은 방은 두 운동가의 보금자리일 뿐만 아니라 흑우회(黑友會)의 후신인 불령사의 사무실이기도 했다.

"난 이래 뵈도 요시찰 조선인 갑호(甲號)에 해당하는 몸이라고."

박열은 마주 앉은 동천을 향해 넉살 좋게 웃었다.

"요시찰 조선인 갑호란 불령선인의 지도자급 또는 불령 사상에 강하게 물들어 있는 자로, 특별한 감시가 요구되는 조선인이란 뜻이에요."

곁에 앉은 가네코가 생긋 웃으며 정리해 주었다. 모르고 보면 나라에서 받은 훈장의 종류와 포상을 자랑하는 애국 유공자 부부 같왔다.

"음, 자네는 이제 갓 발을 들인 햇병아리이니 을호(乙號) 정도 되지 않을까 싶네만……."

뒤에서 책을 뒤적이던 한승호가 끼어들자 박열이 손을 내저었다.

"한 것이 없는데 무슨 요시찰 대상인가? 아직 이르지."

짐짓 간간한 말투였다. 그 말에 한승호가 허리를 곧추세우며 설명했다.

"전과가 없긴 왜 없어. 여기 이 하숙방에 풀 방구리 쥐 드나들듯 다니며 우리들 사상에 야금야금 물들어 가고 있으니 당연히 을홋감이지. 내무성 훈령 제681호에 따르면 을호 지정의 대상자는 다음과 같네. 첫째, 배일사상 소유자 또는 그럴 의심이 있는 자로서 갑호에 해당하지 않은 자, 둘째, 본인의 성행(性行), 경력, 평소의 품행, 구독하는 신문이나 잡지 기타 관계에 의해 배일사상에 감염될 경향이 있는 자. 이렇게 규정해 놓고 있질 않는가. 그런 규정에 따르면 동천이야말로 갈데없는 요시찰 을홋감이라니까."

한승호는 의대생다운 기억력으로 줄줄 읊어 댔다.

"과연 듣고 보니 자네 말이 틀림없구먼. 그런데 갑호고 을호고 간에 동천은 아직 이쪽 주의자 활동엔 무지한 숫보기인데 명찰부터 달아 버리면 곤란한 거 아닌가?"

박열이 느릿한 눈길을 동천에게 옮기며 대꾸했다.

"그건 박 상이 강 상을 폄하하는 발언입니다. 강 상도 여기가 뭐

하는 곳인지, 우리가 어떤 사상을 추구하는지 다 알고도 이렇게 계속 찾아와 주는 게 아니겠어요. 안 그래요, 강 상?"

가네코가 나서며 동천에게 호응을 구했다. 동천은 세 사람이 찧고 까부는 걸 무심히 듣고 있다가 하하, 하며 호탕하게 웃어 젖혔다.

"제가 갑호 대접을 받든 을호가 되든 상관없습니다만, 도대체 요시찰 인물로 지목되면 뭐가 어떻게 달라지는 겁니까?"

박학다식한 한승호가 다시 한 번 꼼꼼히 정리했다.

"일단 해당 거주지 행정기관의 불령선인 명단에 이름이 올라가지. 그리고 요시찰 인물끼리의 왕래, 통신, 회합, 저작과 번역, 출판과 동정에 대해서 꼼꼼히 감시 기록을 당하고. 필요한 경우에는 미행과 사전 검속도 가능하다고 명시되어 있어."

한마디로 발가락 하나만 까딱해도 경찰의 수첩에 적힌다는 뜻이었다. 동천은 한승호의 설명에 입 안이 말랐다. 모두 있는 앞이니 큰소리치며 대범한 척했지만 등골이 서늘했다.

"그럼 다들 그런 감시를 받고 사신단 말입니까? 생활하는 데 지장은 없고요?"

동천의 순진한 걱정에 세 사람은 똑같이 대답했다.

"주의자쯤 되었으면 그만한 건 고뿔처럼 가볍게 여길 줄 알아야지."

동천이 한숨을 내쉬는데 박열이 다른 말을 꺼냈다.

"그건 그렇고 오늘 자네에게 와 달라고 연락한 건 다름이 아니라……."

박열은 자세를 가다듬었다.

"다음 달 초하루, 그러니까 5월 1일이 무슨 날인지는 알고 있겠
지?"

"5월 1일은 메이데이, 노동절이잖아요."

"그렇다네. 그날 시바 공원에서 노동절 기념식이 열릴 예정인
데, 어떤가? 참석해 보지 않겠나?"

동천의 얼굴이 살짝 상기되었다.

"저도요?"

"오전 11시쯤부터 본행사가 시작될 걸세."

박열은 자세한 약도와 참석 단체 등등에 대해 설명했다. 동천은
박열이 하는 말이 제대로 귀에 들어오지 않았다. 행사 식순보다 더
중요한 것은 이것이 바로 동천이 박열로부터 처음 받는 제안이라
는 사실이었다.

그간 박열은 동천이 방 한구석에 웅크리고 앉아 다른 이들의 말
을 경청하는 모습을 조용히 지켜보곤 했다. 책꽂이에 있는 책을 무
시로 빼 들고 종일 읽어 대도 암말 없이 끼니만 챙겨 주었다. 가네
코 역시 뒤지지 않는 독서광이었지만 동천이 호기심을 갖고 떠들
어 보는 책이라면 읽다가도 넘겨주는 아량을 베풀곤 했다.

그러나 두 사람 모두 동천에게 다른 요구는 일절 없었다. 다른
회원들과 집회니 결사니 행동이니 하며 일을 꾸미는 토의를 수없

이 해 대도 동천에게는 같이 해 보겠느냐는 한마디가 없었다. 동천은 날이 갈수록 그런 박열의 태도에 궁금증을 넘어 서운함을 느끼기 시작했다. 박열도 그런 동천의 마음을 눈치챈 것 같았다. 그래도 한결같이 동천을 그냥 나어린 후배쯤으로 대했다. 그러던 박열이 불쑥 노동절 기념식 참석을 제안하는 것이다.

"더 말씀하실 필요 없습니다. 무조건 함께하겠습니다."

동천이 흔쾌히 대답하자 한승호가 머리를 긁적였다.

"근데 소문에 경찰이 메이데이 즈음해서 사회주의 단체와 조선 이념 단체들을 일차 표적으로 삼아 벼른다던데 괜찮을까?"

"언제는 우리가 그놈들 표적이 아닌 적 있었나? 사회주의건 무정부주의건 모두 노동자의 삶에서 태어난 자식들이니 위험을 무릅쓰고라도 그날만은 기념해야지. 그리고 무엇보다 재일 조선 동포 노동자의 실상과 미래에 대해 알려야 하지 않겠나."

행동주의자 박열다운 발언이었다.

"우리야 상관없지만 동천은 가게 일도 관계가 있고 하니……."

한승호는 야쿠자 사장 밑에서 일하는 동천이 걸린다는 듯 말꼬리를 늘였다. 그 말에 동천의 머릿속에 얼마 전 구마모토 사장이 경고했던 말이 섬광처럼 스쳤다. 그러나 이대로 쭈그러들 수는 없었다.

"그건 걱정 마십시오. 제 앞가림 정도는 알아서 하니까요."

동천은 근거 없는 호기를 부리며 큰소리쳤다.

"그럼 그날 아침 시바 공원 입구에서 만나세."

동천은 가게로 돌아오는 내내 어떻게 하면 휴가를 받을 수 있을까, 하며 머리를 썩였다.

다음 날 저녁, 동천은 가게를 나서는 구마모토를 불렀다.

"5월 1일에 쉬겠다고? 가만있자…… 그날은 수요일인데 무슨 일로?"

야쿠자 행동대장으로 잔뼈가 굵은 구마모토에게 메이데이는 들어 본 적 없는 기념일이었다. 동천은 잠시 어떻게 말해야 할지 망설였다. 솔직히 말하면 구마모토의 반응은 뻔할 터였다. 박열의 하숙집도 모자라 각종 주의자들이 대결집한다는 기념식에 가겠다니, 아예 자리를 내놓고 가라고 할지도 몰랐다.

동천은 무슨 일 때문에 영업 날 휴가를 달라느냐는 구마모토의 물음에 입술을 깨물었다.

'학교에 중요한 시험이 있다고 할까? 썩은 이를 뽑으러 병원에 간다고 할까? 그것도 아니면 그냥 하루 푹 쉬고 싶다고 할까?'

동천은 머릿속으로 마구 떠오르는 거짓말을 골라 대다 불쑥 실토해 버렸다.

"그날이 노동자를 기념하는 메이데이입니다. 시바 공원에서 기념식이 있다기에 한번 참석해 보려고요. 저도 어쨌든 노동자로 살아가는 사람이니까요."

구마모토는 벌겋게 달아올라 씨근거리는 동천을 겨누어 보았다. 동천은 매처럼 날카로운 사장의 눈길에 숨이 막히는 것 같았다. 그리고 솔직히 털어놓은 자신의 고지식함에 후회가 밀려왔다.

"허락 안 해 주셔도 그날 하루는 쉴 수 있는 권리가 제게……."

정적을 이기지 못한 동천이 지레 입을 떼는데 구마모토가 말허리를 잘랐다.

"쉬어도 좋다."

동천은 머쓱해져서 입을 다물었다.

"일할 마음 없는 녀석 붙들어 봐야 도움 안 될 게 뻔하고."

구마모토는 뒷말을 이으며 동천에게 다짐을 놓았다.

"다만 그 기념식인가 뭔가에 참석했다가 괜히 분란 만드는 일은 없도록! 삼평사의 직원으로서 알아서 처신할 것이라 믿는다."

동천은 구마모토가 원하는 대로 예, 하고 대답했지만 약속을 지킬 자신은 짜장 없었다.

구름이 잔뜩 낀 무거운 하늘이었다. 동천은 가게 문단속을 단단히 하고 거리로 나섰다. 아직 한적한 새벽이었다. 동천은 아침잠에서 깨어나지 않은 고요한 거리를 천천히 걸었다.

'그러고 보니 평일 아침을 이렇게 한가롭게 시작한 날은 처음이구먼.'

시간의 여유만 따지자면 그동안 공원 나들이 한 번 못 갈 처지까진 아니었다. 다만 마음의 여유와 그럴싸한 이유가 없었을 뿐이

었다. 물건 배달과 구매 일로 뛰어다니던 거리와 업무의 짐을 벗고
가볍게 나서는 거리는 사뭇 다른 풍경이었다. 동천의 마음은 어느
새 소풍 가는 아이처럼 부풀었다. 동천은 사장의 걱정 가득한 얼굴
을 훨훨 날려 버리고 전차에 올라탔다.

9시가 되자 겹겹이 쌓였던 구름이 흩어지고 하늘이 맑은 얼굴을
내밀었다.

"비라도 한줄기 쏟아질까 염려했는데 하늘이 돕는구면."

공원 입구에서 만난 박열과 한승호는 창공을 바라보며 중얼거
렸다. 두 사람은 동천과 함께 기념식장으로 걸음을 옮겼다. 그 뒤
로 가네코와 다른 회원들이 따랐다. 동행한 회원들은 열서너 명,
그중에는 아기를 등에 업은 여자들도 서넛 끼어 있었다. 모두 '주
의자'인 남편을 따라 대회장에 온 아내들이었다.

오전 10시를 넘기자 공원은 메이데이 시위에 참가한 핫피(옷깃에
상호 따위가 새겨진 일본 축제 의상) 차림의 노동자와 공장 작업복을 입
은 근로자로 가득 메워졌다. 학생복이나 양복을 입은 주의자들도
간간이 섞여 있었다.

"아니, 저들이 다 뭐랍니까?"

동천은 공원 도처에 깔려 있는 경찰을 보면서 물었다. 꼭두새벽
부터 출동했는지 참석 노동자의 수에 육박하는 경찰이 공원 구석
구석 없는 곳이 없었다.

평소와는 다르게 공장 작업복 차림을 한 박열과 한승호는 노동

자 무리에 섞여 경찰의 검속을 피해 안으로 들어갈 수 있었다. 그 뒤를 산발적으로 흩어져 따르는 회원들도 하나같이 수수한 차림의 노동자 복장을 갖추었다. 특히 아기를 업은 여자들과 동행한 이들은 경찰의 검문검색을 훨씬 수월하게 지날 수 있었다. 동천은 삼평사의 상호가 찍힌 핫피를 입은 채 당당히 광장으로 들어섰다.

오전 11시, 시바우라 노동조합의 한다 리스케의 연설을 시작으로 기념식이 시작되었다. 연단에 늘어선 연사들이 차례로 나와 침 튀기는 연설을 하자 기념식장 분위기가 점차 고조되었다. 노동 협회와 각종 주의자 단체의 깃발이 5월의 밝은 햇살 아래에서 힘차게 펄럭였다. 정오 무렵이 되자 공원에 운집한 사람만 1만 명을 헤아렸다. 이제 공원은 노동자뿐만 아니라 이 장관을 구경하러 모인 시민까지 합세해 발 디딜 틈도 없이 붐볐다. 사람이 모이는 곳엔 언제나 그렇듯이 갖가지 먹을거리와 물건을 파는 잡상인들도 몰렸고, 그 덕분에 대회는 심각한 시국 토론장에서 떠들썩한 축제로 탈바꿈했다.

그런데 기념회의 열기가 하늘을 찌를 듯 치솟자 경찰대가 슬금슬금 연단 밑으로 모여들기 시작했다.

"방금 말한 '천황제에 대한 숙고'라는 표현은 불경죄에 해당한다. 알고 있겠지?"

경찰들은 둥지에서 떨어지는 어린 새를 받아먹는 구렁이처럼 연단에서 내려오는 연설자들을 하나씩 연행했다. 연설 내용 중에 반국가적인 표현이나 천황 모독죄로 읽힐 만한 발언이 들리면 가차 없이 검속 대상으로 삼았다.

"이거 왜 이래! 내가 한 말 어디가 불경죄에 저촉된다는 거얏!"

연설자들은 아닌 밤중에 홍두깨 격으로 두 팔을 조여 오는 경찰의 검속에 강하게 저항하며 발버둥 쳤다. 소란이 이어지자 기념식장엔 긴장과 불안이 감돌았으나 그런 기운은 한편으로 아슬아슬한 열기를 불어넣기도 했다.

동천은 밀려드는 인파와 어깨싸움을 하느라 정작 연설은 제대로 듣지도 못했다. 그러나 살아서 꿈틀대는 생명력을 온몸으로 느끼며, 서 있다는 사실만으로도 뿌듯한 자부심과 쾌감을 느꼈다.

"아니, 저 사람들은 왜 잡아가는 겁니까?"

동천이 요동치는 인파에 이리저리 휘둘리며 외마디 비명처럼 물었다. 곁에 서 있던 한승호가 큰 소리로 대꾸했다.

"잡아가는 핑계야 얼마든지 만들어 낼 수 있지."

그러다 엇, 하고는 손가락으로 연단 위를 가리켰다. 동천이 한승호의 손가락 끝을 따라가는데 갑자기 누군가 연단으로 뛰어오르더니 붉은색 삐라를 공중에 흩뿌렸다. 붉은 완장을 두른 청년은 "사회주의만이 제국 자본주의에 대항할 수 있는 유일한 사상입니다!"라며 고함을 질렀다. 붉은 종이로 된 전단은 가을 낙엽처럼 군중의 머리 위로 우수수 떨어졌다. 옆구리의 전단이 모두 뿌려졌나 싶은 찰나, 경찰 두 명이 뛰어올라 와 청년을 끌어 내렸다. 그러자 참석자들이 경찰에게 달려들었고 경찰과 연설자들이 뒤섞여 한바탕 소용돌이를 이루었다. 두 무리가 서로 엉켜 돌아가는 사이 청년은 쥐도 새도 모르게 빠져 달아났다.

"자, 모두 정숙히 해 주십시오. 아직 행사가 진행 중입니다. 문명인다운 질서를 회복해 주시기 바랍니다!"

나이가 지긋해 보이는 행사 진행자가 경찰과 참석자들을 떼어 놓고 식장을 재정비했다. 마지못해 물러난 경찰들은 다음 기회를 노리겠다는 식으로 연단 밑에 2열 횡대로 진을 쳤다.

"그럼 다음 순서로 조선인 노동자 대표 박열 회장의 연설이 있겠습니다. 재일 조선 노동자 동지들의 현 상황과 제(諸) 문제에 대한 발표가 되겠습니다."

진행자의 마이크 소리에 동천이 머리를 번쩍 들었다. 방금 전까지 아수라장이던 연단 위에 박열이 폭풍 속의 고목처럼 서 있었다.

"박 선배도 연설자로 참여하는군요."

"그런데 이런 분위기에서 연설을 제대로 마칠 수나 있을지 모르겠군."

한승호는 연단 아래 버티고 선 경찰들을 향해 인상을 찡그렸다. 박열이 단상 앞으로 나가 오른손으로 마이크를 잡았다.

"저는 오늘 여기 모인 노동자 동지들께 다음과 같이 선언합니다. 재일 조선 노동자의 인권과 조선의 독립은 양분할 수 없는……."

박열의 우렁우렁한 목소리가 마이크를 통해 공원 구석구석으로 울려 퍼졌다. 그때 경찰 한 무리가 우르르 연단 위로 뛰어올랐다. 경찰들은 순식간에 박열을 둘러싸더니 거칠게 끌어 내리려 했다. 연설이 시작된 지 채 삼 분도 안 된 시점이었다. 연설 시간은 끝까지 보장하되 그 내용 중 트집거리를 찾아내던 방금까지의 경우와는 전혀 다른 대응 방식이었다. 조선인 연설자라는 사실 하나만으로도 그들에겐 검거할 이유가 되는 모양이었다.

동천과 한승호는 동시에 "야앗!" 하고 소리치며 연단 위로 내달았다. 나머지 불령사 회원들도 너나없이 뛰어올라 경찰에게 덤벼들었다.

"뭐 하는 겁니까? 지금 연설 중이잖아요!"

동천이 거칠게 반항하며 팔을 휘둘렀다.

"아직 시작도 안 한 연설 중 뭐가 위법이라고 마이크를 빼앗는 거요!"

한승호도 지지 않고 대들며 박열을 보호하려 몸싸움을 벌였다.

하지만 불령사 회원만으로는 역부족이었다. 스무 명이 넘는 경찰에게 양팔이 낚인 박열과 동천, 한승호가 오히려 고스란히 끌려 내려올 판이었다. 그러자 이 모습을 지켜보던 다른 연설자들이 막아섰다.

"조선인이 왜 나쁜가?"

"조선인도 말할 권리가 있다!"

이를 시작으로 아래에 있던 다른 노동자들까지 연단으로 올라와 박열을 비호하기 시작했다. 경찰들 또한 지지 않고 일시에 몰려드는 통에 식장은 다시 엉망진창이 되었다.

동천은 고래고래 소리를 지르며 경찰에게 덤벼들었다. 그사이누군가 동천의 멱살을 잡아당기는 바람에 핫피가 부욱 찢어졌다. 동천이 "어?" 하며 옷자락을 거머쥐는데 아래에서 난데없이 곤봉이 날아들어 왔다. 코언저리를 맞은 동천은 눈에서 불이 번쩍하면서 정신이 아뜩했으나 곧 곤봉을 날린 장본인을 찾아내 맞주먹질로 대갚음해 주었다. 동천의 주먹에 왼쪽 눈을 정통으로 맞은 경찰은 휘청하며 쓰러지더니 제 동료의 구둣발에 머리가 밟혔다.

동천은 코피가 흐르는 코를 쥐어 잡고 주위를 두리번거렸다. 불령사 회원들과 한승호도 경찰과 주먹다짐이 한창이었다. 동천은 동료들을 부를 생각을 단념하고 달려드는 경찰의 곤봉을 피해 허리를 숙였다. 그리고 벌떡 일어나면서 경찰의 턱을 머리로 들이박아 버렸다.

"어디 설익은 솜씨로 덤벼들어!"

동천은 턱을 감싸고 뒷걸음질 치는 경찰의 정강이를 힘껏 내지른 뒤 박열 쪽으로 몸을 옮겼다. 경찰들은 무엇보다 박열 검거가 먼저인 듯 그 주위로 까맣게 모여 있었다.

"선배!"

동천이 박열을 부르며 헤치고 나가는데 갑자기 "앞으로!" 하는 호령 소리와 함께 연단이 우르르 소리를 내며 흔들렸다.

기념식장에서 벌어진 소동으로 시바 공원 안팎에 깔려 있던 경찰이 깡그리 모인 모양이었다. 어느새 4열 종대로 열을 갖춘 경찰들이 와, 하는 소리와 함께 돌격해 와서 연단을 밀어붙이기 시작했다. 그야말로 인해전술로 무너트릴 작정인 듯싶었다. 판자로 엮어 세운 연단은 우지끈 소리를 내며 한쪽으로 기울었다. 동시에 그 위에서 활극을 벌이던 노동자와 경찰들이 뒤엉켜 쏟아졌다.

"사람이 깔렸다!"

"살려 줘!"

이제 기념식장은 노동자와 경찰 대대가 본격적으로 맞붙는 패싸움터가 되었다. 피로 범벅이 되어 비명을 올리는 자와 제복이 찢긴 채 곤봉을 휘두르는 경찰, 업은 아이가 다칠세라 줄행랑을 놓다 거꾸러지는 여자까지 뒤섞여 누가 어떻게 손써 볼 수 없는 참극의 현장이었다.

동천 역시 땅바닥으로 나뒹굴었으나 얼른 일어서 자세를 잡았다. 무차별 곤봉질을 해 대는 경찰의 등허리를 발길로 걷어차던 동천은 불시에 내리찍는 곤봉에 어깨를 맞았다.

"윽!"

뼈가 부러진 것처럼 묵직한 통증이 밀려왔지만 동천은 물러서지 않았다. 동천은 곤봉을 휘두르느라 중심을 못 잡는 경찰을 박치기로 해치운 뒤 경찰과 엉켜 외따로 떨어진 박열에게 다가갔다. 박열은 아까부터 몽둥이질을 당했는지 눈가가 찢어지고 입에서 피가 흘렀다.

그 모습을 보자 동천의 눈에서 불이 번쩍했다. 동천은 이성을 잃고 덤벼들었다. 동천의 고함 소리에 불령사 회원들 서너 명이 합세해 박열을 경찰의 포위에서 빼냈다. 동천이 넋이 나간 박의 몸을 흔들었다.

"정신 차리세요! 선배!"

부스스 눈을 뜬 박열이 중얼거렸다.

"후미코는?"

"제가 찾아볼게요. 잠시 피해 있으세요."

동천은 제대로 걷지 못하는 박열을 풀숲으로 옮겼다. 두 사람이 피할 동안 불령사 회원들이 경찰의 곤봉 세례를 대신 받아 주었다.

"가네코 상! 가네코 상!"

동천이 가네코를 찾으며 소리를 질러 대자 저쪽 여자들 무리에서 누가 손을 흔들었다.

"여기요! 박 상은, 박 상은 어디 있나요?"

동천은 싸움을 피해 모여 있는 여자들을 보고 안심이 되었다. 그때 누군가 뒤에서 동천의 어깨를 낚아챘다.

"어서 여길 빠져나가세. 더 있단 무슨 곤욕을 치를지 몰라."

왼뺨 언저리가 부풀어 오른 한승호였다. 한승호의 웃옷 역시 단추가 모두 달아나고 소매가 너덜거렸다. 격렬한 싸움의 흔적이었다.

한승호는 피범벅인 동천의 코를 손끝으로 만져 보더니 잠깐 참 게, 하고 말했다. 동천이 예? 하고 묻는데 한승호가 동천의 코를 꽉 쥐고 옆으로 비틀었다. 동천은 헉, 소리와 함께 움찔했으나 한승호 가 어깨를 짓눌렀다.

"뼈가 약간 틀어진 것 같아 바로잡아 준 걸세. 나중에 병원에서 제대로 봐 달라고 하지."

한승호는 이렇게만 이르고 수건으로 얼른 동천의 코를 감싸 주 었다.

"박 선배가 저기 풀숲에 있어요. 가네코 상도 데려가야죠."

"후미코는 여자니까 덜 위험할 거야. 우선 박을 피신시켜야 할 걸세."

동천과 한승호는 박열이 숨어 있는 곳으로 향했다. 박열은 이미 경찰 세 명에게 둘러싸여 있었다. 두 친구를 발견한 박열이 경찰 몰래 눈짓으로 신호를 보냈지만, 둘은 무시하고 박에게 다가갔다.

"당신들 역시 이번 난동의 주모자인 불령선인 맞지?"

방금 도착한 추가 인력인지 말끔한 차림의 경찰들이었다. 동천 이 세 놈쯤이야 하고 달려들려는 걸 한승호가 가로막았다. 그들의 손에 총이 들려 있었다. 하는 수 없이 세 사람이 한 줄로 끌려가는 데 어디서 나타났는지 가네코가 앞을 가로막았다.

"저도 같이 데려가 주세요. 저도 이 사람과 같은 회원입니다."

"후미코!"

박열이 움찔하고 나섰으나 경찰이 저지했다.

"괜찮아요. 나 역시 조선 노동자의 인권과 독립을 염원하는 사람 중 하나니까요."

가네코는 동천의 뒤에 서며 당당히 말했다. 결국 불령사 회원들은 미리 도망친 두어 명을 빼놓고 아타고(愛宕) 경찰서로 이송되었다.

세 사람은 가네코와 헤어져 남자 유치장에서 하룻밤을 보내게 되었다. 밤이 되자 '메이지 42년 경시청 구입'이라는 글귀가 박힌 모포를 한 장씩 지급받았다. 이가 바글대는 낡고 더러운 천 쪼가리였다. 모포를 한쪽으로 밀쳐 둔 동천이 머리를 뒤로 젖혔다. 아까 곤봉으로 맞은 자리가 아무래도 심상치가 않았다. 코피가 멈추는가 싶으면 다시 시작되었고 코뼈 언저리도 시커멓게 멍이 들며 부풀어 올랐다.

한승호가 이리저리 살피더니 물었다.

"다행히 연골엔 이상이 없는 것 같아. 코피는 비강 내 혈관이 터져서 계속되는 것 같은데, 어지럽거나 구역질이 나진 않는가?"

동천이 괜찮다고 하자 한승호가 반듯이 누워 있으라며 자리를 비켜 주었다.

"괜찮습니다. 여기엔 저보다 더 심하게 다친 분들도 많은데요."

동천이 유치장을 빽빽이 채우고 있는 사람들에게 시선을 돌렸다. 유치장에는 기념식에서 난동을 피운 죄목으로 잡혀 온 사람들이 수두룩하게 앉아 있었다. 다들 얻어맞고 찍히고 하느라 옷차림이며 얼굴이 엉망이었다.

동천 옆에 앉았던 청년이 말을 걸었다.

"조선인이죠?"

작업복 차림의 청년 노동자였다.

"예, 그렇습니다."

청년은 다짜고짜 동천에게 손을 내밀었다.

"연단 위에서 싸우시는 걸 봤습니다. 정말 놀랐습니다. 저는 조선인도 그렇게 싸울 줄 안다는 걸 오늘에야 처음 알았습니다."

청년은 감격에 찬 표정으로 벌쭉 웃었다. 동천은 악수를 받으면서도 고개를 갸웃했다.

"오늘에야 처음 알았다니요? 그럼 전에는 어떤 줄 아셨는데요?"

그 말에 건너편에 앉아 있던 다른 사내가 불쑥 끼어들었다.

"조선인이란 으레 겁 많고 소극적인 민족으로 알고 있었죠, 안 그래요?"

청년이 예, 하며 맞장구를 쳤다.

"죄송한 말씀이지만, 제가 알던 조선인 중 그렇게 투쟁력이 강한 사람은 없었거든요. 경찰 무리에 둘러싸여서도 전혀 주눅 들거나 겁먹지 않은 모습에 뭐랄까, 감동받았다고나 할까요."

동천은 청년의 말에 웃어야 할지 울어야 할지 갈피를 잡을 수 없었다. 먹고살기 위해 식민국으로 흘러들어 온 조선 노동자들, 그들을 고용하고 임금을 지불하는 쪽은 언제나 일본인이었다. 조선 노동자의 일거수일투족을 감시하고 무엇이든지 트집을 잡아 유치장에 가둘 수 있는 이들도 일본 경찰이었다. 그러니 일본인들이 거리에서 마주치고 상점에서 말을 거는 조선인들은 모두 고분고분하고 선량했을 것이다. 그럴 수밖에 없으니까. 그런데 오늘 조선인들의 모습은 달랐다. 폭압과 학정에 맞서 싸우는 용감한 조선인들이 일본인들 앞에 서 있었다. 백주 대낮 수많은 사람이 지켜보는 가운데 박열을 비롯한 불령사 회원들과 조선 노동자들은 유치장에 갈 것을 각오하고도 맞고만 있지 않았다.

"어쨌든 다시 봤습니다. 조선인에게도 그런 힘이 있다는 걸 말이죠."

쑥스러움에 어쩔 줄 모르는 동천과 달리 박과 한은 입을 굳게 다문 채 묵묵히 있었다.

다음 날, 검거자들은 모두 석방되었다. 요시찰 갑호인 박열조차 지장 몇 번 누르는 것으로 순순히 풀려났다. 가네코 역시 별다른 곤욕 없이 유치장에서 나왔다. 평화적인 기념행사에 경찰이 난입해 연단을 무너트린 점이 언론에 대대적으로 보도됐기 때문이다. 연단 붕괴로 일본인 부상자가 많이 나온 것 역시 피해 갈 수 없는 책임이었다. 경시청은 과잉 진압에 대한 사과문을 발표함으로써 소란을 잠재우려 했다.

동천은 박과 함께 한승호가 이끄는 병원에 들러 상처를 치료받았다.

"코뼈가 비틀어질 뻔했는데 다행히 응급 처치가 빨라 제자리를 잡았군요."

의사가 한승호의 응급 처치를 칭찬했다.

"어제 시바 공원에서 조선인들의 활약이 두드러졌다는데 여기서 그 주인공들을 뵙네요."

한승호와 아는 사이라더니 그 역시 반체제 사상을 지닌 인물 같았다. 한승호는 폭력만이 능력의 증거가 되는 상황이 씁쓸하다면서도 이렇게 말했다.

"이번 일로 조선인에 대한 인상이 조금이라도 바뀌었으면 싶습니다."

"세상이 힘의 논리에 지배당하는 시절이니 어쩔 수 없지요. 조선인들도 스스로의 힘을 인정할 줄 알아야 합니다."

일본인 의사는 동천에게 의미심장한 미소를 던지며 치료를 마쳤다.

박열은 갈비뼈에 금이 가 한 달 동안 꼼짝없이 누워 있어야 한다는 진단이 나왔다. 후미코가 집에서 간호하겠다며 박을 부축해 나갔다. 병원 현관을 나서던 박이 돌아섰다.

"어이, 동천. 어떤가? 이만하면 자네 신고식 제대로 치른 셈이지?"

그 말에 둘러섰던 세 사람이 희미하게 웃었다. 박열은 통증으로 허리를 못 펴면서도 넉살 좋은 농을 던지며 하숙집으로 돌아갔다.

동천은 어깨에 감은 붕대를 매만지며 가게로 돌아왔다. 그러고 보니 어젯밤 무단 외박을 한 셈이 되었다. 코 위로 하얀 거즈를 두툼하게 얹은 동천을 본 구마모토는 연거푸 담배 연기만 뿜었다.

"그런 꼴로 손님을 맞겠다고?"

동천은 드릴 말씀이 없습니다, 한마디와 함께 허리를 숙였다. 이대로 가게에서 쫓겨난대도 할 말이 없었다. 구마모토는 한동안 쓴 입맛을 다시더니 동천에게 다가서서 상처를 살폈다.

"그래, 일경들 두들겨 패 주니 속이 시원하던가?"

동천이 흠칫 놀라며 뒤로 한 발짝 물러서자 구마모토가 계산대 앞에 앉으며 말했다.

"나도 신문쯤은 볼 줄 안다고."

구마모토는 코가 나을 때까지 방 밖으로 나오지 말라는 것 이외에는 다른 말이 없었다. 동천은 자신의 무단 외박이 용서를 받은 것인지 아니면 몸이 나을 때까지만 머무르게 해 준다는 말인지 헷갈렸다.

"아무래도 다른 직장을 알아봐야겠지요?"

동천이 답답함을 못 견디고 말을 꺼내자 구마모토가 천천히 돌아앉았다.

"왜? 하룻밤 놀다 들어오니 헌책방이 시시해졌나?"

"무단 외박에 폭력 사건에까지 연루된 조선인을 점원으로 계속 두실 것 같지가 않아서요."

동천은 이제 자신은 요시찰 갑호 대상자가 될 게 확실하다고 했다.

"그렇게 되면 가게에 폐만 끼치게 될 겁니다."

구마모토는 동천의 고백에 음, 하고 먼 산을 바라보았다. 동천의 말에는 전혀 귀를 기울이는 것 같지 않고 뭔가 골똘히 궁리하는 것 같았다.

"요시찰이니 갑호니 아무리 떠들어 봐야 난 무슨 말인지 모르겠고, 우선 그 코부터 좀 어떻게 하게. 볼썽사나워서 말이야."

구마모토는 이 말만 던지고 돌아섰다. 해고까지 각오하고 마주섰던 동천으로서는 자못 맥 빠지는 마무리였다. 구마모토는 하품을 늘어지게 하더니 가게 밖으로 나갔다. 동천은 멀어지는 사장의 등을 보며 머리를 긁적였으나 어젯밤 구마모토가 아타고 경찰서에서 겪은 일은 까맣게 몰랐다.

5월 1일 오후, 구마모토는 조직 내 꼬붕(하급 조직원)이 헐레벌떡 뛰어와 전해 주는 시바 공원 폭력 사태에 귀를 기울이고 있었다.

"반도 노동자들이 눈이 뒤집혀 경찰과 한판 떴다고 합니다."

싸움이라면 사냥개 후각으로 감지해 내는 야쿠자에게 한낮 공원에서 벌어진 공권력과 피차별 민족의 한판 승부는 흥미로운 이야깃거리가 아닐 수 없었다. 그러나 구마모토는 시바 공원이란 소리에 벌떡 일어났다.

"지금 시바 공원이라고 했나?"

"예, 노동자 대횐가 시윈가 그렇다고 하는데 아무래도 대거 피 좀 보지 싶습니다."

구마모토는 물색 모르고 시시덕거리는 꼬붕을 내쳐 두고 거리로 나왔다. 한달음에 달려갔지만, 구마모토가 목격한 것은 뒷정리에 어수선한 광장뿐이었다. 수소문 끝에 다다른 아타고 경찰서에서도 구마모토는 한참을 헤맸다. 끊임없이 잡혀 들어오는 시위대 때문에 경찰서는 터져 나갈 지경이었다. 인근 지서의 인력까지 동원되어 수감자 조사에 정신을 빼느라 경찰들은 신경이 날카롭게 뻗쳐 있었다.

"저기, 여기 혹시 강동천이라고…… 조선 학생 하나 들어와 있지 않습니까?"

북새통 속에서 간신히 붙잡은 경찰은 대답 대신 구마모토를 위아래로 훑어 내렸다.

"강동천이면 난동 주동자로 분류된 자인데, 당신은 누구요?"

구마모토가 동천과의 관계를 설명하는데 경찰의 눈초리가 이상스러워졌다.

"잠깐, 당신 혹시 야마구치 조의 행동대장 아닌가?"

머쓱해진 구마모토가 입을 다물자 경찰은 자신의 짐작을 확신

하는 듯 큰 소리로 떠들었다.

"그래, 맞아. 내 몇 년 전 그쪽 조직에서 베푸는 연회에 참석한 적 있지. 당신, 그때 오야붕(우두머리) 곁에서 먹지도 마시지도 않으며 호위를 섰던 그자 아니야. 내가 그날 본 게이샤(기생)는 잊어도 당신 얼굴은 못 잊지."

그러고 보니 하필 붙들고 물어본다는 경찰이 나이 든 형사과장이었다. 아니, 꼭 그가 아니더라도 경찰서에는 구마모토를 알아볼 만한 사람이 꽤 있었다. 두 해 전까지 행동대장으로 악명을 떨치던 그였다.

구마모토는 순간 아차, 하며 낭패감에 휩싸였지만 이미 늦은 때였다. 동천이 잡혀갔다는 구경꾼들의 한마디에 득달같이 뛰어온 곳이 그에게는 하필 나쁜 추억을 고스란히 간직하고 있는 창고였다. 형사과장은 느물거리며 구마모토를 뜯어보았다.

"그런데 불령선인이 야쿠자가 운영하는 가게 점원으로 일하고 있단 말인가?"

구마모토는 대답할 말을 찾지 못하고 궁싯거리기만 했다. 형사과장은 그 모습이 더욱 재밌다는 듯 야비한 웃음을 흘렸다.

"하긴 야쿠자나 불령선인이나 밑바닥 기생충인 건 매한가지니 서로 죽이 잘 맞겠지. 유유상종이라더니 어디서 얻을 게 없어 불령선인 점원인가?"

구마모토의 검은 이마에 핏줄이 섰다. 그러거나 말거나 형사과장은 계속 비아냥댔다.

"안부가 걱정되어 부리나케 면회를 오셨다? 달려올 곳이 따로 있지, 그딴 조센진 하나 때문에 야쿠자 행동대장이 경찰서에 친림하시다니 이거 가오(체면) 떨어질 일 아니야?"

구마모토는 제멋대로 떠드는 형사과장의 말에 한마디도 대꾸하지 않았다. 그리고 조용히 경찰서를 나왔다. 형사과장은 구마모토의 등 뒤에 대고 한마디 하는 걸 잊지 않았다.

"야쿠자 주제에 시건방지게 불령선인 편들고 나서지 마라. 너희 야쿠자에게 어울리는 짓은 그냥 패싸움과 칼질뿐이야."

구마모토는 형사과장의 킬킬거리는 조롱을 어깨에 매달고 가게로 돌아왔다. 그리고 밤이 새는 줄도 모르고 계산대 의자에 앉아 있었다.

아침이 되고 가게 문을 열 시간이 되었는데도 구마모토는 꼼짝 않고 동천이 문을 밀고 들어오기만 기다렸다. 그리고 마침내 동천의 그림자가 가게 안으로 드리우자 희미한 안도의 미소가 구마모토의 거친 얼굴 위로 슬쩍 스쳤다. 5월의 어느 화창한 날이었다.

지옥의 가장자리

9월 초하룻날이었다. 조선에서는 아침저녁으로 선선한 바람이 불 때지만 동경은 여전히 늦여름이었다. 아침부터 때아닌 남풍이 거센 비를 몰고 오더니 오전 10시경, 비가 그치고 나서는 다시 뜨거운 햇볕이 땅을 달구었다.

"날씨가 왜 이리 변덕스럽지?"

가게 앞을 쓸던 동천이 따가운 햇볕에 눈을 찡그렸다. 날씨 탓인지 오전 손님은 한 명도 들지 않았다. 딸랑딸랑! 점심때에 맞춰 두부 장수가 종을 흔들며 지나갔다. 동천은 점심을 차리려고 풍로에 불을 피웠다.

그때, 정확히 정오 일 분 전, 오전 11시 59분. 펑! 하늘을 울리는 굉음과 함께 천지가 진동했다. 발끝에서부터 머리끝까지 거인의 손아귀에 붙잡혀 마구 흔들리는 것처럼 세상이 한꺼번에 사정없이 뒤흔들렸다. 진열장에 있던 책들이 쏟아지고 책장이 통째로 넘어졌다. 가게 문 유리가 날카로운 비명과 함께 박살 나고 집이 삐걱하며 한쪽으로 기울었다. 이 모든 게 일 분도 채 되지 않은 순간에 일어났다.

"지진이닷! 피해!"

구마모토 사장은 고함을 지르며 동천의 팔을 낚아채 가게 밖으로 밀어냈다. 동천은 억 소리와 함께 골목길로 내동댕이쳐졌다.

"사장님!"

넘어진 동천이 일어서며 구마모토를 찾았다. 그러나 동천의 눈과 귀를 가득 채우는 건 아비규환의 지옥도였다. 골목 안은 비명과 울음소리로 떠나갈 듯했다. 무언가 펑펑 터지는 소리와 집이 통째로 무너져 내려앉는 소리가 연이어 들려왔다. 동천은 두 팔로 머리를 감싸고 주저앉아 가게 밖으로 뛰쳐나온 구마모토만 올려다보았다.

"얼른 불을 꺼라. 풍로에 물을 가져다 부어!"

구마모토는 가게 안쪽에서 모락모락 새어 나오는 연기를 보고 다시 뛰어 들어갔다. 동천은 기우뚱하게 서 있는 가게 안으로 들어갈 엄두를 내지 못했다. 손가락으로 톡 건드리기만 해도 우지끈하고 내려앉을 것만 같았다. 게다가 지진이 다시 시작되었다. 땅이 흔들리다니! 조선에서 태어나 지진이라고는 소학교 수업 시간에 들어 본 게 다인 동천에게 발밑 땅이 움직이는 건 하늘이 무너지는 것과 같은 공포였다. 동천은 발이 달라붙은 듯 한 발자국도 움직일 수 없었다. 잘하면 오줌까지 지릴 판이었다. 양동이를 들고 뛰쳐나오던 사장이 얼빠진 동천의 뺨을 후려쳤다.

"이 녀석! 정신 차리지 못해!"

동천은 눈앞에 번쩍 번갯불이 지나가고서야 숨을 제대로 쉴 수 있었다.

동천은 골목 어귀 수돗가에서 물을 길어 부랴부랴 부엌으로 들어갔다. 풍로가 넘어져 찬장으로 불이 옮겨붙으려 했다. 동천은 풍로와 찬장에 물을 끼얹었다. 다행히 큰불로 번지기 전에 불씨를 잡았다. 사장을 찾으러 다시 밖으로 나오니 구마모토는 골목 맨 아래쪽 가게로 뛰어가고 있었다.

"불이야!"

외마디 비명과 함께 무너진 집들 사이에서 검은 연기와 불길이 치솟았다.

"이쪽이다! 어서 물을 길어 와!"

사람들이 너나없이 물통을 들고 불길 쪽으로 내달렸다. 가게마다 종이가 들어찬 헌책방 골목이었다. 한 집만 제대로 불이 일어나도 골목 전체가 잿더미가 되는 건 시간문제였다. 그 사실을 잘 알고 있는 골목 상인들은 평소에도 방화대를 조직해 놓고 있었다. 골목 양 끝으로 공용 수돗가도 마련해 언제든 물을 쓸 수 있게 해 놓았다.

동천은 가게 안팎을 점검한 후 바로 불길이 치솟는 집 쪽으로 달려갔다. 그곳에서 구마모토 사장이 사람들과 함께 불길을 잡으려 애를 쓰고 있었다. 헌책방 골목은 지진보다 화재 때문에 넋이 나갈 지경이었다.

구마모토와 동천은 해가 지도록 골목 안 불길을 잡으려 뛰어다니다 검댕투성이가 되어 땅바닥에 주저앉았다. 다행히 헌책방 골목은 두세 집 빼고는 화마를 피해 갈 수 있었다.

문제는 동경 시내였다. 벽이 무너지고 지붕이 춤을 추다 내려앉았다. 길가에 서 있던 전신주가 열을 맞춘 것처럼 가지런히 누워버리자 전선은 윙윙 소리를 내며 울다 끊어졌다. 가로수는 고깃살처럼 찢어져 허연 속살을 드러내고 풀 비린내를 풍겼다. 힘주어 선다고 버틸 수 있는 강도가 아니었다. 요동치는 땅에서 사람이 할 수 있는 일이란 비명을 지르며 주저앉는 것뿐이었다. 큰 진동과 작은 여진이 번차례로 도시 전체를 십여 분간 강타했다. 동경 사람들에겐 그 십 분이 평생보다도 더 길게 느껴지는 순간이었다.

진동이 가라앉고 누런 먼지 속에 메마른 태양이 이글거렸다. 어디서부터 시작되었는지 알 수 없는 화염이 사방으로 번졌다. 열풍은 휘어진 톱을 활로 긋는 소리를 내며 왕왕거렸다. 듣지 않으려 해도 귓속을 파고드는 소리는 지진에 혼이 빠진 사람들을 몸서리치게 했다.

공포에 질린 수만의 인파가 불길이 닿지 않는 곳으로 피하려고 이리저리 몰려다니며 아우성을 쳤다. 누구도 어디로 가야 불길을 피할 수 있는지 알지 못했다. 그저 하나의 무리가 이쪽으로 몰려가면 다른 무리도 무턱대고 그 뒤를 쫓는 꼴이었다. 그 때문에 화염을 피하기는커녕 막다른 골목에 몰려 뒤범벅으로 엉켜 타 죽는 일도 무수히 일어났다.

시민들이 산불에 쫓기는 짐승 떼처럼 우왕좌왕하는 사이 불길은 점점 더 확산되었다. 천재지변 앞에서 목재 가옥이 다닥다닥 붙은 동경 시내는 커다란 성냥 통에 지나지 않았다. 한 집에서 불이 치솟으면 삼십 분도 되지 않아 동네 전체가 불길에 휩싸였다.

오후가 되자 하늘에 떠다니던 불티가 진눈깨비처럼 흩날렸다. 검고 매캐한 연기가 동경 상공을 뒤덮고 재 바람이 휘날리자 도시는 말 그대로 지옥이었다. 우에노 공원에서는 잠동사니를 실은 손수레가 뒤엉켜 물결을 이루었다. 발 디딜 틈도 없는 아수라장 속에서 피를 흘리고 화상을 입은 부상자가 들것에 실려 혹은 사람의 등에 업혀 어디로 가야 할지도 모른 채 헤매다 목숨을 잃었다. 중상자들은 허공에 대고 "물! 물 주세요!" 하며 외쳐 댔지만, 그 절규를 들어 줄 사람도 물 한 모금 떠 줄 사람도 없었다.

시민들은 머리 위로 부옇게 내리는 재와 하늘을 뒤덮은 연기 구름에 공포가 극에 달했다. 건물과 집기가 타는 매캐한 냄새부터 숨통을 막는 열풍까지, 인간이 가진 오감을 하나도 빼놓지 않고 공격해 오는 화재의 잔혹함이 살아남은 도시민의 숨통을 조였다. 피난민들은 벙어리처럼 꺽꺽대며 새빨간 불길이 집어삼키는 도시를 바라볼 뿐이었다.

"나는 시내 쪽으로 나가 볼 테니 넌 가게를 보고 있어라."

구마모토가 땀과 재로 범벅인 몸을 일으키며 말했다. 동천이 앞을 가로막았다.

"저 빛을 보십시오. 도시 전체에 불길이 번진 것 같은데 위험합니다."

사장은 동천의 팔을 뿌리쳤다.

"가 볼 데가 있다."

동천은 시내 쪽으로 사라지는 구마모토를 망연히 바라보다 가게 안으로 들어갔다. 그리고 쏟아진 책과 살림 도구를 정리하기 시작했다. 무엇보다 며칠 전부터 추리기 시작한 희귀본을 지하 창고로 옮기는 일을 서둘렀다. 도시에 퍼지고 있는 불길이 언제 또 이쪽으로 닥칠지 모르기 때문이었다.

"사장님 허락은 없었지만 지금은 비상사태니까."

지하 창고는 책만 좀 흐트러졌을 뿐 큰 피해는 없었다. 동천은 어둠이 내릴 때까지 일에 매달렸다. 충격과 두려움을 잊으려면 일에 몰두하는 방법밖에 없었다. 점심과 저녁을 걸렀지만 배고픈 줄 모르고 정신없이 돌아쳤다. 그러다 날이 어두워지고 나서야 두 다리에 힘이 풀렸다.

"왜 안 오시지?"

동천은 아까부터 가게 밖을 기웃거렸다. 밤이 깊었는데 사장은 돌아올 기미도 보이지 않았다. 모두가 피난을 떠난 골목은 텅 비었다. 낮에 보았던 아비규환과는 정반대로 괴괴한 정적만이 골목을 채웠다. 동천은 쉼 없이 날아오는 재와 먼지 바람을 맞으며 골목 어귀를 바라보았다.

동천이 걱정하는 건 비단 구마모토 사장만은 아니었다. 일요 모임 선배들이 염려되어 미칠 것만 같았다. 시내 쪽에 자리한 데다 허름한 박열의 2층 하숙집이 이런 큰 지진과 화재를 견딜 것 같지 않았다.

해가 서쪽으로 진 지 한참이건만 시내 쪽 하늘은 붉은빛에 젖어 있었다. 그것은 노을빛과 달랐다. 같은 붉은색이라도 왠지 핏빛에 가까웠다. 동천은 그쪽을 바라보며 입술을 깨물었다. 당장에라도 박열의 하숙집으로 뛰어가 안부를 확인하고 싶었다. 그러나 가게를 비울 수는 없었다. 이러지도 못하고 저러지도 못한 채 동천은 뒤틀어진 가게 문지방만 들락날락했다.

"에이, 못 참겠다. 가 보고 오자."

동천은 급한 대로 금고만 지하 창고에 숨기고 가게 문을 나섰다. 가게 문은 유리가 다 깨지고 비틀어져 제대로 닫을 수도 없었다. 동천은 억지로 가게 문을 맞춰 놓고 큰길로 나섰다.

“헉!”

큰길은 갈지자로 갈라져 끊기고 전찻길도 젓가락 휘듯 아무렇게나 구불거렸다. 피난민 인파는 강을 이루었다. 그 물결에 한번 휩쓸리면 가고 싶지 않아도 밀려갈 것만 같아 발걸음을 뗄 수가 없었다. 동천이 어쩔 줄 모르고 갈팡질팡하는데 누군가 동천의 팔을 거머쥐었다.

“어, 사장님!”

“따라왓!”

“어디 다녀오세요? 걱정하고 있…….”

구마모토는 묻는 말에는 일언반구 대꾸도 없이 동천을 가게로 잡아끌었다. 동천은 무섭게 굳은 사장의 얼굴을 보며 심상치 않은 낌새를 챘지만 무슨 말부터 물어야 할지 몰랐다. 그사이 사장은 동천을 지하 창고로 밀어 넣었다.

“열어 줄 때까지 꼼짝 말고 있어라. 아무 소리도 내서는 안 돼!”

사장은 이 말을 끝으로 창고 문을 닫았다. 그리고 책을 가져다 마루 문 위에 쌓기 시작했다. 동천은 동그란 구멍과 마루 널판의 벌어진 틈이 책들로 가려지는 것을 올려다보았다. 사장은 숨구멍을 남겨 놓는 것처럼 뒤쪽 마루의 좁은 틈새 하나만 비워 놓았다. 동천은 컴컴한 지하 창고에 갇혀 덜덜 떨 뿐이었다. 다시 한 번 여진이 닥쳐 가게가 무너지면 지하 창고는 고스란히 생매장 무덤이다. 화재가 골목으로 번져 와 가게에 옮겨붙으면 앉은자리에서 까맣게 타 죽을지도 모른다.

그런데도 동천은 소리치거나 발버둥 칠 수 없었다. 창고 문이 닫히는 마지막 순간, 사장의 얼굴에 죽음의 공포가 스치는 걸 보았기 때문이다. 동천은 창고 구석에서 벌벌 떨며 밤을 지새웠다.

어느새 날이 밝는 모양이었다. 창고 문틈으로 희미하게 새어 들어오는 빛이 보였다. 밤새 두려움에 떨던 동천이 그 빛에 기대어 까무룩 새벽잠에 빠져들려 할 때였다.

"이거 먹고 잠자코 있어. 볼일은 여기다 해결하고."

창고 문이 살짝 열리며 물병과 주먹밥, 깡통이 떨어졌다. 다시 자물쇠 채우는 소리가 들렸다. 동천은 물을 마시고 주먹밥을 조금 떼어 입에 넣었다. 아무런 식욕이 없었다.

"저기 사장님, 사장님."

동천이 문 위를 바라보며 작은 소리로 구마모토를 불렀다. 그러나 돌아오는 건 거친 발길질 소리가 전부였다. 동천은 하는 수 없이 입을 다물었다. 그리고 계단에 앉아 밖으로 귀를 활짝 열어 두었다. 할 수 있는 일이라곤 그게 전부였다.

얼마나 지났을까? 위가 갑자기 소란스러워졌다. 동천은 처음에 이웃 가게 사람들이 돌아온 것으로 짐작했다. 그러나 들리는 건 귀에 선 목소리들뿐이었다.

"여기 조센진 하나 있죠?"

젊은 청년이 고압적인 소리로 물었다.

"있었지. 한데 어제 지진 나고 어디론가 사라졌어."

사장 말투를 들으니 서로 아는 사이임이 틀림없었다. 이번엔 다른 목소리.

"어제 없어졌다고? 거짓말 아니오?"

"거짓말이고 뭐고 여기 보시오. 금고가 없어졌잖소. 그놈이 들고 내뺀 게 틀림없소."

사장의 당당한 말투에 동천은 옆에 놓인 금고를 내려다보았다. 목소리들은 마치 강도라도 쫓아 달려온 양 하나같이 들뜨고 화가 난 것 같았다. 조선인이 있는 곳을 바로 대라며 사장에게 으름장을 놓았다. 물론 구마모토는 한 치의 흐트러짐 없는 목소리로 모른다고 버텼다. 살기등등한 목소리들이 동천의 등골을 오싹하게 했다.

동천은 머리를 천천히 가로저었다. 무슨 일인지 어안이 벙벙할 뿐이었다. 왜 이런 난리 통에 조선인을 찾아다니는 것일까?

"그런데 조선인은 왜 찾는 거요?"

사장이 물었다.

"우리는 대지진을 당한 동경을 단속하는 자경단이오. 조선인이 시내 곳곳에 불을 지르고 우물에 독을 타고 다닌다는 정보가 있어 조선인 검거에 나선 것이오."

동천은 하마터면 악, 하고 소리를 지를 뻔했다. 다행히 오른손이 입을 막아 비명 소리는 밖으로 새어 나가지 않았다. 말도 안 되는 소리였다. 누가 이 대참사 속을 휘젓고 다니며 불을 지른단 말인가? 제 목숨 하나 살리기도 바빠 자식 손까지 놓치는 아비규환 속에서 어떤 한가한 사람이 우물에 독을 풀고 다닌단 말인가?

동천은 손끝이 바들바들 떨렸다. 당장 뛰쳐나가 놈들의 멱살을 틀어쥐고 따져 묻고 싶었다. 그러나 빈틈없이 쌓인 책 더미 때문에 지하 창고 문은 바윗덩이처럼 무거웠다.

"어쨌든 일하던 놈이 돌아오거나 주변에서 조선인이 얼쩡거리는 걸 보면 즉시 자경단으로 신고해 주길 바라오."

목소리들이 가게를 나가는 모양이었다. 그때 잠깐만, 하는 소리가 들렸다. 맨 처음 들렸던 목소리였다.

"가겟방 밑에 지하 창고가 하나 있었지요? 내가 그걸 깜빡했네."

창고의 존재를 알다니 녀석은 동천이 오기 전 일했다던 점원이 틀림없었다. 전(前) 점원이 의기양양한 목소리로 사장을 다그쳤다.

"여기도 한번 조사해 봐야겠습니다."

"도대체 뭘 보겠다는 건가? 내가 분명 없어졌다고 말했는데."

사장이 큰 소리로 대들었지만 실랑이는 본격적으로 시작되었다. 동천은 재빨리 금고를 품에 안고 어제 옮겨 놓았던 책 더미 뒤로 납작 엎드렸다. 그렇게 숨는다고 손바닥만 한 지하 창고를 뒤지는 눈을 속일 수는 없겠지만, 그렇다고 멍하니 앉아 당할 수만도 없었다. 책 더미가 치워지고 창고 문이 열렸다. 누군가 불빛을 앞세워 창고를 내려다보았다.

"여긴 어두워서 잘 안 보이는데."

"내려가서 샅샅이 뒤지지."

저들끼리 쑥덕거리는데 사장 목소리가 들렸다.

"내려가서 살펴보는 거야 당신들 마음이지만, 횃불을 가지고 창고로 내려가는 건 허용할 수 없소. 그사이 또 여진이 닥쳐 지하 창고까지 허물어지면 창고에 들어간 당신들이 죽는 거야 당연지사고 가게에 큰불이 날 것 아니오. 이 골목은 한 집만 불길이 솟아도 삽시간에 전소하는 헌책방 거리오. 조선인 방화범을 검거하러 다닌다는 자경단이 오히려 불을 지르고 다닌대서야 말이 되겠소?"

여진이라는 말에 다들 움찔한 모양인지 조용해졌다. 조금 뒤, 횃불을 든 팔뚝 하나가 창고 문 주위에서 이리저리 휘둘렸다.

"지금처럼 언제 여진과 불길이 닥칠지 모를 때에 지하 창고에 사람이 숨는 건 목숨을 내놓는 일이오. 그러니 제정신 박힌 사람이라면 일본인이건 조선인이건 억지로 떼밀어도 저 밑으로는 안 들어갈 것이오."

사장이 못 박듯 말하자 자경단은 슬금슬금 가게 밖으로 물러갔다. 지하 창고 문은 다시 굳게 잠겼다. 그 위에 책을 쌓아 놓는 소리도 둔탁하게 들렸다. 동천은 방금 들은 모든 얘기에 온몸이 사시나무 떨리듯 했다.

저녁이 되었다. 이번엔 물과 건빵 한 봉지가 떨어졌다. 시간이 죽음의 강처럼 고요히 흘렀다. 간혹 알 수 없는 고함을 지르며 뛰

어가는 소리, 무언가 쫓는 듯 숨 가쁜 호각 소리, 앵앵거리는 사이
렌 소리만 마루 뚜껑을 뚫고 들어왔다.

한밤이 되었다. 가게에 두 번째 자경단이 들이닥쳤다. 이번 무리
는 아침에 왔던 이들보다 훨씬 허술한 조직 같았다. 목소리가 시장
판 장사치들처럼 걸걸했다. 무리는 조선인 색출보다는 물과 주먹
밥을 얻어먹으며 쉬어 가는 게 목적 같았다. 사장이 싹싹한 태도로
주먹밥을 나누어 주자 가겟방 마루에 걸터앉은 채 수다를 떨기 시
작했다.

"조선인이 불을 지르고 다닌다고? 대체 어떻게 생겼는데?"

말투가 투박한 치가 말문을 열었다.

"난들 아나. 어쨌든 불을 지르고 강도질하는 놈들은 모조리 조
선인이라니 그냥 그런가 보다 하는 거지, 뭐."

곁에 앉은 다른 치가 심드렁하게 대꾸했다. 그러자 또 다른 목소
리가 격양된 말투로 치고 들어왔다.

"허 참, 조선인 아니면 누가 불을 놓겠어? 자기가 태어나고 자란
고장에 누가 불을 싸지르겠느냐고. 조선인처럼 굴러들어 온 놈들
이나 할 수 있는 짓이지."

투박한 목소리가 느릿느릿 대꾸했다.

"그래도 누가 직접 본 것도 아니고……."

남의 말 끊고 들어오길 좋아하는 목소리가 또 나섰다.

"이 사람아, 경찰이 그렇다잖아. 조선인이 방화범, 약탈범이라

고.”

“경찰이?”

“응, 군인들도 조선인들이 폭동을 일으키고 우물에 독을 타는 걸 봤다지 않아.”

“하긴 그럴 수도 있어. 그치들은 항상 불만에 차 있으니깐.”

투박한 목소리도 이젠 설득이 되었는지 수긍하는 말을 했다. 그러자 이제껏 조용히 있던 다른 목소리가 일장 연설을 늘어놓았다.

“조선인들은 틀림없이 우리를 증오하고 있을 거야. 마땅한 얘기지, 처지를 바꿔 놓고 생각해 봐. 나라 빼앗기고 속 좋을 놈이 어딨어? 그러니까 일본으로 기어드는 조선인은 모두 잠재적 범죄자야. 겉으로야 순박한 얼굴을 하고 있지만 언제 돌변할지 모른다고. 무지하고 문명화가 덜 된 조선인들이 거리를 활보하고 다닌다는 사실만으로도 우리 일본인들의 안전이 위협받는단 생각 안 해 봤나? 그놈들은 호시탐탐 우리에게 복수할 기회를 노리고 있어. 그러니까 놈들이 움직이기 전에 우리가 먼저 해치워야 해. 음험한 생각은 아예 싹부터 잘라 줘야 한다고. 이참에 본때를 보여 줘야지.”

말이 긴 이자는 무리를 이끄는 우두머리가 틀림없었다. 숨도 안 쉬고 주워섬기는 언변이 미리 준비해 둔 것처럼 매끄러웠다. 그는 자경단이 시내 곳곳에 모닥불을 피워 놓고 갈고리와 죽창, 장검으로 무장한 채 행인들을 일일이 검문검색하고 있다고 했다.

동천은 머리 위에서 들리는 이야기에 몸부림쳤다. 듣고 싶지 않아도 들을 수밖에 없고 한마디 대거리도 못 하는 자신의 처지가 못 견디게 답답했다.

무리는 주먹밥을 다 먹고 일어서며 몇 마디를 동천의 머리 위로 떨어트렸다.

"일본인이 하는 말을 일본인이 믿어 주지 않으면 누가 믿어 주겠어? 경찰과 군대가 사냥하라면 하면 되는 거지."

"아무렴, 왜 이런 말도 있잖아. 정어리가 생선인가, 조선인이 사람인가?"

무리는 킬킬대며 가게를 나갔다. 마지막 말에 동천은 기어이 눈물을 흘리고 말았다. 울컥할 틈도 없이 저절로 떨어지는 이상한 눈물이었다.

하루가 더 가고 동천이 지하 창고로 들어온 지 나흘째 되는 밤이었다. 동천은 사장이 가게 문을 나서는 소리를 확인한 후 몰래 창고를 빠져나왔다. 뚜껑을 짓누르는 무게보다 동천의 분노가 더 크고 셌다.

동천은 우선 깡통에 가득 찬 오줌을 변소에 버리고 거리로 나섰다. 어떻게 하겠다는 작정이 선 것은 아니었다. 조선인임이 발각되면 그 자리에서 개죽음을 당해도 누구 하나 돌아다보지 않을 터였다. 그래도 나가 보고 싶었다. 지금껏 두더지처럼 지하 창고에 숨어서 들어야 했던 그 굴욕적인 말들을 떨쳐 내려면 거리로 나가

외마디 비명이라도 질러야 할 것 같았다.

거리는 생각 외로 잠잠했다. 여기저기 화톳불을 피워 놓고 둥글게 앉아 졸고 있는 자경단 무리가 보이긴 했다. 피의 사냥으로 날뛰는 것도 사흘이면 시들한지 다들 피곤과 불쾌가 가득한 표정이었다. 그들 이외엔 개미 새끼 한 마리 얼씬대지 않았다.

동천은 하염없이 거리를 헤맸다. 온통 까맣게 불타 무너진 잔해뿐이라서 어디가 어딘지 구분도 잘 되지 않았다. 매양 다녔던 학교 길도 교문이 보이고 나서야 알아챌 정도였다.

되는대로 걷던 발걸음이 어느덧 개천가에 다다랐다. 동천은 낯선 동경 땅에서 이곳만큼은 정을 붙이며 자주 찾곤 했다. 봄이면 버드나무 솜털이 날리고 여름이면 짙푸른 그늘 아래 간지러운 개구리 소리가 들리는 곳, 가을에 낙엽을 띄운 채 천천히 흘러가는 맑은 물은 겨울에도 얼지 않고 하얀 김을 내뿜었다. 그 정다운 물소리를 듣고 있자면 저절로 범골 실개천이 떠올랐다.

"윽!"

개천가로 다가서던 동천의 발이 얼어붙었다. 돌돌돌 흐르는 냇물 소리로 가득해야 할 물가에 시체 더미가 산처럼 쌓여 있었다. 그런데 가만 보니 화재나 지진으로 죽은 것이 아니라 모두 칼에 베이거나 찔리고 잘린 주검들이었다.

동천은 악취를 풍기며 썩어 가는 시체 더미 앞에서 발을 떼지 못했다. 눈도 떼지 못했다. 그 주검들이 조선인인지 일본인인지 구별하긴 어려웠다. 동천은 검붉은 핏물이 흐르는 개천가를 따라 천천히 발을 옮겼다. 뭐든 하나라도 단서를 찾아내고 싶었다. 조선인 사체 더미가 아니라는 증거를 단 하나라도 발견해야만 그 자리를 뜰 수 있을 것 같았다.

혹시나 설마, 하는 마음에 미간을 모으고 두리번거리며 걷던 동천의 발이 멈추어졌다. 그리고 동천의 눈동자가 점점 커다래졌다. 동천은 자신의 눈을 믿지 못하고 뒷걸음질 쳤다. 거기엔 갈색 핏자국으로 물든 셔츠와 검정 바지 차림의 한승호가 얼굴을 내놓고 엎어져 있었다. 한은 숨이 끊긴 지 좀 되었는지 얼굴이 푸르뎅뎅하게 부어올랐고 등에는 칼자국 위로 핏덩이가 굳어 파리가 들끓었다. 아래로 축 늘어진 왼손은 잘 익은 순대처럼 부풀었는데 손톱 밑으로는 하나같이 검붉은 피가 배어 있었다. 동천은 눈앞에 두고도 믿을 수 없었다. 흡사 귀신이라도 맞닥뜨린 것처럼 혼잣말로 중얼거렸다.

"왜…… 한 선배가 여기 있지?"

일주일 전까지만 해도 박열의 하숙집에서 조선의 미래와 제국 침략주의에 대해 열띤 토론을 벌이던 게이오대 의과생. 자신에게 야쿠자 소굴에서 하루라도 빨리 벗어나라며 일자리를 소개해 주던 의리파 선배. 노동절 행사에서 부상당한 코를 바로잡아 주던 따스하고 단호했던 손길. 그 빛나던 청년이 썩은 생선처럼 진흙탕에 처박혀 있었다. 그것도 푸르스름한 주검이 되어.

동천은 도저히 믿기지 않아 머리를 좌우로 흔들었다. 다시 한 번 보고, 또다시 확인하고, 한 번 더 들여다봐도 분명 그 영민하고 대범하던 한승호가 분명했다.

"서······ 선배!"

동천은 목이 졸린 사람처럼 기어드는 소리로 비명을 질렀다. 동천 이외에는 아무도 듣지 못하는 내면의 절규였다. 동천은 파르르 떨리는 뒷목 위로 서늘한 바람이 한 줄기 훑고 지나가는 걸 느꼈다. 그리고 부풀어 오른 한승호의 얼굴이 꿈틀거리며 자신의 얼굴로 변하는 걸 보았다. 한순간 개울가에 처박힌 사람이 한승호에서 강동천으로 탈바꿈해 동천의 머리 위로 덮쳐 왔다.

"으악!"

동천은 외마디 비명을 내지르며 달리기 시작했다. 가게로 돌아오기까지 동천의 몸을 움직인 것은 이성이 아니었다. 심연 밑바닥에 잠들어 있던 짐승의 본능이 번쩍 깨어나 동천의 발을 이끌었다. 목숨을 위협하는 맹수를 피해 달아나는 짐승의 그것처럼, 생각 혹은 이성보다 빠른 생존의 본능은 제 주인을 이끌어다 다시 가게 지하 창고로 숨겼다. 동천은 지하 창고에 털썩 주저앉고 나서야 정신이 들었다.

가게 안은 텅 비어 고요했다. 동천은 바닥에 엎드려 흐느끼기 시작했다. 죽음은 상도 벌도 아니었다. 1923년 9월 동경에 머문 조선인에게 죽음이라는 숙명은 그저 한순간의 운으로 닥쳤다. 도대체 왜 누구는 죽고 누구는 살아남는가? 그 며칠간 조선인에겐 죽어야 할 이유도, 살 수 있는 명분도 없었다. 돌아서는 길모퉁이에 따라, 마주치는 사람에 따라 누구는 처참한 죽음을 맞고 누구는 살아서 몸을 숨길 뿐이었다.

동천은 곰팡내와 지린내로 뒤범벅이 된 지하실의 바닥을 꿰뚫을 듯 노려봤다. 땅이 흔들렸고 집이 무너졌다. 무너진 집에서 불길이 치솟았고 점심밥을 짓던 사람들은 깔려 죽거나 타 죽었다. 그 광경을 멀쩡한 정신으로 목도한 사람들은 한순간에 악귀로 변해 자신들처럼 아무 죄도 없는 조선인을 찾아 죽였다. 저항할 수 없는 거대한 힘에 가족과 삶을 빼앗긴 하소연과 분풀이를 해야 했다. 아무런 잘못도 없이 생지옥에 떨어졌으니 그들은 억울해서라도 악귀가 되어야 했다.

새벽녘에 돌아온 사장은 창고 문 위의 책들이 치워진 걸 발견했다. 사장은 문구멍에 귀를 가져다 댔다. 아무 소리도 들리지 않았다. 다만 실오라기 같은 신음 소리만 이명처럼 가까워졌다 멀어졌다 할 뿐이었다.

닷새가 더 지나고 드디어 창고 문이 열렸다. 사장은 창고 문 아래로 고개를 디밀다 욱, 하곤 다시 머리를 뺐다. 지하실에 퀴퀴한 오물 냄새가 가득 차 있었다. 그 한가운데 씻지도 먹지도 못한 동천이 허깨비처럼 웅크리고 있었다.

"그만 나와라."

귀신 몰골을 한 동천이 땅 위로 기어올라 왔다. 열흘이 넘도록 햇볕을 쐬지 못한 얼굴에 하얗게 버짐이 피었고 옷과 머리는 먼지 범벅이었다. 사장은 혼이 빠진 듯 퀭한 동천을 들여다보며 깊은 한숨을 내쉬었다. 가게를 비운 그날 밤, 몰래 빠져나갔다 온 게 분명한 동천이 본 것은 무엇이었을까? 사장은 몸서리를 쳤다.

동천은 비틀거리며 길가로 나갔다. 햇볕 아래에 서서 찡그린 눈을 깜박였다. 멀리서 방송차 한 대가 왕왕거리며 지나가는 소리가 들렸다.

"조선인의 대부분은 선량 온순하니 박해를 가하거나 폭행치 말도록 하시오! 다시 한 번 알립니다. 조선인의 대부분은……."

피를 머금은 싹

동천은 창고에서 나온 후 내리 사흘을 앓았다. 불덩이처럼 열이 끓고 움찔움찔 놀라며 헛손질을 했다. 구마모토 사장이 어깨를 흔들면 희뿌연 눈동자를 이리저리 굴리며 알아듣지 못할 말을 중얼거렸다.

사장이 며칠 만에 일어나 앉은 동천에게 죽 그릇을 내밀었다.

"아플 때는 조선말만 하더구먼."

"그랬습니까?"

동천은 기운 없는 손으로 죽을 떠먹으며 대꾸했다. 그러다 생각난 듯 고개를 들어 사장을 바라보았다.

"죄송합니다."

목숨을 구해 주었으니 감사하다고 해야 옳은데 불쑥 튀어나온 말은 겨우 이 한마디였다.

구마모토는 어색한 눈길을 피하며 일어섰다.

"얼른 기운 차리게. 할 일이 많아."

다음 날부터 동천은 가게 공사에 매달렸다. 비틀어지고 깨진 문을 새로 해 달고 부서진 책장을 다시 짰다. 한꺼번에 쏟아져 뒤죽박죽이 된 책을 정리하고 부엌살림도 간추려야 했다. 끊어진 전깃줄도 잇고 수도관도 손보았다. 무엇보다 가게 건물의 대들보와 서까래가 기울어 큰 공사가 필요한 상태였다.

"요즘 같아선 목수 모셔 오기가 천황 폐하를 알현하는 일보다 어렵단 말이지."

그러고 보니 대지진으로 수지가 맞는 이는 오직 목수뿐이었다.

구마모토 사장은 젊은 시절 집 짓는 목수를 따라다닌 적이 있다고 했다. 섣불리 건드렸다가는 지붕이 폭삭 내려앉을 판이었지만, 이대로 차례만 기다리다간 임종 때나 고칠 것 같다며 직접 팔을 걷어붙였다. 동천도 사장을 도와 목재를 사 나르고 기울어진 기둥을 괴어 받쳤다.

"급한 대로 손을 써 놓았으니 오늘 밤엔 학교에 가 보는 게 어떤가?"

닷새째, 사장이 동천을 돌아보았다. 그러지 않아도 오늘 저녁엔, 했던 동천이었다. 거리로 나선 동천은 우선 시냇가 쪽으로 방향을 잡았다. 무섭고 두려웠지만 가서 봐야 했다. 지독한 악몽처럼 끔찍했으나 그만큼 염려되고 걱정스러웠다. 한 선배의 시신은 어떻게 되었는지, 누구라도 거두어 갔는지 아니면 보름이 다 된 지금도 그 자리에 그렇게 버려져 있는지 두 눈으로 확인하고서야 다음 일을 생각할 수 있을 것 같았다.

'그대로라면 내가 유골이라도 수습해야겠지.'

벌벌 떨리는 심장을 억누른 채 다가간 시냇가는 그러나 말끔했다. 늘어진 수양버들 아래로 투명한 물이 흐르고 냇가 모래톱은 햇빛에 반짝였다.

"어?"

그 자리가 분명했다. 숨 쉬기조차 힘들 만큼 역한 악취가 풍기고 살과 피가 썩어 들어가는 시체들이 높다랗게 쌓여 있던 자리였다. 시신에서 배어 나오는 핏물이 골을 이루고 냇물은 검은 재와 핏물이 뒤섞여 탁하게 흐르고 있었다. 그랬던 곳이 지금은 언제 그런 일이 있었느냐는 듯 너무나 깨끗했다. 동천은 어쩔한 현기증을 느끼며 주위를 두리번거렸다. 다리 위로 지나치는 행인을 아무나 붙잡고 묻고 싶었다.

"저기, 저 아래 냇가에 조선인의 시체가 산처럼 쌓여 있지 않았나요?"

물론 그 누구에게도 물을 수 없었다. 묻는다 한들 대답해 줄 이도 없었다. 지난번 냇가에서 본 것은 살아 숨 쉬는 지옥의 가장자리였을 뿐이다. 동천은 한참을 다리 난간을 잡고 서 있었다. 그러곤 학교에 가 본다던 애초의 계획도 잊은 채 느린 걸음으로 집으로 되돌아갔다.

다음 날, 동천은 박열의 하숙집으로 발길을 잡았다.

'부디 무사하기를……..'

시내 쪽이라 피해가 더하면 더했지 덜하지 않을 성싶던 예상은 빗나가지 않았다. 하숙집은 불에 탄 채 무너져 기둥 몇 개와 수돗가만 그 형태를 알아볼 정도였다. 하숙집 주인아주머니가 머리를 흰 수건으로 동이고 집터를 헤집고 있었다. 주인아주머니는 동천이 박열과 가네코의 행방을 묻자 자세히 대답해 주었다.

"박 상은 지진이 일어나기 직전에 고향에 다녀온다면서 나갔지요. 가네코 상은 지진이 있던 날 피난을 간다며 나가서 한 이틀 동안 안 보였어요. 그러다 사흘째 다시 돌아왔지만 붙들려 갔어요."

"붙들어 가다니요? 누가요?"

"매일같이 찾아오던 형사들이요."

"언제 돌아오겠다고 얘기한 것 없습니까?"

주인아주머니는 검댕이 묻은 손가락을 관자놀이에 대고 머리를 기울였다.

"글쎄요, 저도 큰일을 겪고 나니 정신이 쏙 빠져서 기억이……."

동천은 감사하다는 말을 남기고 자리를 떴다.

동천은 학교 쪽으로 걸으며 생각에 빠졌다. 대지진 직전에 조선으로 떠났다고 하니 차라리 잘된 일이 아닐까. 박열과 같은 사람이 가장 먼저 표적이 되었던 광란의 며칠이었다. 하숙집 담벼락에 보란 듯이 불령선인이란 증거를 자랑하던 그였으니 모르긴 몰라도 자경단이 제일 먼저 쳐들어간 곳도 박열의 하숙집이었을 것이다. 동천은 박열을 만나지 못한 서운함과 그가 무사할 거라는 안도감을 뒤섞어 안은 채 학교 언덕길을 올랐다.

임시 휴교

학교 역시 지진 피해로 건물 두 동 중 한 동이 무너지고 부속 건물이 불에 탄 상태였다. 동천은 교문에 붙은 공고문을 멍하니 바라보다가 돌아섰다.

다음 날부터 동천은 틈날 때마다 하숙집 자리로 가 보았으나 번번이 헛걸음이었다. 박열과 가네코, 일요 모임에 나왔던 선배들의 행방은 지진에 가라앉은 연못처럼 묘연할 뿐이었다.

한 달이 좀 지났을까, 하숙집 자리엔 엉성한 판잣집이 들어섰다. 그날도 동천이 별다른 소득 없이 돌아서는데 저쪽에서 손을 번쩍 드는 이가 있었다.

"어이! 자네 동천 아닌가?"

"이 선배님!"

검은 대학생복의 이화성이 이쪽으로 손을 흔들며 다가오고 있었다. 이화성은 동경 제국 대학 철학과에 재학 중인 유학생이었다. 모임 때마다 과일이니 과자니 하는 주전부리를 곧잘 사 들고 오던 인심 좋은 선배였다. 다만 말수가 적어 열띤 토론이 벌어지면 슬쩍 뒤로 물러나 책을 들여다보거나 조용히 구경꾼 노릇만 하던 인물이다.

"무사했나?"

그 한마디에 동천은 한승호가 떠올라 왈칵 울음이 터질 것 같았다. 그러고 보니 이화성이 지진 후 처음 만나는 조선 사람이었다. 조선 사람과 조선말로 안부를 주고받으니 거센 해일을 버티던 둑이 터지듯 설움이 밀려왔다. 두 사람은 서로의 손을 부여잡고 놓을 줄 몰랐다. 이화성은 이럴 게 아니라 어디 가서 저녁이라도 먹자며 동천을 이끌었다. 두 사람은 경시청 네거리로 나왔다. 작은 오뎅집으로 들어간 화성과 동천은 소바 한 그릇씩을 받아 놓고 이야기를 이었다.

"박 선배와 가네코 씨는……?"

이화성은 동천이 궁금해하던 소식을 자분자분 풀어 놓았다.

"가네코 씨는 보호 검속에 걸려 경찰서로 잡혀갔다네."

"보호 검속이라뇨?"

"평소 요시찰 인물로 지목되었던 사람들을 지진과 폭동에서 보호한다는 명분으로 검거한 거야."

"그럼 이제 풀려나야 하는 거 아니에요?"

이화성이 차가운 웃음을 머금었다.

"스물네 시간으로 규정된 보호 검속령은 다음 날 경찰법 처벌령으로 대체되었고, 가네코 씨는 치안법 위반 혐의로 기소되었네. 아직도 유치장에 수감 중이야."

지진을 피하려다가 붙들려 간힌 사람이 그사이 어떻게 치안법 위반으로 기소될 수 있는지 알다가도 모를 일이었다.

"그런데 가네코 씨보다 박 군이 더 큰 일이야."

동천은 박열의 이름이 나오자 두 귀를 쫑긋 세웠다.

"박 군 고향이 경북 상주라네. 추석에 다니러 온 박 군을 그 지역 경찰이 들이닥쳐 입은 채로 잡아갔다는데, 그게 지난 8월 스무여드레인 것 같아."

동천은 박열이 체포되었다는 소식에 깜짝 놀랐다.

"그럼 박 선배가 지금 조선에 붙들려 있단 말씀입니까?"

"아니, 바로 내지로 호송되었지. 지금은 담당 변호사 외에는 면회조차 금지되어 있다네. 동경 형무소에 있다는데 그것도 정확한 정보는 아닌 것 같고……."

말끝을 흐린 이화성이 담배를 찾아 물었다.

"앞으로가 걱정이야. 박 군의 하숙집을 근거로 했던 불령사 회원들 역시 반 넘게 체포와 구금을 당했네. 지진과 화재를 구실로 삼은 놈들의 술책에 걸려든 셈이지."

이화성은 엽차 한 모금을 마신 뒤 말을 이었다.

"괴멸할 속셈이야. 사회주의자건 아나키스트건 그들 눈에 거슬리는 주의자는 이번 기회에 모조리 옭아 넣을 작심을 한 거라고."

동천은 어깨를 늘어트리고 창밖을 내다봤다. 길 건너로 한창 보수공사 중인 경시청 건물이 보였다. 대화재 때 불이 번져 건물 한쪽이 흉하게 타 버렸지만 웅장한 석조 건물은 끄떡없이 버티고 서 있었다. 우람한 거인 같았다. 저런 거인한테 가진 것이라곤 주머니 속 먼지밖에 없는 조선 고학생이 덤벼들었다니 우습고도 대단한 일이었다.

동천이 혼자 생각에 멍해 있는데 화성이 불쑥 물었다.

"자넨 언제 돌아갈 생각인가?"

"돌아가다니요? 어디로요?"

"조선 말일세."

이화성의 말은 이랬다. 학살 현장을 목격하거나 학살당할 뻔하다가 천운으로 살아난 이들은 모든 것을 버리고 조선으로 들어갔다. 학살 사건 이후 일시 귀국하거나 아예 돌아가 버리는 조선인들이 늘어나고 있다는 것이다.

"유학생 수가 반 넘게 줄어들었어."

또 그 반대로 사회주의 운동에 빠져 제국주의에 본격적으로 대항하는 극렬 주의자로 돌아서는 이들도 생겨났다. 비 온 뒤 솟아나는 버섯처럼 조선인 학살 사건 이후 평범한 날품팔이와 얌전한 유학생이 과격한 주의자로 변하는 일이 일어나고 있었다.

"내가 박 군의 하숙집을 찾은 것도 그런 이율세. 소문을 듣고 찾아오는 동지가 있으면 수습하려고 말이야. 오늘은 자넬 만났으니 헛걸음은 아니구먼."

화성은 찻잔을 내려놓으며 한숨인지 신음인지 모를 소리를 내뱉었다.

"어떻게든 살아 보겠다고 건너온 일본에서 가축처럼 도륙된 동포들을 생각해 보게. 살해를 당한 시신은 냇바닥 거름으로 썩고 있는데 살인범들은 연기처럼 사라졌어. 죽은 사람은 있는데 죽인 사람이 없는 이 기묘한 사건을 어디 가서 하소연한단 말인가."

동천은 어제 보고 온 냇가를 떠올리며 말했다.

"동경 어디서도 조선인의 억울한 죽음에 대해 말하는 사람은 없었습니다. 꼭 저 혼자 무서운 악몽에 시달린 것 같아요. 아무 일도 없었다는 듯 거리를 활보하는 일본 사람들 얼굴이 무섭고 징그럽습니다. 하지만 이런 말조차 꺼내 놓을 사람이 없었습니다. 선배님을 만나기 전까지는요."

동천은 붉어진 눈가를 감추느라 고개를 수그렸다. 화성 역시 말없이 창밖을 내다볼 뿐이었다. 동천이 두 손을 깍지 끼며 또박또박 말했다.

"남을 겁니다. 죽은 이들을 위해서라도 도망치지 않겠어요."

오뎅집을 나온 두 사람은 다음 만남을 약속하고 헤어졌다. 동천에게 이화성을 꼭 만나야 할 용무는 없었다. 이화성도 마찬가지였다. 그러나 두 사람은 이 엄혹한 땅에서 누군가 아는 사람이 필요했다. 안부를 묻고 근황을 나눌 친구가 필요했다.

일주일 후, 동천은 이화성과 약속한 음식점으로 나갔다. 동천은 종업원이 가져다주는 엽차를 몇 잔이나 마시며 기다렸지만 이화성은 끝끝내 나타나지 않았다. 두 시간 후, 동천은 의자에서 일어섰다.

'결국, 걸려든 건가?'

헌책방 골목으로 돌아오는 길, 동천은 자꾸만 뒤를 돌아보곤 했다. 누군가 따라오는 발걸음 소리가 들리는 것 같기도 하고 뒤통수를 노려보는 눈길이 느껴지는 것 같기도 했다. 등줄기에 소름이 돋았다. 동천은 가게로 돌아와 이불도 펴지 않은 채 웅크리고 잠이 들었다.

그 뒤 보름이 지난 어느 토요일 새벽, 이화성이 가게에 불쑥 나타났다. 동천이 벗은 발로 달려 나가 맞았다. 화성은 동천이 기거하는 좁은 방 안을 둘러보며 말했다.

"그날 약속 못 지켜 미안하네. 요즘 감시를 당하는 형편이 돼서 말이야."

화성은 그러면서도 자꾸 문 쪽을 힐끔거렸다.

"그럼 선배도 형사가 뒤를 밟는다는 말씀이세요?"

동천이 목소리를 낮추며 물었다.

"며칠 전 보호 검속령이 새로 떨어진 모양일세. 쥐 죽은 듯 엎드려 있는 주의자들까지 이 잡듯 뒤져서 묶어 가거든. 나 역시 장담할 상황이 아니네. 그래서 잠시 몸을 숨기기로 했어. 다른 사람은 몰라도 자네에게는 말해 두는 게 좋을 것 같아 첫새벽에 문을 두드렸네."

화성은 부디 몸조심하라며 동천의 어깨를 두드렸다.

"어쩌면 야쿠자가 상권을 잡고 있는 이 책방 골목이야말로 조용히 숨어 있기에는 안성맞춤인지도 모르겠군."

"예?"

"아니, 폭력배와 독립운동은 여간해선 연결이 되질 않으니까."

화성은 고등경찰이래도 야쿠자는 무서워하겠지, 하며 웃었다. 동천은 숨 막히는 감시를 당하는 와중에도 여유를 잃지 않는 선배가 대단해 보일 따름이었다. 화성이 실없는 웃음을 거두며 말했다.

"동천, 알고 있나? 열이는 자네를 불령사 조직을 이어받을 차기 주자로 생각하고 있었다네."

동천은 흠칫 놀라 몸을 뒤로 젖혔다.

"제겐 한 번도 그런 말씀을 하신 적이 없습니다. 거기다 전 그런 중대한 일을 짊어질 역량도 안 되고요."

화성이 손을 내저었다.

"우리가 지난번 갔던 오뎅집 기억하지? 오래전 거기서 박 군과 나누었던 이야기를 잊을 수 없다네."

지난여름이었다. 주머니가 가벼운 두 친구는 단골로 드나드는 오뎅집에서 찬술 한 잔씩을 나누며 이야기꽃을 피웠다. 한창 일요 모임에 대한 구상과 계획을 세우던 박열이 중대 발표를 하듯 큰 숨을 내쉬었다.

"자네 동천을 어떻게 생각하는가?"

화성은 "난데없이 동천은 왜?" 하고 되물었다.

"불령사 말이야, 그 애한테 맡기는 게 어떨까 해서."

"맡기다니? 자네, 모임을 그만둘 건가?"

박열이 그만두긴, 하고 대답하자 화성이 또 물었다.

"그럼 어디 가나?"

"……."

툭 던진 물음에 박열은 아무 대꾸가 없었다. 화성은 박의 진지한 표정을 읽고는 얼굴을 굳혔다.

"결국…… 폭탄이 입수되었구먼."

박열이 보일락 말락 고개를 끄덕였다. 비밀리 준비하고 있던 폭탄 테러가 윤곽을 드러내고 있었다.

"그렇게 되면 우리 불령사를 이어받을 사람이 필요하지 않겠나. 난 아무래도 동천이 적임인 것 같아."

"동천은 모임에 나온 지도 얼마 되지 않았고 아직 정식 불령사 회원도 아니지 않아."

화성은 앳되게만 보이던 동천을 떠올리며 물었다.

"자네 말이 맞네. 그런데 난 그 녀석에게 왠지 신뢰가 가거든."

박열은 메이데이 날 보았던 동천의 활약을 이야기했다.

"아직 열여섯밖에 되지 않는 아이가 기개만큼은 누구에게도 뒤지지 않는단 말이지. 거기다 동천은 아직 순수해. 혁명은 순수한 자만이 이룰 수 있는 꿈이잖아."

"지금이야 아직 어리니 그럴 수 있지만 앞으로도 그 순수함을 유지할 수 있을까?"

화성이 박열의 다짐을 재확인하듯 물었다.

"내가 본 동천의 순수함은 그런 어린아이의 것이 아니야. 나이 먹으면 어쩔 수 없이 더럽혀지는 동심이 아니라고. 동천에겐 저도 어쩔 수 없는 투명한 본심이 있네. 그것이 그 아이를 지금까지 이끌었고 앞으로도 이끌 거야. 난 그 힘을 믿네."

동천과 마주 앉은 화성은 기억을 더듬으며 말했다.

"……나도 그런 청년이라면 우리 조직을 이끌 만한 충분한 자격이 된다고 했지."

동천은 박열에게 조선말을 건네었던 첫 순간을 기억했다. 조선 사람 아니냐는 물음에 접시꽃처럼 환하게 웃으며 악수를 청하던 박열. 욕심 없는 만남 속에 이런 운명이 영글게 될 줄은 꿈에도 생각 못 했다.

"나 또한 자네가 지난번 했던 말을 잊지 않고 있네. 죽은 이들을 위해서라도 도망치지 않겠다는 그 말이 내 마음속에 말뚝처럼 박혀 있어. 그래서 나도 결심했지. 무슨 일이 있더라도 내 앞에 놓인 길에서 도망치지 않겠다고."

화성은 빙그레 웃으며 오른손을 내밀었다. 이번 헤어짐엔 기약이 없었다. 그러나 동천은 더 이상 불안하지도 걱정스럽지도 않았다. 어디에 있든 이화성과 자신, 박열은 한마음이라는 걸 느꼈기 때문이다.

지진 피해는 천천히 복구되었다. 메이지의 영광을 구가하던 동경을 휩쓸어 버린 지진과 화재도 야금야금 그 흔적이 옅어지기 시작했다. 도시민들 역시 뒤는 돌아보지 않겠다는 일념으로 재건에 매달렸다. 동천은 개미 떼처럼 달려들어 도시를 원상 복구해 가는 일본인들의 그악스러움에 감탄을 넘어 두려움을 느꼈다.

학교도 다시 문을 열었다. 동천은 가게와 야간반을 오가는 일상으로 돌아갔다. 모든 게 다시 제자리를 찾은 듯했다. 다만 일요일에 외출할 곳만 없어졌다. 동천은 일요일이면 방 안에 틀어박혀 온종일 책만 읽어 댔다.

10월의 마지막 일요일, 구마모토가 가겟방 문을 열고 얼굴을 디밀었다.

"놀러 다니던 하숙집은 이제 그만인가?"

책상 앞에 쭈그리고 있던 동천이 머리를 저었다.

"이제 그런 곳은 없습니다."

사장이 답답하다는 듯 입맛을 다셨다.

"집이야 무너지든 타 버리든 했어도 사람은 있을 거 아닌가? 다들 어디로 갔는데?"

동천은 자신도 모르게 머리를 번쩍 들고 사장을 쏘아봤다. 금방이라도 눈에서 이글거리는 불덩이가 떨어질 것 같았다. 구마모토는 천천히 마루에 걸터앉았다. 그리고 담배를 피워 물었다. 조용히 몇 모금 빨던 사장이 이야기를 꺼냈다.

"어릴 적 살던 동네에 떠돌이 개가 한 마리 있었지. 언제 어떻게 흘러들어 왔는지 아무도 몰랐지만 어쨌든 늙고 비루먹은 개였다. 명색이 도사견인데도 성질은 외모와 어울리지 않게 겁이 많고 소심했지. 심술궂은 애들과 고약한 어른들은 심심풀이로 그 개를 못살게 굴고 약 올렸어. 나도 꽤나 잔인한 걸 즐기는 편이었지만 아무 이유 없이 늙은 개를 매질하는 꼴은 보기 싫을 정도였으니까. 어쨌든 그 개는 동네에서 가장 만만한 목숨이었지. 누구든 부담 없이 괴롭힐 수 있는 존재, 아무도 지켜 주지 않는 외톨이. 그게 그 녀석의 운명이었어."

구마모토의 얼굴에 얼핏 연민 같은 감정이 스쳤다.

"그러면서도 묘한 건 동네 사람들 모두 그 개를 두려워했단 사실이다. 뭐, 어쨌든 도사견이었으니까."

상대방의 목덜미를 물면 숨이 끊어질 때까지 놓아주지 않는다는 투견, 그 늙은 개의 본성을 알고 있는 동네 사람들은 한밤중 홀로 길을 가다 녀석과 마주치면 두 발이 땅에 붙어 꼼짝하지 못했다. 낮에는 거침없이 배를 걷어차던 이들이 밤만 되면 떨었다. 개는 밤길에 사람을 만나도 으르렁거리거나 짖지 않았다. 그저 물끄러미 바라보고 서 있기만 했다. 그런데도 사람들은 지레 비명을 지르거나 허둥지둥 도망쳤다. 평소 개를 학대한 사람일수록 소란을 떠는 경우가 많았다.

"장마가 한창인 어느 여름날이었다. 술에 취한 어른 두 명이 어스름한 오솔길에서 개와 마주쳤어. 기분 나쁜 비는 부슬부슬 내리고 개는 술 냄새와 안주 냄새를 맡기 시작했지. 놈은 그 두 사람이 낮에 몽둥이를 휘두르며 자기를 못살게 굴던 남자들이란 걸 알고 있었어. 본능적으로 두려움을 느끼고 두 사람의 기분을 탐색하느라 킁킁거렸지. 하지만 주정뱅이 눈에는 꼬리를 감추고 어슬렁거리며 다가오는 개가 자신들을 공격하려는 걸로 보였단 말이야. 그래서 칼을 차고 있던 한 사람이 단칼에 개를 죽여 버렸다."

술에 취해 잔뜩 흥분한 두 사람은 죽은 개를 동네에서 가장 큰 나무에 매달았다. 다음 날 아침, 날이 밝자 동네 사람들은 나무에 매달린 개 주위로 모여들었다. 그리고 지난밤 광분해서 덤벼드는 미친개를 단칼에 해치운 두 용사의 무용담을 들었다.

"하지만 난 알고 있었다. 직접 보았으니까. 난 그날 밤, 술에 취해 늦게 들어오는 아버지를 마중하러 나가 오솔길 한 귀퉁이에 쪼

그리고 있었거든."

떠돌이 개는 취객 중 한 명이 휘파람을 불자 비실비실 그쪽으로 다가갔다. 어르는 손짓과 휘파람 소리에 홀려 남자의 사타구니로 파고들어 간 개는 순식간에 목덜미가 낚여 숨통이 조여졌다. 위협을 느낀 개가 버둥거렸지만 이미 늦은 때였다. 뒤에 서 있던 남자의 단도가 달빛에 번쩍하더니 개의 뒷목에 쑥 박혔기 때문이다.

"나는 동네 사람들에게 폭로하고 싶었지만 말할 수 없었다. 어미는 바람이 나 도망간 지 오래고 아비는 겨우 날품팔이로 연명하는 술주정뱅이였기 때문이지. 그런 집안의 자식에게 발언권 따위는 처음부터 주어지지 않는 법이거든. 게다가 거짓말로 허풍을 떠는 놈 중 하나가……."

구마모토는 세 번째 담배꽁초를 바닥에 비벼 끄며 일어섰다.

"자경단인지 뭔지 하는 놈들도 그런 놈들이었을 거야. 아무 죄 없는 개의 뒷덜미에 칼을 박아 넣는 겁쟁이 말이다. 그러니 그런 겁쟁이들 때문에 기죽을 필요 없다. 털고 일어나라. 일어나서 씩씩하게 살아라. 그것이 네가 할 수 있는 복수다."

구마모토는 후려치듯 한마디 하더니 돌아앉아 버렸다. 동천은 구마모토의 등을 가만히 쳐다보았다.

황량한 가을과 살을 에는 겨울이 지나갔다. 해가 바뀌고 1924년, 동천은 열일곱 살이 되었다. 4월의 햇살이 벚꽃 사이로 향기롭게 퍼졌다. 분홍 꽃잎이 머금은 봄볕은 더없이 따사로웠다.

"강 상 앞으로 편지요!"

비질을 하던 동천이 집배원에게 종이봉투 한 장을 받아 들었다.

"화(和)?"

발신인 칸에 적힌 글자는 딱 이 한 글자뿐이었다. 동천은 고개를
갸웃거리며 편지 겉봉을 뜯었다.

박, 동경 형무소, 면회 가능

내용은 이 한 줄만으로 끝이었다. 동천이 "어!" 하고 짧은 탄성
을 질렀다. 이화성이 틀림없었다. 해가 바뀌도록 감감무소식이던
이 선배가 동천에게 박열의 근황을 알려 준 것이었다. 동천은 편지
를 안팎으로 샅샅이 살펴보았다. 하지만 다른 단서는 아무것도 찾
아낼 수 없었다. 이날부터 동천은 형무소로 면회를 갈 준비를 서둘
렀다. 급한 대로 옷가지와 돈 등을 챙겨 보퉁이를 꾸렸다.

일요일 아침, 동천은 서둘러 조반을 해 먹고 옷을 갈아입었다.
마루엔 며칠 전부터 꾸린 보퉁이가 기다리고 있었다. 동천이 막 신
을 신으려는데 가게 문이 열렸다. 구마모토였다.

"사장님!"

동천이 웬일이냐는 얼굴로 맞이했다. 구마모토는 마루에 놓인
보퉁이를 내려다보며 계산대에 앉았다.

"오늘 조합 사무실에서 오찬 회의가 있어서 말이지. 근데 자네 어디 가나?"

"사실은……."

동천의 설명을 잠자코 듣던 사장이 음, 하며 팔뚝을 긁적거렸다.

"그럼 나랑 같이 가지."

"예? 사장님께서요? 오전에 조합에 볼일이 있으시다면서요. 그리고 제가 만나러 가는 분은 사장님께선 모르는 사람인데……."

동천이 다시 한 번 자신이 만나러 가는 사람은 박열이라는 조선인 고학생이라고 말했다.

"조합이야 지진 피해 성금에 관한 거니까 돈만 내면 된다. 그리고 자네가 면회하겠다는 그 학생, 나도 아는 사람이야."

동천은 그럴 리가, 하며 머리를 저었다. 사장은 박열을 만난 적이 없었다. 작년 여름 박열이 가게에 왔을 때도 구마모토는 번번이 자리를 비웠던 것이다.

"그랬지. 그런데 놓고 갔다는 책을 검사한 건 자네가 아니라 나잖아? 겉표지 안쪽에 '朴烈'이라고 적혀 있더군. 그리고 자네가 나중에 손님에 대해 이러쿵저러쿵 늘어놓는 소리를 듣고 알았지. 그는 분명 내가 아는 사람일 거다, 하고 말이야."

구마모토는 동천에게 면회는 가 본 적 있느냐고 물었다. 동천이 머리를 흔들었다.

"뭣도 모르고 덤비는 게 자네 특기인 줄은 진즉 알고 있네만, 참

겁도 없는 친구야."

구마모토는 혀를 차며 가게를 나갔다. 동천은 무슨 영문인지 물을 새도 없이 구마모토의 뒤를 쫓았다.

형무소에 도착한 구마모토는 익숙한 솜씨로 면회 신청서를 작성하고 신분 검사에 응했다. 알고 보니 박열은 죄수 중에서도 특별 관리를 하는 대역 죄인으로 분류되어 있었다. 당연히 면회 신청 절차가 몹시 까다롭고 시간도 많이 걸렸다. 면회 허가서를 받아 들고 순서를 기다리는 구마모토를 지켜보던 동천이 혼잣말로 중얼거렸다.

"혼자 왔으면 헛걸음할 뻔했구먼."

봄이 한창이건만 벽돌로 된 면회실 안은 살이 떨릴 만큼 한기가 돌았다. 창밖으로 보이는 연둣빛 이파리가 무색할 정도였다. 동천은 저도 모르게 몸을 부르르 떨었다. 겨우 면회실일 뿐인데도 감옥이라는 기에 눌려 가슴이 두근거렸다.

조금 있자 안쪽 철문이 둔중한 소리를 내며 열렸다. 그 사이로 잿빛 수인복을 입은 박열이 들어섰다. 면회실로 들어오던 박열은 동천을 보자 슬쩍 웃다가 뒤에 선 구마모토를 발견하고는 주춤 멈추어 섰다. 그리고 얼굴에 번졌던 웃음을 거두어 내고 자신의 눈을 믿지 못하겠다는 듯 구마모토를 쳐다보았다.

"맞다, 시나노가와(信濃川)."

사장은 박열을 똑바로 응시하며 나지막이 말했다. 박열은 외나

무다리에서 만난 원수나 되는 듯 구마모토를 빈틈없이 노려보았다. 그 시선을 견디는 구마모토는 의외로 담담한 표정이었다.

"동천이 말하던 사장도 당신인가?"

사장이 고개를 끄덕였다.

"헛!"

박열은 그 특유의 허무한 웃음을 흘렸다.

"야쿠자가 책방 사장이라……?"

박열이 중얼대자 구마모토 눈썹이 꿈틀거렸다. 약점을 들킨 맹수처럼 눈에 광채가 돌았다. 박열은 구마모토의 심경이 흔들리는 순간을 포착한 듯 여유로운 미소를 띠었다. 마치 박열과 구마모토 단둘이 대전을 벌이는 형국이었다. 두 사람은 칼집에서 칼을 빼지도 않고 기 싸움을 하는 칼잡이 같았다. 서로 뿜어내는 기운만으로 승부를 보는 고수의 대결이었다. 그 가운데 선 동천은 입만 동그래져 가지고 두 사람을 구경하기 바빴다.

면회실에 잠깐 고요가 흐르더니 박열이 입술을 뗐다.

"동천을 부탁한다."

박열은 이 말과 함께 동천을 쳐다보았다. 딱 한 마디였지만 눈가엔 애틋함이 서려 있었다. 구마모토는 말없이 고개를 끄덕였다.

구마모토가 물러서고 동천이 박열에게 다가섰다. 눈앞에서 벌어진 광경에 박 선배와 사장의 관계가 숨이 막히도록 궁금했지만 그 질문은 나중으로 미뤄야 했다. 정해진 면회 시간이 얼마 되지 않았다.

"내복과 양말, 돈을 좀 차입했습니다. 뭐 필요하신 거 있으면 말씀하세요. 다음번에 올 때 준비할게요."

마음이 급한 동천이 주워섬기는데 박열은 듣는 둥 마는 둥 다른 소리를 했다.

"모임은 어떻게 되었나? 회원들은 무사한지 아는 소식 있으면 말해 주게."

동천은 아는 대로, 들은 대로 간추려서 이야기했다. 하지만 한승호의 얘기는 차마 꺼낼 수 없었다.

"모임을 계속하고 싶습니다. 밖은 아직도 진재(震災) 수습으로 뒤숭숭하지만 좀 안정이 되면 어떡해서든 일요 모임을 계속 꾸려 가고자 마음먹고 있습니다."

동천은 박열에게 나오게 되면 다시금 모임을 이끌어 달라고 부탁했다. 박열의 입가가 비틀어지며 비감이 서렸다.

"난 천황 시해를 모의했다는 대역죄로 수감 중이다. 아직 형이 확정되진 않았지만 사형 내지 최소 종신형이겠지."

동천 가슴이 철렁 내려앉았다.

"대역죄라뇨? 누가 그런 누명을?"

"누명이랄 것 없네. 운이 닿지 않아 실행에 옮기지 못했을 뿐, 준비하던 것이었으니까."

박열은 차분한 어조로 말을 이었다.

"면회 오느라 시간과 돈을 허비할 필요 없어. 그럭저럭 지내고 있으니 걱정 말고 자네 앞길을 닦게나. 그래서 큰 재목이 되었다는 소식을 듣게 해 주게. 그게 좁은 독방에 갇힌 날 위로하는 일이야."

짧은 면회 시간이 끝났다. 동천은 아쉬운 마음만 가득 안고 면회실을 나왔다. 구마모토는 두 손을 잔찬코 소매에 찔러 넣고 앞장섰다. 동천은 형무소를 나가는 구마모토의 꼭뒤를 쏘아보았다.

"사장님!"

구마모토는 동천의 힘 있는 부름에 움찔하더니 뒤를 돌아보았다. 어떤 생각에 골몰하다 들킨 얼굴이었다.

"박 선배를 어떻게 아십니까? 박 선배 역시 사장님을 아는 눈치던데요."

"서로 아는 사이다. 하지만 이야기가 길어."

구마모토는 굳어 있는 동천과는 대조적으로 대수롭지 않다는 표정이었다.

"그러니까 어떻게 아시느냐고요. 길어도 꼭 들어야겠습니다."

동천은 구마모토에게 바짝 다가들어 따지듯 말했다.

"아, 오늘은 가 볼 데가 있다. 이야기는 다음에 하지."

구마모토는 손을 흔들며 길을 건너갔다. 시치미 떼고 꽁무니 빼는 격이었다. 동천은 궁금증으로 가슴이 터질 것 같았다. 그 뒤 며칠 동안 동천은 기회가 되는 대로 구마모토를 물고 늘어지려 했으나 사장은 좀처럼 틈을 주지 않았다.

하루 장사가 끝나고 동천이 학교에 가려고 분주히 움직이고 있을 때였다. 갑자기 골목 어귀가 시끄러워졌다. 동천은 어디 말다툼이라도 났나 싶어 고개를 내밀다 화들짝 놀랐다. 한 떼의 사내들이 몽둥이와 쇠 파이프, 각목을 나눠 들고 골목으로 쳐들어오고 있었다. 이들은 보이는 대로 물건을 때려 부수고 고함을 질렀다. 사람들은 엎어지고 자빠지며 피하고 숨기 바빴다.

"야쿠자다!"

동천은 본능적으로 저들이 이 골목 상권을 노리는 다른 야쿠자 패거리라는 걸 알 수 있었다. 골목엔 얼마 전부터 불안한 소문이 떠돌고 있었다. 진재 이후 사업 기반이 흔들린 다른 지역 야쿠자 패가 상대적으로 피해가 덜한 이 골목을 노린다는 것이었다. 원래 헌책방은 현금 이동이 크지 않고 이문이 많이 남는 장사가 아니라서 야쿠자 사이에서는 인기 없는 업종 중 하나였다. 그러나 관동대지진 이후 야쿠자의 상권 조정이 다시 일어나면서 이 헌책방 골목이 새로운 먹잇감으로 눈길을 받고 있었다.

동천은 가게마다 좌판을 뒤엎고 유리문을 박살 내며 다가오는 패거리를 보며 중얼거렸다.

"뭐야! 다들 이쪽으로 몰려오잖아."

아닌 게 아니라 패거리는 다른 가게들은 단순히 겁을 주어 문을 닫게 하는 데 목적이 있는 것 같았다. 가게 문 언저리에서 협박하다가 바로 다음 가게로 넘어갔다. 그러나 삼평사로 몰려든 폭력배들은 진열대와 좌판을 사정없이 뭉개기 시작했다. 각목, 쇠 파이프, 몽둥이를 휘둘러 대는 통에 지진 때 애써 수리해 놓은 가게가 다시 만신창이가 되어 갔다.

"무슨 짓들이야! 그만두지 못해!"

동천은 악을 쓰며 남자들에게 덤벼들었다. 한 놈, 두 놈을 쓰러트리고 세 번째 각목을 든 녀석을 향해 주먹을 날리는데 뒤통수에서 딱, 하는 소리와 함께 눈앞에 불똥이 튀었다. 비겁하게 뒤에서 동천의 머리를 내리친 것이었다.

"본때를 보여 주지!"

두 남자가 동천에게 달려들어 몽둥이질을 해 댔다. 동천은 억, 억 소리를 내며 머리통을 감쌌다. 무차별로 떨어지는 몽둥이질과 발길질에 정신이 혼미했다. 사람 패는 데 이골이 난 야쿠자에게 열일곱 살 종업원은 말 그대로 손안의 두부였다. 동천은 꺼져 가는 의식을 간신히 붙잡으며 신음처럼 외쳤다.

"사장님!"

동천의 정신이 희미하게 꺼져 갈 무렵 밖에서 무수한 게다 소리가 들렸다. 흙바닥에 먼지를 일으키며 딸각거리는 나막신 소리가 소나기처럼 골목 안에 쏟아졌다. 동천은 보지 않아도 그 소리가 이쪽 편 야쿠자가 몰려오는 신호라는 걸 알 수 있었다.

"뭐야? 이제 나타나는 건가? 반응이 너무 느리잖아!"

가게를 쑥대밭으로 만들던 무리가 와, 하고 골목으로 뛰쳐나갔다. 동천은 벌벌 기어 나가 가게 문턱에 어깨를 걸쳤다. 가게 앞에는 두 편의 야쿠자 패거리가 서로 마주 보며 대치해 있었다. 피를 볼 게 뻔한 패싸움이 일촉즉발인 상황이었다.

동천은 입 안에 고인 피와 침을 뱉어 내며 밖을 살폈다. 골목을 지키러 온 패에서 한 사람이 앞으로 걸어 나왔다. 동천은 하마터면 사장님! 하고 소리칠 뻔했지만 쥐 죽은 듯 조용한 사위에 눌려 이를 악물었다.

"우두머리가 누구냐! 나와라!"

구마모토는 짧게 끊어지는 소리로 일갈했다. 그 소리에 반대편에서 다부지게 생긴 남자 한 명이 나왔다. 손에는 예리한 단도 하나가 들려 있었다. 칼을 확인한 구마모토 역시 옆구리에서 날이 새파란 단도를 꺼내 들었다. 두 남자는 정지 화면처럼 눈썹 하나 까딱하지 않고 서로를 노려봤다. 그대로 그림이 된 듯 숨조차 쉬는 것 같지 않았다. 그러다가 누가 먼저랄 것도 없이 양쪽에서 기합 소리가 터졌다.

"이얍!"

순식간이었다. 쿵 하고 사람이 땅바닥으로 떨어지는가 싶더니 무언가 둔탁하게 툭 하고 부러지는 소리가 났다. 뼈가 부러지고 힘줄이 끊어지는 기분 나쁜 소리였다.

"윽!"

단말마 비명이 남자의 목에서 흘러나왔다. 단 한 번의 일격으로 구마모토는 상대편 두목 어깨에 깊은 상처를 내 버린 것이다. 남자는 어깨 빠진 사람처럼 팔을 축 늘어트리고 앞으로 엎어졌다. 그러자 골목을 휘저으며 난동을 부렸던 패거리는 저들 두목을 둘러업고 썰물 빠지듯 꽁무니를 뺐다.

구마모토는 아무 일도 없었다는 듯 평온한 얼굴이었다. 다만 그의 손에 들린 단도에서 핏방울이 톡톡 흙바닥으로 떨어질 뿐이었다. 골목은 삽시간에 정리되었다. 구마모토 뒤로 늘어섰던 야쿠자들이 환호를 올리며 구마모토에게 깍듯이 인사를 했다.

"여긴 됐으니 방금 일, 사무실에 가서 보고해라."

구마모토 한마디에 무리는 일사불란하게 움직였다.

이쪽저쪽 가게에서는 머리가 쏙쏙 나오더니 다시 찾은 평화를 확인하느라 부산을 떨었다. 구마모토가 가게 안으로 들어왔다.

"괜찮나?"

동천이 고개를 끄덕였다.

"오늘 학교는 아무래도 어렵겠지? 미안하게 됐다."

구마모토는 엉망이 된 가게를 둘러보며 중얼거렸다. 동천이 억지로 몸을 일으켜 마루에 걸터앉았다. 구마모토가 방으로 들어가 구급약 상자를 꺼내 왔다. 동천은 구마모토에게 상처투성이 얼굴을 내맡긴 채 놀란 가슴을 진정했다. 구마모토는 한동안 동천의 상처를 치료하다 혼잣말처럼 물었다.

"강 군, 야쿠자랑 책 장사가 어울린다고 생각하나?"

동천은 대답을 못 찾고 눈만 두릿두릿했다. 구마모토도 굳이 대답을 기대하는 것 같지 않았다. 그 대신 짧게 말했다.

"너는 더 이상 여기 있을 필요 없으니 돌아가라, 조선으로."

동천은 깜짝 놀라 소독받던 얼굴을 뒤로 뺐다.

"갑자기 무슨 말씀입니까? 제가 놈들을 막지 못해서입니까? 오늘은 얼결에 당했지만 앞으로는 절대 당하지 않습니다. 두고 보십시오!"

동천이 싸움패 같은 말투로 외쳤다. 구마모토는 흥분에 달뜬 동천의 얼굴을 가만히 들여다보다 느닷없이 고함을 질렀다.

"건방진 조센진! 누가 너 따위에게 야쿠자 흉내 내라고 시키더냐?"

동천은 사장 입에서 처음으로 튀어나온 '조센진'이란 단어에 깜짝 놀라 온몸이 굳었다. 한자로 쓰면 같은 단어이건만 어떤 억양으로 내뱉느냐에 따라 욕이 되기도 하는 그 낱말이 동천의 가슴을 후벼 팠다. 구마모토 역시 자신이 내뱉은 말이 당황스러웠는지 눈길을 피했다. 그러다 힘겹게 입을 뗐다.

"오늘은 이 정도로 물러갔지만 언제 또 집적거릴지 모른다. 넌 공부하는 학생이고 조선인이다. 야쿠자 나와바리(영역) 다툼에 끼어들 자격도 이유도 없단 말이다."

동천은 이해할 수 없었다. 구마모토는 평소 같지 않게 흥분해 있었다. 방금 전 피를 보는 일전을 치렀다 해도 그는 관록 있는 야쿠자였다. 이런 일로 쉽게 감정을 드러낼 사람이 아니었다. 동천이 나지막이 깔리는 목소리로 말했다.

"말씀해 주시지요. 지금이야말로 그 길다는 이야기를 들을 때가 된 것 같습니다."

그 말에 구마모토는 멍하니 동천과 눈을 마주했다. 그러기를 몇 분, 의자로 옮겨 앉으며 긴 한숨을 뽑았다.

"결국 듣고 말겠다는 기세군."

동천은 대꾸하지 않고 돌처럼 버텼다. 구마모토는 손에 들려 있던 소독 솜을 쓰레기통에 던져 넣고 바로 앉았다.

"오래전인 것 같지만 겨우 재작년이다."

기억을 더듬는지 구마모토의 눈가가 가늘게 떨렸다.

"난 조직의 명령으로 댐 공사장에 파견 근무를 나갔다. 결사대 대원, 주된 임무는 조선인 노동자를 감시하는 일이었지."

니가타(新潟) 현은 사방이 산으로 막힌 도서 지역이었다. 여름엔 찌는 듯이 덥고 겨울에는 눈이 많이 왔다. 찾아 들어가기도 어렵지만 나오기도 만만치 않게 험난한 곳이었다. 그 고장을 가로지르는 강이 있었다. 시나노가와(信濃川)였다. 일본 정부는 신에쓰(信越) 전력 회사를 통해 강의 상류 지역에 전기 발전소를 세우는 공사를 벌였다. 그 현장에서 조선에서 건너온 품팔이들이 가혹한 노동에 시달리고 있었다.

"전체 노무자의 반 이상이 반도인이었다. 사실 그들은 내지인들이 하지 못할, 즉 마소나 감당할 일에 투입되었지. 중개인의 감언이설에 속아 온 반도인들은 가축보다 값이 싸고 부리기 편했거든. 솔직히 말하라면 공사장에서 반도 노동자란 소모품에 지나지 않았다. 쓸 때까지 쓰고 고장 나면 버리는 부품 말이야. 근무 조건, 위생과 안전 등의 규약은 아무런 해당 사항이 없었다."

당연히 도주자가 발생했다. 하루를 일하면 그 시간만큼 목숨이 줄어드는 노동이었다. 부려 먹을 대로 부려 먹고 죽을병에 걸리면 내다 버리거나 숙소인 한바(飯場)에 방치해 목숨이 끊어지길 기다렸다. 바보가 아닌 이상 그런 공사장에서 탈출을 꿈꾸지 않는 이는 없었다.

구마모토는 그런 도주자가 발생하지 못하도록 감시, 추적, 처벌하는 파수꾼 역할을 맡았다. 몸에는 항상 단도와 총을 지녔다. 구마모토는 임무에 충실했다. 몸담고 있던 야쿠자 조직이 발전소 사업에 밑도급 업체로 한몫 끼고 있었기 때문이다.

"공사장에 도착해 처음으로 반도, 아니 조선인이란 존재를 보게 되었다. 몸집과 골격은 우리 내지인들보다 훨씬 크고 굵은 이들이 가축처럼 고분고분 순종하며 일하는 모습이 신기했지. 뭐랄까, 미개한 오키나와 원주민 같다고나 할까, 순박한 홋카이도 아이누 비슷하다고나 할까. 어쨌든 덩치만 큰 아이들 같았지."

그러나 호기심 어린 관찰은 잠깐으로 끝났다. 조선인 노동자가 도주를 감행한 밤이면 결사대는 날이 새도록 주변 숲과 강을 뒤져서 찾아내야 했고 만약 놓치기라도 하면 그 책임이 막중했다. 결사대가 업무를 제대로 수행하지 못하면 조직에 불이익이 되는 사업 결정이 내려졌다. 구마모토는 모질게 감시하고 협박할 수밖에 없었다.

"상대가 나와 동등한 위치와 힘을 가지고 있어야 싸울 맛이 나는 법인데 거기선 그렇지 않았다. 일방적이었지. 특히 검거된 도주자에 대한 처벌은 정말 밥맛을 잃을 정도였어. 모두가 보는 앞에서 최대한 잔인하게 처벌해야 나머지도 도망칠 의지를 꺾을 테니까."

구마모토가 업무에 대한 회의에 빠질 무렵 박열이 나타났다. 일의 시작은 이랬다. 강 상류에서 정체불명의 조선인 시체가 자꾸 떠내려온다는 소문이 그 지역을 넘어 오사카, 동경 등지의 대도시까지 퍼져 나간 것이다. 유력 일간지에 기사화되면서 재일 조선 유학생들과 일본 사회주의자들이 주축이 된 조사단이 꾸려졌다. 분노에 찬 조사단은 급히 니가타 현으로 내려갔지만, 큰 성과를 보지 못했다. 예견된 일이었다. 조사단이 온다는 소식을 접한 신에쓰 전력 회사에서 당국에 손을 써 특별 고등경찰을 붙인 것이다.

조사단은 뭣 좀 하려면 발이 묶여 버리곤 했다. 경찰들은 공사장 주변을 탐색하는 조사단의 일거수일투족을 감시, 미행했다. 누가 누굴 조사하러 나온 건지 헷갈릴 정도였다. 조선인 노동자를 만나 인터뷰를 하거나 공사 현장을 살피는 일은커녕 부근에 접근하는 것조차 막혀 버렸다. 인근 마을 주민 역시 후환이 두려워 아무도 보고 들은 것을 증언하지 않았다.

"그렇게 조사단을 물 먹여 보낸 후 회사는 한시름 놓았지. 그때 박열이 오바야시 조합을 통해 막일꾼으로 들어왔다. 정탐을 위해 가명으로 위장 취업을 한 거지."

고학생 출신 박열은 자연스럽게 일꾼들 사이로 섞여 들었다. 하지만 구마모토의 예리한 눈은 박열이 뿜어내는 기운을 가려냈다.

"뭔가 살아 있다고 할까? 본래 공사장 인부들은 반송장이나 다름없어. 절망과 공포에 절어 생기라곤 찾아볼 수 없는 게 그들의 특징이었지. 하지만 그는 살아 있는 사람이었어. 내일을 계획하는 자. 그런 사람은 눈에 띄기 마련이지. 그리고 더 재밌는 건 그의 태도였어. 여기에 매인 사람이 아니기 때문에 오히려 더 여기에 속한 사람처럼 굴려고 하는 어색함이랄까? 그런 분위기를 풍겼지. 하지만 확실한 증거가 없었다. 염탐을 하러 잠입한 주의자라는 물증은 어디서고 발견할 수 없었지."

그러던 어느 날 박열은 쥐도 새도 모르게 사라졌다. 도주자 검색이라면 정평이 난 결사대도 그만은 끝내 찾아내지 못했다. 구마모토는 땅을 치며 아쉬워했지만 이미 놓친 사냥감이었다.

"그의 본명이 박열, 조선인 아나키스트라는 건 나중에 안 일이었다."

여기까지 이야기하던 구마모토가 휴, 하고 한숨을 내쉬었다. 계산대 위를 두리번거리는 품새가 물 주전자를 찾는 것 같았다. 엉망이 된 가게 안이라 항상 그 자리에 놓여 있던 주전자도 어디로 달아났는지 보이질 않았다. 구마모토는 하는 수 없이 담배 한 대를 붙이며 물었다.

"그런데 이상한 일이 일어났다. 그 이후 갑자기 도주에 성공하는 인부들이 나오기 시작한 거야. 박열 사건이 터지고 도주자에 대한 감시와 처벌은 더욱 혹독해졌는데도 말이지. 마치 박열이 전문적인 도주 기술을 전수해 놓고 간 것처럼 감쪽같이들 없어졌어. 결사대 안에선 도주로를 개발해 놓고 약도를 퍼뜨렸다는 소문이 날 정도였으니까."

구마모토는 내뿜는 담배 연기 사이로 맥없이 웃었다. 가만히 듣고 있던 동천이 입을 열었다.

"그건 기술도 약도도 아닐 겁니다."

"응?"

"박 선배가 퍼뜨린 것은 도주 기술이나 약도 따위가 아니라 용기일 겁니다. 살아서 나가야 한다는 의지, 도망칠 수 있다는 가능성을 증명한 것이죠."

구마모토가 천천히 고개를 주억거렸다.

"음, 그것까진 생각 못 했군."

동천이 말을 이었다.

"저에겐 사장님이 그런 용기와 힘을 주신 분입니다. 아무런 연고도 없는 저를 거두어 주시고 진재 때도 구해 주셨잖아요. 평생을 갚아도 다 갚지 못할 은혜입니다. 비록 니가타 현에서 몹쓸 일에 종사하셨다 해도 제게는 은인이실 뿐이죠. 다만 가끔 궁금합니다. 왜 사장님은 이렇게까지 날 돌봐 주실까 하고요."

낯간지러운 고백 같지만 동천은 그동안 가슴속에 담아 두었던 생각을 털어놓았다. 지금이 아니면 다시는 기회가 오지 않을 것 같았다. 구마모토는 조용히 일어서 가게 문으로 다가섰다. 한동안 아무 말 없이 밤하늘을 올려다보던 구마모토가 돌아섰다.

"자네가 이 가게를 떠날 때까지 말하지 않으려 했는데……."

구마모토는 묻어 둔 유리그릇을 파내듯 조심스럽게 이야기를 꺼냈다.

김은 동천보다 한 살 많은 열여덟이었다. 고향에서 누이 셋과 동생 둘이 돈을 벌어 오겠다며 일본으로 떠난 장남을 기다리고 있었다. 김의 아버지는 러일 전쟁 때 부역으로 만주로 끌려가 십오 년째 감감무소식이었다. 가난한 소작농의 아들이었던 김은 돈을 많이 벌 수 있다는 중개인의 말에 속아 현해탄을 건넜다. 똑같이 일하고도 나이가 어린 탓에 일본 노동자의 7할밖에 안 되는 임금을 받았지만 그것마저도 조합에 절반을 빼앗기는 착취를 당했다. 김은 돌아가고 싶었다. 하루를 더 있으면 그만큼 명줄이 줄어드는 이 지옥에서 벗어나고 싶었다. 고향에 있는 어머니와 동생들을 위해서라도 살아 돌아가야 했다.

"난 순박해 보이는 김에게 농담도 걸고 고향 얘기도 들었지. 김은 마음씨가 착했어. 나 같은 결사대 대원이라도 조금만 친절을 베풀면 금세 마음을 열고 진솔한 얼굴을 보여 주던 청년이었지."

그러던 어느 그믐날 밤, 김은 드디어 용기를 냈다. 달빛조차 없는 어둠을 틈타 미리 봐 둔 강 언덕으로 내달렸다. 하지만 몇 건의 도주 사건 이후 독이 오를 대로 올라 있던 결사대는 하역할 때 쓰는 쇠갈고리를 손에 감아쥔 채 조선 청년을 뒤쫓았다. 결국 이 잡듯 뒤진 강가 대나무 숲에서 김은 붙들리고 말았다. 김을 발견하자 포획의 희열에 가득 찬 결사대는 열여덟 청년의 맨살에 쇠갈고리를 내리찍었다.

김은 유혈이 낭자한 채 눈구덩이 속에 부려졌다. 잔인한 갈고리질을 열 번도 더 당한 후였다. 한나절 이상 알몸으로 얼음 구덩이 속에 방치되었던 김은 결국 숨이 끊어지고 말았다.

"살려 달라고 울부짖으며 벌벌 떠는 김을 제압하는 데엔 한 번의 갈고리질이면 충분했다. 하지만 결사대 네 명은 쓰러진 김을 가운데 놓고 몇 번씩이나 갈고리로 찍었어. 김은 도저히 사람 소리라고는 상상할 수 없는 괴성을 지르며 피를 뿌려 댔지. 우린 온몸이 너덜너덜해진 김을 공사판 한가운데 던져 놓고 조선인들에게 본때를 보였다."

박열과 그 이후 성공한 몇 건의 도주 사건으로 조선 노무자들은 술렁이고 있었다. 그 움직임에 불안을 느끼던 결사대는 김을 희생

양으로 삼아 기를 꺾어 놓으려 했던 것이다.

"죽일 것까지야…… 아니, 죽인대도 그렇게까지야……."

구마모토는 엎질러진 물을 내려다보는 사람처럼 중얼거렸다.

동천은 온몸을 부르르 떨었다. 한갓 조선인 종업원을 살리려고 죽창과 장검을 꼬나든 자경단 앞을 가로막아 서던 사장이었다. 꼬박 열흘이 넘게 밥과 물을 내려 주며 조금만 더 참으라며 독려하던 사람이었다. 조선인 학살의 충격에서 벗어나지 못해 시름시름 앓는 동천에게 어릴 적 보았던 술주정뱅이 아버지의 극악한 행위를 위로 삼아 들려주던 그였다. 그런 그가 겨우 이 년 전 동천과 비슷한 또래의 조선 청년을 잔혹하게 죽인 인간 사냥꾼이었다고 고백하고 있었다.

"보고 말았다. 생명의 빛이 꺼져 가는 눈동자로 나를 올려다보던 김의 그 얼굴. 그리고 붉은 머리카락. 죽어 가는 그의 얼굴 위로 고향에 두고 왔다는 가족의 모습이 둥둥 떠다녔다. 한 번도 본 적 없는 그의 어머니와 동생들이 내 머릿속을 가득 채웠어."

그 사건 후, 구마모토는 조직의 허락을 얻어 공사장을 나왔다. 그리고 바로 헌책방 골목으로 옮겨 왔다. 조직원들은 구마모토 조장이 약해졌다며 수군거렸다. 행동대장 구마모토가 헌책방 구석에 들어앉다니, 가오가 떨어지는 선택이었다. 조직 내에서 가오를 잃으면 야쿠자로선 살아도 죽은 목숨이었다. 그래도 어쩔 수 없었다. 구마모토는 야쿠자일망정 사람 잡는 백정 짓은 입맛에 맞지 않왔다.

"이전 점원은 내가 야쿠자란 소문에 그날로 꽁무니를 빼더군. 후임을 구해 놓지도 못한 상태에서 녀석이 내빼 버리자 막막하던 참이었지. 그런데 그때 자네가 찾아온 거야. 하라(배, 속마음)를 가르고 하는 얘기지만, 자네가 가게 안으로 걸어 들어오는 순간 김이 찾아온 걸로 착각했지 뭔가. 그 붉은빛 도는 머리카락 때문이었을까? 어쨌든 자네 얼굴 위로 김의 모습이 겹치는데 도저히 뿌리칠 수가 없었네."

하라를 가른다는 것은 사전대로 하면 배를 가른다는 뜻이지만, 야쿠자 세계에선 흉금을 털어놓고 이야기한다는 말이었다. 그래서인지 구마모토의 표정은 한결 가벼워져 있었다.

"물론 자네 하나 거두었다고 결사대 시절 지은 죄를 탕감받는다고 생각하진 않네. 다만 김의 죽음 이후 난 무기력한 인명을 위협하는 일에서 그만 손을 뗄 수 있었어. 가오가 떨어져 서열이 뒤로 밀리네, 어쩌네 한들 별 상관 없는 일이 되어 버린 거지."

구마모토는 밤하늘을 보며 가만히 인상을 지었다. 하늘을 향해 용서를 비는 사내의 표정이었다. 계산대로 돌아온 구마모토는 서랍을 열어 통장 하나를 꺼냈다.

"자, 받아라. 퇴직금이다."

동천이 퇴직금이란 생소한 단어에 어리벙벙해 통장을 들춰 보았다. 통장엔 매달 일정한 금액이 저축되어 목돈이 꽤 쌓여 있었다.

"그동안 월급을 올려 주지 않은 만큼 저축해 놓은 것이다. 이 돈을 가지고 조선으로 돌아가거라. 진재 이후 반도로 돌아가는 조선인이 많다고 들었다. 너도 네 고향에서 공부를 계속하든 취직을 하든 해라. 우리 인연은 이 정도면 충분한 것 같다."

동천은 통장을 가만히 들여다볼 뿐 가타부타 말이 없었다. 구마모토가 한숨을 내쉬었다.

"따지고 보면 네 은인은 내가 아니라 죽은 김이다. 김 때문에 내가 처음 보는 조선 아이를 아무런 조건 없이 받아들였으니까. 진재 때 역시 마찬가지다. 다시는 김과 같은 죽음이 내 눈앞에서 벌어지는 꼴은 볼 수 없었다. 그러니 고마워할 것도 없고, 은혜랄 것도 없다."

동천이 통장을 도로 내밀었다.

"죄송합니다만 지금은 받을 수가 없습니다."

동천의 굳은 목소리가 가게 안에 낮게 울렸다.

"이대로 중단할 수 없습니다. 할 일도 아직 남았고요. 사장님 말씀대로 그 김이라는 분 덕분에 제가 이 가게에 들었다 한들 여기에 머문 것은 순전히 제 의지였습니다. 점원으로서 결격 사유가 있어 해고하시겠다면 할 수 없지만 그게 아니라면 나가란 말씀은 거두어 주십시오."

동천의 말에 구마모토는 통장을 도로 받아 들었다.

긴 하루가 가고 밤이 깊었다. 동천은 방으로 들어와 누웠다. 쑤시는 몸 때문에 쉽게 잠이 오지 않았다. 끙끙거리며 뒤척이는데 문득 기억 하나가 떠올랐다.

"박 군은 널 보고 싹이라고 했어. 굳은 땅을 뚫고 스스로 고개를 내미는 새싹. 그런 대견한 생명을 곁에 두고 보고 싶다고 했지. 훌륭한 나무로 자라는 모습을 보고 싶다고."

지난가을, 예고 없이 찾아온 이화성. 그는 새벽빛이 번지는 창틀 아래에서 이 말을 마지막으로 동천에게 작별을 고했었다. 동천은 생각했다.

'싹이라? 그렇다면 난 피를 머금고 자라는 싹이다. 일본 땅에서 흘린 조선인의 피로 자라는 싹.'

풍비박산이 난 헌책방, 그 뒤편 작은 방에 또렷한 생명 하나가 움트고 있었다.

빌려 입은 옷

"점장님, 다녀오셨습니까?"

"별일 없었지?"

동천은 계산대 옆에 책가방을 놓고 장부를 들여다보았다. 일한 지 넉 달이 조금 넘은 점원이 얼른 손가락으로 새로 기입된 거래 기록을 짚었다.

"오전에 다섯 권, 오후에 스물두 권 매출이 있었고, 매입 요청은 오후에 두 건 있었는데 일단 물건만 받아 두었습니다."

동천은 장부를 꼼꼼히 살피며 익숙한 손놀림으로 주판을 놓았다. 딱 벌어진 어깨와 껑충 큰 키, 굵은 종아리가 검은 대학생복에 싸여 있었다. 열아홉 살 동천은 올해 게이오대 사회학부에 들어간 신입생이었다. 풋풋한 새내기의 싱그러움이 한창 빛을 발할 때지만 그보다도 삼평사 2호점 점장으로서의 관록이 배어 있었다.

때는 바야흐로 1926년. 관동 대지진 후 삼 년, 다른 야쿠자 조직의 침입 사건이 있은 지 두 해째였다. 헌책방 골목의 상권을 완전히 장악한 구마모토는 동천에게 가게 하나를 새로 내주었다. 가게는 삼평사에서 멀지 않은 대로변에 자리했다. 규모는 골목 본점보다 작지만 오가는 행인이 많은 대로에 위치해 매출은 비할 데가 아니었다. 구마모토는 그 가게에도 삼평사라는 간판을 내걸고 밑에 작은 글씨로 '第二店'(제2호점)이라고 써넣었다. 동천은 한 가게를 온전히 책임지는 위치에 어깨가 무거웠지만 그만큼 자부심도 컸다. 또 점원을 둔 덕분에 낮에도 학교에 가거나 공부할 수 있었다.

낮에 다니는 학교……. 반짝이는 아침 햇살 아래, 가뿐한 발걸음으로 대학 정문을 들어설 때 느끼는 설렘은 입학하고 몇 달이 지나도록 가실 줄 몰랐다.

입학식 날, 넓은 강의실에 모여 앉은 신입생들은 새 교복에 걸맞은 웃음을 지니고 있었다. 동천은 혹여 조선 출신 동기가 있나 살피느라 목을 늘였지만 보이진 않았다.

동천은 사회학과 신입생 환영회 자리에서 큰 소리로 자기소개를 했다.

"나는 조선 평안북도 구성 출신의 강동천이라 하오."

그 순간 식당 안을 맴돌던 화기애애한 기운이 멈칫하는가 싶더니 교수와 선배, 동기 들의 얼굴이 놀라움을 감추느라 머쓱해졌다. 그러나 그들은 곧 일본인 특유의 다테마에(겉치레) 미소로 얼굴을 바꾸며 박수를 쳤다.

술자리가 길어지자 거나해진 선배 하나가 구석에 앉은 동천에게 무릎걸음으로 다가왔다.

"반도인이라고 당당히 밝히는 녀석은 대학 삼 년 동안 네가 처음이다. 뭐, 굳이 밝혀서 좋을 건 없다고들 생각하니까. 하지만 가만히 생각해 보면 숨길 일도 아닌데, 그렇지?"

선배는 불콰해진 얼굴을 들이대며 동천 귀에다 입김을 푹푹 뿜어 댔다. 그 품새엔 '반도인 주제에 건방지잖아.' 하는 불만이 담겨 있었다. 그러나 산전수전 다 겪은 동천에게 부잣집 도련님의 설익은 협박이 통할 리 없었다.

"예, 제 생각도 그렇습니다."

흔들림 없는 동천의 눈과 마주친 선배는 술이 홀딱 깬 얼굴로 물러가 버렸다.

그날 이후 다가오는 친구는 한 명도 없었으나 그런 사소한 일에 신경 쓸 동천이 아니었다. 다만 홀로 밥을 먹고, 홀로 도서관에 가고, 홀로 강의를 듣는 내내 누구라도 좋으니 조선인임을 밝히며 말을 거는 학생이 나타나 주었으면 하는 바람이 쓸쓸한 마음을 헤집었다. 그리고 캠퍼스 벤치에 홀로 앉아 쉴 때면 어김없이 지바(千葉) 형무소로 옮겨져 독방에 갇혀 있는 박열이 떠올랐다.

지난봄 3월 25일, 동천은 이른 아침부터 재판소 문이 열리기만을 초조하게 기다리고 있었다. 이날은 박열과 가네코의 선고 공판이 열리는 날이었다. 경찰이 새벽 5시부터 출동하여 재판소 주위를 삼엄하게 경계했다. 동경 헌병대에서도 서른 명가량이 나와 법정 출입자를 하나하나 검문하여 통과시키고 있었다. 그리고 경찰과 헌병대 수만큼 기자들도 북적거렸다.

재판소 앞마당에는 동천 이외에도 조선인 유학생들과 주의자임에 분명한 일본인 대학생들이 뒤섞여 입장 차례를 기다리고 있었다. 신분 검사와 소지품 검사까지 마친 방청객들은 백 명 안팎을 수용할 수 있는 재판정으로 몰려 들어갔다. 안으로 들어오지 못한 몇몇 조선 학생들은 담 밖에서 '조선 문제 강연회'라고 적힌 선전물을 뿌리며 상기된 분위기를 연출했다.

오전 9시 30분, 박열과 가네코가 피고석에 자리를 잡았다. 곧이어 재판장과 배석 판사, 입회 검사가 재판장 안으로 들어섰다.

"전체 기립!"

형무관이 쇳소리를 지르는 바람에 방청객이 우르르 일어났다. 박과 가네코는 태연한 얼굴로 경찰을 한 번 힐끗 바라볼 뿐 미동도 하지 않았다. 가운데 앉은 마키노(牧野) 재판장은 근엄한 소리로 판결문을 읽었다.

"박열과 가네코 후미코에게 형법 제73조 및 폭발물단속벌칙 제3조 위반을 적용하여 사형을 선고한다."

동시에 방청석 여기저기서 술렁거리는 소리와 함께 플래시 터지는 빛이 요란했다. 한복을 입은 어떤 부인은 울음을 터트렸고 대학생복의 청년은 "재판관은 비열하다!"라고 소리치며 피고석으로 다가가려다 경찰에게 제지를 당했다. 기자들은 수첩에 열심히 기록을 하며 방청객들과 뒤엉켰다. 그런데 그 혼란을 한 번에 가라앉히는 굵은 목소리가 울렸다.

"재판장, 수고했네. 내 육체야 자네들 마음대로 죽이지만, 내 정신이야 어찌하겠나."

하얀 두루마기를 입은 박열이었다. 재판장 얼굴이 시멘트 덩어리처럼 굳어 버렸다. 그는 대거리를 하려는지 입술이 달싹거렸지만 곧 차갑게 외면하고 자리에서 일어섰다. 재판장이 일어서자 좌우에 있던 다른 재판관과 검사도 일어섰다.

그 모습을 가소롭게 쳐다보던 가네코 입에서 "만세!" 하는 고창이 터져 나왔다. 두 사람의 당당한 태도에 질린 재판관들은 황급히 퇴정해 버렸고, 대기하고 있던 간수들은 두 사람을 서둘러 끌고 나가 버렸다.

박열은 끌려 나가면서 방청석 쪽을 잠깐 쳐다보았지만 동천을 발견한 것 같지는 않았다. 동천은 사형을 선고한다, 라는 말이 던진 충격에서 헤어나지 못한 채 박열의 두루마기 자락을 바라보았다. 사람에 의해서 사람의 목숨이 공식적으로 결정된다는 사실은 모순 그 자체였다. 복잡다단한 절차와 법 조항을 앞세워 죽이고 싶은 사람을 떳떳하게 죽일 수 있는 권리가 어디에서 오는지 의아할 뿐이었다. 그러나 당당함을 잃지 않는 두 사람의 행동을 보며 동천은, 이미 죽음은 두 사람을 속박하지도 위협하지도 못하게 되어 버렸다는 걸 깨달았다.

"아나키스트는 오직 행동으로 선언한다."

언젠가 박열은 하숙집 2층 방에서 이렇게 말한 적이 있었다. 박열은 모임의 그 누구보다 일체의 가식과 일체의 억압을 거부하는 아나키스트의 강령을 몸소 실천하려 애썼다.

"죽음을 두려워하는 순간 죽음은 우리의 발목을 잡아챈다. 죽음에 지면 이미 죽은 것과 다름없다. 죽음을 초월하는 순간 죽음은 눈앞에서 사라진다. 자, 죽음에 옭매일 것인가, 죽음을 거느릴 것인가?"

동천은 박열의 선언을 품고 재판장을 나왔다.

열흘 뒤 천황의 '은사령'이 발표됐다. 사형 대신 무기징역으로 대역 죄인 둘의 목숨을 보전케 한다는 것이었다. 은사 감형은 각종 신문에 대대적으로 보도되어 일본 전체를 들끓게 했다. 기사에서는 '자비로운 성은', '황공한 은덕', '감읍', '조선 신민에 대한 무한한 은명' 등의 찬사가 춤을 추었다.

동천은 두 사람이 사형을 면한 것을 기뻐해야 할지, 내각의 정치 꼼수에 꼭두각시처럼 놀아난 아나키스트의 비애를 통감해야 할지 구분이 되질 않았다. 신문에는 하나같이 두 사람 모두 은사장을 경건하게 받아 들며 황실의 너그러움에 감사의 인사를 올렸다고 쓰여 있었다. 심지어 어느 신문엔 눈물을 흘리며 반성과 전향을 맹세했다고 나왔다. 그런 날조된 기사를 믿을 동천도 아니었지만 석 달 후 동경에서 멀리 떨어진 우쓰노미야(宇都宮) 형무소로 이감된 가네코가 목매달아 자살했다는 기사를 보고서는 눈물을 떨구지 않을 수 없었다. 그래도 일본 사람이니, 하며 티끌만큼이나마 의심을 품었던 자신에 대한 회한 때문이었다. 동천은 사망 소식을 듣자마자 지바 형무소를 찾아갔지만 역시 면회는 일절 금지였다.

가게 문에 번지는 노을을 바라보던 동천이 긴 한숨을 내쉬었다. 지난봄에 있었던 일을 떠올리는 사이 시각은 훌쩍 저녁으로 기울었다. 동천은 벽에 걸린 괘종시계를 보며 자리를 정리했다.

"연구 모임에 다녀올 테니까 문단속 잘하고 퇴근하도록."

점원이 책 꾸러미를 옆에 끼고 나가는 동천을 배웅했다.

어둠이 내린 학교는 서늘한 고요에 잠겨 있었다. 동천은 한낮의 시끌벅적함보다 저녁나절의 쓸쓸함을 좋아했다. 인파 속에 묻혀 보이지 않던 교정이 그 본모습을 온전히 드러내는 때가 바로 어스름한 저녁나절이었다. 동천은 잠시 후 벌어질 토론회를 상상하며 한산한 가로수 길을 지났다. 동천은 교문을 지나 인문학부 4층으로 올라갔다.

사회주의 연구 모임에 가입한 건 입학하고 두 달이 채 안 된 10월의 어느 날이었다. 인문관 현관 벽에 붙어 있던 회원 모집 전단은 작고 초라했지만 동천의 눈을 끌기엔 충분했다.

마르크스를 아십니까? 레닌과 붉은 혁명이 궁금하십니까?

사회주의 연구 모임으로 오십시오.

인문관 4층 9호실

구호처럼 또박또박 쓰인 글씨 밑에 서양인의 얼굴과 책 사진이 조악한 상태로 인쇄되어 있었다. 그 가운데 박열의 하숙방에서 보았던 크로폿킨의 사진이 동천의 눈길을 잡았다.

며칠 후, 인문관 4층 복도 끝 9호실 앞에 선 동천은 크게 심호흡을 하고 노크를 했다. 각종 포스터와 전단, 안내문이 덕지덕지 붙은 문이 벌컥 열리며 웬 남학생이 고개를 내밀었다. 남학생은 동천이 입을 떼기도 전에 한 번 쓰윽 훑어 내리더니 음식점 종업원처럼 외쳤다.

"여기 신입 하나 추가!"

남학생은 이를 드러내며 씩 웃더니 동천의 어깨를 잡아끌었다. 방 안엔 커다란 탁자를 중심으로 세 명의 회원과 지금 막 도착한 티가 줄줄 흐르는 신입생들이 마주 앉아 있었다. 동천은 우물쭈물하며 끝에 놓인 의자에 엉덩이를 걸쳤다. 동천처럼 얼빠진 새내기가 네 명, 그중에 하나는 놀랍게도 여학생이었다.

탁자 맨 안쪽에 앉아 있던 늙다리 학생이 손가락으로 학생모를 치켜들며 입맛을 다셨다.

"올해는 출발이 좋은데. 하긴 요즘 시국이 시국이니까. 그렇다고 어중이떠중이 아무나 받아 주진 않는다."

삐딱한 학생모가 아마 회장쯤 되는 모양이었다. 여유롭게 능글거리는 표정이 이 좁은 방에서 좋이 몇 년은 썩은 티가 역력했다.

"하던 얘기 계속하지. 이번 주말에 입회 시험이 있다. 구두 삼십분, 필기 오십 분. 뭐, 너무 부담 가질 필요는 없고. 사회주의에 대한 기본 상식이 어느 정도 되는지 가늠해 보려는 것뿐이니까."

그 말에 동천 옆에 앉았던 남학생이 어휴, 하며 어깨를 늘어뜨렸다.

"뭐야? 벌써 기권인가? 내 참고삼아 말해 두겠는데 사회주의 연구 모임은 웬만한 각오로는 안 된다. 대학생으로서 순수 학문을 목적으로 한다고 하지만, 분명 사회주의 이념은 현시대에 반하는 저항 의식이다. 천황제가 전횡을 휘두르는 세상에서 새로운 이상 세계를 꿈꾸는 주의자가 되겠다는 건 식후 산책 같은 게 아니란 말씀이지. 온몸으로 이 사회와 부딪치겠다는 각오가 서지 않는 한 그 사람은 이 모임에 폐만 끼칠 게 분명하다. 입회 시험이란 결국 그런 각오를 보겠다는 것이니까 지금이라도 생각이 다른 사람은 이 방에서 나가도 좋다."

학생모는 칼로 무 베듯 딱 잘라 말했다. 내내 안절부절못하던 동천 옆 학생이 슬그머니 일어섰다.

"죄송합니다. 잘못 찾아온 것 같습니다."

그가 나가자 방 안에 신입생은 동천과 남학생, 그리고 잿빛 원피스의 여학생, 이렇게 셋만 남았다.

"좋다. 그럼 여러분은 토요일에 다시 만나기로 약속된 거다."

학생모는 손님 배웅하듯 일어서다 멈추어 섰다.

"아 참, 내 이름은 우에다 요시오. 이 모임을 이끌고 있는 회장이다. 서로 통성명이나 하고 헤어지지."

우에다는 졸업을 일 년 앞둔 2학년 선배였다. 정치학을 전공하는 학도답게 웅변과 설득에 강한 달변가였다. 몇 번이나 휴학계를 내고 학비를 벌어 가며 공부한 덕에 나이는 스물다섯을 훌쩍 넘긴 만학도로서 휴학 중에도 연구실에서 숙식을 해결하며 모임을 이끄는 골수 주의자이기도 했다.

동천의 어깨를 잡아끈 이는 혼다 규스케, 동천보다 겨우 두 살 많은 선배였다. 우에다와는 여러모로 대조적인 인물이었는데, 우선 생김새부터가 산적 우두머리처럼 우락부락한 우에다와는 정반대였다. 자칫 유약해 보이기도 했지만 날카로운 눈매와 거침없는 언변으로 우에다와는 또 다른 힘을 풍기고 있었다. 다만 회장인 우에다의 눈치를 지나치게 보는 형편이라는 게 좀 아쉬운 점이었다.

나머지 한 명은 마쓰오 시로라고 자기소개를 했다. 우에다나 혼다처럼 개성이 뚜렷한 인물은 아니었다. 신입생들을 보는 눈에도 특별한 관심은 비치지 않았다.

이제 신입생 차례였다. 동천과 한 줄로 나란히 앉은 신입생은 자신의 이름을 말하기 전 잠깐 주저하는 듯하다 오자키 신지라고 말했다. 오자키는 작은 몸집에 웅크린 어깨가 두드러졌다. 눈매가 날카롭고 얼굴이 백지장처럼 창백해 연약하면서도 이지적으로 보였다. 눈 밑에 걸린 푸르스름한 그림자가 우울한 인상을 만들기도 했다. 오자키는 동천과 같은 1학년, 독문학 전공이라고 했다.

"오! 독일어를 할 줄 안다면 『자본론』을 원서로 읽을 수 있겠구먼."

우에다가 반색하며 손뼉을 쳤다. 마치 오자키는 입회 시험을 칠 필요도 없이 벌써 모임의 중요한 재목으로 대접받기 시작한 것 같았다.

"아직 원서를 소화하기엔 많이 부족합니다. 하물며 『자본론』임에랴……."

오자키는 차분한 목소리로 겸양을 표시했다. 자신에 대해 꽤나 객관적인 시각을 유지하는 지성인의 태도였다. 하지만 이 대꾸는 오히려 우에다의 환심을 사는 말이 되었다.

"겸손해할 줄도 아는군. 하긴 학문하는 자가 첫 번째로 갖출 덕목이 겸손 아니겠나."

허허거리며 웃는 우에다는 누가 보더라도 겸손하고는 거리가 먼 치였다.

방 안의 남학생들이 모두 궁금해하며 기다리는 신입은 바로 맨 안쪽에 앉아 있는 여학생이었다. 여학생으로는 극히 드물게 동그란 안경을 쓰고 수수한 원피스를 깔끔하게 차려입은 그녀는 자신을 모리타 요시코라고 소개했다. 나이는 18세, 동천보다 한 살 어렸다.

"의학을 전공하고 있습니다. 이과 쪽이라 여러 이론과 사상에 문외한입니다. 아무쪼록 잘 부탁드리겠습니다."

모리타는 자분자분한 말투로 말했다. 의학도라는 소개에 남학생들이 의외라는 듯 입을 벌렸다. 여학생이면 으레 가정과나 미술과가 대부분이던 시절이었다. 동천은 모리타의 목소리를 듣자마자 몸에 전기가 흐르는 것처럼 찌릿했다.

'어디서 들어 본 목소리다. 한 번은 만난 여자다. 누구지?'

가게로 책을 사러 온 손님이었던가? 아니면 야간 중학교에 다닐 때 스쳐 지나갔던 학생이었나? 동천은 고개를 가로저었다. 손님이었으면 연구실 안으로 첫발을 디딜 때 이미 알아봤을 테다. 장사하며 무수한 손님을 맞아 봤지만 한 번 본 손님은 어떻게든 이미지가 남는다. 하물며 드물게 오는 여자 손님에 안경을 썼다면 더 말할 것도 없다. 중학교도 마찬가지다. 야간반엔 겨우 서너 명의 여학생만 있었다. 그들과 대부분 일 년 넘게 같은 교실에서 공부했기 때문에 못 알아볼 리가 없다. 그러나 도통 누군지 떠오르지 않았다.

'아무래도 헌책방 골목에서 스친 사람인가 보다.'

동천은 애써 대수롭지 않게 넘기며 자기소개에 나섰다. 동천이 조선인이라고 하자 우에다와 혼다가 동시에 놀랍다는 표정으로 악수를 청했다.

"드디어 우리 모임에도 반도인 학생이 참여하게 되는군. 정말 반갑네. 잘 와 주었어."

동천은 기대 이상의 환대에 어리둥절했다. 조선인이라고 해서 특별히 반가워할 이유가 뭔가 싶었다.

"우리 사회주의자들은 누구보다도 조선의 독립을 지지하고 응원하고 있다네."

동천은 제 귀를 의심했다. 박열의 일요 모임에서도 조선의 독립을 주창하는 일본인 동지들을 익히 봐 왔었다. 가네코가 그 대표적인 예였다. 그들을 보며 동천은 이념과 사상의 위대함을 뼈저리게 느끼곤 했다. 그래서 입학하자마자 이렇게 사회주의 연구 모임의 문을 두드리게 된 건지도 몰랐다. 동천은 기쁜 마음에 입가가 절로 벌어졌다.

"저는 사회주의에도 관심이 있지만 아나키스트 운동에 대해서도 공부를 하고 싶어 이렇게 찾아오게 되었습니다."

"음, 사회주의와 아나키즘은 형제나 마찬가지지. 같은 어머니를 둔 형제라도 장성해서는 각자 갈 길을 따로 걷게 되는 법이지만, 그렇다고 형제라는 사실까지 변하는 건 아니니까. 아무튼 반갑네."

토요일 오후에 다시 모인 세 명은 시험이라기보다는 자유 토론

형식으로 밤늦도록 열띤 사상 논쟁을 벌였다. 선배들은 팔짱을 끼고 뒤에 앉아 세 명이 벌이는 토론을 열심히 경청했다. 혼다는 대대로 내려오는 모임의 족보라며 필독 도서 목록을 건네주기도 했다.

홍일점인 모리타 요시코는 차분한 말씨였지만 누구에게도 지지 않는 주의 주장을 가지고 있었다. 의학을 전공한다며 겸손을 떨던 첫날과는 사뭇 다른 모습이었다. 특히나 사회주의 운동과 여성 운동 사이의 간극에 대해서 공부하고 싶다는 포부를 당차게 펼쳐 놓을 땐 그 기세가 천장을 뚫을 듯 당당했다. 동그란 안경 너머로 반짝이는 눈빛은 산적 같은 우에다조차 말을 더듬게 할 정도로 힘이 있었다.

오자키는 말이 많은 편은 아니었다. 주로 남들이 하는 말을 조용히 듣는 쪽이었다. 그러다 누군가 정보의 오류를 범하거나 이론 해석의 잘못을 저지르면 어김없이 튀어나와 바로잡곤 했다. 연구실에 모인 회원들은 선후배 할 것 없이 오자키의 독서 이력에 입을 다물 줄 몰랐다. 사실 사회주의 사상과 이론, 학설 등에 가장 얕은 지식을 드러낸 건 동천이었다. 동천은 자신의 무식함과 다른 두 동기의 유식함에 난타를 당하는 기분이었다.

모임이 끝난 후, 간단히 저녁과 술을 곁들인 환영회가 벌어졌다. 사회주의 연구 모임은 이론만큼이나 술에도 강한 사람들만 뭉친 모양인지 술 실력도 모두 장사급이었다. 동천은 내내 열등감과 자괴감에 사로잡혀 거기서 벗어날 방법을 궁리하느라 여념이 없었다. 하도 혼자 생각에 골몰해 모리타 요시코가 자신을 계속 주시하고 있는 것도 눈치채지 못했다.

"자, 그럼 밤이 늦었으니 다음 모임을 기약하고 오늘은 여기서 헤어지자."

우에다 회장 말에 다들 손을 흔들며 제 갈 길로 흩어졌다. 동천은 앞장서 걷는 모리타를 불렀다.

"많이 늦었는데 댁까지 바래다 드릴까요?"

모리타는 걸음을 멈추고 동천을 가만히 바라보았다. 마치 할 말이 있는데 억지로 참고 있는 것 같은 얼굴이었다. 여자 앞에서 집까지 바래다주겠다고 나서 본 적이 없었던 동천은 모리타의 무응답에 적잖이 당황했다. 게다가 그녀는 일본인 아닌가? 일본 남자도 상관하지 않는 일에 조선 남자가 나선다면 어떻게 보일지 뻔한 일이었다. 적어도 일본 생활 오 년째인 동천은 그렇게 생각했다.

"죄송합니다. 제가 괜한 말을 했나 봅니다."

"아니요, 제가 오히려 폐를 끼치는 것 같아 죄송한데요."

모리타는 동천이 쩔쩔매자 얼른 대답했다. 두 사람은 다시금 걷기 시작했다. 한참 말없이 갈 길만 줄이던 모리타가 입을 열었다.

"저, 혹시 기억나지 않으세요?"

"예?"

"삼 년 전 오사카 역에서……. 저는 분명 그때 만난 그분인 것 같은데."

모리타 말에 동천이 멈추어 섰다. 망치로 정수리를 맞은 사람처럼 멍한 표정으로 모리타를 쳐다봤다.

"아? 아! 맞다! 그때 그……."

동천이 손가락으로 가리키며 말을 더듬자 모리타가 풋, 하고 웃음을 터트렸다. 삼 년 전 요시코는 통통한 뺨에 분홍빛 머리끈을 묶은 앳된 여자아이였다. 화려한 꽃무늬가 수놓인 기모노에 비단 하카마를 입은 부잣집 아가씨였다. 인력거꾼 동천을 시험해 보았다가 들키자 죄송하다며 연신 굽실거리던 철부지였다. 지금의 요시코는 젖살이 빠졌다고나 할까, 전에 비해 좀 여위고 날씬한 체형으로 변해 있었다. 더군다나 동그란 안경은 모리타의 인상을 발랄한 계집아이에서 이지적인 의대생으로 탈바꿈시키는 역할을 톡톡히 했다.

"저는 첫날 바로 알아봤는데 진짜 모르셨나 봐요. 혹시 모른 척하시는 건 아닌가 하고 마음을 졸이기도 했는데……."

말끝을 흐리는 버릇은 여전한 것 같았다. 토론할 때는 볼 수 없는 어투였다. 동천은 못 알아봐 미안하다며 싱겁게 웃었다.

"대학 공부를 위해 일본에 오셨다고 하더니 정말 대학생이 되셨네요. 축하드려요."

요시코의 말에 동천은 발밑이 둥 뜨는 것 같았다. 대학생이 된 게 오늘처럼 달콤한 느낌일 수도 있다는 게 즐거웠다. 요시코는 잠시 쉬더니 말을 이었다.

"그동안 어떻게 지내셨는지 모르지만 연구 모임에 들어오신 걸 보니 여러모로 조선 현실에 대해서 고민이 많으신가 봐요. 우리, 같은 운동을 하는 주의자로서 서로 도움이 되는 동지가 되어요."

요시코의 말에 동천은 그저 고개만 끄덕였다.

"저 골목 안으로 쭉 들어가면 저희 집이에요. 여기서 그만 돌아 가셔도 되겠습니다."

요시코는 새로 조성된 주택가 쪽을 가리키며 인사를 건넸다.

동천은 가게로 돌아오는 내내 요시코의 그늘 없는 얼굴을 생각 했다. 그리고 삼 년이라는 시간을 훌쩍 뛰어넘어 성숙한 여성으로 탈바꿈한 그녀의 미소에 가슴이 설레었다. 그러나 애써 머리를 흔들며 마음을 다잡았다. 이제 겨우 신입생이다. 연애 감정에 빠져 허우적대기엔 동천의 일상이 팍팍했다.

'요시코, 아니 모리타는 그저 연구 모임의 동기일 뿐이다. 그뿐 이다.'

동천은 낡은 시구절처럼 읊조리고 또 읊조렸다.

그렇게 연구 모임에 다닌 지 석 달째였다. 겨울 방학을 코앞에 둔 모임은 한창 방학 특강을 준비하느라 바빴다.

"연구 모임의 진정한 성취는 방학 때 이루어진다네."

우에다는 연구실에 난로를 놓으며 히죽거렸다. 한겨울 찬 바람을 막아 줄 난로가 마르크스 이론만큼이나 사랑스럽다는 표정이었다.

동천은 오늘 토론의 주제인 '동북아 진출과 반도의 제(諸) 문제'가 목구멍의 가시처럼 불편했다. 겉으로는 차이도 차별도 없는 듯구는 회원들이었다. 그러나 그들은 분명 식민 지배국의 본토인들이고 동천은 식민지 피지배인이다. 두 부류 사이의 간극은 겉에 쓴 가면으로 메워질 것이 아니었다. 서로 내색하지 않고 어울린다고해서 마음속 깊이 자리 잡은 이질감까지 제거되는 건 아니었다.

정해진 주제를 놓고 보름 가까이 고민하던 동천은 가게 일을 핑계로 빠질까 궁리도 하다가 아니, 이런 주제일수록 내가 나서서 조선 독립에 관한 주의 주장을 세워야지 하는 결심이 서기도 했다. 오락가락하던 동천의 마음을 정리해 준 것은 요시코였다.

"강 상은 토론회에 반도인 대표 자격으로 참석하실 건가요, 아니면 모임 일원으로 참여하실 건가요?"

동천이 생각 끝에 대답했다.

"물론 모임의 일원으로 참여할 겁니다."

"그렇다면 더 고민하실 것도 없네요. 토론회에 참석하는 회원들역시 강 상을 조선인 대표로 바라보진 않을 겁니다. 오히려 조선과일본의 가운데 서 있는 객관적이고 중립적인 위치를 부러워할지도 모르죠."

요시코는 토론에서 잊지 말아야 할 자세에 대해 덧붙였다.

"토론의 가치는 정반합(正反合)의 결과를 도출해 내는 힘에 있습니다. 서로 대립하는 주장을 통해 옳고 나은 점을 받아들여 더욱 단단한 이론으로 발전시키는 것이 토론의 목적 아닐까요? 그렇다면 이번 주제 역시 한쪽으로 치우치지 않는 누군가 한 명은 꼭 필요하다고 봅니다."

요시코는 동천이 조선인이라고 해서 무조건 조선 편에서만 논리를 펼쳐 나가지 않을 거라는 기대를 표시했다. 동천은 며칠 밤 요시코의 말을 곱씹으며 자신의 헝클어진 생각을 정리했다. 그리고 오늘, 아무렇지 않은 얼굴로 토론회에 참석했다.

"일본과 조선이 병합한 지 이십 년이 다 되어 가지만 조선을 일본화했다고 보기는 어렵지. 어쩌면 그건 아예 불가능한 일일지도 몰라. 작은 시골 마을도 그곳만의 풍습과 예의를 대대로 이어 가면서 하나의 문화를 형성하잖아. 강제한다고 해서 하루아침에 그런 문화가 뿌리 뽑히는 걸 본 적 있나? 하물며 한 나라라고. 몇천 년 역사와 문화가 몸에 밴 조선 인민들에게 단번에 일본인이 되라고 가르치니 뭘 몰라도 한참 모르는 처사지."

마쓰오가 발제자답게 주장을 펼쳤다.

"일본 정부가 조선 민족을 몽땅 일본화하겠다며 억지를 쓰느라 쏟아부은 비용이 얼마나 되는지 알고 있나? 작년 경제학지에 보고된 통계 자료에 의하면 반도에서 거두어들인 수입보다 반도를 통치하느라 지출한 비용이 거의 세 배에 가깝다는군. 그 비용이 모두 어디서 나오나? 바로 우리 노동자 계급의 주머니에서 세금이라는 명목으로 뒤져 간 돈 아닌가. 대륙의 시작인 조선과 만주를 얻었다고 잘난 척하는 정부가 속으로는 식민지 유지 비용 때문에 허덕이는 실상을 국민 중 몇이나 알고 있을까? 반도인의 저항은 시간이 지나면 지날수록 더 거세질 테고 그것을 막아 내려는 정부는 점점 더 많은 비용과 인력을 투입하겠지. 소모전이야, 아무것도 얻을 것 없는 소모전. 이런 바보짓이 얼마나 더 계속될 수 있겠나."

곁에서 연신 고개를 끄덕이던 혼다가 말을 받았다.

"그간 조선 총독부가 지독히 해 왔기 때문에 반도인들이 독립에 대한 절망감에 사로잡혀 있는 건 사실일 걸세. 그렇다고 천칠백만 반도인 중에 참다운 친일파가 몇 명이나 되겠나? 내가 보기엔 단 한 명도 진정한 친일파는 없어. 다만 친일도 배일도 아닌 평범한 온건파들이 침묵의 순종으로 식민 통치를 받아들이고 있을 뿐이지."

혼다의 주장에 마쓰오가 고개를 갸웃거렸다.

"온건파가 친일도 배일도 아닌 중도파라고? 난 그렇게 보지 않아. 만약 반도인의 대부분을 차지하는 온건파들이 진정한 중도파라면 1919년 만세 소요 같은 사건이 어떻게 일어났겠나. 삽시간에 반도 전체로 번져 나간 소요는 단순히 불령선인의 선동과 폭거에 의한 것으로 평가할 수 없다고 보는데. 통신이 발달하지 못한 반도임에도 만세 소요가 경성에서 부산까지 번지는 데 겨우 사흘이 걸

렸네. 그리고 한 달 사이 전국 단위로 퍼졌지. 내가 생각하기엔 온 건파란 결국 잠재적 배일파가 아닐까 하네."

마쓰오의 말에 혼다와 몇몇 학생들이 고개를 끄덕였다. 마쓰오의 조리 있는 말솜씨와 해박한 지식이 좌우를 설득하기 충분했다. 마쓰오는 자신의 주장이 통하는 분위기를 감지하고는 더욱 기가 살아 떠들었다.

"어쩌면 조선을 순 일본화하려는 정부의 야망은 공염불에 지나지 않을지 모르지. 도대체 타고난 기질부터 다른 이민족을 같은 문화 안으로 흡수하려 들다니, 시도 자체가 무모한 거 아니겠나? 그런 의미에서 내 결론은 이걸세. 일본 정부는 괜한 수고를 그만두고 조선의 독립을 수용해야 한단 말이지. 반도인들 역시 독립만이 진정한 인민 국가를 이룩하는 데 초석이 되는 일이라는 걸 깨달았으면 하는 바람일세."

나머지들도 마쓰오가 내린 결론에 십분 동감을 표하며 고개를 끄덕였다. 동천은 가만히 생각을 정리한 뒤 조심스럽게 입을 열었다.

"방금 일본이 조선을 병합하는 일이 괜한 수고라고 말씀하셨지만 제 생각은 다릅니다. 실제 일본이 조선을 식민화해서 얻은 이득이 어디 한두 가지입니까? 금, 목재, 석탄 등의 천연자원은 물론이고 미곡과 목화 등의 농산품에 각종 산업 현장에 투입되는 인력까지, 그야말로 조선은 일본의 곳간과도 같은 곳이 아니겠습니까. 그런 곳을 통치 비용 때문에 포기한다고요? 글쎄요. 더욱 중요한 사실은 일본이 조선을 대륙 진출의 교두보 내지는 전진 기지로 여기고 있다는 점입니다. 일본 정부가 제국주의적 대륙 침략의 의지를 가지고 있는 한 조선은 절대 포기할 수 없는 땅입니다. 그러니 조선의 독립은 일본에 의해서가 아니라 조선 사람 스스로에 의해서 이뤄져야 합니다. 누구의 아량도 양보도 기대해서는 안 되는 일이지요."

동천은 자주독립에 대한 조선민의 각성이 먼저라고 주장했다. 우에다가 고개를 끄덕이며 말을 받았다.

"그렇지만 아직 조선 스스로 국가 경영을 할 능력이 부족한 건 사실이지 않나. 근대화의 과정을 밟다가 우리 일본에 병탄이 된 거라면 또 모르지만 을사조약이 이루어진 1905년까지만 해도 조선은 봉건 왕조의 부패한 정치 아래에 신음하는 중세국이었네. 그런 상황에서 병합이 되어 버렸으니 자력 독립의 바탕은 아직 요원하지 않나 하는 지적을 하지 않을 수 없구먼. 그래서 우리는 조선의 독립을 조선 인민이 아닌 일본 제국주의 정부를 향해 외치고 투쟁하는 것이야. 그만 조선을 독립시켜 주라고 말이야."

동천이 맞바로 대꾸했다.

"예, 선배님 말씀도 틀리지 않은 분석입니다만, 전 꼭 그렇게 보지만은 않습니다. 말씀하신 대로 을사조약 때의 조선은 속이 곯을 대로 곯은 중세 국가였을지 모르지요. 손가락으로 툭 건드리면 썩은 둥치가 저절로 넘어가 버리는 고목 같았을 수도 있습니다. 하지만 이십 년이 지난 지금도 그럴까요? 조선은 비록 식민지로 전락해 일본의 지방 정부처럼 다스려지고 있지만 그 안에서 새롭게 움트는 싹도 있을 겁니다. 그 보이지 않는 싹이 조선을 다시금 일으킬 힘을 기르고 있진 않을까요?"

"강 군 자네 같은 사람을 일컫는 건가?"

마쓰오가 야릇한 미소와 함께 동천을 쳐다봤다.

"자네 말대로 싹이야 움트고 있겠지. 일본이 주도하는 근대화 사업의 혜택을 받아 신식 문물을 익히고 새로운 사상을 수혜받는 신세대는 분명히 늘어 갈 걸세. 하지만 아직은 시기상조 아닐까? 강 군은 이십 년이란 시간을 꽤나 긴 기간처럼 상정했는데 국가 단위로 보면 아주 짧은 시간이지. 거기다 조선 스스로 쟁취한 근대가 아닌 일본이 떠먹여 준 근대이니 얼마나 강단 있는 정신을 갖출 수 있겠나? 나도 안타깝네만 우에다 선배의 주장에 찬성하지 않을 수 없어. 조선민에 의한 독립은 아직은 시기상조네. 지금으로서는 조선의 독립이 일본의 결정에 달려 있지 않을까 하는 생각일세. 물론 자네처럼 깨인 사회주의자 반도인이 조선 독립에 앞장서 주면 더할 나위 없이 좋은 일이 될 테고."

우에다가 맞장구를 쳤다.

"그래, 강 군과 같은 투철한 사상주의자가 앞장서 주어야지. 그래야 조선이 독립을 한대도 다시 봉건 왕조로 돌아가는 우를 범하지 않을 테니까."

동천은 할 말을 잃었다. 조선의 독립조차 일본인들 손에 맡겨야 한다, 사회주의자 반도인이 그 맨 앞에서 선동을 해 주면 좋겠다는 그들의 주장에 기가 막힐 따름이었다.

마쓰오와 우에다가 여유로운 웃음을 흘리는 순간, 저쪽 구석에서 풋, 하는 코웃음 소리가 흘러나왔다. 모두의 시선이 그쪽으로 쏠렸다. 작은 의자에 비스듬히 걸터앉아 팔짱을 낀 오자키 신지가 가소롭다는 표정으로 좌우를 둘러보았다. 마쓰오와 눈이 마주친 오자키는 한 번 더 콧방귀를 뀌더니 입을 뗐다.

"도대체 헷갈려서 못 들어 주겠군요. 여기 모인 사람들, 주의자가 맞긴 맞습니까?"

우에다를 비롯한 몇몇이 눈을 껌벅거리며 서로를 쳐다봤다.

"소위 사회주의를 연구한다는 학생들이 조선 문제에 대해서 그렇게밖에 얘기하지 못합니까? 근대화의 혜택? 조선의 독립은 일본의 책임? 말 한번 거창하네요. 그런데 말이죠, 여기 모여 있는 여러분들 중의 한 명이라도 실제로 반도인에게 일한 합병에 대해서 의견을 물은 적 있습니까? 식민화에 대해 양해 구한 적 있느냐고요."

오자키의 물음에 여태껏 신 나게 떠들던 학생들은 꿀 먹은 벙어리처럼 뚱할 뿐이었다.

"의견을 묻기는커녕 조선인의 생각 따위는 처음부터 안중에도 없었던 것 아닙니까?"

오자키의 말투가 점점 더 거세졌다. 얼굴이 벌겋게 달아오른 혼다가 나섰다.

"그러니까 우리 사회주의자들은 조선 민족의 해방을 지지한다는 거 아니야. 조선이 독립하는 것에 찬성하고 협력한다고 선언하는 거 아니냐고. 아무리 해도 조선은 일본이 되지 못할 테니까."

오자키의 얼굴이 한층 차가워졌다.

"그럼 혼다 선배, 하나만 묻죠. 조선을 순 일본화할 수 있다면? 그때는 조선 독립에 반대할 겁니까? 일한 합병을 지지할 테고?"

오자키가 따지고 들자 혼다는 말문이 막히는지 입술만 쫑긋거렸다. 그러자 우에다가 대신 나섰다.

"그런 게 아니야. 우리 사회주의자들의 최종 목적이 뭔가? 바로 천황제의 붕괴 아니야? 사회주의 국가 건설 아니냐고. 계급 사회의 정점에 있는 천황제를 붕괴시켜야만 일본에 진정한 자유가 도래한다는 것쯤은 신입 회원인 자네들도 헤아릴 수 있는 이치지. 그 천황제의 근간을 흔들 수 있을 만큼 파괴력을 가진 뇌관이 바로 조선이야. 아까 강 군도 언급했지만 현 제국주의 체제는 반도를 기반으로 삼아 대륙으로 진출할 계획이라고. 반도는 일본에겐 아주 중요한 병참 기지야. 그러니까 조선을 독립시켜야만 현 집권층의 야욕에 제동을 걸 수 있다는 뜻일세. 이런 상황에서 우리 주의자들이 반도 독립을 통해 천황제 괴멸을 앞당기길 바라는 마음이 뭐가 잘못되었나? 조선 독립은 반도인에게도 좋은 일이잖아. 그렇다면 누이 좋고 매부 좋은 일 아니겠나."

우에다의 일장 연설이 끝났다. 혼다는 제 할 말을 대신 해 준 친구에게 속 시원하다는 눈빛을 보냈다. 일언반구 없이 듣기만 하던 오자키가 고개를 쳐들었다.

"그럼 하나만 더 묻도록 하죠. 만약 우리 사회주의자들이 일본을 천황제 제국에서 만민 평등의 사회주의 국가로 변혁시켰다고 칩시다. 그때가 되면 새로운 공화국 지도부는 조선을 내지의 곡물 창고 역할에서 해방시켜 줄까요? 우리 일본인들은 조선을 포기할 수 있을까요?"

우에다와 혼다가 허둥거리는 목소리로 대답했다.

"그거야 당연하지. 사회주의 강령 어디에도 다른 나라를 식민지로 삼아 자국의 이익을 도모해도 좋다는 말은 쓰여 있지 않으니까."

오자키는 머리를 끄덕이더니 말을 이었다.

"반도에서 쌀을 반입하기 전까지 우리 일반인들은 쌀밥을 무시로 먹을 수 없었습니다. 물론 지금도 반도미의 대부분이 군량 비축미로 압수되기는 하지만 그래도 일한 병합 이후 쌀밥 구경하기가 훨씬 수월해진 것이 사실이에요. 그런데 만약 조선이 독립해서 반도미 반입이 중단된다면 어떻게 되겠습니까? 아니면 지금과는 비교할 수 없을 만큼 비싼 값을 주고 수입해야 한다면요? 당연히 쌀값은 폭등하고 예전처럼 일부 특권 계층 이외에는 쌀밥을 구경하기 어려워질 겁니다. 입은 이미 부드러운 백미에 길들여져 있는데 정치적 이념만을 내세우며 인민들을 설득할 수 있을까요?"

오자키 말에 방 안에 모여 앉은 이들이 동시에 입맛을 쩝쩝 다셨다. 다들 애매한 표정이었다.

"그래도 밥은 먹어야 하는데……."

누군가 혼잣말처럼 중얼거리자 여기저기서 김빠진 웃음소리가 흘러나왔다.

"우리는 아직 탁상공론만 해 대는 하룻강아지입니다. 말만 그럴싸하게 늘어놓을 줄 알았지 몸으로 부딪쳐 본 경험이라곤 손톱만큼도 없는 책상물림이란 말입니다."

오자키는 마지막 말을 던지고 일어섰다. 오자키가 문을 닫고 사라질 때까지 모두들 꼼짝 않고 앉아 있었다. 둘러앉은 누구도 오자키에게 반박할 논리를 세우지 못한 것 같았다. 동천은 오자키가 나간 문을 멍하니 바라보다 몸을 일으켰다.

"제가 하고자 했던 말을 오자키가 쏟아 버리고 사라졌군요."

동천은 머리를 돌려 요시코와 눈을 마주했다. 요시코는 당황한 표정이었다. 토론에 유리할 것으로 예상했던 동천의 위치가 여지없이 무너졌기 때문이다. 오늘 동천은 그냥 반도인에 지나지 않았고 나머지는 그 반도를 점령하여 다스리는 식민 본국의 국민일 뿐이었다.

동천은 아무 대꾸도 듣지 못한 채 연구실을 나왔다. 긴 복도를 터덜거리며 걷는 동천의 뇌리에 연구회 선배들이 환영 인사로 건 넸던 말들이 떠올랐다.

"조선에서 식민 제국주의자들을 몰아낼 수 있도록 우리도 함께 일할 것이다."

"우리는 조선이 독립을 맞이하는 날을 함께 기뻐할 것이다."

일본에서 공부하는 고학생 중 사회주의 이론에 솔깃하지 않은 이는 드물었다. 러시아 혁명이 불과 십 년 전 일이었다. 러시아에서 공산당이 집권을 하고 인류사 최초의 공산국 선언을 하자 각국의 사회주의자들은 한껏 고무되었다. 사회주의는 이론과 이념을 넘어서는 현실적인 힘이자 전 세계를 휩쓰는 제국 자본주의에 맞설 수 있는 유일한 대항마로 주목받았다.

일본에서도 사회주의를 현 천황제 내각에 대적할 수 있는 유일한 힘으로 여겼다. 사회주의 운동은 여타 운동 세력과는 다르게 매우 조직적이고 체계적이었다. 논리적인 설득력과 빈틈없는 이론 덕분에 지식을 갖춘 식자층일수록 사회주의 강령에 혹하곤 했다. 특히 조선 유학생들을 매혹한 건 '조선의 독립은 우리의 슬로건 중 하나다.'라는 그들의 주장이었다.

동천은 문득 자신이 입고 있는 학생 제복을 내려다보았다. 일본 대학에서, 일본 지식인이 번역 수입한 서양 이념을 공부하는 자신의 모습이 꼭 빌려 입은 옷으로 잔칫집에 가 춤추는 양반 같다는 생각이 들었다.

'누구를 위한 독립인가? 조선의 독립이 겨우 사회주의자들이 최종 목적으로 삼는 정권 쟁취의 수단에 지나지 않는단 말인가? 도대체 저들은 무슨 생각으로 나와 같은 조선 유학생을 반기는 거지? 그들에게 조선의 독립이야말로 필요에 의해서 잠깐 빌려 입는 옷이 아닐까……'

동천은 헛웃음이 터졌다. 한참 미친 사람처럼 킬킬거리며 길을 걷던 동천이 입술을 꽉 깨물었다.

'그래, 비록 빌려 입은 옷이나마 난 나 자신과 조선을 위해 사회주의 공부를 하는 것이다. 일본 사회주의자들이 조선의 독립을 천황제 붕괴에 이용한다면 조선인도 일본 사회주의 운동을 나라 독립을 위해 써먹으면 되지 않는가.'

얼마 후, 동천이 다시 연구실을 찾았다. 모임은 이미 다른 토론 주제로 넘어간 후였다. 모두들 자신이 읽은 책 속 내용을 앵무새처럼 외우며 잘난 척 논쟁을 벌이고 있었다. 동천도 아무 일 없었다는 듯 한쪽에 끼어 앉아 선배들이 쏟아 놓는 이론들을 꼼꼼히 받아 적었다. 하지만 더 이상 사회주의니 공산주의니 하는 이론 자체에 흥분하진 않았다. 조선인으로 태어나 조선인으로 살아가는 데 목숨처럼 받들어야 할 이론 같은 건 없었다. 동천은 오히려 홀가분한 마음으로 이렇게 중얼거렸다.

"머리 꼭대기에서 날 조종하던 이론이 이제 내 손끝으로 내려왔구나."

이날 이후, 동천은 훨씬 안정되고 적극적인 태도로 연구 모임에 임했다. 겉으로 보면 사회주의 사상에 흠뻑 빠진 골수로 착각이 들 정도였다.

그런 동천을 묵묵히 지켜보는 회원이 하나 있었다. 요시코였다. 토론회에서 둘은 가끔 눈이 마주쳤다. 그럴 때마다 두 사람은 아주 짧은 눈인사를 나누고는 얼른 시선을 돌려 버렸다. 그 짧은 순간은 내내 궁금해하던 서로의 안부를 묻고 확인하기에 충분한 시간이 었다.

악마가 지나는 거리

싸락눈이 내리기 시작했다.

가판대에 놓인 도서를 갈무리하던 동천이 하늘을 올려다보았다.

"날이 추워지겠는걸."

동천은 두 손을 맞비비며 앞에 선 점원을 쳐다봤다. 남쪽 지방에서 올라왔다는 점원 아이는 유난히 추위를 탔다. 특별히 솜을 두툼하게 넣은 시루시반텐(옷깃이나 등에 가게명을 날염한 윗도리)을 해 입혔건만 하루 종일 어깨를 달달 떨었다.

"추우면 난로에 손 좀 녹이고 나오지그래."

말이 떨어지자마자 아이는 가게 안으로 쏙 들어가 버렸다. 동천은 빙그레 웃다 저쪽에서 다가오는 사람을 발견하고는 손을 멈추었다.

"아니, 신지! 대체 그동안 어디 있었나?"

동천은 낮도깨비와 마주친 사람처럼 펄쩍 뛰었다. 그도 그럴 것이 오자키가 온다 간다 말도 없이 자취를 감춘 지 한참 되었기 때문이다.

학기 초, 오자키는 누구보다 열성적으로 모임에 참석했다. 공격적이면서도 독창적인 이론 해석과 사회 현상에 대한 날카로운 시각 등은 회장인 우에다조차 긴장하게 했다. 그러나 총아의 깃발을 날리던 오자키는 2학기 중간에 돌연 탈퇴를 선언했다.

누구보다 놀란 건 동천이었다. 동천은 가까이하기엔 왠지 껄끄러운 오자키에게 내심 거리를 두던 차였다. 염세적이고 조숙한 말투나 눈빛이 별로 마음에 들지 않았기 때문이다. 그러면서도 그가 갖춘 지식과 명석함은 존경의 대상이었다. 그러니까 오자키를 바라보는 동천의 속내는 점잖게 얘기하면 경외였고 솔직히 말하면 질투였다.

모임에서는 오자키를 무게 있게 대접했다. 동천 역시 오자키가 차기 회장감이라고 인정했다. 그러던 오자키가 갑작스러운 선언으로 모두의 뒤통수를 쳤다. 탈퇴 이유는 건강이라고 했다. 그리고 얼마 안 있어 휴학계를 냈다는 소문이 퍼졌다.

"그동안 어떻게 지냈나? 몸이 안 좋았다면서."

동천이 우선 가겟방으로 들어가자고, 마침 모두 와 있다고 끌었으나 오자키는 꼼짝도 하지 않았다. 그 대신 엉뚱한 말을 꺼냈다.

"혹시 내 누이 장례식에 함께 가 주겠나?"

동천은 갑작스러운 부탁에 당황해 선뜻 대답하지 못했다.

"아 참, 자넨 가게를 책임지고 있으니 며칠 비우는 건 힘들겠지?"

찬찬한 오자키가 그런 계산도 없이 말을 꺼냈을 리 없다. 분명 예삿일이 아닐 터였다. 동천은 손을 저었다.

"마침 비수기라 크게 어려운 일은 아니야. 방학도 내일이고. 근데 고향에서 나 같은 조선인을, 그것도 일면식도 없는 이방인을 가족 장례에 들이시려나?"

"걱정 말게, 자넬 조선인이라고 무시할 만큼 잘난 사람은 없으니까. 그럼 같이 가는 걸로 알고 난 이만."

오자키는 내일 아침에 다시 오겠다는 한마디만 남기고 성큼성큼 물러갔다. 오자키가 멀어진 거리에 싸락눈이 얄팍하게 쌓이고 있었다.

다음 날 새벽, 동천은 가게 문을 두드린 오자키와 함께 우에노역으로 향했다. 기차에 올라 자리를 잡은 오자키가 가뜩이나 그늘진 눈가에 주름을 잡으며 말했다.

"갑자기 이런 부탁을 해서 미안하네."

"그런데 돌아가신 누이가?"

"에쓰코라고 하네. 올해 스물다섯 되었지."

"스물다섯? 아니 어쩌다 한창나이에?"

"나완 피 한 방울 섞이지 않은 의붓누이야. 지난봄에 딸을 낳았다는 소식을 들었는데 어제 자살했다는 전보가 도착했네."

오자키는 비참한 소식을 건조한 어투로 말했다. 동천은 머리를 주억거리며 다음 말을 기다렸다. 왠지 오자키의 머릿속에는 하고 싶은 얘기가 가득 들어찬 것 같았다.

"우습게 들리겠지만 혼자 내려가기가 겁이 났다네. 이 넓은 동경 땅에서 가족 장례식에 동행해 달라고 부탁할 만한 사람이 자네 하나밖엔 떠오르지 않더군."

"거 황송한 말이군."

"내 고향은 사할린 동쪽 끝 작은 어촌이야. 가려면 꼬박 하루하고도 반나절이 더 걸리지."

그 말이 떨어지자마자 기차는 덜컹하며 움직이기 시작했다. 기나긴 기차 여행이 시작되자 오자키는 작심한 듯 어린 시절 이야기를 풀어 놓았다. 동천은 항상 거만하던 오자키의 색다른 모습에 적잖은 흥미를 느꼈다.

"어머니는 서른을 갓 넘기고 과부가 된 후 어린 딸을 데리고 작은 병원의 간호사로 취직했어."

오자키의 어머니 미요는 딸 요코를 데리고 같은 병원 의사인 도야마 세이지와 재혼했다. 그러나 말이 재혼이지 사실상 내연 관계였다. 고향에 아내를 둔 도야마가 파견 나온 근무지에서 딴살림을 차렸던 것이다. 미요는 도야마의 호적에 정식으로 올라가지 못한 채 아들을 낳았다. 그 아이가 지금 동천 옆에 앉아 있는 오자키였다.

"어머니의 비뚤어진 행복은 얼마 있지 않아 깨져 버렸어. 아버지는 다시 다른 지방으로 파견 근무를 떠났고, 어머니는 내연 사실이 알려져 간호사 생활을 그만두어야 했지. 하는 수 없이 어머니는 조산사로 일하며 생계를 이어 갔어. 그러다 내가 일곱 살 나던 해, 어이없이 죽고 말았어. 추운 겨울, 애를 받으러 다녀와서는 고열에 시달리다가 숨을 거둔 거야. 어머니의 사망 소식에 아버지 도야마가 나타났는데 그사이 의료사고로 의사 자격증을 박탈당해 실업자 신세가 되었더군. 본부인에게도 이혼당하고 말이야. 아버지는 어머니의 죽음을 핑계로 다시 우리 고장으로 옮겨 왔지. 자격증이 박탈됐다는 사실은 철저히 비밀에 부치고 작은 의원을 낸 거야."

신지는 사 년 만에 다시 아버지와 함께 살게 되었다. 자신을 돌봐 줄 어른이 있다는 사실에 소년은 잠시 안도하기도 했다. 그러나 그 기쁨은 잠깐이었다. 도야마가 의붓딸인 요코를 술집에 양녀로 줘 버렸던 것이다. 세상에 단 하나 남은 피붙이와 생이별을 해야 하는 고통이 어린 소년의 가슴에 생채기를 남겼다.

소년은 한 살 한 살 나이를 먹으면서 매정한 아버지가 증오스러워졌다. 그러거나 말거나 아버지는 아들을 데리고 사할린의 작은 부두 마을로 이사했다.

"살던 마을에 아버지가 의사 자격증을 박탈당했다는 소문이 돌기 시작했거든. 아버지는 열도 끝 사할린에서 자기보다 네 살이나 많은 음식점 여주인과 결혼을 하고 또 작은 의원을 냈지. 그 후진 동네에서 환자들에게 비싼 값에 약을 팔면서도 큰소리치는 먹물 노릇을 톡톡히 했어."

음식점 주인 여자는 마사, 그녀의 열일곱 살 딸이 바로 얼마 전 자살한 누이 에쓰코였다. 열세 살이 된 신지는 늙은 계모보다 열일곱 먹은 에쓰코가 더 신경 쓰였다. 억지로 오누이가 된 두 사람은 싸우지도, 그렇다고 정답게 지내지도 않는 어정쩡한 사이가 되었다.

신지는 에쓰코를 볼 때마다 어릴 적 헤어진 요코 누나가 떠오르곤 했다. 요정으로 팔려 갔다는 풍문 이외엔 살았는지 죽었는지조차 모르는 불쌍한 누나가 마음속에서 떠나지 않았다. 그래서인지 새 누이 에쓰코도 싫지만은 않았다. 처녀가 다 된 나이에 갑자기 새아버지를 맞게 된 에쓰코 역시 가엽긴 마찬가지라고 여겼다. 신지가 그렇게 에쓰코에 대한 연민을 키워 나갈 무렵 도야마는 또한 번 사고를 치고 말았다. 열여덟 살이 된 의붓딸을 겁탈한 것이었다.

계모는 도야마가 에쓰코를 건드리기 시작한 지 반년이 다 되어서야 그 사실을 알았다. 에쓰코가 진료실 약장에서 수면제를 한 움큼 훔쳐 내 삼켜 버렸기 때문이다. 응급조치 덕에 목숨은 건졌지만 에쓰코의 몸과 마음은 이미 병들 대로 병든 후였다.

마사는 펄펄 뛰며 남편에게 달려들었지만 도야마는 당당했다. 어차피 피도 안 섞인 남인데 남자가 젊은 여자를 탐하는 게 무슨 잘못이냐고, 먹여 주고 입혀 주면 그 정도의 보답은 있어야 하는 게 아니냐며 되레 큰소리쳤다. 그 말에 눈이 뒤집힌 계모는 도야마의 팔에 이빨을 박아 넣었지만 도야마는 그런 그녀를 사정없이 두들겨 팼다. "늙은 것이 꼴사납게 강짜를 하네!"라면서……

신지는 문틈으로 들려오는 비명과 고함 소리에 구역질을 했다. 다다미 바닥으로 토사물이 쏟아졌다. 신지는 그 냄새나는 오물 덩어리를 내려다보며 마음을 굳혔다.

'이 집을 나가자.'

얼마 안 있어 집을 뛰쳐나온 신지는 사할린 북쪽 항구로 도망쳤다. 그리고 생활비를 벌기 위해 부둣가 잡역부 일을 시작했다.

"난 절대로 아버지처럼 공부를 많이 하지 않겠노라 결심했지. 학교를 오래 다니고 아는 게 많아 봐야 겨우 자기 합리화에 능하고 계산적인, 그야말로 철저히 이기적인 인간이 된다고 생각했거든. 하지만 책은 좋았어. 닥치는 대로 읽었지. 힘든 부두 일을 마치고 쪽방으로 돌아와 누우면 내 곁에 있는 건 빌려 온 책들뿐이었으니까. 석탄을 배달받던 중학교 사서 선생이 빌려 준 책들이 방 한쪽에 쌓여 있었지."

책을 읽는 것이 유일한 낙이었던 신지는 점점 자신의 처지와 비숫한 노무자나 소수 민족인 아이누에 대한 관심을 키워 나갔다. 태생의 한계에 짓눌려 일생을 고된 노동과 멸시, 차별에 시달려야 하는 이들의 삶이 보이기 시작했다.

"학교에 가기로 했어. 점점 읽고도 이해하지 못하는 책이 늘어났거든."

그렇게 스스로 학비를 벌어 게이오 대학 독문과에 입학한 오자키는 사회주의 연구 모임에 가입하게 되었다.

오자키는 긴 이야기를 마치고 창 쪽으로 고개를 돌렸다. 동천이 조심스럽게 말문을 열었다.

"근데 왜 어렵게 들어온 대학을 일 년도 못 마치고 휴학한 건가? 연구 모임도 마찬가지야. 자네가 하루아침에 탈퇴해 버려 모두들 얼마나 허탈해했는지 아나?"

동천의 물음에 오자키는 잠시 망설였다. 하지만 털어놓을 수는 없었다. 지난여름 징병 검사를 받다가 알게 된 두 가지 사실, 그로 인한 엄청난 충격이 모든 일을 접게 만들었다는 비밀을 말이다.

소년 신지는 가출할 때 아버지의 성인 도야마를 버리고 요절한 친어머니의 성인 오자키를 따르기로 마음먹었다. 짐승 같은 아버지의 성을 잇고 싶지가 않았다. 그러나 그러면서도 호적상엔 도야마 신지로 올라가 있을 것이라고 여겼다. 그런데 징병 검사장에서 불린 이름은 기막히게도 '오자키 신지'였다. 확인차 호적을 받아든 오자키는 자신의 이름 밑에서 '오자키 미요의 사생아'라는 글자를 발견했다. 아버지 도야마는 오자키의 친어머니 미요가 죽은 후에도 아들을 호적에 등재하지 않았던 것이다.

청천벽력 같은 소식은 하나 더 있었다. 혈액 검사에서 오자키가 결핵 보균자로 판명 난 것이다. 고된 노무자 생활을 이어 온 몸이 고칠 수 없는 병에 좀먹히고 있었을 줄이야. 오자키는 눈을 감아 버렸다.

'결핵'과 '사생아'란 두 단어는 자존심만으로 버텨 온 오자키를 주저앉히기에 충분했다. 오자키는 더 이상 견딜 기운을 잃고 휴학계를 냈다.

기차가 눈으로 뒤덮인 산맥을 구불구불 훑었다. 한밤중인데도 달빛 아래 세상은 설광 덕분에 은은한 풍경을 자아냈다.

오자키는 왜 학교를 그만두었느냐는 질문에 묵묵부답 아무 말이 없었다. 얼굴은 잔뜩 굳어 바윗덩어리 같았다. 동천은 더 이상 캐물을 엄두가 나지 않아 답답한 눈길을 창밖으로 돌렸다.

철마는 지칠 줄 모르고 밤을 새워 달렸다. 객실 안 손님들은 서로의 어깨를 베개 삼아 새우잠을 잤다. 기다란 객실에서 뜬눈으로 버티고 있는 승객은 동천과 오자키, 두 젊은이뿐이었다. 자신에게 닥친 불행을 삭이느라 온몸에 바짝 힘이 들어간 오자키는 물론이고 오래간만에 여행길에 오른 동천 역시 쉽사리 잠이 오질 않았다.

덜컹, 덜컹. 덜컹, 덜컹.

일정하게 반복되는 기차 바퀴 소리가 잊고 살았던 상념의 세계로 두 사람을 안내했다.

어느덧 아침 햇살이 창문 틈을 비집고 들어왔다. 두 친구는 더 북쪽으로 가는 기차로 갈아타고 도시락을 사 먹었다. 두 번째 기차 안에서 오자키는 벙어리처럼 입을 다물었다. 누이의 장례식이 기다리는 고향 땅에 가까워질수록 곧 마주치게 될 비극이 피부로 감지되는 모양이었다. 해가 뉘엿뉘엿 지는 저녁때가 되어서야 기차는 종착역에 들어섰다. 동천과 오자키는 피곤한 몸을 이끌고 역을 빠져나왔다.

장례식장은 마을 맨 위 산자락에 자리한 절이었다. 동천은 친구를 따라 기다란 절 계단을 오르며 주위를 두리번거렸다. 일본의 절은 조선의 사찰보다 훨씬 간결하고 점잖은 맛이 있었다. 단청을 입히지 않아서 그런가 싶었다. 하지만 갈색과 검회색만으로 이루어진 탓에 무겁고 음울해 보이기도 했다.

오자키는 대웅전 뒤편에 자리한 주지 사택으로 들어갔다. 안에는 아버지 도야마와 계모 마사, 그리고 죽은 에쓰코의 남편인 주지승이 관 앞에 앉아 있었다. 그 외에는 몇몇 마을 사람들이 방과 마루를 차지하고 앉아 술을 나눠 마셨다.

오자키가 방으로 들어서자 도야마는 고개를 돌려 버렸다. 그 대신 계모가 일어서며 반겼다. 따라 일어선 주지승은 명색이 처남 되는 이를 처음 만나는지라 어색한 티를 감추지 못했다.

오자키가 모두를 향해 말했다.

"여기는 제 대학 동기인 강입니다. 먼 길을 마다치 않고 저를 위해 동행해 주었습니다."

'강'이라는 소개말에 방과 마루에 있던 눈이 모두 동천에게 쏠렸다. 다들 조선인은 생전 처음 본다는 얼굴이었다.

"아무 연관도 없는 분께 폐를 끼쳤구먼."

그때까지 오자키를 외면하고 있던 도야마가 씹어뱉듯 말했다. 그 한마디에 방 안 공기가 험악해지더니 오자키 얼굴이 홍당무처럼 달아올랐다. 오자키가 뭐라고 대거리를 하려는데 계모가 끼어들었다.

"제 여식을 위해 먼 길을 와 주셔서 감사드립니다."

계모가 다다미 바닥에 이마를 붙이며 깍듯이 절을 했다. 옆에 앉아 있던 주지승도 엉겁결에 허리를 숙였다.

"삼가 고인의 극락왕생을 빕니다."

동천이 맞절을 하고 관 앞으로 나가 분향을 했다. 관 옆에 놓인 촛불이 일렁였다.

불빛에 어른거리는 계모의 얼굴은 밀랍 인형처럼 굳어 있었다. 오자키 아버지와 겨우 네 살 차이라더니, 남편보다 열 살은 더 늙어 보였다. 생때같은 딸자식, 그것도 갓난쟁이를 놔두고 세상을 버린 딸의 장례식이라니 오장육부가 문드러져 흘러내릴 노릇이었다. 그러나 그녀는 일본 여자다운 인내심으로 감정을 드러내지 않았다. 물속에 가라앉은 구슬처럼 고요했다.

에쓰코가 낳았다는 아기는 건넌방 대바구니 속에서 새근새근 잠이 들었다. 오자키는 조카 얼굴을 보고 돌아와 주지승을 차갑게 노려보았다. 나이가 서른일곱이라는 주지승은 불도를 닦는 스님이라기보다는 저잣거리 거간꾼처럼 반들반들한 입술을 가지고 있었다. 이리저리 쉴 새 없이 굴려 대는 눈동자에서도 불심이라곤 티끌만큼도 발견할 수 없었다. 그저 이 귀찮은 절차를 빨리 끝내고 조용한 일상으로 돌아가고 싶다는 피곤함만 역력했다. 동천은 이이상하고 괴이쩍은 장례식이 불편해졌다.

사람 수대로 밥상이 나오고 모두 고인 앞에서 마지막 식사를 하는 시간이었다. 술잔을 연거푸 기울이던 도야마가 건넌방을 향해 턱을 치켜들었다.

"어이, 저 계집애도 달라는 집에 양녀로 줘 버려야 하지 않겠나? 남자 혼자 갓난애를 키울 수도 없는 노릇이고, 그렇다고 명색이 승려인 자네가 애를 핑계 삼아 금세 새 마누라를 들이는 것도 우스우니."

도야마는 사위를 손가락으로 가리키며 코웃음을 쳤다. 마치 '새 계집을 들이고 싶어 안달 난 네 검은 속을 모를 줄 아느냐.' 하는 웃음이었다.

오자키가 입가를 실그러뜨리며 나섰다.

"딸이건 손녀건 남의 집 양녀로 주는 게 우리 집 전통이죠."

도야마와 오자키의 불꽃 튀는 눈길이 마주쳤다. 그 통에 다들 젓가락질을 멈추었다.

"아이 문제는 천천히……."

계모 마사가 국그릇을 들어 올리며 말했다. 도야마의 비열한 눈길이 거두어졌다. 오자키도 외면하고 다시 밥을 먹기 시작했다. 도야마는 술을 계속 마셔 대며 알아들을 수 없는 혼잣말을 중얼거리곤 했다.

밤이 깊었다. 마루에서 버티던 몇 사람이 모로 쓰러져 잠이 들고 주지승도 벽에 기대어 꾸벅꾸벅 졸았다. 술에 취한 도야마는 관 앞에서 다리를 쭉 뻗고 코를 골았다. 동천은 아까부터 눈가가 벌겋게 짓무른 채 오뚝이처럼 버티고 있는 계모에게서 눈을 떼지 못했다.

"자넨 손님방에 가서 눈 좀 붙이지?"

앞줄에 앉은 오자키가 돌아보며 말했다.

"그것보단 어머니 좀 보살펴 드리게. 저러다 병나실까 겁나는걸."

동천은 묘한 광채가 도는 마사의 눈빛이 영 심상치 않게 느껴졌다. 오자키도 같은 낌새를 챈 것 같았다.

"어머니, 잠시 쉬시면 어떨까요?"

오자키가 마사의 어깨 위에 살며시 손을 얹었다. 마사가 움찔하며 머리를 들었다. 흡사 꿈을 꾸다 깬 사람처럼 놀란 기색이었다.

"응? 뭐라고?"

"여긴 제가 지키고 있을 테니 좀 누웠다 나오세요."

오자키가 타이르듯 권하자 마사가 비틀거리며 일어섰다. 손님방으로 비칠비칠 걸어가는 모습이 마치 허깨비에 홀린 사람 같았다.

이따금 뒷산에서 눈 무너지는 소리가 간지럽게 들려왔다. 나뭇가지 위에 쌓인 눈이 제 무게를 견디지 못해 한꺼번에 쏟아져 내리는 소리였다. 동천은 오자키와 함께 에쓰코의 마지막 밤을 지켰다. 얼굴 한 번 본 적 없는 여인의 시신 옆에서 명복을 빌며 밤샘을 하자니 저절로 고향에서 아들을 기다리며 밤을 지새우실 어머니가 떠올랐다.

'안 돼. 어머니 생각을 하면 약해져서 안 돼.'

동천이 지난 여섯 해 동안 주문처럼 외던 말이었다. 동천에게 본동댁은 가슴 한가운데 품고 살면서도 한 번도 꺼내어 들여다본 적 없는 거울이었다.

'대학에 입학했다는 소식은 거복이를 통해 알려 드렸지만……'

많아야 일 년에 한두 번일 뿐, 동천은 신변에 큰 변화가 없는 이상 고향으로 편지 내는 일을 참고 지냈다. 본동댁 또한 마찬가지였다. 글 모르는 본동댁을 대신해 거복이 보내오는 답장에는 그저잘 계신다는 말뿐이었다. 본동댁이 답신으로 허락한 한마디일 것이다.

'내년에 저금이 좀 모이면 여름 방학 때……'

동천이 고향 갈 궁리를 하는데 방문이 소리 없이 열렸다. 오자키와 동천이 쳐다보니 마사가 손에 수건을 들고 서 있었다.

"좀 더 쉬시지 않고요······."

오자키가 말을 거는데 마사의 손에서 수건이 툭 떨어졌다. 수건을 버린 손에는 날이 새파란 칼 한 자루가 쥐여 있었다. 동천과 오자키는 깜짝 놀라 일어섰다.

"안 돼!"

그 소리에 벽에 기대 졸던 주지승과 도야마가 부스스 눈을 떴다. 그때, 마사가 윗몸을 일으키는 도야마를 향해 칼을 세우며 돌진했다.

"내 딸에 대한 복수닷!"

마사는 막아서는 오자키를 아슬아슬하게 피하더니 휘청거리며 칼을 휘둘렀다. 오자키는 몸을 돌려 마사의 오비(여성용 기모노의 허리띠)를 낚아채려고 팔을 뻗었다. 하지만 오자키 손에 잡힌 것은 오비 매듭이 아닌 칼이었다.

"헉!"

오자키가 뒤로 물러서며 왼손을 감쌌다. 손에서 핏방울이 뚝뚝 떨어졌다. 마사는 아랑곳하지 않고 도야마에게 달려들었다. 선잠에서 깬 도야마는 아직 남은 술기운에 비틀거리다가 칼이 번쩍이자 본능적으로 등을 돌려 엎어졌다. 결국 마사의 칼은 도야마의 등허리를 찔렀다.

"으악!"

도야마가 숨넘어가는 비명을 지르고 집 안은 삽시간에 아수라장이 되었다. 겁을 집어먹은 주지승은 머리를 감싸고 엉덩이를 치켜든 채 엎드려 벌벌 떨기만 했다. 동천이 마사 위로 몸을 던졌고 오자키는 피범벅인 손으로 칼을 빼앗았다.

"사, 살려 줘!"

도야마가 등허리에서 배어 나오는 피를 손바닥으로 누르려 애를 썼다. 사람들이 몰려와 도야마를 부축했다. 동천에게 깔려 버둥거리던 마사가 소리쳤다.

"내 딸을 죽인 건 너다. 넌 짐승이야, 악마라고!"

조용하던 절이 순식간에 살인미수 사건의 현장이 되었다. 형사가 오고 응급차도 도착했다. 발칵 뒤집힌 절 주위로 마을 사람들이 모여들었다.

형사가 마사를 끌고 절 밖으로 나왔다. 포승줄에 꽁꽁 묶인 마사는 붕대를 감은 오자키를 보자 목청이 찢어져라 악을 썼다.

"너도 악마다! 네 아비의 피를 받은 자식이니 너도 악마의 자식, 짐승의 자식이야!"

헝클어진 머리카락 사이로 이성을 잃은 눈이 번득였다. 오자키는 표정 없는 얼굴로 대답했다.

"잘 알고 있습니다."

그 말에 버둥거리던 마사가 뚝 멈추었다. 형사가 마사를 끌고 갔고 도야마는 도시 큰 병원으로 옮겨졌다. 오자키는 병원으로 가서 손을 치료받자는 동천의 제안을 거절하고 절로 들어갔다.

오자키가 먼저 찾은 곳은 조카딸이 자고 있던 방이었다. 사람들이 우왕좌왕하는 통에 아기가 깨어 울고 있었다. 아기를 봐 주던 동네 아낙은 어디로 갔는지 보이지 않았다. 오자키는 주먹을 꼭 쥐고 울어 젖히는 아기를 꺼내려다 주춤했다. '결핵 보균자'라는 단어가 눈앞에 번쩍 지나갔다.

"자네 혹시 아기 안을 줄 아나? 난 손 때문에 아무래도."

동천이 아기를 대신 안아 얼렀다.

오자키는 장례를 치르던 방으로 갔다. 방바닥엔 도야마의 피가 다갈색으로 물들어 있었다. 벽에 기댄 오자키의 등이 스르르 무너져 내렸다. 오자키는 붉은 피가 밴 붕대를 내려다보며 말했다.

"사회주의 운동 역시 그런 것 아닐까?"

뜬금없는 말에 동천이 "뭐?" 하고 아리송한 표정을 지었다.

"사회주의 단체들은 하나같이 조선의 독립을 찬동하고 나선다. 그래 봤자 반도인에게 우리 내지인은 결국 악마의 자식에 지나지 않을 텐데도 말이야. 원하건 원하지 않건 우린 이미 악마의 자식이다. 양심 있는 척 떠들어 봐야 태생은 바꿀 수 없는 법이야."

오자키가 쓸쓸하게 웃으며 덧붙였다.

"걷다가 들어선 곳이 하필이면 악마가 지나는 거리라니……. 우리가 사는 이 시대가 악마의 시대가 아니면 무엇이겠나? 제국주의 광풍이 곧 일본을 집어삼킬 걸세. 곁에 있는 생물을 모두 잡아먹고도 모자라 제 몸뚱이를 뜯어 먹는 악마가 지금의 일본이라고. 우린 지금 그 악마가 서성대는 거리 한복판으로 발을 디딘 거야."

다음 날 아침, 오자키와 동천은 동경행 기차에 올랐다. 한참 동안 죽은 듯 앉아 있던 오자키가 불쑥 물었다.

"반도, 아니 조선인이란 건 어떤 기분인가?"

고향에서 있었던 일을 떨쳐 내려 다른 이야기를 찾아내는 말투였다. 동천은 미간을 찌푸리고 잠시 생각에 잠겼다. 그리고 천천히 이야기를 시작했다.

"내 고향은 국경에서 멀지 않은 구성이란 곳이라네. 시내에서도 꼬박 하루를 걸어 들어가야 만나는 산골이지. 호랑이가 자주 내려오는 막다른 동네라 범골이라고 불렸어. 사실 고향에 있을 때만 해도 난 스스로 조선인이란 자각이 별로 없었네. 그보다는 종첩의 아들이라는, 양반도 노비도 아닌 어정쩡한 신분에 사로잡혀 발버둥치기 바빴어. 첩의 자식이라는 딱지가 날 억누르는 유일한 정체성이었으니까. 솔직히 말하자면 일본에 온 것도 그런 신분의 굴레에서 도망치고 싶었기 때문이지."

동천은 어제부터 부쩍 잦아지는 고향 생각에 가슴이 아렸다. 일본에 와서 한 번도 남에게 꺼내 본 적 없는 이야기였다. 그러나 치부라면 치부랄 수 있는 가정사를 남김없이 터놓은 오자키 앞이라면 속 시원히 말해도 나쁠 것 없었다.

"그런데 막상 범골을 벗어나자 그때부턴 종첩의 아들이라는 것보다 조선인이라는 신분이 더 크게 다가왔어. 그것은 마치 모자처럼 내게 들씌워졌지. 모자란 누구든 나를 만나는 사람에게 제일 먼저 보이기 마련이잖아. 게다가 이 모자는 내가 벗고 싶다고 벗을 수 있는 것도 아니고."

오자키가 불쑥 끼어들었다.

"자넨 조선인이란 모자를 벗어 버리고 싶나?"

"솔직히 내지로 건너온 뒤 한 일 년은 벗어 버리고 싶었어. 사사건건 내 발목을 걸고넘어지는 걸림돌이었으니까. 하지만 어떤 조선 사내를 만난 후부턴 생각이 달라졌어. 조선 사람이라는 것이 가슴 벅찬 일일 수도 있구나, 하는 깨달음을 얻었다고나 할까."

동천은 유리창 위로 박열의 얼굴을 떠올리며 대답했다.

"그 사람이 누군지는 몰라도 꽤나 존경스러운 인물이겠구먼."

동천은 몸을 돌려 오자키를 똑바로 바라봤다.

"여보게, 신지. 내 생각엔 말이야. 어쩌면 우리 조선 사람들에게 일본이란 필요악 같은 존재가 아닐까 싶어. 내 경우를 보자면, 일본이 아니었으면 '조선'이란 단어도 지금 같은 의미로 성립되진 않았을 거야. 만약 내가 범골에 계속 살고 있었다면 조선인이란 강한 자각 속에 놓일 기회도 없었을걸. 그런 의미에서 일본이 조선에게 거울 역할을 하는 건 아닐까 하는 생각을 하게 된다네."

"내 머리에 얹힌 모자의 생김새를 맞은편 사람에게 묻는다. 그럴싸한 논리군."

오자키는 흥미롭다는 듯 맞장구를 쳤다.

동천이 덧붙였다.

"일본 덕분에 조선인들이 자력으로 일어서려는 의지를 갖게 된다면 지금의 상황이 오히려 전화위복이 될 수 있지 않을까? 나는 그렇게 되리라 믿으며 살고 있네."

동천 말에 오자키가 웬일인지 고개를 갸우뚱했다.

"한데 그럴 수 있을까? 아니, 조선의 독립을 부정하는 게 아니라 조선은 일본과 사정이 다르지 않으냔 말이지."

동천이 무슨 뜻이냐고 물었다.

"일본은 조선보다 몇십 년 먼저 서구라는 도적 떼를 만났어. 폐쇄적인 사무라이 왕국은 도적 떼에게 당하지 않기 위해 도적 떼의 한패가 되길 자청하고 칼을 뽑아 들었지. 그 칼끝이 가장 가까운 나라 조선으로 향한 것은 유감이네만……. 어쨌거나 조선은 그때나 지금이나 도적 떼에게 맞설 힘도 칼도 없질 않나."

동천이 머리를 내저었다.

"이거 봐, 조선이 다만 왕조와 양반만의 나라인가? 자네 말은 조선의 구 왕조와 양반 계층에 해당하는 논리일 뿐이네. 조선 인민에 겐 힘이 있어. 오랫동안 억눌려 온 탓에 각성되지 않았을 뿐, 제대로 일깨우고 기르면 나라를 되찾아 바로 세울 힘이 잠재되어 있다네."

"사회주의자다운 주장일세그려."

"꼭 주의자라서 하는 말이 아니야. 볼셰비키 혁명 전에도, 마르크스의 『자본론』 전에도 조선과 조선 사람들은 존재하고 있었으니까."

동천이 꼿꼿한 어조로 대답했다. 오자키는 고개를 주억거렸다.

"아까 일본이 조선의 거울이 된다고 했지? 일본은 서구 열강을 그런 거울로 삼았어. 그래서 이 땅을 짓밟으려 했던 그 거대한 힘을 등사해 똑같은 모습으로 탈바꿈했지. 하지만 그건 약삭빠른 광대 분장에 지나지 않아. 내 아버지도 마찬가지야. 근대 과학의 선봉장인 양의사 흉내를 냈지만, 결국 그의 본모습은 의붓딸 하나는 술집에 팔아먹고 하나는 겁탈해 결국 자살로 몰고 간 짐승만도 못한 인간이었어."

오자키는 무언가 힘든 결심을 하는 것처럼 얼굴이 굳었다. 동천은 그 어두운 기운에 가슴이 서늘해졌다.

우에노 역에 내린 두 사람은 밤하늘을 수놓은 은하수를 올려다봤다.

"고맙고 미안했네."

동천은 밤도 늦었으니 가게에서 묵고 가라고 붙잡았으나 오자키는 구부정한 어깨를 움츠리고 총총히 사라졌다.

그로부터 열흘이 지난 화요일 아침이었다. 동천이 가게 앞 눈을 쓸고 있는데 우에다와 혼다가 허둥지둥 달려왔다.

"오자키가 죽었다. 하숙방에서 동맥을 끊었다는데."

동천은 빗자루를 떨어트리고 두 선배의 팔을 잡았다. 그리고 저도 모르게 눈을 옮겨 하늘을 올려다봤다. 밤새 눈이 내린 덕에 하늘은 티 없이 맑았다. 겨울 하늘답지 않게 파란 빛이 현기증을 일으켰다.

"이봐! 정신 차려! 얼른 가 봐야지."

동천은 두 선배에게 이끌려 오자키의 하숙집으로 달려갔다. 복도 맨 끝 쪽, 볕도 들지 않는 후미진 방에 오자키가 흰 이불을 덮어쓰고 누워 있었다. 그 곁에는 웬 여인이 검은 상복 차림으로 앉아 있었다. 세 사람과 맞절을 한 여인이 말했다.

"와 주셔서 감사합니다. 오자키 누나 요코라고 합니다."

자세히 보니 도톰한 콧날과 가늘고 긴 눈매가 오자키를 꼭 빼닮았다.

"어릴 적 헤어져서 못 본 지 오래라고, 소식도 모른다고 했는데 어찌 용케 알고 와 주셨네요."

동천이 물었다.

"우린 서로가 어디 있는지 알고 있었어요. 사는 곳이 바뀌면 짧은 엽서를 보내서 알리곤 했었거든요. 물론 뭘 하고 사는지는 각자 짐작에 맡겨야 했지요. 그런데 일주일 전 갑자기 엽서 한 장이 왔어요. 주소는 그대로 여기인데 내용이 심상치 않았죠. 곧 올라와 본다고 한 것이 그만⋯⋯."

동천은 그녀가 내민 엽서를 받아 들었다. 거기엔 흘린 글씨체로
이렇게 쓰여 있었다.

난 지금 악마가 지나는 골목에 서 있어.

시신을 검사하러 온 의사는 폐결핵이 깊어 각혈이 심했을 거라
며 혀를 찼다.

"굳이 자살이 아니더라도 시간이 많이 남지는 않았을 겁니다."

그 말에 요코가 오열을 터뜨렸다. 동천은 요코의 애끊는 통곡
소리가 자신의 가슴 한편에 지워지지 않을 상처로 새겨지는 걸 느
꼈다.

창문 아래 놓인 책상 서랍에서 갈색 유리병이 나왔다. 서너 알밖
에 안 남은 결핵약 병이었다. 오자키의 시신은 그날 오후 갈색 병
과 함께 태워졌다. 그 곁을 지킨 이라곤 누나 요코와 연구 모임 세
사람이 전부였다.

범 가죽을 쓴 개

1929년 새해가 밝았다. 삼평사 2호점 문 앞에 설날 장식인 마쓰카자리가 걸리고 동천은 구마모토 사장과 함께 조니(떡국)를 끓여 먹었다.

설 연휴를 보내고 나자 곧 개학이었다. 동천은 3학년이었고 가게 뒷방은 여전히 시끌벅적했다. 사회주의 연구 모임과 고학생 동우회 친구들이 동천의 가게를 아지트처럼 드나들었다. 가게 문을 닫는 일요일엔 연구 모임과 동우회 중 미리 예약한 한 팀이 가겟 방에서 아예 진을 쳤다.

오늘은 고학생 동우회 선후배 몇몇이 『동경의 고학생』,『동경 고학생 안내』 같은 묵은 책을 뒤적이며 수다를 떨었다.

"녀석들 혼내 주는 건 주먹 한 방이면 충분해."

"아니, 그 녀석들은 두 끼만 굶겨도 사색이 되어 제 고향 집으로 전보를 칠걸. 밥 사 먹을 돈 좀 부쳐 주세요, 하면서 말이야."

동경의 조선인 유학생은 크게 두 부류로 나뉘었다. 한쪽은 부유한 집안의 자제들, 나머지 한쪽은 동천과 같은 고학생들이었다. 부유층 학생들은 고학생들을 '룸펜 프롤레타리아트(노동자)'라고 무시했다. 고학생들은 부잣집 도련님들을 겉은 희멀겋지만 깨지기 쉽고 속이 허약하다는 뜻에서 '달걀 껍데기'라고 조롱하며 자신들은 '룸펜 인텔리겐치아(지식인)'라고 자부했다.

룸펜이란 실업자 내지는 부랑자를 뜻하는 말이었다. 고학생들은 대부분 일용직으로 불안한 생활에 시달리며 빈곤과 차별을 겪었다. 그 탓에 고학생 하면 저절로 '주의자'란 단어가 떠오를 만큼 이들은 세상을 바꿀 사상과 이념에 몰두했다.

"근데 말이지, 엄밀히 말하면 동천은 고학생이 아니잖아."

방금 달걀 껍데기는 두 끼만 굶기면 그만이라며 농을 하던 오 선배가 말했다.

동천이 선배를 흘겨봤다.

"가만있는 사람은 왜 또 들쑤셔요?"

"아니, 생각해 봐. 우리 룸펜 중에 점장님이 어디 있냐고? 점장은커녕 제대로 된 점원 자리 하나 못 구해 노가다 신세를 못 면하는데. 안 그런가?"

"따지고 보니 그건 자네 말이 맞네그려. 동천은 룸펜 중에 가장 부르주아야."

곁에 앉은 다른 선배가 맞장구를 치자 동천이 껄껄 웃으며 받아쳤다.

"그럼 이제부턴 저를 룸펜 부르주아라고 부르시죠. 쁘띠 부르주아보다는 발음도 괜찮은 것 같은데."

"그거 이름 한번 멋지군. 그럼 우리 룸펜 부르주아에게 저녁밥이나 얻어먹세. 어이, 강 군, 앞장서시지."

이렇게 해서 동천은 한방 가득 모여 앉은 사람들을 몰고 학교 앞 밥집으로 갔다. 그곳은 동천이 선배들을 따라 드나들게 된 조선식 백반집이었다. 마늘과 젓갈을 빼고 담근 김치와 멀건 된장국, 생선구이가 전부지만 첫날 동천은 숟가락으로 밥을 떠먹는 감격에 배 속이 화끈거리기도 했다. 삼 년째 단골이니 탄광 노무자 출신인 주인도 동천을 조카처럼 반겼다.

동천 무리가 식당으로 쏟아져 들어가는데 안쪽에서 엇! 하는 소리가 들렸다. 동천도 걸음을 멈추었다.

"아저씨!"

"아니, 도련님!"

식당 안쪽 허름한 탁자에 형섭이 거짓말처럼 앉아 있었다. 동천은 얼른 그쪽으로 다가갔다. 도련님이란 소리에 고학생들 얼굴이 머쓱해졌지만 곧 동천을 내버려 두고 자기들끼리 자리를 잡았다.

형섭이 잔뜩 상기된 얼굴로 동천의 손을 끌었다.

"어떻게 된 겁니까? 교표를 보니 게이오 대학 학생이 되셨군요."

동천도 머리를 끄덕이며 손을 마주 잡았다.

"예, 이제 3학년입니다."

"벌써 그렇게 되셨어요? 전 졸업하고 지금은 문관 시험을 준비하고 있습니다."

형섭은 진재 때 피난 나가 이태를 보내고 졸업 후 삼 년째 고시를 준비하느라 동경에 머물러 있다고 했다. 행정 고시란 말에 동천 눈가에 살짝 주름이 잡혔다. 문관 시험이라면 총독부 직원이 된다는 뜻이니 친일의 길을 가겠다고 선언한 것과 진배없었다. 형섭이 무엇 때문에 친일의 출세 가도를 달리려고 하는지 십분 짐작하고도 남음이 있었지만 아쉬움과 실망도 그만큼 클 수밖에 없었다. 동천은 물론 이런 내색은 하지 않았다. 몇 년 만에 만난 집안 식구와 얼굴 붉히는 말씨름을 하고 싶지 않았다.

형섭과 동천은 오래도록 밥집에 있었다. 형섭은 같은 동경에 있으면서도 그간 우연히도 마주친 적이 없다는 사실에 안타까워하면서 지금이라도 이렇게 만났으니 얼마나 기쁘냐며 술잔을 기울였다. 그 점은 동천도 마찬가지였다. 아무리 대학 재학 시기가 다르다고 해도 손바닥 안처럼 빤한 동경 유학생 모임에서 한 번도 마주친 적 없다는 게 기이할 정도였다.

동천을 앞세우고 왔던 패들은 밥값만 동천에게 떼밀어 놓고 모두 다른 술집으로 몰려간 지 한참이었다. 형섭은 두 눈이 커다래져 덤비듯 물었다.

"아니, 그럼 진보초에 있는 삼평사 2호점 점장이 아저씨란 말씀이세요?"

형섭은 진보초 거리라면 모르는 데가 아니라고 했다.

"다음부턴 필요한 책이 있으면 말씀하세요. 제가 구해 놓을게요."

동천이 느긋한 눈길로 형섭을 바라보았다. 형섭은 동천과는 반대로 놀란 기색을 감추지 못하고 눈만 껌벅였다. 동천이 풀어 놓은 그간의 이야기가 믿기지 않는 눈치였다. 천만뜻밖이라는 표정이 너무 노골적이어서 무안해질 지경이었다.

"하여튼 아저씨 운 타고나신 건 알아줘야 한다니까. 어디 그렇게 가는 곳마다 은인을 만나기가 쉬운가요."

형섭이 새된 목소리로 비꼬는 듯하더니 제가 듣기에도 도를 좀 넘었나 싶었는지 얼른 말을 바로잡았다.

"물론 아저씨께서 워낙 성실하게 생활한 덕도 있겠지요."

형섭이 둘러대는 말이 동천의 귀에는 단순하게 들리지 않았다. 좀 전부터 느낀 것이지만 형섭에게서 미묘한 기운이 새 나오고 있었다. 뭐라고 딱 잡아 따질 수는 없었다. 범골에서 동천을 대하던 여유로움이 사라지고 그 대신 긴장감, 혹은 경계심 같은 용심이 느껴졌다. 지기 싫어하는 경쟁심 같은 기운도 어른거렸다. 동천은 내심 뿌듯한 감흥에 휩싸였다. 일방적인 수혜 관계에서 동등한 경쟁 관계로 자리 이동이 일어났음을 쾌감처럼 느끼고 있었다.

"밤이 늦었으니 오늘은 이만 일어나죠. 조만간 짬을 내어 가게에 한번 들를게요."

형섭은 인사를 남기고 총총히 사라졌다.

다음 날, 학교에서 만난 오 선배가 어제 만난 이가 누구냐고 물었다. 동천이 설명해 주자 오 선배는 턱을 만지작거렸다.

"그간 한 번도 만난 적이 없었다니 좀 이상한데? 대학에 들어오기 전이라면야 그럴 수도 있겠지만 자네 벌써 3학년 아닌가? 동경의 조선 유학생이라면 내가 거의 다 아는데 그동안 어찌 한 번도 부딪친 적이 없지? 그럴 수도 있나?"

"삼 년 동안 고시 공부 하느라 두문불출한 모양이죠."

"글쎄, 자네 말도 일리는 있네만……."

오 선배는 탐탁지 않은 표정을 풀지 못했다.

그로부터 일주일이 지난 토요일이었다.

"여어, 강 점장!"

간판을 정리하던 동천이 돌아보니 형섭이었다.

"가게가 생각보다 큰데요."

형섭이 악수를 청하며 가게를 둘러봤다. 동천이 의자를 내어 앉기를 권했다. 그때, 방에서 와그르르 웃음소리가 터져 나왔다. 그 소리에 형섭의 눈매가 슬쩍 달라졌다.

"안에 손님이 와 있나 봐요?"

그럴 필요도 없건만 무척 조심스럽고 감추는 목소리였다.

"아, 예. 고학생 동우회 친구들이 놀러 왔어요."

"그래요? 영업 중인데 저렇게 시끄러워도 장사에 지장 없어요?"

"예. 뭐, 크게 방해는 안 됩니다. 오히려 책 팔아 주는 손님이 되는 경우가 많죠."

동천이 너그럽게 대꾸하자 형섭은 의미가 모호한 미소를 지었다.

"아, 물론 그렇겠죠."

동천은 말꼬리를 늘이며 자꾸 힐끗거리는 형섭이 어색해 소매를 잡아끌었다.

"이러지 마시고 들어가시죠. 안에 있는 친구들하고도 안면이 있을 겁니다. 어쨌든 다 같은 유학생 아닙니까?"

형섭이 슬그머니 뿌리치며 말했다.

"아니, 오늘은 가 볼 데가 있어서 이만 일어나야겠어요. 다음에 또 놀러 오죠."

형섭은 서둘러 가게를 떠났다. 동천은 큰길을 건너 사라지는 형섭의 꼭뒤를 바라보며 중얼거렸다.

"저렇게 서둘러 갈 거면 도대체 왜 온 거야?"

2월 초순의 바람 끝은 여전히 쌀쌀했다. 기독교 청년 회관 옆 어둑한 골목에 숨 가쁜 구둣발 소리가 울렸다. 모임 시간에 늦은 동천이 발길을 재촉하는 중이었다. 몇 개의 모퉁이를 돌자 작은 담배 가게가 나왔다. 동천은 이미 장사를 끝낸 가게 문을 조심스럽게 두드렸다. 조금 있자 유리 쪽문이 빠끔 열렸다.

"날세."

동천이 귀엣말하듯 속삭이자 가게 문이 살그머니 열렸다. 가게 뒤편 안집에 들어간 동천은 곧장 2층 방으로 올라갔다. 밖에서 보면 어둠에 잠긴 집이었지만, 그 방만은 담요로 창을 가린 채 환하게 밝혀져 있었다.

"오지 않아 걱정했네."

"미안하네. 느낌이 영 이상해 미쓰코시 백화점에서 서성이다 오는 길일세."

"뒤가 밟혔단 말인가?"

"음, 따돌린 것 같긴 한데……."

동천은 일부러 골목을 빙빙 돌아왔다며 씩 웃었다.

담배 가게 2층에 모인 학생은 동천까지 모두 열다섯이었다. 다음 달 1일, 삼일운동 십 주년 기념식을 준비하기 위해 꾸려진 준비단이었다. 회합은 장소를 바꿔 가며 열렸는데 이제 한 달도 채 남지 않은 시기라 막바지 준비가 한창이었다. 이번 행사는 여러 갈래로 나뉜 유학생 계파를 한자리에 모을 절호의 기회였다. 더욱이 일경을 피해 기습적으로 치러질 기념식이라 만반의 준비가 필요했다.

준비단 회원들은 서로가 누군지 몰랐다. 얼굴은 눈에 익을 대로 익었으나 그게 다였다. 만난 지 벌써 넉 달째지만 각자의 이름이나 주소, 다니는 학교, 전공 따위를 나누지 않았다. 다만 입고 있는 교복을 보고 어느 대학에 다니는지 짐작할 따름이었다. 혹시라도 검거되어 구속, 고문을 당하더라도 서로를 엮어 들이는 일만은 막기 위함이었다.

동천이 회원들 얼굴 하나하나를 확인하며 물었다.

"그런데 아직 한 사람이 안 온 모양이군요."

"네, 회원 하나 더 규합해서 온다고 전갈이 왔습니다."

"새로운 회원이라고? 준비단 모임도 다음번이면 끝인데 이제 와 무슨 새 회원입니까?"

동천이 미간을 찌푸렸다. 워낙 조심스럽게 추진하는 일이라 그만큼 예민했다.

"우리도 같은 의견이었지만 지도부에서 신원이 확실하고 지원금으로 큰돈을 쾌척한 학생이라며 추천하더군요."

잠시 후, 두 사람이 방문을 밀고 들어왔다. 동천은 낯익은 회원 뒤에 서 있는 남자를 건너다보다 화들짝 놀랐다. 형섭이 말끔한 얼굴로 방 안을 내려다보고 있었다. 동천은 하마터면 "도련님!" 하고 부를 뻔했다. 형섭은 동천을 보고도 차분히 외면하더니 자리에 앉왔다.

"자, 시간이 늦었으니 얼른 시작합시다."

가운데 앉은 학생의 재촉에 회합이 시작됐다. 동천은 모임이 끝날 때까지 형섭에게서 눈을 떼지 못했다. 형섭은 조용히 앉아 회의 내용을 듣기만 했다.

모임은 새벽이 가까워져서야 끝이 났다. 회원들은 여느 때처럼 한 사람씩 시차를 두고 집을 빠져나갔다. 동천은 형섭에게 말을 걸려고 기회를 노렸지만 헛수고였다. 형섭은 동천에겐 눈길 한 번 주지 않고 같이 온 학생을 따라 골목으로 사라졌다. 동천은 가게로 돌아오면서 혼자 중얼거렸다.

"도련님이 하숙하는 데가 어디라고 했더라……. 아! 맞다. 아사쿠사 공원 옆 주택가라고 했지."

동천은 일간 찾아가 회합에 참여하게 된 경위를 물어보리라 마음먹었다.

닷새 후, 갑자기 비밀 연락이 왔다.

금일 7시, 기독교 청년 회관 지하 3호실

동천은 연락을 받고 고개를 갸우뚱했다. 벌써 마지막 회합을 가질 때가 되었나, 하는 의구심이었다.

'성명서 원고가 아직일 텐데?'

그러나 연락이 온 이상 빠질 수는 없었다. 동천은 부랴부랴 가게를 마감하고 청년 회관으로 향했다. 해는 이미 져서 여기저기 가로등 불빛이 따스하게 보였다. 저녁 7시가 좀 안 되어 도착한 동천은 곧장 들어가지 않고 일부러 근방을 천천히 배회했다. 건물 주변이 깨끗한 걸 확인한 후에야 지하로 내려갔다.

3호실엔 열여섯 명 회원들이 벌써 자리하고 있었다. 그런데 왠지 분위기가 이상했다.

"그러니까 오늘 회합은 누가 소집한 겁니까?"

"지난번 모임 때 분명 이달 말쯤 다시 보자고 하지 않았나요?"

회원들은 어리벙벙한 표정으로 중구난방 떠들고 있었다. 동천은 얼른 형섭을 찾았다. 하지만 아무리 살펴보아도 형섭은 그림자도 비치지 않았다. 동천은 불현듯 드는 예감에 문 쪽으로 몸을 틀었다.

그때였다. 바깥 복도에서 요란한 구둣발 소리가 쏟아지더니 방문이 왈칵 열렸다.

"모두 그 자리에! 한 사람도 움직이지 마랏!"

문으로 쏟아져 들어온 사람들은 다름 아닌 고등경찰과 형사들이었다. 열여섯 명 청년들과 경찰들이 뒤엉켜 일대 소란이 벌어졌다. 회원들은 막힌 문 대신 창문으로 달아나려 했지만 소용이 없었다. 지하 방 창문은 반만 바깥으로 열리게 되어 있어 빠져나가기엔 역부족이었다.

결국 회원들은 한 명도 빠짐없이 굴비처럼 엮여 경찰차에 실렸다. 나란히 앉은 회원 중 누군가 말했다.

"내부에 첩자가 있다. 누구지?"

그 말에 다들 서로를 번갈아 보는데 가운데 앉은 경찰이 버럭 소리쳤다.

"조용! 서에 도착할 때까지 입 다물어라!"

경찰서에서 경시청으로 넘겨진 회원들은 뿔뿔이 흩어져 어디론가 끌려갔다. 동천 역시 홀로 되어 감옥에 갇혔다. 3월이 가까웠지만 돌로 지어진 지하 감옥은 입김이 날 정도로 추웠다. 동천은 가게에서 나올 때 입은 옷차림 그대로 이불 한 장 없이 밤을 지새웠다. 다음 날부터 시작된 취조는 보름이 넘게 이어졌다.

"누구누구 가담했나?"

"모르겠소."

"유학생 모임 중 어떤 조직이 중심이지?"

"난 모르오."

"기념회 준비로 유학생 이외에 외부 인사 누구와 접촉했나?"

"아무도 만난 적 없소."

"반도에 연락한 단체나 개인은?"

"없소."

"접선책은 누가 담당했나?"

"그런 사람 없소."

"다른 가담자의 이름과 주소를 대라."

"아는 바 없소."

하루걸러 한 번씩 취조실로 끌려간 동천은 매번 똑같은 질문을 받고 똑같은 대답을 하고 똑같은 고문에 시달렸다. 죽지 않을 만큼 물 먹이기, 죽지 않을 만큼 때리기, 죽지 않을 만큼 매달아 놓기 등이 주된 고형이었다. 거꾸로 매달린 동천의 코로 고춧가루 물이 쏟아져 들어오면 참았던 비명이 터졌다.

"차라리 죽여라. 죽이고 끝내라!"

그러나 고문관들은 절대 동천을 죽이지 않았다. 죽음보다 더한 고통만 안겨 줄 따름이었다. 고문으로 늘어진 몸뚱이가 감방 안으로 던져지면 동천은 다시 한 번 새로운 고통과 싸워야 했다. 육체의 고통이 아닌 정신의 고통이었다.

죽어 버리자는 유혹이 감방 네 귀퉁이에서 스멀스멀 기어올랐다. 죽으면 끝이다. 죽어 버리면 고문과 취조에서 도망칠 수 있다. 동료를 배신할 염려도, 스스로를 배신할 걱정도 없다. 어제까지 온몸을 지져 대던 고등경찰 앞에 머리를 조아리며 목숨을 구걸하는 비참함도 피할 수 있다. 죽음은 두려운 것이지 고통스러운 것은 아니다. 그러니까 그만 끝내 버리자. 구마모토가 넣어 준 셔츠를 길게 찢어 엮으면 목줄은 금방이다.

동천이 웅크리고 앉아 미친 사람처럼 웅얼거리는데 문 쪽에서 무언가 희미하게 떠올랐다. 그것은 하얀 안개처럼 뭉치더니 조금씩 모습을 갖추어 갔다. 동천은 핏물이 고인 눈에 힘을 주고 가만히 겨누어 보았다.

"어머니!"

본동댁이 문 앞에 앉아 동천을 마주 보고 있었다. 동천은 몇 년 만에 또렷이 떠오른 본동댁 모습에 가슴이 무너졌다. 생의 막다른 골목에서 마주친 얼굴, 기억 저편으로 억지로 묻어 두었던 어머니가 동천에게 살아남으라고 말하고 있었다.

지하 감방에 갇힌 지 한 달이 다 된 어느 날, 면회 신청이 들어왔다. 두 손이 묶인 채 절뚝거리며 나간 면회실엔 구마모토가 서 있었다. 두 번째 면회였다. 첫 번째는 옷가지와 사식만 차입할 수 있을 뿐 대화는 금지였다.

구마모토는 쓰디쓴 표정으로 동천을 살피다 불쑥 물었다.

"독립운동 따위는 그만하고 학업이나 마치는 게 어떤가?"

"설득하러 오신 겁니까?"

"시대 흐름이라는 것이 있지 않나. 자네가 이렇게 반항해 봤자 남는 건 망가진 육신에 실패한 인생밖에 더 있어? 그동안 애쓴 보람은 다 어떻게 하려고 이러나."

구마모토는 철창 너머에 있는 동천이 안타까운지 마른침을 삼켰다.

"자넨 칠 년이나 내지에 살면서 내지인 교육을 받지 않았나? 그 정도면 반쪽짜리 내지인 흉내는 내도 되잖아."

동천은 검푸르게 멍이 든 입가를 씰룩였다.

"일본에 살았기 때문에 더더욱 조선인이 되어 버렸습니다."

구마모토는 수수께끼처럼 그게 무슨 말이냐고 되물었다.

"취조를 끝내고 감방으로 돌아오면 온갖 잡념이 머리를 채우더군요. 제일 먼저 내가 왜 지금 여기 있지? 하는 물음이 치밀어 오릅니다. 전 분명 독립운동 같은 거창한 단어와 어울리는 놈이 아닙니다. 그렇다면 왜? 전 다만 조선인으로 태어났으니 조선인으로 살고자 했던 것뿐입니다. 그 대가가 이렇게 혹독한 것인 줄 몰랐지만 하는 수 없죠. 저는 스스로를 속이고 부정하면서 살 자신이 없습니다. 고문을 겁내지 않을 용기도 없지만, 조선인이 아닌 채 살아갈 자신도 없습니다."

동천이 말을 맺자 구마모토가 고개를 떨어트렸다.

"하루라도 빨리 나오도록. 가게는 그때까지 내가 봐줄 테니."

"제멋대로 굴어서 죄송합니다. 가게 영업에 폐를 끼친 점 드릴 말씀이 없습니다. 원하시면 점장 자리를 다른 사람에게 일임하셔도……."

동천이 고개를 숙이자 구마모토가 손을 휘저었다.

"모 요이(그만 됐다)! 남자란 의리와 훈도시(속옷)를 빼놓을 수 없는 법인데 다른 때도 아니고 감옥에 있을 때 갈아 치우는 건 취미에 안 맞아."

구마모토는 한마디 던지고는 면회실을 나갔다. 그날 밤, 동천은 구마모토가 넣어 준 속옷으로 갈아입고 단잠에 빠져들었다.

동천이 홀로 갇힌 독방은 긴 복도에서 네 번째 방이었다. 취조실을 오가며 힐끗힐끗 살피니 다른 방에서도 인기척이 느껴지긴 했다. 하지만 다른 사람에게 말을 걸거나 신호를 보낼 수는 없었다. 독방이건 아니건 감방에서는 누구도 말을 해서는 안 됐다. 하루 종일 가부좌를 튼 채로 입을 다물고 석상처럼 앉아 있어야 했다. 허락 없이 말을 하거나 손가락이라도 까딱하는 날이면 간수들이 불문곡직 매타작을 안겼다. 동천은 가끔 들려오는 비명 소리로 회원 중 몇몇이 이 복도의 독방에 수감되어 있음을 확인할 뿐이었다.

"면회다! 빨리 나오도록!"

간수가 쇠창살 사이로 던지듯 말하고 사라졌다. 구석에 웅크리고 있던 동천이 중얼거렸다.

"누구지? 사장님은 엊그제 다녀가셨는데?"

면회실로 들어서니 뜻밖에 요시코가 서 있었다.

"출옥이 얼마 남지 않았으니 기운 내세요."

"출옥? 내가 나갈 거라고 누가 그럽니까?"

동천은 미칠 듯한 반가움을 감추느라 부러 퉁명스럽게 물었다.

"친척 어른 중 이쪽에 재직하시는 분이 계셔요."

"경시청에 근무하는 분이 계신다는 뜻이오?"

요시코가 그렇다고 대답하자 동천이 이맛살을 구겼다.

"그런 도움 필요 없으니 신경 쓰지 않아도 좋소."

요시코는 도움 된 것 아무것도 없다며 고개를 외로 꼬았다. 그러다 아 참, 하며 말을 이었다.

"혹시 이번 검거에 첩자 노릇을 한 자가 누군지 알고 계세요?"

동천이 모르겠다고 대답하자 요시코가 몸을 기울이며 속삭였다.

"떠도는 소문으로는 제대 출신 강형섭이라고, 혹시 아시는 분이세요? 성이 같은데."

동천은 가슴이 철렁했으나 차마 조카라고 말할 수는 없었다.

"문관 시험을 준비하는 학생이라는데 갑자기 이 모임에 든 것부터가 이상하다고……. 아무리 거금의 기부금을 냈다고는 하지만 애초에 이번 일은 집행부의 잘못 같아요."

요시코는 안타까운 한숨을 내쉬더니 사식을 좀 차입했다고 말했다.

"그럼 나오실 때까지 몸조심하세요. 학교에서 뵈어요."

요시코가 돌아서는데 동천이 불러 세웠다.

"내게 왜 이런 친절을 베풀지요?"

요시코가 담담하게 대꾸했다.

"예전 오사카 역 앞에서 도둑으로 의심한 일 기억하시나요? 그때에 대한 사과의 뜻이라고 하면 될까요."

요시코는 알 듯 말 듯 한 웃음을 남기고 돌아갔다. 그날 밤 내내,

독방 천장에는 요시코의 얼굴이 둥둥 떠다녔다.

일주일 후, 동천은 요시코의 말대로 풀려나왔다. 고문 후유증으로 열흘 넘게 앓던 동천은 몸을 좀 추스르자 형섭의 하숙부터 찾아갔다.

하녀가 마루 끝으로 나와 말했다.

"지도 교수 따님 결혼식에 초대되었다며 일찍 나가셨는데요."

동천은 물어물어 피로연이 열린다는 음식점으로 찾아갔다. 화려한 장식으로 정원을 꾸민 고급 요리점이었다. 초대장도 복장도 갖추지 않은 동천은 물론 들어갈 수가 없었다. 동천은 하는 수 없이 요릿집 정문 앞 건너편 길에 앉아 파티가 끝나기만을 기다렸다.

지루한 시간이 흐르고 어둑해질 무렵이었다. 동천의 눈에 화단 앞을 지나는 형섭이 잡혔다. 담배를 피우러 나왔는지 따분한 표정이었다. 동천은 벌떡 일어나 문 안으로 돌진했다. 마침 문지기도 저녁을 먹으러 자리를 비운 터라 형섭은 동천에게 팔이 낚였다. 형섭은 일순 당황했지만 재빨리 눙치는 웃음을 지었다.

"아니, 삼촌이 여긴 웬일이세요?"

"삼촌? 네가 날 진정 숙부로 생각한단 말이냐?"

동천의 눈에서 불이 뚝뚝 떨어졌다. 하지만 형섭은 눈썹 하나 까딱하지 않고 어깨를 으쓱했다.

"무슨 말씀이세요? 그리고 얼굴은 왜 그리 못쓰게 됐어요? 꼭

염병 앓다 나으신 것 같네."

형섭이 입을 비틀어 가며 억지웃음을 짓자 동천은 더 이상 참지 못하고 주먹을 날렸다.

"네가 그러고도 사람이냐? 피붙이와 동포를 팔아먹고도 사람 행세야!"

형섭은 엉겁결에 들어온 주먹을 피하지 못하고 나뒹굴었다. 그러나 곧 벌떡 일어나 덤벼들었다. 두 사람은 엉겨 붙어 요릿집 마당을 휩쓸었다. 형섭이 차려입은 연미복은 뜯기고 찢겨 엉망이 되었다. 동천 역시 간신히 가라앉았던 얼굴이 또다시 벌겋게 부어올랐다. 그래도 달걀 껍데기보다는 노동에 단련된 룸펜이 싸움에선 한 수 위였다. 동천은 형섭의 몸을 타고 올라 먹살을 틀어쥐었다. 마침 식사를 마치고 나오던 문지기가 소리소리 지르며 두 사람을 뜯어말렸다. 그 소리에 피로연장에서 사람들이 뛰쳐나왔다. 동천은 사람들에게 붙들려 형섭에게서 떨어졌다.

"주먹 자랑 그만하고 고향에나 가 보시지?"

"뭐?"

"모친 편찮으시다는 소식 못 들었나? 하긴 독립운동입네 뭡네, 천지 분간 못 하고 휘젓고 다니느라 언제 자식 노릇 할 짬이나 나겠어."

그 소리에 동천의 팔에서 힘이 풀렸다.

경찰을 부르겠느냐는 물음에 형섭이 고개를 저었다. 형섭은 대문 밖으로 쫓겨나는 동천을 따라 길가로 나왔다. 동천이 담벼락을 짚고 서자 형섭이 다가섰다.

동천이 입가에 묻은 피를 닦으며 물었다.

"마지막으로 묻겠다. 진정 너냐?"

형섭도 코피를 손등으로 닦아 내며 대답했다.

"그렇다면 어쩔 겁니까."

그 말에 동천의 몸이 다시 움찔하며 형섭 앞으로 다가들었다. 이번에야말로 녀석의 목을 졸라 버리겠다는 표정이었다. 사색이 된 형섭이 뒤로 물러서며 다급히 말했다.

"하지만 그건 어쩔 수 없는 일이었어요. 반도인의 문관 시험 응시 요건 중엔 사상 검증 절차라는 게 있습니다. 기관에서 제게 요구한 검증 작업이 바로 기념집회 준비 모임을 뒷조사하라는 것이었다고요."

"그럼 조선 식당에서 우연히 마주친 것도, 가게에 찾아온 것도 다 계획된 접근이었단 말이야?"

형섭이 고개를 끄덕였다. 동천은 순순히 털어놓는 형섭의 모습에 입술을 깨물었다. 설마 하던 염려에서 한 치도 어긋나지 않은 내용이었다.

동천이 삿대질하며 욕을 퍼부었다.

"남도 아니고 어떻게 피붙이 뒤를 캐어 일경에게 넘기나! 그런 개 노릇이 어떻게 올바른 정신으로 가능하냐고!"

형섭 얼굴이 싸늘하게 식었다. 그리고 동천에겐 한 번도 보인 적 없던 표정으로 쏘아붙였다.

"올바른 정신? 당신이야말로 정신 차리고 주제 좀 돌아보지그래?"

"내 주제라니?"

"흥! 대학모 쓰고 동경 거리 활보하니까 잊고 사는 모양인데, 당신은 그냥 종첩의 아들일 뿐이야. 그런 주제면 도련님 출세에 도움은 못 돼도 재는 뿌리지 말아야지! 당신 때문에 난 시험에 응시할 기회조차 박탈당할 뻔했다고, 알아? 독립운동? 도대체 어느 헛바람 든 놈들의 장난질인가 했더니만 바로 내 서삼촌이라는 작자가 설치고 다닐 줄이야 꿈엔들 알았겠느냐고!"

동천은 형섭의 돌변한 말투에 아연실색했다. 형섭은 그 모양이 우스운지 코웃음을 쳤다.

"아버님의 너그러움이 아니었으면 당신네 두 모자가 목숨이나 부지할 수 있었을 것 같아? 지금껏 살려 둔 것에 대한 보은은 그만두고라도 해코지는 하지 말아야 할 것 아니야!"

동천이 목이 콱 멘 소리로 물었다.

"그게 지금껏 감추어 두었던 네놈의 본심이냐?"

형섭이 차가운 미소를 머금으며 눈썹을 까닥였다. 동천이 일그러진 얼굴로 마른침을 삼켰다.

"그럼 하나만 묻자. 칠 년 전 내가 구성에 있는 네 하숙집을 찾아갔을 때, 왜 날 도와주었지? 그때 넌 분명 호적 등본을 건네주며 도항을 격려했었잖아."

형섭이 비실대며 고개를 끄덕였다.

"순진하기는. 하기야 하나밖에 모르는 단순한 성질이니 독립운동 같은 애먼 짓거리나 하고 다닐 테지. 잘 들으세요, 아저씨. 그 당시 아버지는 당신네 모자를 쫓아내기 위해 골치를 앓으셨다 이 말이야. 그런데 마침 당신이 제 발로 대곡리, 아니 아예 조선 땅을 떠나겠다니 얼마나 반가운 소식이야? 호적 등본이 아니라 여권이라도 내어 줄 판이었어, 그때는."

형섭이 비아냥대다 갑자기 이맛살을 구겼다.

"물론 이렇게 살아남아 내 앞을 훼방 놓을 줄은 꿈에도 생각 못 했지만."

형섭은 대진재 때 동천이 죽은 줄로 알았다며 헛웃음을 지었다.

"다들 학살을 피해 반도로 피난 나올 때였으니까. 그런데 당신 소식은 범골에서도 들을 수가 없더군. 나중에야 옆집에 산다는 소작농 집 아들한테 전보가 왔다는 말을 들었지. 흥! 그때 알아봤어야 했는데. 당신의 그 끈질기고 그악스러운 명줄 말이야."

"미안하군. 살아남는 것도 모자라 도련님의 앞길까지 어지럽혀서."

동천이 느물거리며 받아넘겼다. 그때 건물 안에서 후리소데(미혼 여성의 예복으로 쓰이는 일본 의상)를 입은 여자 하나가 나왔다.

"형섭 상? 괜찮으세요?"

여자는 겁먹은 눈길로 동천을 아래위로 훑어보았다.

"어머! 기껏 선물한 예복이 엉망이 되었네."

여자는 뜯긴 소매를 매만지며 호들갑을 떨었다. 피멍이 든 형섭 얼굴보다 옷이 먼저 걱정되는 모양이었다. 형섭은 여자의 어깨에 손을 얹으며 달랬다.

"곧 갈 테니 먼저 들어가요. 가즈코가 있을 데가 못 돼."

여자는 형섭의 말에 고분고분 따랐다. 동천은 종종걸음으로 멀어지는 여자를 불쾌하게 쳐다봤다.

"저 여잔 뭐냐? 사귀는 사이냐?"

형섭이 마음대로 생각하라며 고개를 비틀었다.

"하긴 친일을 제대로 하려면 여자도 일본 여자라야 구색이 맞겠지."

동천이 입가를 실룩거리자 형섭이 날카롭게 되받아쳤다.

"결혼해 준다면야 물론 감지덕지하지. 가문을 일으키는 데 그만한 지름길이 어디 있겠어."

동천을 비스듬히 노려보는 형섭의 눈매가 강 진사의 그것과 똑 닮았다. 동천은 등줄기로 소름이 돋는 걸 느끼며 일갈했다.

"넌 범 가죽을 뒤집어쓴 개다. 종첩의 아들? 너 같은 위선자로 사느니 차라리 떳떳한 종놈이 낫겠다!"

형섭도 지지 않고 씹어뱉었다.

"내가 범 가죽을 뒤집어쓴 개라고? 무슨 당찮은 말씀. 범 가죽을 쓴 개는 내가 아니라 바로 당신이야. 태생을 숨기려고 남의 나라에까지 기어들어 와 설치는 꼬락서니라니. 그렇다고 본성이 어디 갈까? 맘에 안 들면 앞뒤 재지 않고 물어뜯는 그 성질머리, 시끄럽게 짖어 대는 꼴이 바로 당신이라고."

형섭은 능멸에 찬 미소를 흘리며 덧붙였다.

"애초에 지킬 것이 없으니 제멋대로 반항하고 옳은 체할 수 있겠지. 하지만 난 당신과 처지가 달라. 내겐 가문과 재산을 지킬 의무라는 게 있어."

동천이 맞받아쳤다.

"그런 식으로 가문과 재산을 지킨다 한들 무슨 의미가 있겠나."

형섭이 어금니를 사리물었다.

"의미? 가문과 재산을 지키는 데 의미는 왜 따져? 독립운동이라니 이 철없는 작자야, 시대가 뒤집혀 일인들의 세상이야. 물길을 거슬러도 유분수지, 이미 뒤바뀐 세상에서 치기 어린 공명심만 앞세운다고 영웅이라도 될 줄 알아? 하긴 서출 따위가 가문을 책임진다는 게 어떤 의미인지 알 턱이 없지."

동천은 차가운 눈빛으로 형섭을 겨누어 봤다.

"그럼 너처럼 내 것을 지킨다는 핑계로 동족에게 칼을 들이대는 짓은 의미가 있다는 말이냐?"

형섭은 받아칠 말이 없는지 입을 다물었다. 눈에서는 모멸감과 오기가 뚝뚝 떨어졌다. 형섭은 홱 돌아서 건물 안으로 들어가 버렸다. 동천은 휘청거리며 거리로 나왔다.

아직 채 낫지 않은 몸으로 난투극을 벌인 탓인지 사지가 부들부들 떨렸다. 가게로 돌아오는 긴 시간 동안 동천의 귓가에 들리는 소리는 오직 두 가지였다. 하나는 '서출 따위가'라는 냉소, 또 하나는 아까부터 바짝 따라붙는 고등경찰의 구둣발 소리였다. 사슬처럼 죄어 오는 소리를 떨쳐 내지 못한 채 동천은 가게 문을 열었다. 나중에 점원에게 들으니 유리문 앞에서 거꾸러진 동천은 꼬박 이틀을 혼수상태로 지냈다고 했다.

칠 년 만의 외출

학기말 시험이 한창인 6월이 돼서야 동천은 학교 서무과를 찾아갔다. 검거다, 감옥살이다, 와병이다 하는 사이에 한 학기가 훌쩍 지나가 버렸다.

"학생은 검거 사실이 학교에 통보되고 바로 휴학 조치되었습니다. 지금은 기말고사 기간이기 때문에 복학 신청을 한다고 해도 학기 인정은 받을 수 없어요. 방학 중에 다음 학기 등록을 하지 않으면 계속 휴학 중인 것으로 처리됩니다."

서무과 직원은 기계처럼 줄줄이 읊어 댔다. 동천은 붉은 글씨로 검거 날짜와 이유 등이 꼼꼼히 적힌 학적부를 확인하고 사무실을 나왔다.

"차라리 잘되었다. 자빠진 김에 쉬어 간다고 고향에나 다녀오
자."

동천은 바지 주머니에 손을 찔러 넣고 사회주의 연구실로 향했
다. 버릇처럼 발길이 향한 연구실은 그러나 엉뚱하게도 '서양화
취미반'으로 바뀌어 있었다.

"아 참, 연구실을 빼앗겼다 그랬었지⋯⋯."

동천은 맥이 빠져 건물을 나왔다.

동천이 고문 후유증으로 앓아누운 동안 친구들이 문병차 들락
거렸다. 어느 날, 우에다를 이어 회장이 된 혼다가 찹쌀떡 한 꾸러
미를 들고 왔다. 낯이 익은 후배 둘도 따라왔다. 동천이 흰 가루가
뚝뚝 떨어지는 찹쌀떡을 입으로 가져가며 물었다.

"선배님, 얼굴이 왜 그리 어두우세요?"

혼다가 기다렸다는 듯 넋두리를 시작했다.

"작년 3·15 사건 이후 우리 같은 주의자들은 눈칫덩어리, 구박
덩어리가 되었지 않아. 이제 연구실에서도 쫓겨나게 생겼어. 쳇!
명색이 지성의 요람이라는 대학에서 사상 탄압을 받다니."

혼다는 모임 발족 이후 지켜 온 연구실을 내놓게 되었다며 한탄
했다. 3·15 사건이라면 1928년 일본 정부가 노동·농민 운동을 이
끈 마르크스주의자와 무정부주의자 약 천여 명을 대대적으로 검
거, 탄압한 사건이었다. 이 사건으로 일본에서 활동하던 제국주의
반대 세력은 그 위세를 크게 잃고 입지가 좁아 들었다. 검거 광풍

은 대학이라고 예외를 두지 않아 가와카미 하지메(河上肇) 교수까지 투옥되는 등 그 여파가 컸다. 가와카미 교수는 일본 내 마르크스주의 경제학 연구의 선구자로 손꼽히는 학자였다.

"행정실에서 다른 연구실을 배정해 줄 테니 기다리라고 하더군. 방금 체육관 창고에 우리 짐을 넣고 오는 길일세. 하지만 말이 새 배정이지, 아마도 우린 영영 연구실도 없이 떠도는 유령 모임이 될 공산이 커."

혼다와 후배들은 어깨를 늘어뜨리고 돌아갔다.

동천은 그날 일이 기억나 쓴 입맛을 다셨다. 헛걸음을 하고 나니 더 이상 갈 곳도, 가고 싶은 곳도 없어졌다. 삼 년을 다니며 공부했던 학교가 한없이 낯설어졌다. 동천은 무수한 인파 속을 홀로 걸어 교문 밖으로 나왔다.

"어디로 가지?"

동천은 길가 한가운데 서서 좌우를 두리번거렸다. 볼일을 마쳤으면 가게로 돌아가 장사를 하는 게 옳다. 여느 때 같으면 고민할 새 없이 가게 쪽으로 방향을 잡았을 동천이다. 그런데 오늘은 달랐다. 손에 쥔 것을 놓친 사람처럼 갈팡질팡했다. 동천은 딱히 갈 곳을 정하지 못한 채 큰길가로 나왔다.

쿵쾅쿵쾅! 뿜빠뿜빠!

하늘에는 알록달록한 만국기와 등이 내걸려 있었다. 그 아래로 일장기와 욱일승천기를 양손에 갈라 쥔 사람들이 줄지어 갓길을 가득 메웠다. 동천은 난데없이 맞닥뜨린 인파에 멈추어 섰다. 잠시 후, 차량 통행을 막은 도로 위로 꽃전차 행렬이 요란한 음악 소리를 내며 지나갔다. 꽃전차는 빨강, 파랑, 노랑 전등으로 꾸미고 지붕에 수많은 깃발을 꽂아 행사의 분위기를 한껏 돋웠다.

"또 무슨 기념일이길래 이 난리야?"

동경 시내는 한 달에 한 번꼴로 이런 기념 퍼레이드가 벌어지곤 했다. 그 명목도 다양했다. 동경 박람회 기념, 천황 생일과 결혼기념, 승전 기념, 미국 귀빈 환영 기념 등등이었다. 그중에 가장 빈도수가 높은 행사는 승전과 대륙 진출을 축하하는 퍼레이드였다. 늘어 가는 퍼레이드 횟수만큼 꽃전차의 꾸밈도 해마다 그 화려함을 더해 갔다.

"아니, 저건!"

맨 마지막에 지나가는 꽃전차를 보던 동천의 눈살이 확 구겨졌다. 그것은 야타노카가미를 본뜬 장식으로 꾸민 전차였다. 야타노카가미란 황실에 전해져 내려오는 세 가지 신기(神器) 중의 하나인 거울 이름이었다. 그 거울 앞에 여섯 개의 인형이 일장기를 흔들며 만세를 부르고 있었다. 그런데 인형들이 입은 옷이 희한했다. 각각 둘씩 기모노와 치파오를 입었고 맨 가장자리 두 인형은 흰 저고리와 검정 치마 차림으로 일장기를 들고 만세 부르는 흉내를 내고 있었다. 물어보지 않아도 그 인형들은 일본과 만주, 그리고 조선을 의미했다. 만주와 조선도 천황의 지배하에 있음을 강조하는 꾸밈이었다.

　동천은 눈가가 저려 왔다. 더 이상 버티고 볼 염치가 없어진 동천이 눈길을 돌리자 이번엔 꽃전차 뒤로 열을 맞춰 행진하는 군인들이 보였다. 동천은 자리를 뜨려다 엇, 하고 멈추어 섰다. 맨 앞에서 군용마를 타고 행렬을 진두지휘하는 장교의 얼굴이 동천의 눈에 콱 박혔다.

　"다케다…… 선생님?"

　갈색 말에 올라탄 장교는 허리를 꼿꼿이 세우고 엄숙한 표정으로 좌우로 늘어선 군중들을 굽어보고 있었다. 그러다 동천과 눈이 마주쳤다. 동천은 콧수염을 기르고 안경을 벗은 장교의 얼굴을 뚫어져라 바라봤다.

　동천은 제 눈을 믿지 못하고 웅얼거렸다.

　"설마, 선생님이라고?"

　장교는 눈썹 하나 까딱하지 않고 동천을 훑어 내리더니 시선을 앞으로 향했다.

　군대 행진을 마지막으로 퍼레이드는 끝이 났다. 깃발을 든 군중들은 더러 꽃전차 행렬을 따라가기도 하고 삼삼오오 흩어지기도 했다. 그러나 동천은 선 자리에서 꼼짝할 수 없었다. 방금 전에 본 장교의 얼굴이 물귀신처럼 동천의 손발을 얽어맸다.

　'그럴 리가 없다. 내가 잘못 본 게지. 다케다 선생님이 무엇 때문에 동경에서 승전 기념 퍼레이드에 말을 타고 나타난단 말인가. 아

무래도 비슷하게 생긴 사람을 착각한 게야.'

동천은 고문 후유증으로 어지러워진 마음을 탓하며 발을 뗐다. 그때, 뒤에서 동천의 어깨를 두드리는 손길이 있었다.

"동천 군 맞지?"

동천은 소스라치게 놀라 한 걸음 뒤로 물러섰다. 말 위에서 자신과 눈이 마주쳤던 장교가 거짓말처럼 앞에 서 있는 것이다.

"서…… 선생님?"

"이 친구, 뭘 그리 놀라나. 유령이라도 본 사람 같으이."

다케다는 칠 년 전과 딴판으로 달라져 있었다. 금장이 번쩍거리는 군복에 허리에는 기름이 반질반질한 군도가 매달려 있었다. 쇠붙이로 된 장식은 움직일 때마다 절그렁거리는 소리를 냈다. 무엇보다 짧게 친 머리와 정돈된 콧수염이 그를 딴사람으로 만들었다. 금테 안경도 사라지고 없었다.

"아까 스친 학생이 자네 맞았구먼. 세상에 이런 우연도 있네. 아니, 우리가 인연이 있으니 이렇게 다시 만나게 된 건지도 모르지."

다케다는 군중 속에서 동천을 발견하고는 곧장 달려오는 길이라고 했다.

"저도 지금 긴가민가하고 서 있던 참입니다."

동천이 얼떨떨한 얼굴로 대꾸하자 다케다가 악수를 청했다.

"진솔재 학교에서도 두각을 나타냈지만 이렇게 훌륭히 자랐을 줄이야."

다케다는 동천의 교표를 확인하며 칭찬했다.

"우리 어디 가 점심이나 하면서 얘기하지."

다케다는 절도 있는 군인답게 딱 끊어 말하고는 앞장섰다. 동천은 다케다를 따라가며 내내 머리를 갸우뚱거렸다. 조선에서 아이들에게 희망과 용기를 불어넣고 있을 줄로만 알았던 다케다 선생이 동경 한복판에 나타나다니 도통 생시 같지 않았다. 더욱이 황군복을 차려입은 장교의 모습이라니, 동천은 묘한 불안감으로 가슴이 두근거렸다.

중국 요릿집에 자리 잡은 다케다가 동천에게 술을 권했다.

"졸업식도 하지 않고 단신 도항했다는 소식에 많이 놀랐다."

"그때는 여러모로 죄송했습니다."

동천이 얼굴을 붉히자 다케다가 아닐세, 하고 손을 내저었다.

"그래도 이렇게 훌륭히 자라 주었으니 고마울 따름이야."

다케다는 동천이 술잔에 손을 대지 않자 짓궂은 표정으로 물었다.

"자네가 올해 몇이지? 스물둘? 그럼 한창 연애에 열을 올릴 나이 아닌가. 어때? 여자는 좀 사귀었나? 술이건 여자건 그때그때 즐겨 놓지 않으면 나중에 후회하네. 지금이 딱 힘자랑하기 좋을 때니까. 하하!"

동천은 다케다 입에서 튀어나오는 낯 뜨거운 농담에 화들짝 놀랐다. 동천의 기억 속에 담긴 다케다 선생과는 너무나 다른 모습이었다.

"나도 반도에 있을 때 반도 아가씨를 잠시 사귄 적이 있지. 그 순박한 매력이란 닳고 닳은 내지 여자들은 도저히 따를 수 없는 장점이지, 안 그런가? 나도 그 매력에 빠져 그만 반도인 아내를 얻어 말뚝을 박을 뻔했지 뭔가."

다케다는 반도인 아내라니, 라며 머리를 흔들었다. 동천은 그 조선 여인과는 어떻게 되었느냐고 묻지 않았다. 물을 필요도 없을 듯했다. 다케다의 얼굴에 잠깐 저속한 비웃음이 스쳤기 때문이다. 마치 조선 여자와 열애에 빠졌던 과거를 돌이킬 수 없는 실수로 반추하는 표정이었다. 동천은 말머리를 돌리려 다케다의 계급장을 가리켰다. 육군 중위 계급장이었다.

"그런데 선생님, 아까 몰라 뵐 뻔했습니다. 군복을 입고 계셔서."

"음, 그럴 만도 하지. 내가 자넬 만났을 때가 갓 교원 발령을 받고 반도로 나간 첫해였으니까. 그런데 반도에서 보통학교 교사 노릇은 두 해로 마무리되었네. 막상 반도에 나가 있으니 스물세 살 청년에게는 더 중요한 일이 있다는 걸 깨닫게 되더군. 그래서 다시 들어와 군에 입대했지."

다케다는 보란 듯이 군모를 만지작거렸다. 동천은 다케다를 어떻게 대해야 할지 난감했다. 지난날 그가 빌려 준 책이 아니었으면 일본으로 건너올 강심은 먹지 못했을 터였다. 동천에겐 은인이나 다름없는 존재였다. 그러나 지금의 다케다는 그 속을 짐작할 수 없는 군인으로 탈바꿈해 있었다.

"진솔재 학교에서 보여 주셨던 열정을 아는 저로서는 지금의 모습이 좀 놀랍습니다."

동천은 아쉬운 마음을 에둘러 표현했다.

"그럴 테지. 하지만 우리 일본제국이 세계로 뻗어 나가는 데 더 시급한 인력은 교육자보다는 군인일세. 교육자가 후방을 책임지는 지원 병력이라면 군인은 최전방을 사수하는 돌격대라고 할 수 있지. 난 반도에서 보낸 몇 년으로 지원병 노릇은 충분했다고 보는데."

다케다는 동천에게 지난 칠 년의 이야기를 해 달라며 술을 따랐다. 동천은 일본에서의 일들을 간추려 이야기해 주었다. 동천이 메이데이 기념식 사건을 말할 때 다케다의 미간이 살짝 좁아 들었다. 그리고 삼일 만세 운동 기념행사를 준비하다 옥살이까지 한 이야기가 나오자 다케다는 들었던 술잔을 탁자에 놓았다.

"고생 많았네. 그런데 한 가지 자네에게 꼭 해 주고 싶은 말이 있어. 내지인과 반도인은 일한 병합 이후 한동포가 되었다는 사실을 망각해서는 안 된단 말일세. 한동포란 무슨 뜻인가? 똑같이 천황 폐하를 모시는 신민 아니겠나. 천황 폐하를 모실 수 있는 국민의 자격을 얻는다는 것이 얼마나 기쁘고 황송한 일인가."

다케다는 동천을 설득하려는지 몸을 바짝 당겨 앉았다. 술 냄새가 훅 끼쳤다. 그래도 눈동자만은 흔들림 없이 매서웠다.

"그런데 자네는 왜 굳이 비국민이 되려고 하나. 자네와 같은 행보가 반도에, 그리고 반도인들에게 무슨 도움이 되겠나. 잘 생각해 보게. 반도인은 열등 국민의 껍질을 버리고 진정한 신민이 되기 위해 노력해야 하네. 우리 일본은 그런 기회를 항상 제공하고 있지 않나. 자네가 이렇게 동경에서 대학 공부 하는 것도 따지고 보면 황공하옵신 천황 폐하의 은덕 아니겠나."

동천은 다케다와 반대로 몸을 젖혔다. 칠 년 만에 만난 은사가 철저한 황군으로 변해 있다는 사실이 믿기지 않았다. 동천은 어떻게 대꾸를 해야 옳을지 몰라 머릿속이 혼란스러웠다. 우연히 만난 제자에게 다짜고짜 황국 식민화에 대해 일장 연설을 늘어놓는 선생에게 그동안 갈고닦은 이론으로 맞서야 옳은 건지, 아니면 한 번 보고 말 사이니 그냥 넘겨 버려야 현명한 건지 가늠할 수 없었다.

다케다는 동천이 말없이 고개를 숙이자 자신의 주장이 관철된 것으로 여겼는지 호탕하게 웃었다.

"그래, 무거운 얘기는 이만하고 어디 가 맥주나 한잔씩 하고 헤어지세."

다케다는 먼저 일어나 음식값을 계산하고 거리로 나섰다. 뒤따라 나오던 동천은 선생님, 하고 불렀다.

다케다가 딱딱한 말투로 받아쳤다.

"이젠 교사가 아니야. 다케다 중위로 불러 주게."

"예? 예, 중위님. 죄송하지만, 전 이만 가게 일 때문에 가 봐야겠습니다."

가게란 말에 다케다는 반색을 하며 위치를 물었다. 동천이 께름칙한 표정으로 어물거리자 다케다가 재우쳐 물었다.

"왜? 내가 가면 안 되는 곳인가?"

동천이 하는 수 없이 삼평사 위치를 알려 주자 다케다는 다음에 꼭 들르겠다며 작별 인사를 했다. 동천은 멀어지는 다케다를 지켜보며 입술을 깨물었다. 무언가 알 수 없는 불길함이 동천의 뒷덜미를 잡아당겼다.

며칠 후, 동천은 묵직한 가죽 가방을 들고 가게 문을 나섰다. 가방 안엔 어머니와 거복네를 위해 준비한 선물 꾸러미가 뿌듯이 담겨 있었다. 배웅을 나선 점원 아이가 꾸벅 인사를 했다.

"조심히 다녀오십시오. 그런데 어딜 다녀오시는지 여쭤어 봐도 될는지……."

점원이 잔뜩 궁금한 얼굴로 물었지만 동천은 빙긋 웃기만 했다.

"그냥 바람 쐬러 다녀옴세."

동천은 혹시나 자신의 뒤를 밟는 형사들이 점원을 괴롭힐까 싶어 얼버무렸다.

시모노세키로 가는 열차에 오른 동천은 햇수를 꼽아 보았다. 돌이켜 보니 칠 년 만의 귀향이었다.

기차에서 내린 동천은 곧바로 관부 연락선을 탔다. 배는 각양각색 승객들로 가득했다. 조선으로 건너가는 일본인도 많지만 귀향하는 조선인도 그에 못지않게 많았다. 칠 년 전 일인들 사이에 끼어서 현해탄을 건너던 일이 까마득했다.

'무슨 배짱으로 돈 한 푼 없이 현해탄을 건넜던고. 열다섯 어린 나이에 뭘 믿고……'

돌아보면 기가 막힐 무모함이었다. 몰랐으니 저질렀지 알고는 다시 못 할 일이었다.

부산에 내린 동천은 염색장이 아베가 떠올랐다. 돈을 보태 주며 격려하던 아베는 아직도 그 골목집에서 살고 있을까, 아직도 동네 아이들에게 놀림을 받으며 염색 천을 널고 있을까 하는 상념에 사로잡혔다. 그러나 평양으로 가는 차 시간이 바투 잡혀 있는 통에 역 밖으로 나가 볼 짬은 없었다. 동천은 칠 년 전보다 더 번화해진 일본인 거리를 먼발치로 보며 아베의 건강을 빌었다.

기차는 하루를 꼬박 달려 평양역에 닿았다. 동천은 두근거리는 가슴을 붙안고 구성으로 가는 기차로 갈아탔다. 고향으로 점점 다가가고 있다는 사실이 긴 여행에 지친 동천의 몸을 긴장시켰다. 한시바삐 도착하고 싶은 마음과 이대로 다시 도망치고 싶은 마음이 묘하게 얽히는 시간이었다.

기차는 밤새도록 달려 새벽참에 닿았다. 불편한 좌석에서 뜬잠으로 뒤척이던 동천은 빼액, 하는 기적 소리에 소스라쳐 일어났다.

"어? 도착했나?"

동천은 승강장에 발을 내렸다. 새벽이슬에 젖은 상쾌한 풀 내음이 동천의 온몸 구석구석을 깨웠다. 얼마 만에 맡아 보는 고향 냄새인지 가슴이 벅차올랐다.

동천은 동경을 떠나기 전 쳐 놓은 전보를 거복이 받았을까 궁금해하며 대합실로 나갔다.

이른 아침 대합실은 텅 비어 있었다. 나무 벤치에 노인 하나만 구부정하게 앉아 있을 따름이었다. 동천은 노인에게 눈길이 머물다 고개를 갸웃했다.

"혹 노루실 앵두나무 집 어른 아니십니까?"

"으잉? 뉘신가?"

동천이 대학모를 벗어 얼굴을 보이자 노인은 대추씨 같은 눈을 깜짝거리다 무릎을 쳤다.

"오! 재 너머 범골 동천이 아니냐?"

"예, 맞습니다. 저 동천이예요. 그간 무고하셨습니까?"

노인은 벙실 웃으며 손짓을 했다.

"아, 그래, 자네 내지에 들어가 있다더니 언제 나왔나? 지금 부산에서 내려오는 길인가?"

동천은 그 말에 멈칫했다. 남쪽 끝 부산에서 서북 끝자락에 자리한 구성으로 온 걸 내려온다고 하니, 어색한 표현이 아닐 수 없었다. 하긴 평양행 기차를 타려고 기다리던 중 당한 일을 생각하면 무리도 아니었다.

동천이 기차 시간표를 보고 있는데 행인 한 사람이 다가와 이렇게 물었다.

"저기, 경성에서 부산으로 올라오는 차가 몇 시 도착이죠?"

동천은 경성에서 부산으로 남행하는 차를 올라온다고 말하는 것이 어색해 행인을 쳐다봤다. 행인은 동천이 혹 조선말 못 알아듣는 일인인가 싶어 겁을 집어먹은 눈초리였다. 동천이 조선말로 되물었다.

"경성에서 부산으로 오는 게 왜 올라오는 겁니까? 내려오는 차죠."

그러자 행인은 오그라들었던 마음이 풀리는지 퉁명스럽게 대꾸했다.

"거야 동경으로 가는 차니 그렇죠!"

동천은 행인에게 시퍼렇게 핀잔을 듣고는 입을 다물어 버렸다. 그런데 같은 소리를 동향 노인에게서 듣자니 쓴웃음이 나왔다.

그때 저쪽에서 어이, 하는 소리가 들렸다. 돌아보니 거복이 손을 흔들며 뛰어오고 있었다.

"거복아!"

"이 녀석! 한 삼 년 소식이 없기에 죽었나 했더니 멀쩡하구먼."

오랜만에 만난 두 친구는 서로를 얼싸안고 빙빙 돌았다. 동천은 친구를 따라 시내에 있는 정미소로 향했다.

"엊그제 네 편지 받고 깜짝 놀랐다. 그동안 몇 번씩이나 다녀가 래도 꿈쩍 않던 녀석이 무슨 바람이 불었나 싶어서 걱정했지. 몸은 괜찮은 거지?"

거복은 어른스러운 말투로 동천을 챙겼다. 동천은 허리가 굵어 지고 수염이 거뭇한 거복을 찬찬히 뜯어보며 지난 세월을 가늠했 다. 사 년 전에 장가들어 애가 벌써 둘이라는 거복은 가장다운 풍 모를 풍겼다.

조그만 쌀가게라던 거복의 말과는 사뭇 다르게 정미소는 꽤 큰 규모였다.

"이거, 사장님을 몰라 뵙고 인사가 늦었네."

동천이 쌀가마니가 천장까지 쌓여 있는 가게를 둘러보며 농을 치자 거복이 싱겁게 웃었다.

"겉만 번드르르하지 내실은 없어."

거복은 가게 뒤편에 있는 살림집으로 동천을 이끌었다. 거복의 아내와 아이들은 무척이나 복스러웠다. 늦은 아침상을 받은 동천 은 허겁지겁 밥숟가락을 놀렸다. 뜨뜻한 아랫목에 앉아 구수한 우 거짓국에 고춧가루 범벅인 김치를 먹고 있으니 조선 땅 밟은 맛이 절로 났다. 동천은 젓갈과 마늘로 향을 낸 김치 국물에 남은 밥을 싹싹 비벼 먹었다. 그 모습을 물끄러미 바라보던 거복이 말했다.

"앞으로 공부가 얼마나 남았는지 모르겠네만 남은 등록금은 내 가 해 줌세."

동천은 밥이 가득한 입을 벌리고 허허 웃었다.

"이거 원, 고향 친구 잘 둔 덕에 장학금도 받게 생겼네그려. 그런데 거복이, 등록금이 다 무언가. 자네가 나 대신 우리 어머니 돌봐드린 것만 해도 평생 못 갚을 은혜인데."

동천이 미더운 눈길을 던지자 거복이 당치도 않다며 머릴 흔들었다.

"아주머니를 돌봐 드린 건 내가 아니고 고향에 있는 우리 형님과 어머니일세. 그리고 담 하나 사이 이웃 간인데 서로 들여다보고 사는 거야 당연지사 아닌가."

동천이 숟가락을 놓으며 물었다.

"어머니가 많이 편찮으시단 소릴 듣고 부랴부랴 왔네만 어떠신지……."

"자네 그렇게 떠나고 지병을 얻으신 모양이야. 안 그렇겠나. 그간 자네 걱정에 하룻밤이라도 편히 주무신 날이 없겠지. 그래도 병환이 깊은 건 아닐세. 그랬으면 내 당장 전보를 내서라도 자넬 불러들였겠지."

그 말에 동천은 먹던 밥이 목에 걸려 숟가락을 놓았다. 그리고 서둘러 자리를 털고 일어났다. 거복은 범골로 향하는 동천에게 며칠 안에 내려가겠다며 손을 흔들었다.

그날 오후, 동천은 굽이굽이 산을 돌아 범골로 들어섰다. 낮게 엎딘 초가와 뒷산, 들판 사이로 흐르는 냇물은 칠 년의 세월이 어제인 듯 여전했다.

　동천은 길에서 마주치는 동네 사람들과 인사를 치르느라 도통 길을 줄이지 못했다. 그러나 그런 번거로움도 정겹고 고마웠다. 하루 종일 헤매고 다녀도 반가운 사람 하나 없는 동경 거리에 비하면 이곳은 안마당처럼 살가웠다. 동천은 그간 몸에 밴 긴장을 벗어 버리고 가뿐한 발걸음으로 언덕을 올랐다. 그러나 막상 울 앞에 서니 발이 땅에 달라붙어 버렸다. 사립 안으로 보이는 작은 마당에 그만 눈시울이 뜨거워진 탓이었다.

　동천이 사립 안을 기웃거리는데 부엌에서 머리가 희끗한 여인이 뚝배기를 들고 나왔다. 동천은 웬 할머니인가 싶어 뚫어지게 쳐다보다 조금 뒤에야 "어머니!" 하고 외쳤다. 가랑잎처럼 여윈 본동댁이 고개를 들어 동천을 바라봤다.

　"이게 누구냐? 동천아!"

　본동댁은 손에 든 뚝배기를 팽개치고 뛰어나왔다.

　"형님한테 너 온다는 말은 들었다만 어떻게 벌써 왔니!"

　본동댁은 눈으로 보고도 못 믿겠는지 아들의 어깨를 자꾸 매만졌다. 동천과 본동댁은 서로를 부둥켜안고 눈물을 흘렸다. 동천은 일곱 해 만에 안아 보는 어머니가 너무나 가벼워 설움이 북받쳤다. 두 사람은 서로를 부축하며 방으로 들어갔다.

　"어머니, 불효자 절 받으십시오."

　본동댁은 대학생복을 입은 아들이 신기한지 눈을 떼지 못했다.

동천은 일본에서 가져온 선물 보따리를 풀었다. 양단 치맛감에 비싼 옻칠 그릇, 브로치에 시계까지 동천의 가죽 가방엔 선물이 가득했다. 그러나 본동댁은 휘황찬란한 선물엔 눈길도 주지 않고 동천만 쓰다듬으며 물었다.

"본가엔 들르고 오는 길이냐?"

동천은 입술을 지그시 깨물고 머리를 숙였다. 그리고 한참 만에 입을 뗐다.

"본말에는 내려가지 않을 겁니다."

차마 형섭 때문에 죽을 뻔했다는 말까지는 꺼내지 못했다. 본동댁은 무슨 대꾸를 하려다 어두워진 동천을 보고는 입을 다물었다.

"시장하지? 내 얼른 점심 해 올 테니 씻고 쉬어라."

본동댁이 부엌으로 나가자 동천은 팔베개를 하고 누웠다. 부엌에서 달그락거리는 소리가 들렸다. 이렇게 방 안에 누워 밥상이 들어오기를 기다리자니 지난 세월이 오히려 꿈만 같았다.

"그렇게 벗어나고 싶던 집이건만 세상천지에 이만한 곳도 없구나."

동천은 짚자리 보풀을 뜯으며 부스스 웃었다. 그리고 자신도 모르게 까무룩 잠이 들었다. 칠 년 만에 자 보는 꿈 같은 단잠이었다.

동천은 그날부터 먹고 자고 동네로 산책 나가 사람들과 인사를 하며 보냈다. 며칠 그렇게 쉬고 나니 생기가 온몸에 가득 들어찼다. 일본에서 바닥까지 퍼 올려 썼던 원기가 다시 채워지는 느낌이었다. 동천은 하루에 한 끼는 꼭 이웃에 초대되어 먹었다. 범골 사람들은 본동댁만큼이나 동천의 귀환을 반겼다.

다만 본가만은 조용했다. 동천이 다니러 왔다는 소식이 들어갔을 게 뻔한데도 연통 한 자락이 없었다. 범절로 따지면야 본가에서 찾기 전에 동천이 먼저 인사를 가는 것이 맞지만 동천은 도저히 그럴 마음이 나지 않았다. 본가도 동천도 서로의 존재를 애써 무시하는 분위기였다. 본동댁은 며칠 본가 쪽을 힐끗거렸으나 태산처럼 우뚝해진 아들이 무덤덤한 걸 보고는 나도 모르겠다, 하고 말았다. 일곱 해 동안 지나가는 말이라도 동천의 안부를 물어본 적 없는 강 진사였기 때문이다.

하루는 본동댁이 밥 먹는 동천을 물끄러미 바라보았다.

"얘, 너 왜 자꾸 밥그릇을 들고 먹냐? 누가 쫓아오니? 길거리 비렁뱅이도 아니고 누가 그릇을 손에 들고 먹어."

그 말에 동천은 얼른 밥그릇을 상 위에 놓으며 피식 웃었다. 일본에서 들인 밥상머리 버릇이 어머니 눈에 걸린 것이다. 본동댁은 실없이 히히거리는 아들을 못마땅한 눈길로 쳐다보았다.

"에유, 대학생이면 뭘 하누. 아직 장가를 못 가서 어린앤데. 얘, 너 이참에 참한 색시 하나 정해 놓고 가거라."

난데없는 소리에 동천이 먹던 밥 덩이를 꿀꺽 삼켰다.

"갑자기 무슨 말씀이세요. 제가 어디 장가들러 왔나요. 어머니 편찮으시다고 해서……."

"이그, 시끄럽다. 스물둘이나 먹도록 떠돌아다녔으면 이제 철 좀 들어야지. 공부를 그만치 했으면 구성이든 평양이든 취직자리 많을 것 아니냐. 그만 장가들어 일가를 이뤄야지, 언제까지 그러고 다닐래."

본동댁은 죽은 아들 살아온 것처럼 반가워하던 기색은 다 어디 가고 잔소리만 늘어놓았다.

"저 아직 결혼할 마음 없어요. 공부도 더 남았고요."

동천이 딱 잘라 거절하자 본동댁은 혀를 끌끌 찼다.

그날 저녁, 거복이 내려왔다. 두 친구는 건넌방에 나란히 앉았다. 거복은 동천의 짐 가방을 바라보며 말문을 열었다.

"조선도 이젠 일본 다 되었다. 일인을 통하지 않고선 어떤 사업도 하기 힘들어. 자금줄이든 행정력이든 돈이 되는 자리는 모조리 일인이 틀어쥐고 있거든. 남들은 내게 쌀장사로 밥술이나 먹는 처지니 팔자가 폈다고 하지. 뭐, 아예 틀린 말은 아니지만 내가 주로 거래하는 미곡상은 경성과 제물포에 적을 둔 도매업자들이야. 그런데 이들이 거래하는 상대가 맨 일인들이란 말씀이야. 여기서 넘기는 쌀은 모두 일본으로 들어가는데 우스운 건, 도매가도 아닌 훨씬 싼 값에 넘겨야 한다는 거야. 그렇게 내지로 쌀을 다 실어 내고 나면 조선 쌀값은 껑충 뛰어 버리고 품귀 현상에 시달릴 수밖에 없어."

거복은 자신도 따지고 보면 조선 내에서 벌어지는 식량 부족 사태에 한몫하는 친일파나 다름없다고 했다.

"쌀장수가 무슨 친일파썩이나 되냐?"

동천이 당찮다며 웃자 거복이 정색을 했다.

"난 배운 것도 없고 신식 교육이라야 겨우 동천이 너와 함께 다녔던 소학교가 다지만 쌀 팔러 다니다 보니 그런 결론이 나오더라고. 지금 같은 왜정 시대에 밥술이나 뜬단 말은 세류에 순응하는 친일이란 뜻이나 다름없지 뭔가."

"자네 말대로라면 생계를 위한 친일과 세도를 위한 친일은 구별되어야 마땅해."

동천은 이 말을 뇌까리며 형섭을 떠올렸다. 형섭이 악을 쓰던 친일은 무엇에 가까운 것인지 따져 볼 일이었다.

일주일이 지났다. 동천은 슬슬 일본으로 돌아갈 채비를 했다. 그동안 장가가라며 들볶던 본동댁도 동천이 짐을 싸는 걸 보자 섭섭함에 목이 메는 모양이었다. 결혼 얘기도 쏙 들어가 버렸다.

출발을 하루 앞둔 밤, 동천은 마지막으로 뒷산 범바위로 올라갔다. 그곳은 동천이 어릴 적부터 자주 찾던 놀이터이자 사색의 공간이었다. 동천은 바위에 가만히 앉아 지난 칠 년의 세월을 비단 올 세듯 하나하나 되짚었다. 오사카에서 헤매어 다니던 무수한 골목들, 동경 진보초 뒷골목에서 바라보았던 조각난 하늘, 대지진과 학살, 숨구멍조차 막아 버린 지하 창고와 핏물이 흐르던 시냇가가 눈앞에 스쳤다. 박열과 가네코가 살던 2층 하숙방, 한승호와 내달았던 노동절 기념식 연단, 야쿠자 패거리에 둘러싸인 채 휘두르던 주먹과 구마모토의 단판 승부……. 모든 일이 꿈결같이 아득하고도 선명했다.

그렇게도 염원했던 대학 생활과 연구 모임, 그 속에서 만난 오자키, 그와 함께 보았던 북해도의 설산을 잊을 수 없었다. 비밀 결사와 감옥, 그리고 요시코……. 동천은 회상의 끝자락이 요시코에 가 닿자 저도 모르게 입속말을 중얼거렸다.

"날 기다리고 있을까?"

조선으로 건너오면서 인사조차 챙기지 못한 동천이었다. 아니, 일부러 요시코에겐 아무 말도 하지 않았다. 이미 감시 형사가 밤낮으로 따라붙는 몸이었다. 그런 걸 뻔히 알면서 조선으로 오기 전 요시코를 만난다면 아마 그녀는 동천이 돌아올 때까지 형사들에게 시달릴 게 분명했다.

요시코를 떠올리자 며칠 깨끗이 잊고 지냈던 동경 거리가 눈앞에 펼쳐졌다. 한날한시도 마음 놓고 숨을 쉬어 본 적 없는 투쟁의 거리. 그 언젠가 박열의 하숙방에서 읽었던 크로폿킨의 『빵의 쟁취』가 떠올랐다. 칠 년을 하루같이 먹고살 목숨을 쟁취하느라 이를 악물고 뛰었던 그 세월들이 회상만으로도 벅찼다.

동천이 무릎 위로 턱을 괴며 스스로에게 물었다.

"도망쳐 온 걸까?"

거복 말마따나 본동댁이 위독했다면 형섭이 아니라 거복이 먼저 연락을 해 왔을 터였다. 그런데 동천은 형섭의 말 한마디에 다짜고짜 짐을 쌌다. 전보로 거복에게 어머니의 안부를 미리 확인하지도 않았다. 어머니를 걱정하는 마음이야 칠 년 동안 하루도 다르지 않았지만 이번만은 믿지도 않는 형섭의 한마디에 허겁지겁 짐을 싸 들고 고향으로 돌아왔던 것이다.

"어머니는 평계였나?"

결국 자신은 고문과 옥살이, 휴학이 가져온 무기력을 이겨 내지 못하고 어머니 품으로 파고든 셈이었다. 여기까지 생각이 자란 동천은 발아래 펼쳐진 범골을 가만히 내려다봤다.

금의환향까지는 아니더라도 칠 년 만에 찾은 고향은 분명 동천을 대견하게 여기고 있었다. 범골 사람들은 본가 도련님과 견주어도 뒤지지 않을 이력을 가지고 돌아온 동천을 자랑스럽게 여겼다. 아니, 뒷바라지 한 자락 없이 홀로 자수성가한 동천이 형섭보다 백배 더 대단하다고 치켜세우기도 했다.

동천은 그런 칭찬을 들을 때마다 형섭과 일전을 벌였던 그날이 떠올라 얼굴이 굳었다. 그래도 영 듣기 싫은 말은 아니었다. 싫기는커녕 지친 동천의 마음을 일으켜 세워 주는 약이 되었다. 지금껏 일본에서 들은 말은 모두 그 반대였다. 왜 독립운동이냐, 무엇 때문에 학업까지 중단하면서도 포기하지 않느냐 하고 다들 고개를 내저었다. 옳지 않은 길이고 안타까운 선택이라며 혀를 찼다. 그럴 때마다 무릎이 꺾이던 동천이었다. 그렇다고 그대로 도망칠 수도 없었다.

"그래, 가자. 한 번 더 뛰어들자."

동천은 나지막이 읊조리며 범바위에서 몸을 일으켰다.

늦여름 해가 서쪽으로 넘어가자 산천이 검붉게 물들었다. 동천은 오솔길을 내려오다 발걸음을 우뚝 멈추었다. 아까부터 뒤가 땅기는 것이 아무래도 오늘은 노골적으로 따라붙는 모양이었다. 동천은 홱 돌아서서 바위 뒤로 성큼성큼 갔다. 그러고는 일본 말로 소리를 꽥 질렀다.

"여보! 쫓아다닐 거면 기척이나 내지 말든가!"

바위 뒤에 납작 붙어 있던 형사가 기겁을 했다. 이자는 동천이 부산에 내리면서부터 따라붙기 시작한 감시책이었다. 물론 동천은 형사의 존재를 일찌감치 눈치챘다. 하지만 짐짓 모른 척 범골까지 달고 온 것이다. 사실 떨쳐 내려도 방법이 없긴 했다.

이틀 만에 소문이 났다. 작은 산골에서 제아무리 신출귀몰하게 숨어 다닌다 한들 빤히 보고 사는 이웃이 아니면 눈에 띄기 마련이었다. 본동댁이 먼저 알은체하며 동천의 소매를 잡아당겼다.

"너 올 때 나타난 저 일본 사람은 누구라니? 아무리 봐도 개운치 않은 인상인데."

"걱정 마시고 모른 체하세요. 제가 아무 짓도 하지 않는 한 저자도 아무 짓 못 할 테니까요."

본동댁은 그래도, 하며 말꼬리를 늘였으나 하루 이틀 지나면서 동천의 말이 틀리지 않음을 확인했는지 걱정을 더는 눈치였다. 마을 사람들도 동리 어귀에서 그림자처럼 꼼짝 않는 형사를 힐끔거리다 그만 흥미를 잃었다.

그렇게 멀찍이 거리를 두던 자가 오늘은 웬일인지 범바위 턱밑까지 와서 보란 듯이 진을 쳤던 것이다.

갑작스러운 동천의 고함에 형사는 주춤 물러서며 입을 뗐다.

"내…… 내지로 언제 돌아가나?"

말하는 품새를 보니 끈덕진 염탐꾼 노릇을 하기엔 좀 어수룩한 치였다. 일본에서 보던 지독한 고등경찰에 비하면 귀엽게 보이기까지 했다.

"내가 어딜 가든 당신 같은 감시꾼은 국으로 따라붙으면 그만이지, 행선지까지 알려 줘야 하나?"

동천의 일갈에 형사가 머뭇거리다 겨우 한마디 던졌다.

"내 관할에서 말썽 피우지 말도록!"

제법 뱃심 좋은 명령이었으나 동천에겐 바늘 끝도 안 들어갈 소리였다.

"내 고향에서 말썽 피우지 말도록!"

동천이 말투를 고스란히 흉내 내며 윽박지르자 형사는 약이 바짝 올라 콧김을 펑펑 내뿜었다. 동천은 등을 돌려서 가던 길을 마저 갔다. 뒤통수에 엿을 붙인 듯 항상 께름칙하던 기분이 말끔히 사라져 날아갈 것 같았다.

집으로 돌아온 동천은 본동댁 앞에 돈 꾸러미를 내밀었다.

"일본에 가 있는 동안 어머니 걱정뿐이었어요. 제가 그날 무명 판 돈을 훔쳐 가지고 도망칠 때만 하더라도……."

동천은 폐부 깊숙한 데서 뜨거운 것이 치밀어 말을 잇지 못했다. 방바닥으로 눈물이 툭툭 떨어졌다. 본동댁은 어깨를 들썩이는 동천 앞에 옷 한 벌을 내놓았다. 그것은 칠 년 전 동천이 집을 떠날 때 놔두고 갔던 누비옷이었다. 본동댁은 조용히 저고리를 펴 들었다. 그리고 잔뜩 웅크린 아들의 가슴에 대보았다. 저고리 폭이 동천의 어깨는 관두고라도 가슴팍조차 가리지 못했다. 팔 길이는 겨우 팔꿈치에 닿을 정도였다.

"그사이 많이도 컸구나."

본동댁은 저고리를 내려놓으며 아들 어깨에 손을 올렸다.

"몸이 이렇듯 컸는데 마음이야 오죽하려고. 이제 너는 품 안의 자식이 아니다. 맨몸뚱이로 집을 나가 혼자 커 돌아왔으니 어미로서 무슨 자격이 있어 이래라저래라 하겠니."

본동댁은 옷궤로 가 다시 옷 한 벌을 꺼냈다. 새로 지은 누비옷이었다. 동천은 솜을 둔 누비옷을 가만가만 입어 보았다. 얌전한 바느질 솜씨 그대로 옷은 꼭 맞았다.

"너도 이젠 어른이니 네 앞길은 네가 알아서 길잡이 해야지. 멀리 나는 새의 날개를 뉘라서 꺾을 수 있을꼬."

본동댁은 돈은 필요 없으니 도로 가져가라고 덧붙였다.

"네겐 도망치고만 싶은 범골이겠다만 이 어미에겐 한평생을 기대어 산 고향이다. 다시 돌아올 널 기다리며 이대로 살 테니 아무 걱정일랑 마라."

다음 날 새벽, 동천은 본동댁이 새로 지은 누비옷을 가방에 넣고 범골을 나섰다. 본동댁은 아들이 안 보일 때까지 손을 흔들었다. 그러나 옷궤에 든 그 옛날 누비저고리 품에 동천이 몰래 두고 간 돈뭉치가 싸여 있는 줄은 짐작조차 하지 못했다.

조선 승냥이

기차가 천천히 우에노 역으로 들어섰다.

쉬―익 쉬―익!

김을 내뿜는 피스톤 소리가 동천의 마음처럼 무거웠다.

동천은 승강장에 내려 개찰구로 향했다. 바쁘게 돌아가는 도시의 속도에 맞춰 발걸음이 절로 빨라졌다. 또다시 낯선 타향, 돌아왔건만 반기는 이 하나 없는 이국땅이었다. 동천은 시멘트처럼 굳은 낯빛이 되어 대합실을 빠져나왔다. 그때 출입구 옆쪽에서 낭랑한 소리 하나가 동천의 귀를 잡아당겼다.

"강 상!"

동천은 소리 나는 쪽을 돌아보다 멈추어 섰다. 거기엔 요시코가 기모노 소맷자락을 흔들며 서 있었다. 동천은 놀란 마음을 억누르며 요시코에게 다가섰다.

"아니, 어떻게? 역에 볼일이 있으신가요?"

"예, 있지요. 강 상 마중요."

요시코가 생긋 웃으며 고개를 까딱했다. 도무지 요시코란 여자는 사회주의 연구 모임에서 보이는 모습과 둘이 만날 때의 모습이 너무 달랐다.

"제가 지금 도착한다는 걸 알고 계셨단 말씀입니까?"

동천이 미심쩍다는 듯 미간을 좁혔다. 그리고 설마 하며 물었다.

"혹시 사장님께서 알려 주신 건 아니겠죠?"

"왜 아니겠어요. 말씀 다 해 주시던데요."

본점엔 겨우 세 번밖에 안 찾아갔다며 요시코는 또 생긋 웃었다. 동천은 젊은 여학생의 닦달에 못 이겨 자복하고 마는 야쿠자 행동대장의 곤욕스러운 표정이 떠올라 쿡, 하고 웃음이 터졌다. 동천 역시 말끝마다 생글거리는 일본 여자의 웃음에 두 손 두 발 들지 않을 수 없었다.

"여하튼 일단 나갑시다."

동천은 주위를 살피며 역을 빠져나왔다. 보이진 않아도 마중 나온 이가 요시코만이 아닐 게 뻔했다.

동천은 종종걸음으로 쫓아오는 요시코를 돌아보았다.

"점심은 드셨습니까?"

"아직. 저보다 강 상이 많이 시장하시겠어요."

"그런데 지금은 가게에 먼저 가 봐야 해서……. 어떻게, 잠깐 들른 후 식사해도 늦지 않을까요?"

"좋을 대로 하세요."

요시코는 환하게 웃었다. 그런 요시코를 보며 동천은 숨을 들이쉬었다. 고향에서 장가들란 소리를 들을 때마다 떠오르던 얼굴, 하지만 그때마다 일본 여자란 안 될 말이지, 하고 고개를 흔들곤 했다. 그런데 그렇게 애써 지우려던 여자를 동경에 도착하자마자 만나게 되다니, 동천은 얄궂은 인연이 안타까웠다.

점심시간을 맞은 가게는 한창 손님들로 북적이고 있었다. 새 학기 개강을 앞둔 초가을이었다. 교재를 사러 나온 대학생들과 나들이 겸 책 구경을 하러 온 손님까지 상대하느라 점원 혼자서 절절매고 있었다. 동천은 여장을 풀 겨를도 없이 손님맞이에 뛰어들었다. 밀린 장부 정리까지 마치고 한숨을 돌리자 어느덧 해거름이었다. 동천은 그제야 엇, 하고 뒤를 돌아보았다. 구석에 요시코가 앉아 책을 읽고 있었다.

"죄송합니다. 장사에 정신이 팔려서 그만……."

동천은 점원에게 가게 뒷정리를 부탁하고 요시코를 데리고 나왔다.

"저녁은 제대로 사겠습니다."

동천이 허둥지둥 앞장서는데 요시코가 불러 세웠다.

"오늘은 늦었는데 간단히 먹고 말죠."

그 말에 동천은 다시 가게로 들어와 점원을 근처 식당에 심부름 보냈다. 좀 있자 우동 두 그릇이 오고 점원은 일찍 퇴근했다. 영업이 끝난 헌책방 계산대에 따끈한 쓰키미우동(계란을 얹은 우동) 두 그릇이 놓였다.

"고향에 어머님이 계신다고요?"

"예."

'어머니'란 말에 동천의 젓가락질이 느려졌다. 그 모양을 유심히 바라보던 요시코가 물었다.

"공부가 끝나면 반도로 돌아가실 건가요?"

"글쎄요……."

"아무래도 반도인에겐 반도가 낫겠지요. 더욱이 강 상 같은 분이라면."

"저야 이미 요시찰 인물로 지목이 되었으니 어디서 살든 편하게 지내긴 틀렸어요."

동천이 멋쩍게 웃자 요시코가 그릇을 가만히 내려놓았다. 동천은 요시코를 따라 젓가락질을 멈추었다. 요시코가 또박또박 말했다.

"혹시 저와 결혼하시면 앞날에 조금이라도 도움이 되지 않을까요?"

동천은 태어나서 가장 멍청한 표정으로 요시코를 쳐다봤다.

"아무래도 내지인 아내를 두고 있으면 신분 보장 면에서나, 아니 독립운동을 계속하신다고 해도 전……."

요시코는 말끝을 아물리기도 전에 고개를 푹 수그렸다. 처음엔 당차게 말을 꺼냈어도 여자가 남자에게 불쑥 청혼의 말을 하자니 힘에 겨운 모양이었다.

동천은 몸이 붕 떠오르다 곤두박질치는 것 같았다. 심장이 벌렁거리다 못해 목구멍 위로 치솟을 판이었다. 그렇게 합시다, 라는 말이 입 밖으로 튀어나올 것 같았지만 애써 마음을 가라앉혔다. 긴 숨을 내쉬던 동천이 냉정을 되찾고 천천히 물었다.

"동정 삼아 결혼해 주겠다는 말입니까?"

요시코는 작은 어깨를 움찔하더니 동천을 쳐다보았다.

"내 아무리 구차한 처지가 되었다 해도 일신의 안위 때문에 여자를 얻겠습니까. 또 지금은 결혼처럼 한가한 일에 한눈팔 여유도 없고요. 무엇보다 요시코 씨를 위해 절대 불가한 일입니다."

동천이 제 할 말을 다 했다는 듯 자리에서 일어섰다. 도저히 요시코와 마주 앉아 있을 배짱이 서질 않았다. 요시코는 무안당한 사람처럼 발딱 일어섰다. 그리고 조용히 가게를 나갔다. 가여운 모습이었다. 동천은 뒤쫓아 가 와락 껴안고 싶은 걸 참느라 주먹을 꽉 쥐었다. 요시코가 길가 끝 모퉁이로 사라질 때까지도 동천은 제자리에 꼼짝 않고 서 있었다.

동천은 식어 가는 우동 그릇을 내려다보며 요시코의 말을 되뇌었다. 내지인과 결혼하면, 그것도 신분이 확실한 여자와 결혼한다면 감시의 눈도 덜해질 것이다. 고등경찰의 감시가 사라져 준다면…… 상상만 해도 새장에서 놓여난 새처럼 가슴이 가뿐해졌다.

'내지인과의 결혼? 형섭이 그랬지, 감지덕지라고…….'

동천은 입속말로 중얼거리며 가게 문을 닫았다.

다음 날, 동천이 밀린 재고 정리에 바쁘게 돌아칠 때였다. 가게 안으로 누런 군복 차림의 군인이 불쑥 들어섰다. 점원은 책방과는 어울리지 않는 손님의 등장에 적잖이 놀랐는지 동천의 소매를 잡아당겼다.

"옛! 어서 오십시오!"

버릇처럼 인사를 올리던 동천이 "중위님!" 하고 멈춰 섰다.

"이거 이거 대학생 사장이라, 나도 분발해야겠는걸."

다케다가 문턱에 버티고 서서 가게를 둘러보았다. 동천은 점원 아이를 심부름 보내고 다케다를 의자로 안내했다.

"음, 반도는 잘 다녀왔고?"

동천은 의자를 내밀던 손을 주춤했다.

"제가 조선에 다녀온 걸 어떻게 아셨습니까?"

다케다는 눈초리를 실룩거리며 둘러댔다.

"아, 저번에 자네 없을 때 내 한번 들렀었지. 점원이 그러더군, 고향에 다니러 갔다고."

"점원은 제가 반도에 갔다 온 걸 모르는데요."

동천이 정색을 하자 실없이 웃던 다케다의 얼굴이 살짝 굳었다. 동천과 다케다는 잠깐 눈싸움을 벌였다.

"제 뒤를 캐고 다니시는 겁니까? 무엇 때문에요?"

그 말에 능글맞은 웃음이 다케다의 온 얼굴에 퍼졌다.

"허허, 이게 다 자네를 위한 일 아니겠나."

동천이 미동도 없이 눈 겨루기를 계속하자 다케다 낯빛이 다시 한 번 딱딱하게 변했다.

"동천 군, 난 스승의 자격으로 자네처럼 훌륭한 청년이 반일의 구렁텅이로 빠지는 걸 두고 볼 수 없네."

"더 이상 선생이 아니라고 말씀하신 걸로 기억하는데 스승 자격 이라뇨?"

동천이 비꼬자 다케다가 벌떡 일어섰다.

"스승의 자격이든 육군 중위의 자격이든 내 말을 허투루 듣지 말도록! 지금 네가 가고자 하는 길이 어떤 길인지 알고는 있는가? 바로 파멸과 죽음의 길이다."

동천은 다짜고짜 극단적 단어를 써 가며 흥분하는 다케다가 우스워졌다.

"파멸과 죽음의 길이라뇨. 중위님, 뭘 잘못 알고 계시는 것 같습 니다. 조선인이 조선인으로 살고자 하는 것이 왜 파멸이고 죽음입 니까? 도리어 조선인이 일본인인 척 가면을 쓰고 꼭두각시 노릇을 하는 것이 살아도 죽은 꼴이지요."

다케다가 군화 굽으로 바닥을 쾅 내리쳤다.

"바보 같은 소리! 이제 조선인이란 없다. 반도인이 있을 뿐이야. 자네 이대로 황국신민이 되지 못한 반 쪼가리 이등 국민이 될 셈인가!"

다케다는 스스로도 너무 흥분했다 싶었는지 격해진 숨을 가다듬었다.

"같이 가자. 자네 비록 요시찰 불령선인으로 낙인이 찍혔지만 기회는 분명 있다. 황국신민으로 다시 태어날 기회를 나, 다케다가 만들어 주겠다."

다케다는 어느 때보다 부드러운 미소를 지으며 손을 내밀었다. 동천이 그 손을 내려다보며 말했다.

"중위님, 아니 선생님. 무엇이 당신을 이렇게 돌변하게 만들었습니까?"

다시 만난 그날부터 동천의 머리에서 떠나지 않던 물음이었다. 국가를 위해 교사직보다 더 중요한 임무를 맡게 되었다는 첫날의 대답은 설득력 없는 변명이었다. 모르는 사람 앞에서야 그런 핑계가 통할지 몰라도 동천은 칠 년 전의 다케다를 아는 제자였다.

다케다는 동천의 목소리에 진심이 실린 것을 감지하자 자세를 바로잡았다. 그리고 나야말로, 하는 표정으로 되물었다.

"그러는 자넨 무엇 때문에 성실한 학생에서 불령선인으로 변한 건가?"

동천은 흔들림 없는 눈동자로 다케다를 쏘아봤다.

"질문은 제가 먼저 했습니다."

"음, 그렇군. 그런데 강 군, 난 자네에게 시시콜콜 내 속사정 따위를 들려주러 온 게 아닌데."

다케다는 동천의 눈길을 슬쩍 피하며 등을 돌렸다.

"다시 한 번 부탁하지. 돌아오게. 칠 년 전 충실했던 그 황국신민으로 말이야. 그 시절 자넨 야만적인 반도를 버리고 근대화의 선봉인 내지를 열망했잖아."

동천이 천천히 고개를 저었다.

"물론 일본이 근대화에 앞장서 있다는 건 선생님을 통해 엿볼 수 있었습니다. 선망한 것도 사실이고요. 하지만 한 번도 조선을 야만적이라고 생각해 본 적 없습니다. 버린 적은 더더욱 없고요. 오히려 지난 칠 년의 세월 동안 문명의 탈 아래에서 야만의 악취를 풍기는 곳이 어디인지 확실하게 알게 되었습니다."

동천은 쐐기 박듯 한마디 덧붙였다.

"그리고 한 가지 더! 전 태어나서 한 번도 황국신민으로 숨 쉬어 본 적 없습니다. 앞으로도 마찬가지일 테고요. 이등 국민이니 뭐니 무례한 말씀은 더 이상 들어 주지 않겠습니다. 조선인은 태어난 그 자체로 조선 땅의 주인이자 국민입니다. 일등도 이등도 아닌 유일한 인민이란 말씀입니다."

그러자 다케다가 차가운 목소리로 뇌까렸다.

"분명히 경고하겠다. 그런 반역적 발언은 두 번 용서하지 않는다. 다시 한 번 내 앞에서 그런 말을 지껄였다간 특무 부대 중위의 자격으로 널 체포하겠어. 자, 한 번 더 묻겠다. 나와 함께 가겠는가?"

다케다는 이것이 마지막 기회라며 동천의 대답을 기다렸다. 두 사람 사이에 아슬아슬한 침묵이 흘렀다. 미간을 잔뜩 찌푸린 동천이 천천히 입을 뗐다.

"제가 여기까지 올 수 있었던 건 어쩌면 선생님 덕분인지 모르겠습니다. 일본으로 올 수 있는 용기를 심어 주신 덕분에 저는 제가 누구인지 알게 되었습니다. 그 점 항상 감사하게 생각하고 있습니다."

동천이 허리를 굽혔다. 다케다가 당황하며 말허리를 잘랐다.

"내가 자네에게 요구하는 건 그런 인사가 아니다. 또 내가 가르친 길은 그런 길이 아니었어!"

"아니요, 그 옛날 제 스승님에게 배운 길은 세상에 나아가 제 본모습을 찾는 길이었습니다. 하지만 유감스럽게도 지금 중위님이 가리키는 길과 제가 가고자 하는 길은 반대 방향이군요."

다케다는 답답하다는 듯 주먹을 부르쥐었다.

"그러니까 다시 올바른 길로 돌아서라고 말하고 있지 않나."

"전 지금 가고 있는 길이 옳다고 여겨집니다만."

동천이 그만 아퀴를 짓자 다케다는 얼음장 같은 한마디를 던지고 일어섰다.

"유감이군."

동천은 군복 자락을 펄럭이며 사라지는 다케다를 슬픈 눈으로 바라봤다. 마음속 기둥 하나가 뿌리째 뽑혀 던져지는 느낌이었다. 허전함을 넘어선 깊은 상실감으로 온몸이 저려 왔다.

개강을 목전에 둔 월요일이었다. 동천은 재등록을 위해 학교로 향했다. 등록 서류에 도장을 받으러 찾아간 지도 교수는 동천을 앉혀 놓고 터무니없는 말을 꺼냈다.

"나도 어쩔 수 없는 일이네만, 사상 검증을 하라는 학교의 지시가 있어서 말일세."

지도 교수는 사회주의 단체에서 탈퇴할 것과 고학생 동우회와 연계를 끊을 것을 요구했다.

"내 개인적인 의견이야 무슨 소용 있겠나. 모두 당국의 지침이니……."

마르크스 자본론 해석의 권위자라는 교수가 눈길을 피하며 중얼거렸다. 동천은 결국 도장을 받지 않은 채 교수실을 나왔다. 등록 서류는 길가 휴지통에 구겨 넣어 버렸다.

"이대로 자퇴인가?"

자포자기에 가까운 심정이었다. 갈피를 못 잡고 헤매던 동천은 삼평사 본점으로 향했다. 계산대에서 주판을 놓던 구마모토가 동천의 이야기를 듣더니 코웃음을 쳤다.

"대학이라고 뭐 대단한 곳인 줄 알았더니 순 겁쟁이들만 우글거리는구먼."

구마모토는 주판을 밀어 놓으며 턱을 어루만졌다.

"자네도 슬슬 움직일 때가 된 것 같으이."

구마모토는 이렇게만 말하고 돌아앉았다. 동천은 알쏭달쏭한 구마모토의 말을 되새김하며 가게로 돌아왔다. 그리고 밤새 무얼 어떻게 해야 할지 고민하며 뒤척였다.

며칠 동안 끙끙 앓던 동천의 머릿속에 한 사람이 떠올랐다.

"박 선배……."

형무소로 가는 길은 언제나 멀고 삭막했다. 같은 거리를 지나도 형무소를 목적지로 할 때면 어딘지 허전하고 을씨년스러웠다. 날씨가 추우면 몸이 더 움츠러들고 더우면 더 지쳤다. 동천은 먼지바람 풀풀 날리는 흙길을 따라 걷고 또 걸어 박열이 들어 있는 형무소에 다다랐다.

동천은 오후 열기가 꽉 들어찬 면회실에서 비지땀을 흘렸다. 좀 있자 철문이 열리고 박열이 들어섰다. 몇 년 만에 보는 박열은 딴 세상 사람 같았다. 꼭 무릉도원 신선 같다고나 할까, 앞으로도 평생 감옥살이를 해야 할 죄인치곤 너무나 평안한 얼굴이었다.

"자네 오래간만일세. 잘 있었나."

박열은 한결 부드러워진 목소리로 인사를 건넸다. 모르는 사람이 보면 까칠해진 동천이 죄수 같고 박이 면회 온 신사 같았다. 동천은 그간 있었던 일을 짤막하게 설명했다.

"음, 자네가 만세 운동 기념회 사건으로 고역을 치른 건 나도 들어서 알고 있네. 그래서 학교까지 그만두려고?"

"따라붙는 형사만 해도 두엇 되는 것 같고, 변절을 한 채 졸업장을 딴들 무슨 소용이겠습니까?"

"두엇씩이나? 야, 이거 대접 제대로 받고 있구먼."

박열이 껄껄거리다 갑자기 뚝 멈추었다. 그리고 난데없이 조선말을 했다.

"상화가 만주로 갔다. 나도 만주로 가고 싶다."

면회실을 지키고 있던 간수가 소리를 꽥 질렀다.

"국어로 말하도록!"

박열은 그 한마디를 끝으로 입을 꽉 다물고 동천만 뚫어져라 응시했다.

'만주……?'

바람처럼 스친 박열의 조선말이 동천의 몸통 한가운데를 꿰뚫고 지나갔다. 박열은 혼이 나가 서 있는 동천을 뒤로하고 유유히 감방으로 돌아갔다. 가게로 돌아오는 내내 동천의 머릿속에는 다만 하나의 단어만 윙윙거렸다.

9월도 중순이건만 더위는 좀처럼 수그러들 줄 몰랐다. 점원 아이는 요즘 부쩍 헛손질이 많아진 점장이 아슬아슬하게만 보였다.
바늘 끝 하나 들어갈 틈이 없었던 사람이 요 근래 무슨 생각에 홀
렸는지 실수를 연발했다.

아침 일찍 출근한 점원이 계산대 옆에 부려 놓은 나무 상자를
가리켰다.

"저기, 어젯밤에 매입한 책들은 어디다 놓을까요?"

평소 같으면 지난밤 동천이 분류를 끝내 차곡차곡 쌓아 놓았을
터였다.

"으응? 뭐?"

동천은 꿈을 꾸다 깬 사람처럼 멍한 눈으로 점원을 올려다보았
다. 점원이 손가락으로 상자를 가리켰다.

"어, 그래. 우선 종류별로 분류해 놓도록."

그러더니 깜빡했던 볼일이라도 생각난 듯 토시를 벗고 일어섰다.

"점심시간까지 돌아올 테니 영업 개시 자네가 하게."

가게 문 여는 걸 자신에게 미루다니, 점원은 놀란 입을 다물지
못한 채 거리로 뛰쳐나가는 동천을 바라보았다.

한길로 나선 동천이 전차에 올라탔다. 그 언젠가 바래다주었던
요시코의 동네로 향하는 차였다. 동천은 전차에서 내려 골목 어귀
를 기웃거리다 그냥 전봇대에 기대섰다. 집 앞까지 가 본 적이 없
으니 문패를 확인한다 해도 불쑥 찾아갈 수는 없었다. 동천은 무작
정 골목에 지켜 서서 요시코가 지나가길 기다렸다.

이른 아침이라 출근하는 사람들이 연이어 골목에서 나왔다. 사람들은 골목을 지키고 선 동천을 한 번씩 보고는 종종걸음으로 사라졌다. 한참 구경거리 노릇을 하고 나니 점심시간이 가까워졌다. 동천의 다리는 아픈 걸 지나 뻣뻣해졌다. 그만 돌아갈까, 하는데 저쪽 모퉁이에서 수수한 물빛 원피스를 입은 요시코가 나왔다. 동천이 얼른 몸을 바로 세우고 요시코를 바라봤다. 하지만 요시코는 동천 쪽을 힐끗하곤 그냥 지나쳤다.

"저, 저기!"

동천이 멀어지는 요시코를 향해 손짓을 했다. 요시코는 살짝 돌아보더니 다시 가던 길을 갔다. 동천은 그새 얼굴도 까먹었나 싶어 요시코에게 바짝 다가섰다.

"저예요, 강."

그제야 요시코가 발걸음을 늦추며 동천을 말갛게 쳐다봤다.

"무슨 일이시죠?"

쌀쌀맞은 목소리였다. 동천은 며칠 새에 변해 버린 요시코의 태도가 어리둥절해 입만 벙긋거렸다.

"지난번엔 죄송했다는 말씀 드리려고 왔습니다. 저 얼마 안 있으면……."

"얼마 안 있으면 뭐요? 반도로 돌아가시나요?"

역시나 사무적인 말투였다. 동천은 준비했던 말을 꺼냈다.

"반도는 아니고……. 저기, 길에서 이럴 게 아니라 괜찮으시면 점심이라도 하실까요? 지난번엔 대접도 엉망이었고."

동천은 요시코의 대답을 기다리는 대신 성큼성큼 앞장서 걸었다. 동천은 걸으면서도 혹시 요시코가 안 따라오면 어쩌나 하는 걱정에 마음이 졸아붙었다. 그래도 뒤를 돌아본다거나 주춤거리거나 하진 않았다. 그러면 꼴만 더 우스워 보일 것 같았다. 다행히 요시코는 잠자코 동천의 뒤를 따라왔다. 전차가 다니는 큰길로 나온 동천이 어디로 가야 할지 망설이는데 요시코가 나섰다.

"우에노 공원 옆에 있는 양식당으로 가요. 제가 몇 번 가 봐서 잘 알아요."

이번엔 동천이 요시코가 하자는 대로 조용히 따랐다. 양식당은 근사한 실내장식과 높은 천장으로 처음 온 사람의 기를 죽였다. 동천은 어색한 눈동자를 굴리며 웨이터 꽁무니를 졸졸 따라갔다. 두 사람은 흰 탁보가 덮인 테이블에 마주 앉았다.

"처음이자 마지막 데이트군요."

요시코가 메마른 미소를 지으며 창밖을 바라봤다. 그 모습엔 모든 감정을 정리하고 냉정을 되찾은 사람만이 보일 수 있는 쓸쓸한 차분함이 깃들어 있었다.

음식이 차례대로 나오고 두 사람은 조용히 식사를 시작했다. 동천은 그동안 마음속에 쌓아 놓았던 숱한 말들을 꺼내 보려고 애를 썼다. 우동을 먹던 요시코를 쫓아내듯 보내고 나서 엉망진창이 된 생각을 차근차근 정리하고 싶었다. 그러나 막상 요시코와 마주하니 머릿속은 허공처럼 하얗게 비었다. 그 많던 말들이 다 어디로 날아갔는지 입에서 나오는 말이라곤 고작 "수프가 진하네요." 따위의 하나 마나 한 소리였다.

식사를 마친 요시코는 자리에서 일어서며 명령조로 말했다.

"산보 겸 동물원이나 구경 갈까요?"

동천은 또 시키는 대로 길을 잡았다. 우에노 공원 안에 자리한 동물원은 평일 오후라 그런지 한산했다. 드문드문 보이는 관람객과 생기를 잃고 늘어져 있는 동물이 꽤나 지루한 풍경을 만들었다.

요시코는 입을 꼭 다물고 여기저기 동물 우리를 구경했다. 공작, 물개, 노루, 원숭이…… 차례로 만나는 우리 앞에 멈추어 섰다 움직이기를 반복하는 요시코는 무언가 혼란스러운 걸 정리하려 애쓰는 모습이었다. 동천은 그런 요시코를 쫓다 한구석 어둑한 곳에서 걸음을 멈추었다.

"응? 조선 승냥이?"

동천이 철창 앞에 매달린 팻말을 들여다보며 말했다. 요시코는 동천의 시선을 따라 발걸음을 멈추고 우리 안을 들여다봤다. 그늘진 한구석에 웅크리고 앉은 짐승이 인기척에 머리를 들었다. 지저분하고 습한 감옥이 놈의 체취를 더욱 진하게 만든 탓에 비릿한 짐승 냄새가 역게 풍겨 왔다. 그 냄새는 더러운 감옥 속에서 버티고 있는 놈의 끈덕진 생명을 말하는 것 같았다. 동천은 그늘 속에 파묻힌 놈의 모습을 구별해 내려 눈가에 힘을 주었다.

'그럼 조선 땅에서 포획되어 여기까지 실려 왔다는 말인가?'

동천은 한반도 북쪽 끝자락 어디쯤에서 덫에 걸렸을 짐승의 이력을 확인하고 싶었다.

어둑한 그늘 자리에 눈이 익자 짐승의 모습이 윤곽을 드러냈다. 동천은 축축한 배설물 냄새에 휩싸인 놈을 분간해 내자마자 헉, 숨을 토했다. 놈은 붉은 털에 노란 눈을 가진 승냥이였다.

"함경도 압록강 부근에서 포획, 나이 3세가량."

요시코는 팻말에 적힌 정보를 소리 내어 읽었다.

"압록강이면 강 상의 고향에서 멀지 않은 곳 아닌가요?"

요시코가 동천을 돌아보며 물었지만 동천은 아무 대답이 없었다. 요시코는 쇠창살에 코를 박고 있는 동천의 옆얼굴을 가만히 올려다봤다.

"붉은 털이네요. 강 상의 머리 색깔과 비슷해요."

동천은 요시코의 말이 들리는지 마는지 묵묵부답 승냥이만 건너다보고 있었다. 그러다 요시코의 한마디가 귀에 들어왔다.

"모두 조선에서 건너온 때문일까요?"

그 말에 언젠가 형섭과 다툰 뒤 홀로 읊조렸던 말이 떠올랐다.

"범 가죽을 쓴 개로 사느니 벌판을 헤매도 승냥이가 낫겠지."

요시코는 동천이 중얼거리는 소리에 흥미로운 표정을 지었다.

"철창에 갇혀 먹이를 얻어먹는 것보다야 굶더라도 제 모습대로 사는 편이 낫겠죠."

동천은 요시코가 자신의 어깨에 살며시 손을 얹는 걸 느꼈다. 그 부드럽지만 힘 있는 손길이 동천의 심장을 요동치게 했다. 동천이 몸을 홱 돌려 요시코와 마주 섰다.

"요시코! 난 가겠소. 만주로!"

동천의 두 손이 요시코의 작은 어깨를 꽉 움켜쥐었다. 요시코는 "네?" 하고 어깨를 움츠렸다.

"가야겠소! 만주로!"

요시코가 가만히 있다 고개를 끄덕였다.

"예, 그렇게 하세요."

동천은 요시코의 대답에 비로소 정신이 든 듯 잠잠해졌다. 그리고 발걸음을 옮겼다. 요시코는 휘청휘청 걸어가는 동천을 가만히 바라보았다.

두 사람은 다시금 요시코의 동네 어귀로 돌아왔다.

"당신에겐 미안하오. 하지만 이럴 수밖에 없어. 차마 당신까지 가시밭길로 끌어들일 수는 없소."

"당신이 정한 대로 하세요. 저도 제 앞날을 준비할 거예요."

요시코는 차분한 어조로 이렇게 대답했다. 동천은 요시코의 하얗고 조그만 손을 끝내 잡지 못하고 돌아섰다.

그날 밤, 동천은 구마모토를 찾아갔다.

"이렇게 될 줄 알고 있었네만 시일이 생각보다 빠르구먼."

구마모토는 귀밑머리를 긁적이더니 요시, 하고 책상을 내리쳤다.

"기왕에 갈 거면 하루라도 빨리 서두르는 게 좋겠지."

그러면서 진드기들은 어쩔 테냐고 물었다. 고등경찰을 말하는 것이다.

"쫓아올 테면 오라죠. 거긴 더 이상 일본도 아니니 제가 어떻게 든 손쓸 방법이 생길 겁니다."

동천이 느긋하게 대꾸하자 구마모토가 킬킬거렸다.

"몇 년 야쿠자 밑에서 밥을 먹더니 똥배짱만 늘었구먼."

동천은 호탕하게 웃는 사장을 미더운 눈길로 바라보았다.

늦여름 별자리가 유난히 아름다운 밤이었다. 동천은 나무 의자를 내다가 가게 문 앞에 앉았다. 영업이 끝난 거리에는 고즈넉한 정적만 감돌았다. 동천은 거리 이쪽저쪽을 하릴없이 바라보다 상념에 빠졌다.

'내가 일본에서 보낸 칠 년은 야만의 세월이었다. 야만이 지배하는 거리에서 야만에 물들지 않으려 얼마나 애를 썼던가. 그런데도 야만에 젖어들어 또 얼마나 괴로워했던가.'

동천은 별이 가득한 하늘을 보며 독립지사들이 모여든다는 만주를 그렸다. 끝없이 펼쳐진 그 벌판 어딘가에 동천이 생을 바칠 독립단이 웅거하고 있을 터였다. 그곳에서 동천은 종첩의 자식이라는 출생과 동경 고학생이라는 신분을 벗어 버리고 새로운 이름을 얻게 될 것이다. 비록 그것이 죽음과 고난의 다른 예명이라 할지라도 말이다.

보름 후, 동천은 작은 가방을 들고 우에노 역으로 들어섰다. 칠 년을 보낸 일본이건만 떠날 때 가지고 갈 짐이란 겨우 옷 몇 벌과 책뿐이었다. 구마모토 사장이 배웅 나오겠다고 하는 걸 간신히 주저앉힌 동천은 한편으로 홀가분하고, 한편으론 바윗덩이처럼 무거운 마음을 안고 기차에 올랐다.

열차는 천천히 우에노 역을 빠져나갔다. 동천은 창밖으로 스치는 동경 거리의 풍광을 고즈넉이 바라보며 앞으로 펼쳐질 앞날을 그려 보았다.

그러나 같은 시각, 같은 열차, 다른 객실에 자신을 따라 여행을 시작한 이가 있다는 건 알지 못했다. 그는 참모본부의 특별 지휘를 받아 불령선인으로 불리는 조선 독립 인사를 추적하고 검거하는 비밀 부대원이었다. 그의 이름은 특무 부대 장교 다케다 시로였다.

작가의 말

춥고 긴 겨울이었습니다. 그 겨울을 보내면서 이야기 한 편이 완성되었습니다. 책상 주위를 맴돌던 한기만큼이나 엄혹한 시절 이야기입니다. 또한 혹독한 추위에서 살아남고자 몸부림을 치는 한 청년의 이야기이기도 합니다. 그 겨울은 다름 아닌 문명이라는 가면을 쓰고 칼춤을 추던 야만의 시대, 일제 강점기입니다.

일제 강점기는 동화와 소설을 쓰는 제게 커다란 화두입니다. 누군가는 이렇게 묻습니다. 왜 하필이면 일제 강점기냐고, 돌아보기에 힘들고 화가 나는 시대를 왜 끊임없이 공부하고 이야기하느냐고 말이죠. 틀린 말은 아닙니다. 일제 강점기는 우리 한국인에겐 감추고 싶고 잊고 싶은 굴욕의 시대니까요. 하지만 전 조금 다른 생각을 가지고 있습니다. 아프고 슬픈 삼십육 년이지만 분명 그 안에는 설움과 가혹함만이 전부가 아닌, 또 다른 삶이 존재했습니다. 시대의 무게에 억눌리기를 거부하고 자신의 참모습을 찾아 세상을 헤매던 생명들이 있었습니다. 일신의 안위와 가문의 존속을 위해 나라를 팔아먹고 친일의 굴욕을 달게 삼켰던 이들이 다가 아니었습니다. 아무도 인정해 주지 않는 정체성을 향해 묵묵히 걸음을 뗀 이들이 틀림없이 있었습니다.

동천 역시 그러한 목숨 중 하나입니다. 가진 것이라곤 찻삯밖에 없는 시골뜨기 소년이 칠 년의 여행을 통해 단단한 청년으로 자라납니다. 이 책은 그 여정에 관한 이야기입니다. 그리고 그 긴 여정 가운데 역사의 실존 인물이 등장해 주인공의 성장을 돕습니다. 바로 동천의 멘토 역할을 하는 박열과 그의 일본인 아내 가네코 후미코입니다. 동천만큼이나 가난하고 동천만큼이나 이상이 컸던 두 사람은 조선의 아나키스트였습니다.

가난에도 불구하고 큰 이상을 품었던 당시 모든 젊은이들이 그러했듯이 동천 역시 자신의 본모습을 찾아 야만이 횡행하는 거리를 헤맵니다. 다치고 차이고 꺾이지만 스스로 다독이고 채찍질하며 한 걸음, 한 걸음 나아갑니다.

저는 그런 이야기를 쓰고 싶었습니다. 추운 겨울 눈 더미 밑에서 파란 싹을 내밀어 햇볕을 찾아 움을 틔우는 씨앗에 관한 이야기. 희망에 대한 제 믿음이 헛된 공상이 아니라는 증거를 찾기 위해 도서관과 헌책방과 기록 자료관 등을 헤매고 다녔습니다. 그러면서 저만 그렇게 믿는 게 아니라는 걸 알게 되었습니다. 지금 이 시간에도 아무런 대가가 보장되지 않음에도 일제 강점기를 훌륭히 살아 낸 선조들의 자취를 찾아 열정과 시간을 바치는 연구자들이 많습니다. 이 자리를 빌려 그분들에게 존경과 감사의 인사를 올립니다. 이분들의 연구가 없었다면 일제 강점기를 향한 제 여행도 있을 수 없었겠지요.

이제 동천은 만주로 떠납니다. 저 또한 동천을 따라 독립군이 활약했던 1930년대의 간도, 만주를 헤매고 다닐 겁니다. 동천의 말처럼 이 여행 역시 기대와 설렘보다는 두려움과 염려로 가득 차 있습니다. 그래도 동천의 옷자락을 붙들고 끝까지 따라가 보렵니다. 동천만큼은 아니지만 저도 제 나름대로 끈기와 용기가 있는 사람이라고 자부하고 있으니까요.

그럼 2부 『승냥이』에서 다시 뵙겠습니다.

2014년 1월, 겨울의 한가운데에서
김소연

창비청소년문학 58

야만의 거리

초판 1쇄 발행 • 2014년 1월 24일
초판 7쇄 발행 • 2021년 10월 21일

지은이 • 김소연
펴낸이 • 강일우
책임편집 • 김영선
펴낸곳 • (주)창비
등록 • 1986년 8월 5일 제85호
주소 • 10881 경기도 파주시 회동길 184
전화 • 031-955-3333
팩시밀리 • 영업 031-955-3399 편집 031-955-3400
홈페이지 • www.changbi.com
전자우편 • ya@changbi.com

ⓒ 김소연 2014
ISBN 978-89-364-5658-0 43810